Encéphalia

Christophe Beaud

Edition Beaud Christophe
27, impasse de la tuilerie, 90800 Bavilliers, France
Dépôt légal Avril 2023
14,99 €

ISBN : 978-2-9587425-0-8

Chère lectrice, cher lecteur,

Je tiens personnellement à vous remercier pour votre achat. Durant ces deux dernières années, sachez que j'ai consacré beaucoup de temps, d'énergie et de plaisir, à écrire ce livre qui (du moins, je l'espère) vous apportera satisfaction. Je vous souhaite à toutes et à tous une excellente lecture.

Je remercie également mon meilleur ami, Julien, pour son aide et pour avoir été mon « bêta-lecteur ».

Je vous demanderai de penser à mettre un commentaire sur le site où vous avez acheté ce livre dès que vous l'aurez lu. Merci par avance.

L'auteur, Beaud Christophe, février 2023.

I

L'évasion

Année 2069, Burgess Hill, prison de Saint John's, Angleterre, soixante miles au sud de Londres. Il pleuvait, la nuit tombait sur celle que l'on nommait « Big Stone », en raison de sa structure et du fait que toutes évasions semblaient impossibles. Trois mille détenus y vivaient, hommes et femmes, jeunes et vieux, compartimentés en secteurs bien distincts, séparés par une allée large de quelques mètres. Tueurs, mafiosi, voleurs de seconde zone et autres free-brainers, devaient se côtoyer dans cet endroit comparable à l'enfer. Ces free-brainers, considérés comme criminels, refusaient d'accepter « Encéphalia », un projet dont le but était d'incorporer une puce dans la boîte crânienne de chacun afin de le divertir et de satisfaire ses moindres désirs. Bien que peu dangereux, on les traitait comme tels, car ils rejetèrent cette idée, à l'encontre des lois mises en place. Cette simple raison suffisait pour être condamné à Saint John's. La vie y était difficile, les gardiens avaient carte blanche, et l'on y entendait toujours les mêmes mots sortir de leur bouche : obéissance et discipline. Personne n'osait se rebeller, même si l'envie y était. Les récalcitrants craignaient de séjourner au bloc 77, lieu où les passages à tabac et autres pressions psychologiques faisaient partie du quotidien.

Malgré ces conditions, de nombreux condamnés profitaient de leurs deux heures de promenades habituelles. Parmi eux, Ethan Moore, la quarantaine, un détenu sans histoire, relativement apprécié, emprisonné depuis trois ans. Très peu bavard et de nature réservée, il préférait passer pour un fantôme et n'avait qu'une amie nommée Tracy Thompson, incarcérée quelques mois avant lui. Chaque soir, ils se retrouvaient près du poste de garde numéro 11, sous les coups de huit heures précises. Pour eux, leurs discussions étaient le meilleur moment de la journée. Rumeurs, nouvelles et plaisanteries les occupaient, malgré la distance qui les séparait. Chaque instant vécu ensemble avait son importance, mais ce soir-là fut différent des autres, car un événement interpella Tracy.

– Ethan, regarde !
– Que se passe-t-il ?
– Les gardiens emmènent un type au bloc 77, on dirait !
 Ethan alla vérifier.
– C'est Luca Moretti !
– Qui est-ce ? Il semble respecté de tout le monde !
– C'est le fils de Salvatore Moretti, un puissant parrain mafieux dont le fief se situe à Londres. À l'extérieur, c'est un homme dangereux et violent, alors qu'ici, il n'a jamais causé de problème ou le moindre dégât. Il est apprécié de tous pour son sang-froid et sa générosité, tu t'y tromperais.
– Il fait preuve d'un comportement exemplaire, mais ils vont quand même le sanctionner ! Pourquoi donc ?
– Je l'ignore.

La pluie tombait abondamment avant de devenir torrentielle, mais peu importe, car tout le monde paraissait trop préoccupé par la situation. Le fils Moretti marchait la tête haute, même si l'on y apercevait de l'appréhension dans son regard. Il entra dans le bloc accompagné par cinq de ses lieutenants. Que se passait-il donc ? Personne ne le savait, que ce soit le jeune délinquant ou le vieux détenu endurci. La sonnerie annonçant la fin de la promenade retentit, mais tout le monde s'en moquait. Les condamnés restèrent sur place en attendant la suite des événements. Les gardiens, quant à eux, furent contraints d'intervenir avant que la situation ne devienne ingérable. À peine ils posèrent le pied dehors, qu'ils décidèrent de stopper leurs actions, préférant attendre que le déluge cesse, en vain.

Vingt minutes plus tard, les six individus sortirent du bloc 77, blessés et couverts d'hématomes. Luca Moretti et ses hommes semblaient perdus, amnésiques, comme « vidés » de leur esprit. La foule n'apprécia guère, car elle comprit que quelque chose de peu commun se tramait. La réputation du bloc 77 n'était plus à faire. Tout le monde savait que l'on ne quittait jamais ce lieu indemne. Malgré leurs craintes, les pensionnaires de la prison s'agitèrent, la rage au ventre, les yeux remplis de colère… Les actes commis sur Moretti et ses hommes s'avérèrent impardonnables. La tension fut telle, qu'une simple étincelle suffirait à déclencher une révolte.

Alors que la pluie atteignit son paroxysme, de violents orages survinrent. Les conditions météorologiques s'annoncèrent plus désastreuses que prévu. Soudain, un énorme bruit semblable à une explosion retentit. Le son, si puissant, qui s'avéra n'être que la foudre, calma la majorité des personnes présentes ce jour-là. La charge de celle-ci fut si intense, qu'elle plongea le centre pénitentiaire dans l'obscurité en moins de temps qu'il ne faut pour le dire. « Big Stone » pouvait bien être la prison la plus sécurisée du pays, elle ne résista pas pour autant à la violence des intempéries. Les dispositifs électriques et électroniques se retrouvèrent atteints et endommagés, hors tout état de fonctionnement. Dans de telles conditions, le système d'urgence aurait dû se déclencher automatiquement, afin de verrouiller les cellules ainsi que les issues extérieures. Or, contre toute attente, c'est l'inverse qui se produisit. Certains détenus saisirent la situation et prirent le risque de pousser les deux portes principales, habituellement sécurisées. À leur grande surprise, elles s'ouvrirent. Dans cette pénombre, ils se regardèrent et durent prendre rapidement une décision : ils choisirent l'évasion.

« Les portes sont ouvertes, évasion, chacun pour soi. » Telles furent les dernières paroles des détenus avant de se précipiter hors de Big Stone. Ils savaient qu'une opportunité comme celle-ci ne se reproduirait pas de sitôt. Dans ce désordre, les gardiens se retrouvèrent vite débordés, en sous-effectif, face à la masse de prisonniers qui se présenta devant eux.

Les « taulards » qui venaient de quitter leur cellule rejoignirent les autres à l'extérieur. Dans la panique, quelques-uns furent accidentellement blessés, piétinés, voire assassinés. Les dominés devinrent les dominants : c'était la loi du plus fort. Les gardiens, désespérés, tentèrent d'appeler des renforts, mais ils n'obtinrent aucun résultat. Impossible d'établir un contact dans de telles conditions. Pour la première fois de leur vie, ils durent lourdement s'équiper afin de reprendre le contrôle de Saint John's. Sans aucune hésitation, ils dégainèrent et tirèrent sur tous ceux qui osaient les défier. Le bilan se révéla catastrophique. En l'espace d'une heure, on n'y dénombrait pas moins de soixante morts et trois fois plus de blessés. Malgré cet assaut, une majorité de détenus réussit à s'évader. Ethan et Tracy en faisaient partie. Les fugitifs se dispersèrent dans la forêt, sans savoir vraiment où aller. Ethan et Tracy couraient le plus vite possible, tout en ignorant la situation dans laquelle ils se trouvaient.

– Accélère Tracy ! Ne te retourne pas.

– Je fais de mon mieux. Où comptes-tu aller ?

– Peu importe. Contentons-nous de courir.

Ils continuèrent sans y voir le moindre évadé. Ethan sentit un début de liberté, contrairement à Tracy qui paraissait angoissée.

Après quelques minutes de fuite, la chance semblait définitivement de leur côté.

– Regarde, Tracy, j'aperçois un abri devant nous ! On devrait s'y arrêter quelques instants, le temps de récupérer.

Ils entrèrent, essoufflés, dans une simple et ancienne bâtisse, délabrée et abandonnée, au milieu de la forêt. Ethan fouilla rapidement celle-ci afin de trouver des objets utiles. Il repéra une vieille lampe torche, qu'il prit.

– Où sommes-nous ?

– Aucune idée. Restons ici quelques minutes, nous sommes en sécurité.

– Je te trouve bien optimiste, Ethan !

– Je le suis. Vu le nombre de fugitifs, ça doit être la panique à Saint John's ! Ça m'étonnerait qu'ils envoient l'une de leurs unités à la poursuite de deux pauvres détenus.

– Pourvu que tu aies raison ! Bon sang, tu te rends compte ? Tout s'est passé si vite ! Ce matin, nous étions de simples prisonniers et quelques heures plus tard, nous voilà évadés. Si l'on m'avait dit comment cette journée finirait, j'aurais pris cela pour une plaisanterie.

– Tu m'étonnes ! Même en imaginant un plan des plus ingénieux, on ne s'évade pas de Saint John's.

– Je partage ton avis. Prends-tu cela pour un hasard ou est-ce le destin ?

– Quelle question ! Je m'en fiche complètement. Nous sommes libres, c'est tout.

– En effet ! Mais pour combien de temps ?

Ethan, pensif, n'écoutait pas Tracy.

– Quelque chose ne va pas, Ethan ? À quoi penses-tu ?

– À Luca Moretti. As-tu remarqué son comportement ainsi que celui de ses hommes ?

– Oui. Ils paraissaient ailleurs, hors de leur corps. Pour être franche, je n'aime pas ça.

– Moi non plus. Dès qu'ils ont quitté le bloc 77, leurs yeux semblaient si… vides, comme privés d'émotion. J'ai cru voir des pantins lobotomisés n'ayant même plus conscience de leurs actes. Je me demande bien ce que cache cet endroit.

– Personnellement, je ne souhaite pas le savoir. Rien qu'à y penser, ça me donne des nausées.

En restant sur place, les deux fugitifs risquaient de se faire repérer. Ils patientèrent, le temps de récupérer de leurs efforts. Quelques minutes plus tard, la pluie cessa. Tracy et Ethan espéraient se reposer, mais ils durent partir dans les plus brefs délais.

– Nous avons assez perdu de temps. Filons d'ici ! Je pense que les autres évadés doivent se diriger vers le nord. Tentons de les rejoindre.

Une fois dehors, Tracy s'agrippa au bras d'Ethan, car même de nature courageuse, rien ne pouvait la rassurer. Tout en avançant prudemment, Ethan sortit la lampe torche de sa poche et l'employa. La forêt étant devenue si sombre, l'objet s'avéra très utile pour se frayer un chemin parmi les ronces et quelques autres vieux débris. Malheureusement, leur progression ne se passa pas comme prévu. Eux, qui pensaient être seuls, se trompèrent fortement, car une lumière des plus agressives éclaira soudainement leur visage.

– Plus un geste ! Restez où vous êtes ! Les mains en l'air !

Ethan et Tracy s'exécutèrent, sans tenter de se rebeller. Il s'agissait d'un gardien équipé d'une simple arme, non létale. Lorsque celui-ci s'approcha d'eux pour les neutraliser, Ethan l'aperçut.

– Fais gaffe ! C'est un humanoïde ! annonça Ethan.

– Les matons de Saint John's n'ont même pas le courage de venir nous chercher ! Ils préfèrent nous envoyer ce tas de ferraille à leur place !

– Silence ! Je vous ordonne de coopérer. Posez les genoux au sol, le gauche suivi du droit ! Exécution !

– Et maintenant, que fait-on ?

– Laisse-moi réfléchir. C'est certainement un ancien modèle, mais il n'abandonnera pas aussi facilement.

– Dépêche-toi ! Il n'a pas l'air de plaisanter !

Finalement, Ethan fonça sur l'humanoïde afin de le pousser à terre.

Ayant pris le dessus, il saisit le premier objet à sa portée, une pierre de taille imposante, avant de s'acharner sur sa cible jusqu'à l'épuisement. L'humanoïde neutralisé, il attrapa la main de Tracy et partit en courant le plus vite possible.

La création des premiers humanoïdes remontait à une vingtaine d'années. Étant détestés par une bonne partie de la société, leur exploitation ne dura qu'une courte décennie, du moins dans les nations optant pour le projet Encéphalia, plus connues sous le sigle de NSE (Nations sous Encéphalia).

Ils possédaient une architecture proche de l'apparence humaine. Afin de les différencier, ils ne disposaient ni de tissus charnels ni de cheveux. Les émotions parmi la colère, la joie ou la tristesse figuraient également hors de leur conception. Quant à celui-ci, il se releva, le visage abîmé, avant de repartir à la poursuite des deux évadés. Sa lampe frontale, incorporée minutieusement, s'activa. Il ne lui fallut que quelques minutes pour arriver au niveau des deux fugitifs. Plus l'humanoïde s'approchait, plus la lumière éclairait le chemin de ses cibles. Fort heureusement, il trébucha bêtement, ce qui permit à Ethan et à Tracy de prendre une légère avance. Après quelques minutes de course acharnées, un panneau signalant un danger se présenta devant eux. Bien trop occupés à fuir, ils n'y prêtèrent guère attention. Néanmoins, au bout de quelques mètres, ils s'arrêtèrent nettement, au bord d'un précipice. Se retrouvant dans l'incapacité de continuer, ils devaient trouver une solution, le plus rapidement possible.

– Ne me dis pas que tu as l'intention de sauter !

– Désolé ma belle, mais nous n'avons pas le choix.

– As-tu vu la hauteur ? D'ailleurs, où sommes-nous ?

– Au-dessus d'un lac artificiel, comme le mentionnait le panneau.

– On n'y voit que dalle, et hors de question que je plonge. Essayons plutôt de le contourner.

– Ça prendrait trop de temps. Il n'y a que vingt ou vingt-cinq mètres, on peut y arriver.

Tracy jeta un dernier coup d'œil, mais elle hésita. En entendant les bruits de pas de l'humanoïde qui se rapprochait, Ethan saisit la main de Tracy avant de faire le grand saut. La chute fut rapide et moins vertigineuse qu'elle ne le paraissait. En un instant, ils se retrouvèrent dans l'eau, débarrassés de leur poursuivant. Malgré quelques éclairages, il faisait très sombre, mais cela ne les empêcha pas d'atteindre la rive pour autant. Hors du lac, ils aperçurent, au loin, la lampe frontale de l'humanoïde.

– Nous voilà hors de portée de ce tas de ferraille.

– Crois-tu qu'il va tenter de sauter ?

– Impossible ! Ils ne sont pas conçus pour nager. Pour nous rejoindre, il doit descendre et contourner ce lac. Je pense qu'on l'a définitivement semé, Tracy.

– Tu as certainement raison. Nous n'avons plus rien à faire ici, allons-nous-en.

Ils continuèrent en prenant la direction du nord. Au bout d'une bonne heure de marche et en plein milieu de la nuit, ils arrivèrent à l'entrée d'une petite ville nommée Cuckfield.

II

Cuckfield

2035. Cuckfield. Population : 4557 habitants.
2063. Cuckfield. Population : 1178 habitants.
Niveau de pollution : 3,5 sur 4.

Ces informations s'affichaient à l'entrée de chaque ville du pays. En effet, suite à la hausse brutale de la pollution qui eut lieu vers 2045, les populations durent quitter les petites et moyennes villes en faveur des plus grandes. Un indice supérieur à trois sur quatre était fréquent dans les localités semblables à Cuckfield. Les principales agglomérations comme Londres, Liverpool, Leeds, ou encore Birmingham possédaient, quant à elles, un niveau proche de zéro. Malgré ça, quelques réfractaires, nostalgiques de cette époque antérieure à la « grande pollution » ainsi qu'aux premiers humanoïdes, préféraient vivre en autarcie dans leur vieille région natale. La vie s'avérait difficile, mais ils survivaient, grâce à une communauté parfaitement structurée. Toutefois, ils avaient la possibilité d'entrer dans les métropoles en devenant des encéphalians, mais aucun d'entre eux ne semblait approuver cette idée.

Peu habitués à ce niveau de pollution, Ethan et Tracy furent contraints de supporter l'irrespirable et durent se dépêcher de trouver un endroit afin d'y passer le reste de la nuit. Ils entrèrent dans le premier bâtiment qui se présenta. Celui-ci s'avéra vieux, délabré et sale, mais ils ne rechignèrent pas, contents d'avoir pu dénicher un abri où se reposer. À peine assis, ils tombèrent de fatigue dans les minutes qui suivirent. Quelques heures plus tard, des cris venant de Tracy réveillèrent subitement Ethan qui dormait profondément. La jeune femme tremblait et semblait ressentir de violentes migraines. Surpris, il ne sut que faire.

– Tracy ! Que se passe-t-il ?

– Aide-moi, Ethan, c'est ma puce… c'est Encéphalia.

– Encéphalia ! Je ne comprends pas !

– Une puce peut subir certaines défaillances suite à un choc brutal ou lors d'une charge émotionnelle trop intense. Ces dernières heures ont été particulièrement difficiles. Des douleurs et des sons aigus reviennent sans cesse !

– Que puis-je faire pour t'aider ?

– Aucune idée ! Bon sang ! Combien de temps cela va-t-il durer ?

– Comment veux-tu que je le sache ? Calme-toi et regarde-moi !

Finalement, la crise s'interrompit au bout de quelques instants.

– Ça va mieux ? Tu m'as fait une de ces peurs !

– Oui, ça va. J'ai bien cru y rester.

– Es-tu certaine que ces douleurs proviennent d'Encéphalia ?

– Parfaitement. Nous étions prévenus que ce genre de situation pouvait arriver.

– Quelle version d'Encéphalia possèdes-tu ?

– La seconde, commercialisée il y a quatre ans.

– Je ne te comprends pas Tracy. Comment une fille rebelle et intelligente comme toi a-t-elle pu accepter Encéphalia ?

– La jeunesse et la curiosité. Il y a dix ans, lors de la sortie de la première version, j'ai pris la décision de me porter volontaire pour ce projet. J'avais soif de connaissances et j'en voulais plus, toujours plus, et Encéphalia arriva. Contrairement aux personnes avides d'argent ou de biens matériels, c'est la culture, les sciences ainsi que le savoir que je recherchais. Cependant, cet enrichissement ainsi que mes occupations me demandaient quelque chose que je n'avais plus : le temps.

– On manque tous de temps, Tracy.

– C'est vrai et pour ma part, je lui accorde une valeur inestimable. Mais, entre ma vie très agitée à Manchester et les graves problèmes de santé de ma mère, il m'en manquait.

– Donc, tu as accepté Encéphalia pour argent comptant, sans réfléchir ?

– Oui, hélas. On nous promettait une révolution et j'y ai cru.

– Tu parles d'une révolution !

– Tu ne te rends pas compte, Ethan. Une simple injection, sans douleur ni séquelles, permettait de détenir tout le savoir, la culture que je souhaitais, en quelques minutes et contre une somme dérisoire. J'ai trouvé cette idée extraordinaire.

– Extraordinaire ! Voilà le résultat : tu te retrouves avec une puce de la taille d'un grain de riz dans le cerveau, celle-ci même qui te procure des souffrances en ce moment, et tout ça pour du vent.

– Tout ça pour du vent ! À l'époque, Encéphalia m'a tellement apporté. Tu n'as pas idée à quel point. En peu de temps, j'ai pu accumuler des centaines d'ouvrages sur la culture, l'histoire, la philosophie…

– Je connais tout ça. Je suis même persuadé que tu parles plusieurs langues.

– Oui, six.

– Tracy, tu possèdes une intelligence bien au-dessus de la moyenne, c'est vrai, mais si tu penses détenir autant d'instruction que tu le prétends, tu te trompes.

– As-tu au moins écouté ce que je viens de te dire ?

– Oui, j'ai écouté. L'histoire, la culture, la philo… Tu as accumulé des centaines de livres, très bien, mais combien en as-tu réellement lu ? Et pour les langues, combien en maîtrises-tu ? Que sais-tu vraiment de tout ça ?

– Pas mal de choses.

– Il faut plusieurs années à une personne pour apprendre tout ce que tu crois connaître, mais vois la vérité en face, Tracy, tu n'es qu'une ignorante. En acceptant Encéphalia, tu as perdu la notion de trois éléments essentiels de la vie : le mérite, l'apprentissage et le plaisir.

– Je n'apprécie pas le ton que tu emploies, Ethan !

– Si je te pose une question délicate, tu y répondras avec tous les détails nécessaires, c'est certain. Tu as juste besoin d'introduire ton transmetteur cérébral au fond de ton oreille et j'aurai une bibliothèque d'informations devant moi. Je sais également que ton cerveau enregistrera de nouveaux éléments après chaque utilisation. Pour moi, c'est comme alimenter quelqu'un par ultraveineuse et lui faire apprécier sa nourriture sans qu'elle passe par son palais. Tracy, tes réponses ne viendront pas vraiment de toi. Elles ne seront que le résultat de la liaison entre ton transmetteur et Encéphalia. Où trouves-tu du plaisir dans tout ça ? Lis un vrai bouquin, savoures-en chaque mot, tu y verras toute la différence. Il faut que les encéphalians apprennent de leurs erreurs et doivent se réveiller. Ils vous ont introduit une mémoire interne dans la tête. Vous êtes des réserves de données sur pattes.

Suite à ces paroles, Tracy prit conscience de ses actes et préféra changer de sujet.

– Et toi ? Pourquoi ne pas me l'avoir dit plus tôt ?

– Quoi donc ?

– Que tu étais un free-brainer.

– C'est la raison qui m'a conduit à Saint John's. Comme tu le sais sans doute, ce sont des choses que l'on ne dévoile pas en prison.

– Comment t'ont-ils eu ?

– Je me suis battu dans un pub avec un encéphalian. Un verre en entraînant un autre, j'ai perdu le contrôle de moi-même en frappant cet homme jusqu'à l'épuisement. Pris de panique, j'ai préféré fuir, afin d'éviter la police. Hélas, je me suis fait arrêter, le lendemain, à Birmingham. On m'a condamné pour ivresse, coups et blessures, mais surtout, car j'étais un free-brainer. On m'a placé en garde à vue, avant de me juger dans les plus brefs délais. Cependant, j'ai vite compris que les deux premières raisons étaient insignifiantes. Vu que je n'étais pas un encéphalian, on voulait faire de moi un énième exemple. La juge m'a même proposé une réduction de peine si j'acceptais d'en devenir un. J'ai dû choisir entre la prison et Encéphalia.

– Tu as connu de nombreuses personnes dans cette situation ?

– Des dizaines ! C'est à partir de ce moment que les autorités et les médias ont popularisé le terme de free-brainer.

– Détestes-tu donc Encéphalia à ce point ?

– Tu n'as même pas idée ! Je ne supporte pas de telles méthodes employées par les gouvernements ou les grosses corporations dans le seul but de manipuler la majorité de la population. Ils vendent du rêve, des illusions, mettent de la poudre aux yeux, en martelant l'esprit des gens à coups de marketing ou de belles paroles. Ils ont même réussi à convaincre des célébrités de jouer le jeu. À partir de là, c'était terminé. Plus rien ni personne ne pouvait empêcher le public d'y adhérer.

La colère d'Ethan monta crescendo. Tracy n'approuva pas.

– Tu devrais te calmer, Ethan, tu te laisses emporter par tes émotions.

– Je sais, mais ça me met hors de moi. Quand je pense que des mouvements pro-Encéphalia se formaient par dizaines et qu'aujourd'hui ces mêmes personnes viennent se plaindre… Abigail

Miller et toute sa corporation doivent bien rigoler. Tant pis pour elles, elles ont ce qu'elles méritent.

– S'il te plaît, Ethan, détends-toi !

– Tu as raison, ça joue sur mes humeurs et je m'emporte de trop. On devrait arrêter de parler de ces abrutis qui ingurgitent tout ce qu'on leur donne. Cependant, j'aimerais te poser une question.

– J'écoute.

– Seules les personnes n'ayant pas la première version d'Encéphalia furent contraintes d'avoir la seconde. Toi, par contre, tu pouvais y renoncer, mais tu ne l'as pas fait. Pourquoi ?

– Les problèmes de santé de ma mère. Suite à un accident vasculaire cérébral, elle a contracté une aphasie globale.

– Une aphasie globale ! Jamais entendu parler. Qu'est-ce que c'est ?

– Un trouble de langage. L'aphasie globale étant la forme la plus grave. Impossible pour elle de communiquer correctement, que ce soit par oral ou par écrit. Cette seconde version permettait de converser avec les personnes ayant ce type de handicap. Quelle aubaine ! Sans hésiter, nous avons sauté sur l'occasion.

– Je l'ignorais ! Comment procédiez-vous pour établir un contact ?

– En nous rendant dans les brain-centers, nous pouvions modifier certaines fonctionnalités d'Encéphalia, comme ajouter le numéro de la puce d'une personne aphasique, voire muette si on le désire. Ceci fait, les individus concernés n'ont plus qu'à se rapprocher l'un de l'autre pour qu'une interaction se fasse.

– Et vos transmetteurs cérébraux servaient à établir une conversation, du moins sans ouvrir la bouche.

– Le moyen de substitution parfait ! Il m'a permis de renouer des liens avec ma mère, aphasique depuis six mois.

– Connais-tu d'autres personnes dans le même cas ?

– Plus ou moins. Alors que je dînais dans un restaurant, j'ai entendu un groupe d'individus qui parlait d'aphasie. Vu ma situation, je me suis mêlée à la conversation. À la fin de la soirée, j'ai appris qu'une solution de guérison existait.

– Je suppose que ça coûte très cher !

– Oui, hélas. Cette intervention consistait à soigner les séquelles afin que la personne concernée puisse retrouver un excellent niveau de langage. Les chances semblaient minces, sans parler du prix de l'opération, mais je devais prendre le risque.

– Comment as-tu fait ?

– Il me fallait de l'argent, beaucoup d'argent. J'ai pris contact avec un ami d'enfance, un hacker, nommé Oliver Roy. Il me devait un service, mais peu importe. Je lui ai expliqué ma situation avant qu'il accepte de m'aider.

– Et cet ami a crédité illégalement ton compte bancaire, c'est bien ça ?

– Oui, en effet. Grâce à lui, j'ai pu financer l'opération. Petit à petit, ma mère retrouva la parole et parla comme avant. Quelle période ! L'une des plus belles de ma vie. Tout rentra dans l'ordre jusqu'au jour où les flics ont décidé de me rendre une petite visite.

– Cet Oliver, crois-tu qu'il t'a balancé ?

– Non, impossible. C'était mon meilleur ami et il détestait Encéphalia, tout comme toi. J'ai manqué de prudence, c'est tout.

– C'est sans doute à cause de l'argent. Une somme trop importante attire toujours l'attention.

– Comme tu le dis. Comment une simple citoyenne pouvait-elle posséder un compte en banque aussi bien garni, du jour au lendemain ?

– Et une fois ta mère soignée, tu as décidé d'aller te distraire dans un brain-center. Quelle erreur !

– La plus grosse de ma vie. Vu qu'ils y enregistrent toutes nos données, me retrouver fut un jeu d'enfants. Peu de temps après, les flics m'ont coincé.

– Les connaissant, ils ont dû prendre un vicieux plaisir à employer la force.

– Sans hésitation ! Heureusement, je les ai entendus arriver. J'ai supplié ma mère de partir et elle m'a écouté. Les flics ont forcé la porte de mon appartement avant de se jeter sur moi. J'ai tenté de me défendre, mais à cinq contre un, je ne pouvais rien faire. Peu importe ce qui pouvait bien se passer, elle n'a pas subi le même sort et c'est tout ce qui comptait.

– Et ensuite ? Ils t'ont envoyé devant le juge ?

– Non, pas dans l'immédiat. Ils m'ont proposé un accord : dénoncer Oliver ou finir en prison. En me le suggérant, ils pensaient que j'allais trahir un ami qui venait de sauver ma mère. Quelle bande d'idiots !

– Et voilà comment tu as abouti à Saint John's.

– Quin…

Tracy ne put terminer sa phrase. Les maux de tête et d'autres douleurs surgirent à nouveau.

– Tracy ! Regarde-moi !

– Les douleurs ! Elles recommencent !

– Le jour se lève, je cours chercher de l'aide.

– Laisse tomber ! Tu ne trouveras personne dans ce coin paumé.

– Bien sûr que si ! Dans cette ville, je rencontrerai forcément des free-brainers. Tiens le coup et fais-en sorte de dormir.

– Il faudrait d'abord que ça cesse. Fais bien attention à toi, car les habitants de ce genre d'endroit sont réputés pour leur hostilité. En attendant, je survivrai, ne t'inquiète pas.

– Je reviens le plus vite possible, accroche-toi et surtout ne bouge pas d'ici.

L'aube à peine levée, Ethan partit chercher de l'aide. Il traversa les rues de Cuckfield, fouilla des maisons vides, frappa aux portes… N'ayant obtenu aucun résultat, il changea sa façon de procéder.

– Je sais que quelqu'un m'entend, que vous vous cachez derrière vos murs. Je ne suis ni des forces de l'ordre ni un espion. J'ai juste besoin d'aide.

Rien ne se passa, mais il persista en haussant la voix.

– Je me nomme Ethan Moore. Hier soir, une évasion générale a eu lieu à la prison de Saint John's. Des centaines de personnes ont pris la fuite et j'en fais même partie. Vous vivez dans la prudence et la méfiance, je le comprends, mais je peux vous garantir que vous n'avez rien à craindre. Si cela peut vous rassurer, je suis un free-brainer, comme beaucoup d'entre vous. L'une de mes amies, mal en point, se trouve dans un immeuble à l'entrée de la ville. Sans aucun soutien de votre part, elle risque d'y laisser la vie. Désirez-vous tant la voir mourir ? Dans ce cas, vous ne valez pas mieux que les personnes qui vous contraignent à vivre ici.

Ethan se tut et patienta quelques secondes. Malgré le peu d'espoir qui lui restait, il persista.

– Bon sang ! Moi qui pensais que les free-brainers étaient coopératifs ! Me serais-je trompé ? Je ne compte pas m'éterniser dans cette ville et je ne porte aucune arme. Venez vérifier par vous-mêmes, si vous ne me croyez pas.

– Moi, j'en ai une.

Pendant qu'il cherchait de l'aide, un homme se faufila dans son dos. En une fraction de seconde, Ethan se retrouva avec un pistolet pointé sur la nuque.

– Qui êtes-vous ?

– Ne bouge pas, Moore ! Le moindre faux geste, je te fais un cratère à la place du cerveau.

– Vous connaissez mon nom ?

– Tu viens de le hurler en pleine rue, crétin.

– Oui, en effet ! La présence d'un revolver sur la tête me rend amnésique, on dirait.

– C'est ça, monsieur fait de l'humour ! Je suis situé du bon côté de l'arme et toi du mauvais, c'est-à-dire celui du canon. Ne l'oublie pas et ne joue pas au plus malin. Avance !

L'individu accompagné de deux acolytes emmena Ethan dans un lieu encore inconnu. Le trio ne le quitta pas du regard et n'hésiterait pas à l'assassiner s'il tentait la moindre résistance. Ethan pensa à un coup d'éclat, comme il avait précédemment fait face à l'humanoïde, mais à trois contre un, c'était du suicide.

Ils arrivèrent enfin à destination. Un immeuble dépassant tous les autres semblait servir de siège à ses agresseurs.

– Nous y voilà ! Entre, et ne fais aucun geste brusque.

Il écouta, sans broncher. À l'intérieur, rien d'extraordinaire. Seulement une pièce des plus communes, dans laquelle se trouvaient une simple table et quelques chaises. Au fond de celle-ci, il aperçut un homme assis face à un écran. Ethan ne lui prêta guère attention. Ce qui attira son regard fut la présence d'un siège, muni de sangles et de capteurs. « La mort attendra. Si je devais mourir aujourd'hui, ce serait déjà fait », pensa-t-il.

– Installe-toi sur le siège, Moore.

– J'ignore ce que vous attendez de moi, mais sachez que je ne fais que passer dans cette ville. Si vous décidez de me relâcher, j'irai chercher mon amie et je quitterai Cuckfield dans l'heure qui suit.

– On connaît ce genre de baratin par cœur. Tu as intérêt à trouver mieux que ça si tu veux survivre.

– Je fais partie des évadés de Saint John's, et je pense que si je devais mourir aujourd'hui, je ne vous parlerais pas en ce moment même. Ai-je tort ?

– Silence ! C'est nous qui posons les questions. Toi, contente-toi d'y répondre.

– C'est bon, baisse ton arme, David.

L'homme assis se mit debout et s'approcha d'Ethan. Sa prestance, son charisme levèrent tous les doutes : le leader ici, c'était lui.

– Ethan Moore, fugitif et évadé de Saint John's !

– Oui, en personne.

– Si je comprends bien, tu viens de passer la nuit à Cuckfield et tu as besoin d'aide.

– Je ne demande rien de plus. Une fois que j'obtiendrai ce que je désire, je quitterai cette ville, car je la trouve bien trop hostile.

– Voyez-vous ça ! Et où espères-tu aller ?

– Au nord, je pense. Du moment que je m'éloigne le plus possible de Saint John's.

– Un fugitif sans idée de destination ! Je ne donne pas cher de ta peau.

– Pourriez-vous m'aider ?

– Tu te retrouves sur ce siège, entouré de quatre hommes prêts à te descendre et tu nous demandes de l'aide ! Il y a donc urgence ! Est-ce si important pour toi ?

– Oui, très important.

– Tu as l'air sincère, Moore. Cependant, un petit détail m'échappe.

– Quoi encore ? Quel détail ?

– Je pense que tu travailles pour la Miller, comme espion ou tueur à gages.

– Vous faites erreur. Franchement, ai-je une tête à bosser pour eux ?

– Tu n'en as pas le profil, c'est vrai, mais il faudra trouver mieux que ça si tu espères me convaincre.

– Pourquoi mentirais-je ? Je déteste la Miller corporation autant que vous.

– Vraiment ! De toute façon, il n'y a qu'un seul moyen de le savoir.

– Me croire.

– Non, Moore, c'est bien trop simple, nous allons plutôt jouer à un jeu.

– Un jeu ! Quel jeu ?

– Tu vas passer deux tests.

– Quels tests ?

– Tu vas vite comprendre, mais attention : si tu mens, cherche à t'évader ou à te défendre, je te descends.

– Et le cas contraire ?

– Nous t'aiderons, tu as ma parole.

– Combien de fois devrais-je le répéter ? Je ne fais pas partie de la Miller corporation.

– Comme les personnes qui ont posé leur cul sur ce même siège…

– Des personnes avant moi ! Je parie qu'elles sont mortes ?

– Elles le sont. Cinq tueurs à gages et seize agents de la Miller ont fait l'erreur de nous rendre visite. Ils l'ont payé de leur vie.

– Pourquoi ne pas les avoir convaincus de se rallier à votre cause ?

– Impossible ! Leur loyauté est sans failles. La Miller les conditionne et nous ne pouvons plus rien en tirer.

– En les persuadant de se joindre à vous, vous deviendrez intouchables. Les tueurs serviraient de sentinelles et les agents de parfaits espions.

– Quel naïf ! Tu n'as même pas la moindre idée de la cruauté de la Miller corporation ! Elle les ferait assassiner, sans aucune hésitation. À présent, commençons. David, attache-le !

– Je m'en charge, Julian.

David cloua Ethan sur le siège, le sangla et lui posa les capteurs sur le front. À la vue de ceux-ci, il demanda à Julian :

– Qu'est-ce que vous faites ? Ces capteurs, à quoi servent-ils ?

– N'aie aucune crainte, Moore, il ne s'agit que d'un simple détecteur de mensonges.

– C'est ça votre petit jeu ? Un détecteur de mensonges. Vous perdez votre temps, mais après tout, si vous y tenez…

– Ne jubile pas trop vite. Ta vie pourrait prendre fin d'ici quelques minutes. À présent, réfléchis bien avant de répondre.

L'interrogatoire commença. Ethan prit une profonde respiration afin de se détendre. N'ayant pas la mauvaise habitude de mentir, il savait que ce test s'avérerait inutile.

– Ton nom, ton prénom.

– Moore, Ethan.

– Date et lieu de naissance.

– 2029, 23 mai, Birmingham.

– Lieu de résidence, ces cinq dernières années.

– Birmingham ainsi que la prison de Saint John's, à Burgess Hill.

– Quelles sont les raisons de ta condamnation ?

– Refus d'Encéphalia, condamné également pour coups et blessures.

– Tu as des frères et sœurs ?

– Une sœur, Joanna, née en 2037.

– Es-tu venu seul à Cuckfield ?

– Non, une amie m'accompagne.

– Elle se nomme ?

– Thompson, Tracy Thompson.

– Où est-elle ?

– À l'entrée sud de la ville, dans un immeuble, aussi délabré que celui-ci.

Julian posa une dizaine d'autres questions. Comme l'avait prévu Ethan, le détecteur ne décela aucun mensonge. Il n'avait pas menti ou hésité un seul instant.

– Parfait, Moore ! Tu as réussi !

– Vous voilà convaincu ? Vous me croyez désormais ? Maintenant, vous devez tenir parole.

– Pas si vite ! Je te rappelle qu'un second test t'attend.

– Est-ce vraiment nécessaire ? Celui-ci ne vous suffit-il pas ?

– Un détecteur de mensonges est fiable, mais jamais à cent pour cent. Voilà pourquoi nous effectuons des analyses plus poussées.

– Vous me prenez pour un rat de laboratoire ! Pour la centième fois, je ne bosse pas pour eux et je n'ai rien à vous cacher.

– Je pense que tu dis la vérité, mais je ne peux me permettre le moindre doute.

– Vous perdez votre temps.

– Nous verrons. Qu'on m'apporte mon neuro-testeur !

– Un neuro-testeur ? À quoi vais-je devoir encore me confronter ?

– À l'une de mes inventions. Dis un simple mensonge ou hésite un seul instant, et je te garantis que ce dispositif te procurera des douleurs insoutenables. Si tu racontes la vérité, tout ira pour le mieux.

David donna le neuro-testeur à Julian. Cet appareil bénéficiait de deux capteurs ainsi que deux grandes aiguilles dont la longueur atteignait sept ou huit centimètres. À la vue de celles-ci, Ethan perdit toute son assurance.

– Enfoirés de tortionnaires ! Vous comptez m'enfoncer ces aiguilles dans le crâne !

– Je comprends ta colère, Moore, mais nous devons appliquer la procédure.

– Bon sang ! Qu'attendez-vous donc de moi ? J'ai répondu à toutes vos questions.

– On va savoir si tu détestes Encéphalia, comme tu le prétends. Tous les agents ou autres espions sont des encéphalians. En réussissant ce test, tu gagneras ma confiance. Pour l'instant, je te suggère de ne pas paniquer. Plus tu t'affoleras, plus la douleur augmentera. Détends-toi, dis la vérité et tu ne sentiras rien.

David enleva les précédents capteurs afin de poser ceux du neuro-testeur. Julian brancha le câble de son invention à son écran et commença à pianoter sur ce dernier. Les aiguilles se rapprochèrent peu à peu d'Ethan avant de s'introduire dans sa tête. Il serra les dents et les poings, et prit les conseils en considération. Le plus dur était fait. Ethan ouvrit les yeux et regarda l'homme tapoter avec une impressionnante dextérité. Dans le fond, ça le rassura. Il comprit que Julian maîtrisait son sujet. Après avoir répondu à une autre série de questions, le cauchemar prit fin. Ethan, enfin détaché, n'eut plus la force de se lever, trop épuisé par l'expérience qu'il venait de subir. David et Julian lui laissèrent quelques minutes de répit.

— Il s'est évanoui ! Attendons qu'il retrouve ses esprits. Ensuite, nous l'aiderons. Pour l'instant, apporte-lui quelque chose à boire et à manger.

David obtempéra. À peine il quitta la pièce, qu'Ethan reprit connaissance.

— Enfin de retour, Moore ! Comment te sens-tu ?

— M'aider, vous avez promis de m'aider.

— Du calme, Moore, je vais tenir ma parole. Reprends des forces et nous irons rejoindre ton amie. Tu ne risques plus rien, désormais.

David revint avec de l'eau et de la nourriture.

— Bois un coup et sers-toi autant que tu le souhaites.

Ethan, affamé, accepta de manger. Toujours en vie, il en conclut que ce second test fut une réussite. Rassuré, il tenta de sympathiser avec Julian.

— Votre test, quel enfer !

— Je sais, mais prudence est mère de sûreté. Nous imposons ces tests pour toute personne étrangère à Cuckfield. Chaque arrivant doit y passer, sans aucune exception.

— Sérieusement, vous liquidez tous les hommes qui échouent ?

— Non, pas tous. Nous relâchons les free-brainers qui réussissent. Quant aux encéphalians, ça dépend.

— Et de quoi ?

— S'ils sont affiliés à la Miller corporation, ou pas.

— Comment peut-on le savoir ?

— Tout simplement par leur contenu.

— Leur contenu ! Comment ça ?

— Leurs agents ont toutes sortes de manuels implantés dans leur puce. Manipulation, persuasion, l'art de mentir… Tout ce dont ils ont besoin afin d'accomplir leur sale boulot. C'est pour cela que les détecteurs de mensonges n'ont plus aucun effet sur eux. Ils étudient et ne cessent jamais de se perfectionner. C'est tellement ancré dans leur tête qu'ils ne se rendent même plus compte de certaines réactions. Mon neuro-testeur décèle la présence de ce type de contenu. Si un encéphalian ne possède rien de tout cela et répond correctement aux questions, il peut quitter Cuckfield en toute liberté, et nous le persuadons de ne plus y mettre les pieds.

— Cependant, comment pouvez-vous savoir que moi, Ethan Moore, je ne fais pas partie de la Miller corporation ? Ils peuvent très bien engager un free-brainer pour vous espionner.

— Non, impossible.

— Tu crois ça ! Sachant que ton neuro-testeur existe, ils envoient un simple free-brainer, expert dans l'art du mensonge, et vous voilà faits comme des rats.

— Bonne réflexion, Moore ! Pourtant, tu oublies un détail important : ce neuro-testeur est unique, c'est l'une de mes inventions. Comment veux-tu qu'ils informent la Miller, si nous interceptons chacun de ses sbires ? De plus, les chances de duper un dispositif aussi complexe que celui-ci sont infiniment minces. Même les Encéphalians les plus entraînés ne peuvent y parvenir.

— Et comme tu viens de me le dire, ils ne quittent jamais Cuckfield, vivants.

— Tu as tout compris, c'est aussi simple que ça.

— Que viennent-ils faire ici ? Que cherchent-ils, plus précisément ?

— Les dirigeants de la Miller se méfient de nous. Ils se persuadent que les révoltes, les révolutions, naissent dans de petites villes comme celle-ci. C'est pour cette raison que leurs agents viennent nous rendre visite.

— Vous considèrent-ils comme des parias ou des parasites ?

— Oui, en effet. Ici, les habitants désirent vivre en paix, loin d'Encéphalia, en toute simplicité.

— Comment faites-vous pour survivre avec un tel niveau de pollution ?

— Question d'habitude. On s'adapte et nous ne sortons que très peu.

— Triste réalité…

— Il y a des jours difficiles, mais nous faisons avec. À part ça, parle-moi de ton amie. Pourquoi cherches-tu tant à l'aider ?

— Suite à notre évasion, l'état de Tracy ne cesse d'empirer. Elle souffre de maux de tête qui surviennent chroniquement.

— Sont-ils de plus en plus douloureux ?

– Visiblement, oui. D'après elle, ça proviendrait d'Encéphalia.

– Ça fait longtemps que ça dure ?

– Depuis quelques heures. Il y a un lac, non loin d'ici. Afin d'échapper à un humanoïde, nous avons dû sauter depuis la falaise. La puce de Tracy n'a certainement pas apprécié.

– Je vois où ça se trouve. Peut-on faire confiance à cette encéphaliane ?

– Oui, tu peux.

– Quelle version possède-t-elle ?

– Les deux. Elle s'est portée volontaire pour la première avant d'être contrainte d'accepter la seconde. Je sais ce que tu penses, mais ne la juge pas trop vite. Tracy est une fille bien.

– Je comprends. Avec une première version implantée dans sa tête, pas étonnant qu'elle rencontre ce genre de problème. Cette merde est très sensible, surtout face aux chocs et aux charges émotionnelles.

– Ça confirme ce qu'elle me disait.

– Je dois la voir le plus rapidement possible. Retourne la chercher. David va t'accompagner. En attendant, je vais informer la population comme quoi elle n'a rien à craindre de toi. Tu ne risques plus rien à Cuckfield, désormais.

Après avoir remercié Julian, Ethan partit avec David rejoindre Tracy.

– Tu te sens mieux, Ethan ? demanda David.

– Oui, ça va. Votre neuro-testeur, quelle épreuve fatigante !

– Je sais, mais c'est une étape nécessaire.

– En toute franchise, je pense que vous êtes un peu paranoïaque.

– Pas paranoïaque, juste prudent.

– Imagines-tu vraiment que la Miller corporation va envoyer une armée de tueurs pour éviter une éventuelle révolution qui n'aura sans doute jamais lieu ? Regarde autour de toi, David, il n'y a que ruines et désolation.

– C'est ta vision des choses, Ethan. La Miller aime contrôler tout ce qui se trouve à sa portée. Cuckfield ne se situe qu'à quarante miles de Londres, après tout. Qu'elle garde ses brain-centers et Encéphalia. Nous, nous préférons notre liberté et notre tranquillité.

– La Miller corporation n'enquête jamais sur la disparition de ses agents ?

– À quoi bon ? Elle s'en fiche complètement. Crois-tu sincèrement qu'une telle société, admirée par des millions de personnes, va se soucier de quelques employés ? Elle connaît tout juste leurs noms.

– Et toi, David, as-tu déjà pensé à partir ? Si tu acceptais Encéphalia, tu accéderais aux grandes villes comme Londres ou Manchester.

– Plutôt mourir que devenir un pantin de la Miller corporation ! Je suis et resterai un free-brainer, jusqu'à la mort.

– Voilà le genre de phrase que j'aime entendre !

Après avoir fait plus ou moins connaissance, ils arrivèrent à destination. Tracy, éveillée, attendait le retour d'Ethan avec impatience.

– Tracy, comment te sens-tu ?

– Je vais bien, mais les douleurs persistent. Lui, c'est qui ?

– Il s'appelle David et il vient pour t'aider. Je t'expliquerai.

– Et toi ça va ? Tu sembles épuisé !

– Rien de bien grave, ne t'inquiète pas.

David s'approcha de Tracy, saisit son visage et la regarda droit dans les yeux. Il comprit qu'une intervention s'imposait et que Tracy ne pouvait rester dans un tel état.

– Aide-moi à la lever. On va l'emmener voir Julian, il saura quoi faire.

– Penses-tu qu'elle risque de mourir ? chuchota Ethan.

– Non, Tracy va s'en sortir, mais ne traînons pas pour autant. Elle pourrait devenir une instable, si nous n'agissons pas rapidement.

– Une instable ?

– C'est le triste nom que nous leur donnons. Les premières puces présentaient de sérieux problèmes de fiabilité. Certaines grillaient, d'autres se bloquaient. C'est à ce moment-là que les encéphalians deviennent des instables. Ils ne ressentent plus rien, sont de moins en moins réactifs, et certains d'entre eux finissent dans le coma. Les cas sont rares, mais il y en a plus qu'on ne l'imagine.

– Tu veux dire que Tracy pourrait…

– Possible, mais j'espère me tromper. Julian t'en apprendra davantage.

Ils continuèrent leur route, sans évoquer le sujet. Une fois arrivés, ils entrèrent dans une pièce voisine à celle où se trouvaient le neuro-testeur et le détecteur de mensonges. Julian les attendait.

– C'est bien ce que je redoutais ! Posez-la sur la chaise, délicatement.

Julian prit quelques instants pour examiner Tracy. Les mains de la jeune femme tremblaient et son visage blanchissait. Julian tenta de la rassurer.

– Tracy, est-ce bien ça ?

Elle hocha la tête de haut en bas.

– Je m'appelle Julian et je suis le seul qui puisse t'aider dans ce coin paumé. D'après Ethan, tu es persuadée que ta puce a subi certains dommages. Est-ce vrai ?

Elle hocha la tête à nouveau.

– Cette puce te joue un sale tour. Je vais devoir intervenir. Comprends-tu ce que je dis ?

Tracy murmura un petit oui.

– Ethan, a-t-elle été victime de coups ou de blessures en prison ?

– Elle s'est retrouvée dans quelques bagarres, comme tout le monde. Je l'ai déjà vu avec le visage amoché, mais sans réelles gravités.

– Personne n'a abusé d'elle ?

– Non, pas à ma connaissance. À Saint John's, les hommes et les femmes vivent séparément.

– Violence, charges émotionnelles, chute de trente mètres… Pas étonnant qu'elle soit dans un tel état.

– Penses-tu pouvoir la soigner ?

– Je vais faire de mon mieux. Peter, apporte-moi donc le casque.

– Le prototype que tu as terminé le mois dernier ?

– Oui, celui-là.

Peter mit l'objet sur la table.

– Stop ! Attendez ! Qu'allez-vous lui faire ?

– Tu te poses trop de questions ! N'aie crainte, Ethan, nous contrôlons la situation et Tracy ne risque absolument rien. Ce casque va me donner de nombreuses informations sur son état.

– Si je comprends bien, il n'a jamais servi et tu me demandes de ne pas me poser de questions !

– Je sais, Ethan, je sais. Tu ressens de la colère, c'est normal. Même si je l'utilise pour la première fois, je te garantis qu'il fonctionne parfaitement.

– Tu m'excuseras, mais je reste sceptique. Tracy est un être humain et non un rat de laboratoire. Arrête ça tout de suite !

Julian haussa le ton.

– Calme-toi, Ethan ! Je sais très bien que ça ne t'enchante pas, mais nous n'avons pas le choix. Si nous ne tentons rien et restons là à attendre, son état risque de s'aggraver.

– Allez-y, faites-le ! lança Tracy dans un instant de lucidité.

– Tu le souhaites vraiment ? Veux-tu prendre ce risque ?

– Au pire, que peut-il m'arriver ? Devenir une instable ou mourir. Je préfère y laisser la vie plutôt que rester dans cet état.

– Ne dis pas de telles choses ! Tu n'as pas les idées claires.

– En ce moment, si. Avant cela, tu vas me promettre que si je ne suis plus moi-même, tu mettras fin à mes jours.

– Tu es folle ou quoi ! As-tu conscience de ce que tu viens de dire ?

– Oui, parfaitement ! Et je pèse mes mots.

– Tracy, écoute…

– Non Ethan ! Là, c'est toi qui m'écoutes ! As-tu songé à ce que ce casque pourrait apporter si tout se déroule comme prévu ? Je prouverai qu'il ne représente aucun danger et des centaines de personnes dans mon cas guériraient. C'est ma façon de rattraper mes erreurs, de faire quelque chose de ma vie et de le faire bien. Alors, s'il te plaît, ne te mêle pas de ça !

– Très bien ! Ta décision est prise. Je ne te ferai pas changer d'avis de toute façon.

– Julian, David, Peter, et toi Ethan, écoutez-moi bien : si par malheur, je deviens une instable, vous m'exécuterez.

Les trois premiers hommes acquiescèrent. Ethan, quant à lui, hésita avant d'accepter à contrecœur.

– Merci à vous. Assez perdu de temps, commençons !

– Très bien, allons-y.

Julian posa délicatement le casque sur la tête de Tracy, le brancha sur son écran et l'alluma.

– On va t'endormir, t'anesthésier.

– M'anesthésier ! Je ne vois pas comment ce casque pourrait me provoquer des douleurs.

– Tu as raison, il n'en cause pas. C'est juste que tu ne dois avoir aucune pensée durant l'intervention. La procédure pourrait échouer. Le fait de t'endormir supprime toutes probabilités. D'ici quelques petites minutes, tu te réveilleras, comme si de rien n'était. Peut-on passer à l'étape suivante ?

– Oui, tu peux.

Julian se mit à la tâche. Pendant que Tracy dormait profondément, le processus suivit son cours. L'homme pianotait comme jamais, animé par sa nouvelle expérience, sous les yeux ébahis d'Ethan. Cette invention semblait à la pointe de la technologie. Elle détectait les problèmes de conceptions, certaines défaillances et les défauts dus à Encéphalia.

Dix minutes plus tard, l'intervention prit fin.

– Julian, as-tu réussi ?

– Trop tôt pour le dire. Peter, enlève-lui son casque.

Il le retira avant de prendre son pouls.

– Elle va bientôt revenir à elle et son rythme cardiaque paraît bon.

Tout le monde patienta, dans le calme. Après quinze longues minutes d'attente, elle ouvrit les yeux, commença à bouger, et enchaîna les mouvements.

Tracy se mit debout et marcha vers les quatre hommes. Elle les regarda et les appela par leur nom. Son visage rayonnait pendant qu'elle souriait.

– J'ai du mal à y croire ! s'étonna Ethan.

– Je te trouve plus en forme que tout à l'heure ! Comment te sens-tu ?

– J'ai l'impression de revivre, tout ça grâce à toi. Merci Julian !

– De rien. Tu es sur pieds et l'intervention s'est déroulée comme prévu. On ne pouvait espérer mieux.

– Alors, on y est ! Me voilà enfin débarrassée d'Encéphalia !

– Pas tout à fait.

– Comment ça, pas tout à fait !

– J'ai détecté les problèmes, les défaillances, mais je n'ai fait que ralentir les douleurs et le processus.

– Tu insinues que tout ça n'a servi à rien ?

« Coupe une branche pourrie et elle repoussera tant que tu n'auras pas pris soin de l'arbre ».

– Tu dois faire erreur ! Je me sens parfaitement bien !

– Je crains que ce ne soit que temporaire. Ton état laisse à désirer. Je ne peux rien faire de plus, désolé.

– Pour faire court, tu as posé un pansement sur une plaie ouverte. Julian, s'il te plaît, dis-moi que je me trompe !

– Non Tracy. Les principales fonctionnalités de ce casque sont d'analyser, de détecter. Il peut également soigner quelques symptômes en fonction du nombre et de leur gravité. En ce qui te concerne, c'est délicat.

– Essaies-tu de me dire que tout pourrait recommencer ? Que tout ça n'est que du flan ?

— Pas forcément. Il se peut même que tu ne ressentes plus aucun symptôme jusqu'à la fin de ta vie, du moins je l'espère.

— Tu l'espères ! Voyez-vous ça !

— Je te rappelle que c'est la première fois que je l'utilise et que tu as insisté pour être la première personne à le porter : « Je prouverai qu'il ne représente aucun danger et des centaines de personnes dans mon cas guériraient. C'est ma façon, de rattraper mes erreurs, de faire quelque chose de ma vie et de le faire bien ». Ce sont bien tes mots, Tracy ? Aurais-tu perdu la mémoire ?

Elle ne sut que répondre, car Julian avait raison. Ethan tenta d'apaiser la situation.

— Julian ! À combien évalues-tu ses chances d'en finir définitivement avec Encéphalia ? Quelles sont les probabilités ?

— Pendant qu'elle était inconsciente, j'ai rentré une ligne de code qui permet de bloquer les défaillances. Malgré cela, Tracy doit consulter quelqu'un de plus compétent et mieux équipé que moi.

— S'il te plaît, viens-en directement au fait. Les probabilités, combien ?

— Je dirais vingt pour cent, soit une chance sur cinq de s'en sortir.

— Et le cas contraire ?

— Ses problèmes, ses souffrances persisteront petit à petit. Trois jours, une semaine, un mois… Impossible à prédire.

La nouvelle désespéra Tracy. Pour elle, tout n'était qu'une question de temps avant que ses douleurs ressurgissent.

— Ces lignes de code dont tu parles, apprends-les-moi !

— Comment ?

— Dès que nous quitterons Cuckfield, j'aiderai Tracy et je ferai en sorte qu'elle ne subisse plus aucune crise. Ton invention semble efficace, Julian, mais je suis persuadé que d'autres moyens existent. En ayant acquis certaines connaissances, j'effectuerai moi-même les interventions afin que Tracy puisse rester dans un état stable. Je n'aurai plus qu'à renouveler l'opération jusqu'à ce que l'on trouve une solution. Fais-moi confiance, Julian, j'y arriverai.

— Tu rêves, Ethan. Si tu penses qu'il suffit d'apprendre quelques lignes de code par cœur pour que tout rentre dans l'ordre, tu te trompes fortement. Tout dépend de la personne, de son état, de ses émotions… Ce n'est pas une science exacte. Ce travail demande d'excellentes compétences, du matériel, et tu ne possèdes ni l'un ni l'autre.

– Donc, je ne peux rien faire. Tracy est condamnée !

– Non, pas forcément. Un homme pourrait sans doute vous aider, suggéra David.

– Vraiment ! Qui ça exactement ?

– À Londres, il y a un expert que l'on surnomme l'araignée.

– L'araignée ?

– Un véritable génie dans son domaine. Personne ne lui arrive à la cheville. Demande donc à Julian, il le connaît.

– Est-ce vrai, Julian ?

– Parfaitement. Nous bossions ensemble, il y a une dizaine d'années, sous les pseudonymes d'araignée et de scorpion. Nous formions un binôme plus connu sous le nom d'arachnide.

– J'en ai vaguement entendu parler. Vous passiez votre temps à pirater de nombreux programmes concernant les humanoïdes.

– On les mettait hors service ou on leur attribuait des fonctions absurdes. J'ai même réussi à en pousser un à l'autodestruction. Cet idiot s'est jeté du haut du Tower Bridge. Quelle cruauté, vous me direz !

– Ton ami, l'araignée, dis-nous-en plus. Le crois-tu capable de nous aider ?

– Si un seul expert peut résoudre les problèmes de Tracy, c'est bien cet homme. J'ai beaucoup appris de lui. Ce type est un virtuose dans le domaine de l'informatique, de la robotique et du piratage.

– Parfait ! Donne-nous donc son adresse et nous irons le voir de ta part.

– Impossible ! Je ne sais pas où il vit et j'ignore son véritable nom.

– Tu ne connais ni le nom ni l'adresse de ton ancien associé ?

– Pas du tout ! D'ailleurs, lui aussi ignore le mien. Lors de notre première rencontre, nous avons pris nos pseudonymes en nous promettant de ne jamais dévoiler nos identités.

– En procédant ainsi, impossible de balancer quoi que ce soit en cas d'arrestation. Moins vous en saviez l'un de l'autre, mieux c'était.

– On ne peut rien te cacher ! La Stackford n'appréciait pas que l'on s'en prenne à ses humanoïdes, à tel point qu'elle a mis Scotland Yard à nos trousses. Quand la situation est devenue trop dangereuse, nous avons dissous l'association. Il m'a dit qu'il resterait à Londres et qu'il travaillerait sur de nouveaux projets. De mon côté, j'ai réussi à quitter la capitale pour retourner vivre dans ma ville natale, ici, à Cuckfield.

Les années ont passé, les choses se sont tassées, la Stackford a laissé tomber. Depuis, je n'ai pas la moindre nouvelle.

— Nous n'avons aucun moyen de le rencontrer ? s'interrogea Tracy.

— Nous ignorons où il habite, mais rien ne prouve qu'il reste introuvable. Il y a quelques années, des rumeurs circulaient, comme quoi il résidait dans les quartiers modestes de Londres comme Limehouse ou Brixton.

— Autant chercher une aiguille dans une botte de foin ! Nous aurons du mal à le retrouver.

— Peu importe, Ethan. Nous devons essayer.

— Julian, je pense qu'il serait plus raisonnable de rester ici jusqu'à demain. Accepterais-tu de nous héberger, rien que cette nuit ? À l'aube, nous partirons.

— Aucun problème, j'allais justement te le proposer. Restez le temps que vous le souhaitez. Vous êtes faibles, nous allons vous apporter de la nourriture. Alimentez-vous et reposez-vous.

— Merci pour ton aide, Julian.

Tracy et Ethan reprirent des forces, discutèrent avec la population, passèrent la soirée avec les autres... Ça ne ressemblait pas à la vie rêvée, mais à leur réveil, ils avaient retrouvé le sourire. Cette nuit de sommeil leur fit le plus grand bien. Une des habitantes de Cuckfield, avec laquelle Tracy sympathisa, apporta de l'eau et quelques vivres. Pendant ce temps, Julian prépara leur départ dans les meilleures conditions.

— Bonjour Tracy, bonjour Ethan. Cette nuit ?

— Parfaite, merci.

— Prenez un peu de temps. Rejoignez-moi dès que vous aurez terminé.

Ethan et Tracy profitèrent de quelques minutes de tranquillité pour boire un café, un jus de chaussette, mais qu'ils apprécièrent, car cela faisait une éternité qu'ils n'en avaient pas bu. Ceci fait, ils se décidèrent à partir. À l'étage inférieur, Julian, David et Peter les attendaient.

— Vous voilà enfin prêts ! Toujours déterminés à partir ?

— Oui, nous le sommes. Allons retrouver l'araignée en espérant que les forces de l'ordre ne soient pas déjà à notre recherche.

— Très bien. Une longue route vous attend. Un bon conseil : restez vigilants. Dès votre arrivée à Londres, fréquentez les endroits les plus populaires, les plus modestes. Vous y rencontrerez des personnes plus fiables, plus honnêtes que dans les quartiers aisés.

– Fondez-vous également dans la masse. Rien de tel pour passer inaperçu.

– On s'est bien adapté à Saint John's. Londres ne posera aucun problème.

– Ne sois pas aussi confiant, surtout dans une ville comme celle-ci.

– À combien d'heures de marche se situe Londres ?

– C'est à quarante miles d'ici, comptez huit bonnes heures pour arriver à Croydon, la banlieue sud. Ménagez-vous, restez-y jusqu'à demain.

– Nous éviterons les axes principaux et couperons à travers champs.

– Sage décision ! Soyez prudents et tout se passera comme prévu. Mes amis, il est temps pour vous de partir, désormais.

– Merci Julian. Ça me rassure que tout se termine pour le mieux. Hier, je ne pensais jamais revoir le lever du soleil.

– Je sais Ethan, mais nous devons procéder ainsi. À présent, vous avez toute ma confiance ainsi que celle des habitants de Cuckfield. En espérant que vous trouverez l'araignée. Bonne chance à vous deux.

Ethan et Tracy remercièrent Julian, David et Peter avant de quitter Cuckfield, définitivement. Au bout de quelques minutes de marche, ils s'approchèrent de la sortie, sur les hauteurs de la ville. Les deux fugitifs se retournèrent afin de la contempler, une dernière fois. Bâtiments abandonnés, pollution abondante, humains rejetés… Tel était le sort réservé aux exclus, aux parias, aux free-brainers. Ces personnes courageuses qui choisirent une existence misérable plutôt qu'une vie sous Encéphalia. Ethan prit conscience que son pays regorgeait de gens comme lui, que ce soit dans les Midlands, l'Est ou encore le Yorkshire et Humber. Attristé, mais pas désespéré, il reprit la route avec Tracy, la seule famille qui lui restait. Londres les attendait…

III

La rencontre

Trois heures de marche, une pause s'imposait.

– Ethan, où en sommes-nous ?

– On a dû faire plus d'un quart du trajet. Comment te sens-tu ?

– Je tiens le coup. Une fois à Croydon, que fait-on ?

– Comme prévu, nous y passerons la nuit avant d'aller à Londres. Nous partirons à la recherche de notre homme dès demain matin. On reparlera de cela en détail lorsque nous arriverons à destination.

Ils continuèrent leur route, sans encombre. Quelques miles plus tard, alors qu'ils marchaient tranquillement, un bruit peu commun les interpella.

– Tracy ! As-tu entendu ?

– Oui, et j'ai l'impression que ça se rapproche.

– Tu as raison, et je n'aime pas ça. Tirons-nous vite d'ici !

En effet, un drone se haussa juste au-dessus de leur tête et poussa un signal d'alarme. Pris au piège, ils stoppèrent leurs pas.

– Ne bougez pas ! Restez où vous êtes ! Les mains en l'air ! Je vous ordonne de coopérer !

– Décidément, ces boîtes de conserve, drones ou humanoïdes, en ont après nous.

– Rien d'étonnant ! Regarde l'inscription marquée dessus.

« Drone de sécurité numéro 13, prison de Saint John's ».

– Je crains que nous n'ayons pas le choix. Écoutons-le.

– Quelle poisse ! Ils ne nous laisseront jamais tranquilles.

– Désolé Tracy, mais ce n'était qu'une question de temps avant que l'on se fasse prendre. Je souhaitais vraiment t'aider, sincèrement.

– Tu as fait de ton mieux, ne t'inquiète pas. Ne tente aucun geste brusque ou il nous tuera au moindre faux pas.

– Identification en cours. Veuillez ne pas bouger.

Le drone continua sa procédure, lorsqu'un coup de feu retentit. L'engin volant vrilla, avant de s'écraser au sol. Le projectile fut placé avec une telle précision qu'Ethan comprit que celui qui venait de tirer maîtrisait parfaitement une arme à feu. L'homme s'approcha pendant que Tracy et Ethan restèrent immobiles.

– Drone Stackford modèle 46B, les derniers sortis. Même à la pointe du progrès, ça reste de la camelote. Ça va vous deux ?

Ils firent oui, d'un signe de la tête.

– Baissez vos bras. Je n'ai pas l'intention de vous descendre.

– Nous voilà rassurés ! Visiblement, vous semblez habile avec un fusil.

– Je le suis. Mais dites-moi, que faites-vous donc par ici ?

– On marche vers Croydon où nous souhaitons y passer la nuit. Nos noms sont Ethan Moore et Tracy Thompson.

– Moi, c'est Steve Wood. Vous paraissez bien pressés ! D'où venez-vous ?

– Tais-toi, Ethan, je n'ai pas confiance.

– De Saint John's.

– Bon sang ! Pourquoi lui as-tu dit ? Nous devons faire profil bas. L'aurais-tu oublié ?

– Bien sûr que non, mais as-tu vu avec quelle facilité il a descendu ce drone ? Il ne semble pas du genre à rater sa cible. S'il avait voulu, on serait déjà morts.

Tracy ne sut que répondre.

– Des fugitifs ! J'aurais dû m'en douter.

– Vous êtes au courant ?

– Comme beaucoup de monde. Les médias ne parlent que de ça.

– Vraiment ! Je pensais que le directeur de la prison attendrait quelques jours avant de l'annoncer ! Tout organiser, lister les évadés, préparer un discours… Ces démarches sont censées prendre du temps.

– Pas tant que ça, apparemment. Il y a beaucoup d'incompétents dans leur domaine, mais ne les sous-estimez pas pour autant. Les nouvelles vont vite et des avis de recherches sont lancés.

– Déjà !

– Oui, déjà. Ils incitent même la population à dénoncer, et commencent à montrer des listes de fugitifs. Celles-ci mentionnent leur identité par ordre alphabétique, visiblement. Il y a tout juste une heure, j'ai aperçu les noms de Brown et Clark.

– Ce n'est vraiment pas de chance ! Steve, avez-vous vu d'autres évadés ?

– Oui, quelques-uns. Certains couraient, apeurés, pendant que d'autres regrettaient leur acte et attendaient qu'on les arrête. Ils s'imaginent que la justice sera plus clémente s'ils n'opposent aucune résistance. Les idiots, ils rêvent.

– Nous qui pensions être les seuls à se diriger vers Londres…

– Vous désirez vous rendre dans la capitale ! Pourrais-je savoir pourquoi ?

– Nous devons trouver une planque et aussi rencontrer une personne bien précise. Contrairement à moi, Tracy est une encéphaliane. Sa puce lui pose quelques problèmes. Il lui faut l'intervention d'un expert.

– Et vous, Steve ? Êtes-vous un encéphalian ? demanda Tracy.

– Un free-brainer, comme la majorité des personnes de mon groupe.

– Votre groupe ?

– Une bande d'acharnés qui ne tolère plus cette société. Nous aidons les individus qui souhaitent quitter l'Angleterre, s'exiler, fuir Encéphalia…

– Pour faire simple, vous êtes des passeurs ?

– C'est plus ou moins ça.

– D'où viennent vos clients ?

– Ils arrivent de toute la Grande-Bretagne, des villes comme Leeds, Cardiff ou encore Glasgow.

– Dans quels pays comptent-ils aller ? Hors des NSE, je suppose ?

– Évidemment ! Grâce à nous, ils prennent le bateau pour une destination qui n'appartient pas aux NSE : l'Afrique, la Russie, le Japon, l'Océanie…

– Tous des free-brainers ?

– En minorité. Une partie des encéphalians, quant à eux, partent pour rencontrer de soi-disant experts, des hommes capables de les déconnecter d'Encéphalia. Il y a tout un business qui se développe dans ce domaine, et on y trouve autant de gens sérieux que de charlatans. Les futurs exilés le savent, mais ils préfèrent prendre le risque plutôt que de rester ici.

– Le gouvernement ne vous pose pas de problème ? demanda Tracy.

– Non, pas du tout. Cependant, les dirigeants se doutent bien que certains arrivent à leurs fins. Dans ce cas, ils ne les comptent plus comme habitants de grandes villes, mais comme des parias. Si jamais elles se font arrêter, ces personnes n'auront plus accès à leur ancien domicile. C'est un risque à prendre et elles en sont conscientes.

– Jamais je n'aurais cru que des Anglais chercheraient à s'exiler !

– Rien d'étonnant ! Les médias n'en parlent jamais. Pourtant, les cas ne cessent d'augmenter.

– Si le gouvernement devait courir après tous ces parias, il passerait pour incompétent. En les excluant, il évite l'humiliation. Combien de personnes font appel à vos services ?

– Environ quarante par semaine. Le mois dernier, on a presque atteint les deux cents.

– Tant que ça ! Et moi qui pensais être le seul à détester Encéphalia…

– La preuve que non. Et vous ? Souhaiteriez-vous partir ?

– J'apprécie l'offre, mais je ne peux l'accepter. Je suis bien trop attaché à mes racines, Tracy également.

– Comme vous voudrez. Il suffirait d'en toucher un mot à mon boss pour qu'il garantisse votre départ.

– Votre boss ?

– Oui, en effet. J'occupe le rôle de sentinelle, de simple guetteur. Je n'ai aucun pouvoir de décision, même si mon avis compte. Le seul qui commande, c'est notre leader, Charles Turner.

– Vu comme vous en parlez, il a l'air respecté.

– Il est ! Un homme droit et honnête qui déteste Encéphalia et tout ce qui lui est associé. Monsieur Turner est de la vieille école. Londres et le Sud-Est n'ont aucun secret pour lui. Il les connaît comme le fond de sa poche.

– Pourrait-il nous informer sur certaines personnes, du genre difficile à joindre ?

– Sans aucun doute.

– Dans ce cas, quand pourrions-nous le rencontrer ?

– Avant le prochain embarquement. Il supervise le déroulement de toutes les opérations.

– Quel embarquement ?

– Les futurs exilés partent bien de quelque part. Certains prennent le bateau à Douvres, d'autres à Margate ou à Eastbourne.

– Pour quand est-il prévu ?

– Demain, à l'aube.

– Pensez-vous qu'il nous accordera un peu de son temps ?

– Possible ! Tout dépend de ses occupations.

– Essayez donc.

– Nous le trouverons au camp, à quinze minutes d'ici. Je lui parlerai de vous, de votre situation. Avant toute chose, sachez que monsieur Turner rencontre de graves problèmes de santé. S'il accepte de vous recevoir, l'entrevue ne durera que quelques minutes. Soyez le plus précis possible dans vos questions et essayez de lui en poser que très peu.

– Nous comprenons, on ne s'éternisera pas.

– Dans ce cas, ça ira. À présent, plus rien ne nous retient ici, partons.

Tracy et Ethan suivirent Steve jusqu'au camp. Les deux fugitifs préparaient leurs questions tout en espérant obtenir des informations. À peine arrivés, ils aperçurent les futurs exilés. Peu importe les origines, l'âge ou le statut social, tout le monde semblait s'entendre. Quitter leur vie actuelle, prendre un nouveau départ, oublier Encéphalia… Tels étaient les objectifs des soixante personnes présentes ce jour-là. En attendant, ils se contentaient de loger dans de simples tentes. Celle de Charles Turner se situait tout au fond, à l'écart des autres.

– Nous y voilà, veuillez rester ici. Je vais voir si monsieur Turner peut vous recevoir.

– Merci, Steve, nous patientons.

Ils attendirent quelques instants en souhaitant que Charles Turner accepte de les rencontrer. Tracy et Ethan regardaient les personnes présentes dans le camp, en espérant y retrouver d'anciennes connaissances. Aucun visage ne leur sembla familier. Quelques minutes passées, Steve sortit les rejoindre.

– Monsieur Turner va vous recevoir. Restez poli et compréhensif. Il paraît en forme, mais n'oubliez pas que c'est un homme très malade. Je vous prierai de ne pas abuser de son temps.

– Quelques minutes suffiront, merci.

Ils entrèrent dans la tente. Charles Turner était un septuagénaire, affaibli et fatigué, même s'il le cachait en souriant et en accueillant les gens à bras ouverts. On pouvait discerner chez lui, la connaissance, l'intelligence, la bienveillance ainsi que la sagesse. Il portait des habits des plus ordinaires et semblait vivre de façon modeste. Ethan et Tracy comprirent que le vieil homme consacrait sa vie à aider les autres et à faire le bien autour de lui.

— Ethan Moore et Tracy Thompson, ai-je raison ?

— Oui, en effet. Merci d'avoir accepté de nous accorder un peu de votre temps.

— Aah ! Le temps… il ne m'en reste que très peu. Que puis-je faire pour vous ?

— D'après Steve, Londres et le Sud-Est n'ont aucun secret pour vous.

— C'est un peu exagéré même s'il n'a pas tort.

— On souhaiterait savoir si vous connaissez des quartiers, des secteurs où l'on pourrait se sentir en sécurité.

— Et on aimerait rencontrer des personnes fiables, prêtes à nous aider, demanda Tracy à son tour.

— En ce qui concerne les amis fiables, je n'ai plus aucun contact. Pour les secteurs, je vous suggère Camberwell, Hackney ou Brixton. C'est risqué, mais personne ne viendra vous chercher. Dans ce genre d'endroit, vous y verrez des bagarres, des vols, mais rarement de délation.

— Quel dommage que vous ne connaissiez plus personne qui puisse nous apporter du soutien !

— Je vous comprends, Tracy. Tous mes anciens amis décèdent à tour de rôle et ma dernière visite à Londres remonte à une éternité. Étant un free-brainer, je n'y ai plus accès.

— J'ai l'impression que l'on en trouve de moins en moins dans la plupart des grandes villes !

— Il en reste, mais la majorité y est née. Cependant, on oblige les gens à survivre dans les quartiers les plus défavorisés. Dans de telles cités, le besoin de main d'œuvre à moindre coût ne manque pas. Le gouvernement les isole, leur fiche la paix avec Encéphalia, du moment qu'ils se contentent de travailler et font profil bas. Même s'ils ont envie de vivre dans un autre quartier plus aisé, ils ne le peuvent pas. La seule façon d'y accéder, c'est Encéphalia.

— Survivre dans la misère ou accepter une puce cérébrale. Quel dilemme !

— C'est la principale raison qui m'a poussé à quitter Londres. Je préfère garder de bons souvenirs de ma ville natale, plutôt que d'être témoin de sa décadence.

— À vous entendre, vous semblez de la vieille école !

– Oh que oui ! Certains me considéraient comme un pauvre imbécile, mais peu importe. Venant de tous ces idiots qui acceptent bêtement de se faire injecter une puce dans le cerveau, ça ne me fait ni chaud ni froid. À présent, j'aimerais prendre un peu l'air. Aidez-moi donc à me lever et allons faire un tour. Nous continuerons cette conversation en chemin.

– En êtes-vous sûr ? Vous tenez à peine debout.

– Ne vous en faites pas. Mes vieilles jambes sont bien plus résistantes qu'elles en ont l'air. Apportez-moi ma canne. Sortir me fera le plus grand bien.

Ethan ne put refuser la demande de Charles Turner. Dès qu'ils quittèrent la tente, Steve intervint.

– Monsieur Turner, où allez-vous ? Vous devriez prendre du repos.

– Cesse donc de t'inquiéter pour moi. Je t'apprécie beaucoup, Steve, mais tu en fais trop. Je vais marcher avec ces deux jeunes gens.

– Très bien ! C'est vous qui voyez. Mais en cas de problèmes, rentrez vite au camp.

– Je ferai très attention. Si je rencontre des difficultés, Ethan et Tracy m'aideront.

– Si cela ne vous dérange pas, je préfère rester ici, proposa Tracy. Parlez donc entre hommes. Moi, j'assisterai les gens qui en ont besoin.

Charles et Ethan acquiescèrent. Sur le trajet, tout le monde salua le vieil homme, en signe de respect. Une fois hors du camp, Charles se mit à tousser, d'une toux rauque et incessante. Sa main recouverte de sang, il ôta de la bouche.

– Bon sang, Charles ! Que vous arrive-t-il ? Nous devrions rentrer. Vous avez besoin de soins.

– Ça va aller ! C'est déjà terminé.

– Ne restez pas dans un tel état. On doit vous emmener à l'hôpital.

– Laissez tomber cette idée. Les seuls experts compétents travaillent dans les grandes villes, et comme vous le savez, je n'y ai pas accès.

– Vous faites peine à voir. Free-brainer ou non, les gardes ne vous refuseront pas l'entrée. En apercevant un vieillard malade et mourant, ils seront contraints de vous conduire à des spécialistes capables de vous soigner.

– Quelle naïveté ! Les gardes, les médecins… Ils s'en fichent royalement. Le serment d'Hippocrate ne veut plus rien dire. Il est tout juste symbolique. Eux et une partie de la population nous considèrent comme des parasites, des exclus. Ils ne laisseront jamais rentrer un vieux loup dans la bergerie.

– Et le marché noir ? Vous y avez déjà pensé ?

– Oui, mais à quoi bon ? Ne perdons plus de temps avec toutes ces questions inutiles. Je ne verrai pas la fin de l'année de toute façon.

– Laissez-moi vous persuader du contraire. Je veux vous aider.

– Puisque je vous dis que ça ne servira à rien ! J'ai un cancer du poumon.

– Un cancer du poumon ! Comment pouvez-vous le savoir ? Vous n'avez fait aucun examen ou consulté de spécialistes.

– Maux de tête, rejets de sang, toux douloureuse, perte de poids… Tous les symptômes de ce maudit cancer. Croyez-moi sur parole, je ne prononce pas ces mots à la légère.

– La vie peut se révéler si injuste ! Pourquoi cela doit-il vous arriver ? Un homme admiré, respecté, qui a passé son temps au service des autres…

– Ma vie ! Je n'ai pas toujours été aussi généreux et altruiste que vous l'imaginez.

– Vraiment ?

– Disons que j'ai eu une vie très agitée, durant une bonne partie de mon existence. J'ai fait beaucoup plus de mal que de bien.

– Et pour vous racheter, vous avez décidé d'aider les autres.

– C'est ma rédemption. Elle me permet d'oublier le passé. Je me sens bien mieux aujourd'hui, même à l'approche de la mort.

– Je comprends. Sinon, vos toux, surviennent-elles fréquemment ?

– Plus ou moins. Je peux en avoir cinq dans une journée comme dix en une semaine.

– À combien estimez-vous le temps qu'il vous reste ? Vivriez-vous assez longtemps pour aider d'autres futurs exilés ?

– Le temps à vivre ? Je ne veux pas le savoir. Aider les exilés ? Jusqu'à mon dernier souffle.

– Vous n'avez jamais eu peur des dénonciateurs ?

– Je n'y pense même pas. Si tout le monde surveille son voisin, c'est le désordre assuré. Je supervise les embarquements, souhaite bonne chance à nos clients et je retourne au camp afin d'organiser le prochain. Ça fait trois ans que je m'y emploie et je n'ai jamais rencontré le moindre délateur.

– Un exil, combien ça coûte exactement ?

– Quasiment rien. On impose un montant minimum pour nos frais. Pour le reste, chacun donne ce qu'il veut. Ce surplus nous permet de financer l'entretien des bateaux, de nouvelles tentes, de la nourriture de meilleure qualité… Les gens se montrent extrêmement généreux, que ce soit le simple employé, le chef d'entreprise ou le bon père de famille.

– Au fond de moi-même, j'ai toujours cru que la majorité de la population n'était qu'une bande de naïfs qui ne pense qu'à aller dans les brain-centers pour se « remplir » le cerveau. Aujourd'hui, je réalise que je faisais erreur. Les personnes ne sont pas forcément ce que l'on imagine. Il faut du courage pour tout plaquer, quitter son pays pour une destination inconnue. Beaucoup d'entre eux avaient une vie stable, paisible, bien rangée… Ils auraient pu continuer à vivre ainsi et ne plus fréquenter les brain-centers, alimenter leur puce, ou écouter les conneries du bureau national de l'information.

En entendant les mots d'Ethan, Charles ne put s'empêcher de rire aux éclats.

– Hahahahahaha ! Vous croyez vraiment que les raisons qui poussent nos clients à partir du jour au lendemain sont Encéphalia ainsi que le baratin du BNI qu'ils écoutent à longueur de journée ?

– Évidemment ! Il se peut qu'ils en aient d'autres, mais moins importantes.

– D'autres raisons ! Moins importantes ! Et vous pensez que les idiots, ce sont eux ! Je ne veux pas vous paraître irrespectueux, mais je vous remercie. Cela faisait fort longtemps que je n'avais pas autant ri !

Les paroles de Charles interpellèrent Ethan.

– J'ai du mal à vous suivre, Charles !

– Je ne connais pas grand-chose de vous, Ethan, et vous avez l'air d'un chic type, quoiqu'un peu naïf et touchant à la fois.

– J'ai compris, cessez vos sarcasmes ! Maintenant que vous m'avez cerné, dites-moi ce que je dois savoir.

– Les puces de traçabilité : elles ne vous évoquent rien ?

Le mot traçabilité choqua Ethan.

– Les puces de traçabilité ! Je n'aime pas ça.

– Vous n'en avez jamais entendu parler ?

– Pas le moins du monde.

– Si vous imaginez qu'ils emprisonnent les gens parce qu'ils ont refusé Encéphalia, vous vous trompez fortement.

– J'ai bien peur de comprendre ! J'espère seulement que ce que vous allez dire ne reflète pas mes pensées.

– En refusant Encéphalia, ils rejettent les puces de traçabilité. Comme son nom l'indique, elles permettent aux autorités gouvernementales ainsi qu'à la Miller corporation de suivre chaque citoyen, en toute simplicité. Une minorité en connaît l'existence, et nos clients en font tous partie.

Même si Ethan se doutait de ce que Charles allait lui dire, il n'en croyait pas ses yeux. Sous le choc, il ressassa son passé.

– J'y vois plus clair désormais. C'est sans doute la véritable raison de ma condamnation ! N'étant pas encéphalian, je ne possédais pas de puce de traçabilité.

– C'est évident, Ethan. Désolé de vous l'apprendre aussi soudainement.

– Et Tracy ! Si tous les encéphalians ont cette puce, les autorités pourraient la retrouver au camp ! Ils la jugeront et mettront fin à toutes vos activités. Retournons-y ! Je prends Tracy avec moi, et je quitte les lieux sur-le-champ.

– Ne vous donnez pas cette peine Ethan, c'est inutile. Tracy a bien sa puce endommagée ?

– Oui, et pas qu'un peu.

– Donc, nous n'avons rien à craindre. Si sa puce principale est dans un piteux état, celle de traçabilité ne fonctionne probablement plus.

– Vous semblez bien sûr de vous !

– Je le suis. La fiabilité et la qualité des premiers exemplaires laissaient à désirer. Tous les encéphalians ayant rencontré des problèmes avec la première version ont vu leur puce de traçabilité devenir totalement inefficace. Tracy ne fait pas exception à la règle, croyez-moi sur parole.

Les certitudes de Charles rassurèrent Ethan et éveillèrent sa curiosité. Le vieil homme paraissait en savoir beaucoup sur Encéphalia.

– Il faut que j'en apprenne davantage. Comment se fait-il que je découvre leurs existences seulement aujourd'hui ?

– Tout simplement, car le BNI, la Miller corporation ainsi que le gouvernement n'ont jamais informé personne. Vous imaginez le BNI dire : « Bonsoir à tous. Sachez que si l'on vous injecte une puce de traçabilité avec Encéphalia, c'est pour le bien de tous… ».

– Bien sûr que non.

– Cela va de soi. Jamais les populations n'accepteront l'idée d'être sous surveillance contrôlée.

– Vos clients n'en ont jamais parlé à leurs proches ? Si tout le monde l'apprenait, la situation changerait.

– Certains préviennent leurs amis et leurs familles, mais peu semblent convaincants. D'autres gardent ça pour eux, par peur de se faire dénoncer. Même si nous acceptons de plus en plus de personnes chaque semaine, elles ne représentent qu'une minorité par rapport à l'échelle de la population d'un pays comme le nôtre.

– D'après vous Charles, ces puces de traçabilité furent-elles inventées en même temps qu'Encéphalia ou sont-elles apparues plus tard ?

– Personne n'a jamais pu répondre à cette question. J'ai effectué de nombreuses recherches, mais je n'ai jamais trouvé la moindre explication.

– Si personne n'en a parlé, comment avons-nous découvert leur existence ?

– Les forces de l'ordre retrouvaient facilement des personnes, loin de leur domicile, dans des quartiers qu'elles ne fréquentaient jamais.

– Rien de bien difficile. En plus des caméras de surveillance, la police n'a qu'à faire pression sur un membre de leur famille pour avoir toutes les informations qu'elle désire.

– C'est exact. Cependant, il arrive que ces personnes n'aient pas de famille, passent par la chirurgie esthétique et changent même leur identité. Beaucoup d'encéphalians choisissant cette voie ont été retrouvés en moins de vingt-quatre heures. Actuellement, on en dénombre entre deux et trois mille.

– Avec autant de cas, impossible de croire à une coïncidence. Cela attire forcément l'attention. Il ne restait plus qu'à connaître le pourquoi du comment.

– Ce qui ne tarda pas à arriver. Une des personnes ayant réussi à échapper à la police demanda de l'aide à l'un de ses amis, très doué en informatique ainsi que dans beaucoup d'autres domaines. En l'analysant et en moins de trois jours, cet homme a découvert l'existence des puces de traçabilité.

– Il doit posséder un matériel de haute technologie afin d'effectuer un tel exploit. Je suppose que cet individu a dû se faire incarcérer dans je ne sais quelle prison, s'il n'est pas déjà mort.

– Vous faites erreur ! Il vit à Londres et on le surnomme l'araignée.

En entendant son nom, Ethan resta ébahi, bouche bée. Charles Turner connaissait la seule personne qu'il devait impérativement rencontrer.

– L'araignée ! Vous avez bien dit l'araignée ?

– Oui, en effet. Vous le connaissez ?

– Pas du tout, mais c'est l'individu que Tracy et moi recherchons. À Cuckfield, ils ne possédaient que peu d'informations à son sujet. Le seul homme qui le connaissait ne l'a pas revu depuis plusieurs années.

– Certains futurs exilés font appel à ses services avant de quitter le pays. Il a le don de rendre Encéphalia et les puces de traçabilité inefficaces. C'est un expert fiable, sérieux, et compétent. Cependant, l'araignée ne peut pas s'occuper de tout le monde. C'est également quelqu'un de méfiant qui demande toujours un maximum d'informations sur ses éventuels clients. Au moindre doute, il refuse de les recevoir. Dans ce cas, ils devront chercher d'autres praticiens, hors NSE.

– Où pourrais-je le trouver ? Il habite à Londres, mais où, précisément ?

– Aucune idée, je ne l'ai jamais vu. Par contre, l'un de mes hommes le rencontre la plupart du temps. Il sert d'intermédiaire entre lui et les personnes qui souhaitent se débarrasser d'Encéphalia.

– Pourriez-vous me le présenter ?

– Si vous y tenez. Il doit revenir de Londres dans la journée.

– Tracy sera soulagée d'apprendre cette nouvelle. Ne nous éternisons pas et allons la rejoindre.

Ethan, fort enthousiaste, aida Charles à se relever et se dépêcha de partir. Ils firent le trajet en sens inverse. Le vieil homme semblait s'épuiser, mais avant d'arriver au camp, il décida de changer d'itinéraire.

– Ethan, empruntons ce sentier, sur la droite.

– La route pour retourner au camp se situe de l'autre côté !

– J'aimerais vous montrer quelque chose. Cela ne prendra que quelques minutes.

– Très bien. Où allons-nous ?

– Patience, vous allez vite le savoir.

Peu de temps après, ils arrivèrent à destination. Étonné, Ethan resta sans voix.

– Bon sang ! Mais qu'est-ce que c'est que ça ? Ça ressemble à une sorte de décharge.

– Personnellement, j'y vois plutôt un cimetière.

Charles s'avéra le plus proche de la vérité. Devant eux s'entassaient des centaines d'humanoïdes écrasés, démembrés, rouillés… Même si Ethan ne les appréciait pas, il ressentit un sentiment de tristesse et d'écœurement.

– C'est donc ça ! Voilà ce que nous, les êtres humains, réservons aux humanoïdes après les avoir exploités ! Nous les balançons comme de vieilles chaussettes ! Franchement, je ne les aime pas, car je considère qu'ils nous ont fait plus de mal que de bien, mais ils ne méritent pas qu'on les traite de cette façon.

– Je partage cet avis. Beaucoup de gens les haïssaient, mais ils faisaient erreur. Ce sont leurs créateurs qu'il fallait mépriser, pas eux. Certaines personnes appréciaient ces humanoïdes, car ils se révélèrent plus loyaux que la plupart des hommes. Même si les émotions ne font pas partie de leur conception, j'ai l'impression que certains d'entre eux en possédaient. Regardez-les dans les yeux, vous comprendrez.

Ethan saisit que Charles avait raison. Par simple curiosité, il s'approcha du grillage.

– STOP ! Pas un pas de plus !

– Que se passe-t-il ?

– N'avancez surtout pas ! Il y a un drone au-dessus de nos têtes.

– Que fait-il ici ?

– Il fait sa ronde, surveille cet endroit qui appartient à la Miller corporation.

– La Miller ? Qu'a-t-elle à voir là-dedans ?

– Je n'en ai pas la moindre idée. D'après mes sources, elle est propriétaire de sept décharges identiques à celle-ci.

– Dans quel but ? Ce n'est pas leur secteur d'activité.

– J'aimerais bien vous répondre, mais je ne possède aucune information. Je tenais à vous montrer cet endroit. Vu que vous étiez à Saint John's et que vous avez fréquenté beaucoup de monde, je pensais que vous m'apporteriez certains éléments. Je me rends compte que vous n'en savez pas plus que moi. Ce n'est pas grave, tant pis.

Charles Turner se remit à tousser avant de recouvrir de sang sa main gauche. Ethan l'aida et s'empressa de quitter les lieux. Sur le chemin du retour, les deux hommes continuèrent leur conversation.

– Vous avez vu ça ! Ce drone nous aurait abattus sans hésiter. Tout ça pour de vieilles carcasses métalliques.

– J'ignore ce que la Miller projette à l'avenir, mais toutes ces décharges d'humanoïdes… À mon avis, elle a conçu ces endroits afin que personne ne vienne s'emparer de ces robots. À moins qu'elle préfère que l'humanité les oublie. Après tout, qui pourrait avoir l'idée de venir jusqu'ici ?

– Vous vous posez trop de questions. Si la Miller projetait quelque chose, nous serions tous déjà informés.

– Sans aucun doute. Je vais faire en sorte que l'on surveille cette décharge, de temps à autre, au cas où il y aurait du changement.

– C'est la meilleure chose que vous puissiez faire pour l'instant. Charles, j'ai quelque chose à vous demander.

– Quoi donc ?

– Que savez-vous sur Encéphalia ? Cela me démoralise tellement, que je n'ai jamais pris le temps de me questionner sur le sujet.

– Il y a un peu plus de vingt ans, lorsque la grande pollution atteignit son apogée, les niveaux de stérilité et de morts infantiles augmentèrent, de nombreuses personnes tombèrent malades et beaucoup d'entre elles décédèrent. Attristées et désespérées, les populations rurales s'exilèrent vers les villes plus importantes, paradoxalement moins polluées. Ce fut le début d'un exode, mais tout cela, vous le savez déjà, je ne vous apprends rien ?

– Non, en effet. J'ai plus ou moins connu cette situation.

– La pollution, l'avenir incertain… Beaucoup de personnes se retrouvèrent sans famille et de nombreux couples refusaient de devenir parents.

– Pourtant, en s'installant dans de grandes villes comme Londres, ces personnes pouvaient facilement commencer une nouvelle vie.

– Oui, mais elles perdirent espoir. La plupart d'entre elles se retrouvèrent dans les quartiers les plus défavorisés, et la misère remplaça la pollution.

– Taux de natalité qui baisse d'un côté, taux de mortalité qui monte de l'autre, la misère qui s'installe… Le moment idéal pour introduire les humanoïdes.

– On en voyait à chaque coin de rue. Substituer les enfants, aider les gens en difficulté, devenir votre ami ou votre confident… Ils remplissaient parfaitement leurs fonctions.

– Mais au fil du temps, ils commençaient à prendre trop de place dans les foyers et dans la vie professionnelle de chacun.

– La suite, vous la connaissez. Sachant qu'ils étaient physiquement plus robustes que nous, de nombreuses entreprises les employèrent comme main-d'œuvre, à nos dépens.

– Ils produisent plus vite, ne se plaignent jamais, coûtent moins cher et ne posent jamais de questions. Tous les arguments pour mettre des milliers de personnes au chômage.

– Un désastre pour la société. Les humains en ont eu plus qu'assez. Agacés, ils décidèrent de s'en débarrasser. Non programmés pour la défense, ils tombèrent comme des mouches. En quelques mois, la quasi-totalité a disparu et l'ère des humanoïdes ne dura qu'une petite dizaine d'années.

– Le peuple gagna l'une de ses plus belles batailles. Peu de temps après, La Miller corporation s'imposa et commercialisa Encéphalia dans une bonne partie du monde. La Stackford, quant à elle, continua ses activités dans d'autres pays.

– Vu que les humains travaillaient bien plus qu'autrefois et se plaignaient de ne plus avoir le temps pour se divertir, Encéphalia répondait à leurs attentes. Dès lors, certains états adoptèrent les idées d'Abigail Miller et les NSE furent fondées. Cette femme a convaincu les gouvernements d'exclure ceux qui s'y opposeraient. La population dans les quartiers pauvres augmenta et une sorte de ségrégation a vu le jour. Depuis, Encéphalia fait partie du quotidien de millions de personnes.

– Et le reste du monde ? Pensez-vous vraiment que les humanoïdes ont un avenir ? Rien ne prouve que d'autres pays ne chercheront pas à se révolter.

– Ils n'y songent même pas. Pour éviter tout débordement et que le sang coule, les gouvernements trouvèrent un accord avec les populations. Les humanoïdes les aident, les assistent, mais ne seront jamais notre égal. La Stackford travaille sur leurs évolutions en matière d'intelligence artificielle ou de système de communication, mais très peu dans le domaine manuel. Voilà pourquoi nous ne verrons jamais un humanoïde virtuose du piano ou kinésithérapeute, par exemple. Dans certains pays comme le Japon ou l'Australie, de nombreux modèles ont un système de langage proche du nôtre tout en ayant leurs fonctions limitées. Assister les enfants en difficulté scolaire, remplir quelques tâches administratives, servir de confident ou de conseiller… Tout ce genre d'aides qui arrangent bien le quotidien de beaucoup de personnes, sans qu'il y ait un réel impact sur les emplois.

– Pour une fois que le peuple et le gouvernement trouvent un accord sans se taper dessus ! En analysant la situation, tout le monde est gagnant : la Stackford peut continuer ses activités, la Miller corporation développe les siennes dans les NSE, et la population retrouve sa petite vie habituelle…

– La sécurité et le divertissement. Rien de tel pour maintenir la paix et éviter d'éventuelles révolutions.

– Sincèrement, je préférais l'époque de mon enfance, sans humanoïdes, et dans laquelle Encéphalia n'était pas encore un stupide projet.

– Oh que oui ! Je pense exactement comme vous, mais les choses changent, elles évoluent, qu'on le veuille ou non. Certains les acceptent, d'autres pas.

– Je ne le sais que très bien, mais j'ai toujours eu du mal à l'admettre. Nous arrivons au camp, je vous conduis à votre tente. Grâce à vous, j'ai beaucoup appris. Merci Charles.

– C'est moi qui vous remercie, Ethan. Cette sortie m'a fait le plus grand bien.

– J'espère que nous aurons l'occasion d'en refaire, mais avant toute chose, vous devez prendre soin de vous.

– Vous êtes trop optimiste. En tout cas, je l'espère aussi.

– Tiens donc ! Steve nous attend. Il a l'air inquiet !

– Que se passe-t-il, Steve ? Tu parais soucieux.

– La fille, Tracy ! Elle a subi de nouvelles crises.

– Encore ! Julian avait raison. Il faut que l'on aille d'urgence à Londres pour y rencontrer l'araignée.

– J'ai également une autre mauvaise nouvelle. Vous faites désormais partie des personnes recherchées. Vos noms viennent d'être cités.

– Il ne manquait plus que ça ! Quelques jours suffisaient pour trouver l'araignée et aider Tracy. Quelle poisse !

– Pas d'inquiétude, Ethan, tout problème a sa solution.

– Je ne vois pas laquelle ! Si j'arrive, par miracle, à passer les postes de garde, on nous dénoncera dans l'heure qui suit. Nos têtes vont circuler dans toutes les grandes cités avec une belle prime comme récompense. Sans oublier que je dois trouver un inconnu dans une ville de plusieurs millions d'habitants avec Tracy, dont l'état paraît de plus en plus instable. Je ne veux pas être défaitiste, mais nous avons peu de chances d'y parvenir.

– Vous rentrerez dans Londres sans aucun problème, faites-moi confiance. Steve, est-ce qu'Aaron Cleese est revenu de Londres ?

– Oui, je vais le chercher.

– Ce Cleese ! Qui est-ce ?

– L'intermédiaire dont je vous parlais. Il sera votre laissez-passer pour Londres.

– Vous parlez de cet homme comme s'il pouvait nous permettre d'accéder à la capitale en un simple claquement de doigts. Peut-on, au moins, lui faire confiance ?

– Je le connais depuis son adolescence. C'est quelqu'un d'une grande gentillesse, de nature taciturne. Il n'a aucune prestance particulière et peu de charisme, mais ça fait de lui une personne que je qualifierais de fantomatique. Aaron en a parfaitement conscience et s'en sert pour passer inaperçu. Il est également honnête ainsi que très intelligent, et s'arrange toujours pour avoir un coup d'avance sur les autres. Même si deux générations nous séparent, je le considère comme l'un de mes plus précieux amis et j'ai une confiance absolue en lui. Si quelqu'un peut vous faire rentrer à Londres, c'est bien lui.

Steve revint avec Aaron. Comme l'avait annoncé Charles, le jeune homme parut inoffensif, des plus insignifiants, et il semblait impossible de le soupçonner de quoi que ce soit.

– Bonjour, Charles, comment vous sentez-vous aujourd'hui ?

– Bonjour Aaron. Je vais bien, merci.

– Besoin d'un coup de main ? Que puis-je faire pour vous ?

– Je te présente Ethan, un fugitif, un free-brainer, récemment évadé de Saint John's. L'une de ses amies, Tracy, rencontre des difficultés avec sa puce. Voilà pourquoi ils doivent à tout prix se rendre à Londres afin qu'ils consultent l'araignée.

– Parfait, je m'en charge. Ils le verront dans deux ou trois jours.

Ethan était stupéfait. Le jeune homme pouvait contacter l'araignée quand il le souhaitait, alors que d'autres doutaient de son existence.

– Aaron, as-tu bien saisi l'importance de la situation ?

– Bien sûr ! Je vous fais rentrer dans Londres, toi et ton amie, dans le but de rencontrer l'araignée. Je ne me trompe pas ?

– Non, mais j'ai l'impression que tu prends cela pour un jeu d'enfant, pour une mission facile.

– Ça l'est ! Je dois m'assurer que vous franchirez le poste de contrôle sans que l'on vous soupçonne. Ensuite, j'organiserai un rendez-vous avec votre homme.

— Et tu t'imagines que c'est simple ! Une fois sur place, la police te questionnera. N'oublie pas que tu as deux fugitifs comme passagers. Tu risques la prison et nous la perpétuité. Avec ce qui se passe ces temps-ci, ils n'auront aucune pitié avec nous autres, les free-brainers.

— Un free-brainer ! Qui a dit que j'en étais un ?

— Tu es un encéphalian ! Tu te moques de moi ?

— Non, pas du tout.

— Charles, je croyais que vous aviez une confiance absolue en cet homme ?

— C'est le cas. Votre amie, Tracy, est bien une encéphaliane ?

— Oui !

— Pourtant, vous lui faites bien confiance ?

— Évidemment !

— Alors, pourquoi ne devrais-je pas avoir confiance en Aaron ?

— C'est différent ! Il fait de nombreux allers-retours, entre ici et Londres. Rien ne prouve qu'il ne travaille pas pour la Miller corporation.

Aaron resta muet en écoutant les mots d'Ethan, mais cela ne lui fit ni chaud ni froid.

— Ethan, je comprends votre réaction. Par le passé, Aaron fut un free-brainer, tout comme vous, mais il a accepté Encéphalia pour de bonnes raisons.

— Accepter Encéphalia pour de bonnes raisons ! C'est bien la première fois que j'entends ça ! Seul un idiot en aurait l'idée.

— Peut-être. En tout cas, ça lui permet de rentrer dans Londres comme bon lui semble. Aaron y va souvent : il y travaille pour une société de livraison.

— Grâce à Encéphalia, j'ai gagné l'amitié de beaucoup de gens.

— Comment peut-on gagner l'amitié de quelqu'un avec Encéphalia ?

— En toute simplicité. En parlant de tout et de rien avec mes interlocuteurs, j'en apprends plus sur leurs connaissances, leur personnalité et leurs hobbies. Ceci fait, dans la mesure du possible, je me rends dans les brain-centers pour ingurgiter ma puce cérébrale de divers modules afin de partager de nombreux points communs avec eux.

— Ce qui lui permet de converser et sympathiser facilement avec les forces de l'ordre. Elles le considèrent comme un individu attachant, avenant et sans histoire, tout en se faisant rarement contrôler.

– Rarement contrôler !

– En effet. Tu as devant toi le parfait citoyen modèle, une sorte de « gentil de service ». Certains verront cela comme un défaut, alors que moi, je n'y vois que des avantages. En endossant le rôle du type agréable, je gagne aveuglément la confiance des gens, de ces personnes qui me prennent pour un idiot, alors que je n'en suis pas un.

– La sympathie ! Une méthode de manipulation vieille comme le monde.

– Tu as tout saisi, Ethan. Sois sympathique, ne fais jamais d'histoire et personne ne te soupçonnera.

– Tu es bien plus intelligent que tu en as l'air ! Je comprends désormais tes raisons d'accepter Encéphalia.

– Je le fais que dans un but professionnel. Je vais dans les brain-centers seulement pour alimenter ma puce en fonction des goûts des autres. Je n'y mets rien de personnel, ça ne m'intéresse pas.

– En passant facilement les postes de contrôle et en ayant un emploi de simple livreur, Aaron circule librement dans toute la ville.

– Il en profite pour rencontrer des free-brainers, des futurs exilés, connaître les dernières rumeurs, ou encore créer des liens avec des personnes comme l'araignée. Le tout, en restant parfaitement incognito.

– Tu as découvert toute ma stratégie, mes félicitations.

– Je t'ai sous-estimé, Aaron. Monsieur Turner m'avait pourtant prévenu. Sinon, quel est ton plan ? Comment comptes-tu nous faire entrer dans la capitale ?

– J'ai quelques livraisons à faire aux quatre coins de la ville. Toi et Tracy monterez à l'arrière de mon véhicule de fonction. Je vous procurerai des tenues de travail de ma société. Vous passerez pour de parfaits employés.

– Et tu penses que l'on va réussir à duper la police, en jouant les coursiers ?

– Non, il manque juste une chose, mais ça risque de ne pas te plaire.

– Quoi donc ?

– Vous devriez faire une légère modification faciale.

– Tu suggères que l'on fasse de la chirurgie esthétique ! Hors de question !

– Pas de chirurgie. Seulement de petits changements.

– Que proposes-tu ?

– Rase cette barbe, taille-la bien. Ensuite, nous couperons tes cheveux et tu mettras des lentilles afin de modifier la couleur de tes yeux. Ajoute à cela une paire de lunettes, et ça devrait aller.

– Tu crois vraiment que ça va marcher ?

– Il le faudra bien. Quant à Tracy, allons lui demander son avis.

Aaron, Charles et Ethan partirent rejoindre Tracy, à trois tentes de là.

– Tracy, comment vas-tu ?

– Ethan ! Je me sens bien mieux que tout à l'heure. J'ai encore eu une crise, mais une fois de plus, je survivrai. Lui, qui est-ce ?

– Il se nomme Aaron Cleese. C'est l'homme qui va nous permettre d'entrer à Londres.

– Ce type-là ! Il paraît si… inexpérimenté.

– Détrompe-toi, Aaron est bien plus malin qu'il en a l'air. Il a un plan, un peu étrange, qu'il t'expliquera. En attendant, j'ai à faire. On se revoit tout à l'heure.

Ethan partit avec Charles dans le but de modifier son apparence. De son côté, Aaron suggéra la même idée à Tracy, qu'elle approuva. Moins d'une heure plus tard, ils se retrouvèrent.

– Incroyable, Ethan ! Je te reconnais à peine.

– Et toi donc ! Cheveux plus courts, ondulés, de couleurs différentes… Et tes yeux ! Ils ne sont plus les mêmes !

– Aaron a fait de l'excellent travail. Qu'en penses-tu ?

– Ton regard a changé, je te trouve méconnaissable !

– Je lui ai fait une canthopexie. C'est une chirurgie anodine, rapide, sans danger, qui permet d'avoir les yeux légèrement bridés, en forme d'amande.

– Le résultat est bluffant ! J'espère qu'elle ne le regrettera pas.

– Aucun problème. Tracy pourra redevenir comme avant, si elle le souhaite. À présent, nous devrions partir pour Londres. Ethan, Tracy, désirez-vous toujours y aller ? Si vous voulez changer d'avis, c'est maintenant ou jamais.

Ils acquiescèrent de la tête.

– Vu que vous semblez décidés, vous devriez vous préparer. Je vous attends à l'extérieur.

Ils enfilèrent leur tenue de livreur.

– C'est bon. Nous sommes enfin prêts.

– C'est parfait. À présent, nous pouvons quitter les lieux.

Tracy et Ethan remercièrent Steve Wood ainsi que Charles Turner.

– Merci Steve pour votre aide et surtout pour nous avoir permis de rencontrer monsieur Turner.

– De rien. C'est toujours un plaisir de soutenir un free-brainer. J'espère que nous nous reverrons.

– J'en suis certain. Merci également à vous, Charles. En espérant que tous vos problèmes de santé s'arrangeront.

– J'apprécie, Ethan, même si je sais que je n'en ai plus pour longtemps. En attendant, allez à Londres, rencontrez l'araignée et sauvez votre amie.

– J'y compte bien, à bientôt.

Les adieux faits, Tracy et Ethan montèrent à l'arrière du véhicule, quittèrent le camp en destination Londres et écoutèrent les instructions d'Aaron…

IV

Londres

– Tracy, Ethan, comment vous sentez-vous ?

– On préférerait s'asseoir à tes côtés. Ce serait plus confortable.

– Non. Restez derrière.

– Dans ce cas, je me demande pourquoi on a modifié notre apparence.

– Je sais Tracy, mais nous devons limiter les risques. Une fois à Londres, vous passerez devant. Je vous déposerai à un endroit où je dois effectuer quelques livraisons. Vous m'aiderez à décharger ce camion et dès la tâche terminée, je vous donnerai un bon de commande. Ensuite, vous partirez de votre côté, à l'adresse inscrite sur celui-ci.

– Cette adresse, c'est notre planque ?

– Oui, en effet.

– Ces livraisons, que contiennent-elles précisément ?

– Toutes sortes de choses : nourriture, fournitures, matériel…

– À qui sont-elles destinées ?

– Principalement à des clients de la Miller corporation.

– Comment l'ami d'un homme aussi droit que Charles Turner peut-il faire le coursier pour la Miller corporation ? Bon sang, Aaron ! C'est tout ce que vous combattez.

– Ethan a raison. Monsieur Turner pourrait l'apprendre. Y as-tu pensé ?

– Il le sait parfaitement. La Miller corporation est l'actionnaire majoritaire de cette société. On peut dire que je travaille pour elle, mais indirectement.

– À quoi joues-tu exactement ? J'avoue ne plus te suivre. Franchement, je commence à douter de ta fidélité envers Charles Turner.

– Ethan, je me demande si l'on a bien fait de monter dans ce camion.

– Je vous comprends et je réagirais de la même façon si j'étais à votre place, mais que les choses soient bien claires : monsieur Turner est mon meilleur ami, un véritable père pour moi, et jamais je ne le trahirai. Travailler pour cette société me permet d'avoir accès à certains locaux de la Miller corporation et je m'y rends dans le seul but d'y acquérir des renseignements. Je joue également le type sympathique auprès des individus qui peuvent m'en procurer. Tout ce que je vois, que j'entends ou que j'apprends, je le transmets à monsieur Turner ou à toute autre personne de confiance prête à nous aider. Si jamais, vous doutez encore de ma loyauté, je m'arrête ici et maintenant, et je vous laisse au bord de cette route sans aucune hésitation. Pour moi, la vie continuera, quant à la vôtre, elle risque de se compliquer.

 Ethan et Tracy prirent les mots d'Aaron en considération.

– On a compris, ça ira. Donc, tu joues à l'espion ?

– Appelle ça comme tu veux. J'ai choisi cet emploi dans le seul but de suivre leurs activités. Je n'y ai accès que de très loin, mais chaque jour, j'apprends de nouvelles informations.

– Ce boulot semble idéal pour en récolter un maximum !

– Le job parfait.

– Jusqu'à présent, qu'as-tu découvert d'intéressant ?

– Plus ou moins tout ce que monsieur Turner a dû te raconter. Je sais aussi que la Miller corporation contrôle le BNI et entretient des liens très étroits avec la Stackford. Il y a quelques jours, j'ai aperçu sur un écran de la salle de surveillance, Abigail Miller qui discutait avec les dirigeants. Un garde n'a pas aimé ma curiosité. Il a éteint le moniteur avant de me demander de sortir.

– Tu informes également l'araignée ?

– Bien sûr ! Il est même l'une des premières personnes à l'être.

– Vraiment !

– Il déteste la Miller corporation, Encéphalia ainsi que le BNI. En échange de nos renseignements, il aide les futurs exilés.

– Tout le monde parle de lui comme étant un homme exceptionnel.

– Il l'est. Il a même conçu un système à retardement pour les puces.

– Tu veux dire que si l'araignée le souhaite, il peut les rendre inefficaces à une heure bien précise, c'est bien ça ?

– C'est l'une de ses compétences. C'est pour cela que certaines personnes vont le voir avant de s'exiler. En agissant ainsi, elles évitent de se faire repérer au poste de contrôle et peuvent sortir de Londres en toute facilité. Cependant, vu que nos clients sont de plus en plus nombreux, l'araignée ne rencontre que peu d'entre eux. Les autres utilisent des moyens détournés pour quitter Londres et les grandes villes du pays.

– Ce compte à rebours, combien de temps dure-t-il ?

– De deux à trois heures. C'est le délai nécessaire qu'ils disposent entre l'intervention, aller au poste et sortir de la ville.

– Que se passe-t-il en cas d'échecs ?

– Certains se font arrêter, pendant que les autres abandonnent l'idée de partir. Une minorité persévérera jusqu'à ce qu'elle trouve un autre moyen de s'exiler.

– Une fois ta journée terminée, que fais-tu de ton temps libre ? demanda Tracy.

– Vu que j'adore Londres, j'y traîne souvent. Je parle avec beaucoup de gens, en particulier dans les quartiers les plus modestes.

– Dans ces quartiers, quelle vision d'Encéphalia ont les habitants ?

– Relativement négative. Pas mal d'entre eux sont des free-brainers.

– La police les laisse tranquilles, ne va pas les chercher, du moment que ces personnes travaillent et la mettent en veilleuse.

– Oui, hélas. Elles peuvent se rendre où elles veulent, presque n'importe où dans la ville, mais n'accèdent qu'à certains secteurs, les autres leur étant interdits. Leur seule solution : accepter Encéphalia…

Aaron, Ethan et Tracy s'approchèrent de Londres. Ils venaient de franchir Croydon, leur destination d'origine, mais cela n'avait plus la moindre importance. Aaron pouvait les faire entrer dans la capitale tout en leur proposant un logement. Cependant, il restait un passage délicat : le poste de contrôle de l'entrée sud.

– Nous arriverons d'ici quelques minutes.

– Enfin !

– Sous ton siège, il y a une mallette. Ouvre-la, prends la bouteille de whisky, et buvez-en suffisamment.

– Tu ne vas quand même pas nous saouler !

– Fais-moi confiance. Consommez-en assez, sans tomber ivre mort. Je connais quelques gardes que je côtoie souvent dans les pubs. Si vous paraissez ivres, ils penseront que l'on a fêté un événement, comme votre premier jour dans la société, par exemple. Venant de moi, ils trouveront ça normal.

– Quelle idée à la con !

– On s'en fiche Ethan, du moment que ça fonctionne. Après toutes ces péripéties, ça ne va pas nous tuer.

Tracy prit la bouteille qu'elle vida d'un bon tiers.

– Tu devrais y aller doucement ! Tu n'as pas bu un verre depuis ton incarcération.

– Tiens, j'ai ma dose, rétorqua Tracy en toussant.

Ethan but à son tour. À eux deux, ils en vidèrent les trois quarts. Quelques instants plus tard, les premiers effets de l'alcool apparurent.

– Maintenant, allongez-vous. Le whisky doit commencer à vous monter à la tête. Quand je parlerai aux gardiens, mettez vos mains devant la bouche, comme si l'envie de vomir vous prenait. De cette façon, vous masquerez une partie de votre visage.

– Je crois que je ne vais pas pouvoir jouer la comédie bien longtemps…

– Ne t'inquiète pas, Tracy. Dans quelques minutes, ça ne sera qu'un mauvais souvenir. On arrive. Suivez mes conseils, mettez-la en veilleuse et tout ira pour le mieux.

Ethan et Tracy comprirent le message et écoutèrent Aaron. À l'approche du poste de contrôle, un garde ordonna au chauffeur d'arrêter le véhicule.

– Bonjour, Aaron, comment vas-tu ?

– Tiens donc, mon vieil ami Bryan ! J'ai la forme, et toi ?

– Ça va, j'attends la fin de la journée. Que transportes-tu aujourd'hui ?

– Rien de bien particulier. Seulement du matériel informatique ainsi que quelques fournitures.

– Pourrais-je voir tes bons de livraison ?

– Aucun problème.

L'homme les contrôla.

– C'est parfait. Venant de toi, le contraire m'aurait étonné. Le type et la fille à l'arrière, qui est-ce ? Ils ont l'air d'avoir bu un verre de trop.

– Deux nouvelles recrues. Ils travaillent pour la société depuis deux jours. Nous venons de fêter ça.

– Te connaissant, tu n'as pas dû hésiter à les suivre.

– J'ai bu un verre, par politesse. Il faudrait que je sois stupide pour me faire coincer par le flic qui m'a invité au pub lors de sa première promotion.

– En effet. D'ailleurs, il se peut que l'on remette ça bientôt. Tout est en ordre, tu peux y aller. À la prochaine Aaron.

– Tiens-moi donc informé. À plus, Bryan.

Ethan et Tracy furent surpris par la facilité avec laquelle Aaron franchit le poste de contrôle. Au bout de quelques mètres, il leur proposa de le rejoindre à l'avant. Ils aperçurent Londres pour la première fois depuis des années.

– Bon sang ! L'air semble vraiment respirable et la ville paraît si… propre.

– Avec un niveau de pollution inférieur à un, rien d'étonnant.

– En tout cas, félicitations ! Tu as fait du bon boulot et tu fais preuve de beaucoup de sang-froid.

– Question d'habitude, ça demande juste de l'entraînement. Vous deux, ça va ?

– Comme deux idiots qui doivent dessaouler, mais on survivra. Quand je pense que l'on a bu tout cet alcool pour rien.

– Il fallait être crédible et nous avons eu de la chance de tomber sur Bryan. Je le connais depuis des années et c'est un type bien.

– Il en a l'air. Et moi qui voyais les policiers comme des brutes sans cœur.

– Quelques-uns profitent de leur position, mais ils sont une minorité. Personnellement, j'ai pour habitude de rester correct avec eux afin d'éviter tout débordement.

– Et ça fonctionne souvent ?

– Quasiment à chaque fois. Gardez votre sang-froid et soyez toujours plus poli que l'individu qui est en face de vous. Si quelque chose vous déplaît, n'attaquez jamais cette personne, prenez-vous-en à son comportement. Faites cela en gardant la tête haute, votre calme et l'air détendu, et vous verrez que la situation s'améliorera.

– Plus facile à dire qu'à faire. Il faut une certaine maîtrise de soi.

– Avec un peu de temps et de pratique, on finit par y parvenir.

Tracy et Ethan commençaient à apprécier Aaron. Comme l'avait mentionné Charles Turner, il était fiable, intelligent et possédait un sang-froid à toute épreuve.

– Arriverons-nous bientôt ?

– Oui, nous sommes à Brixton, au centre du Lambeth. Vous y rencontrerez beaucoup d'habitants d'origine portoricaine, des Antilles ou du Suriname. Malgré les apparences, le quartier a une bonne réputation et vous y serez en sécurité. Ici, tout le monde se connaît. Je vous conseille quand même de ne pas trop vous mettre en valeur, mais ne frôlez pas les murs pour autant. Comportez-vous comme un couple ordinaire, jouez les touristes, et tout ira pour le mieux.

– J'avoue être assez déçue ! J'imaginais Londres comme une ville à la pointe du progrès, de la technologie.

– Elle l'est, Tracy ! Va donc faire un tour du côté de la City ou de Mayfair, tu verras la différence. Brixton est l'un de ces quartiers les plus modestes comme Stockwell ou Limehouse. Ici, nous avons plusieurs années de retard par rapport aux secteurs les plus riches de Londres.

– Peu importe. Nous ne sommes pas venus pour faire du tourisme.

– Nous arrivons. Voici l'endroit où je dois effectuer ma première livraison. Préparez-vous à descendre.

Le camion à l'arrêt, ils aidèrent Aaron comme prévu. Au bout de quelques efforts, Tracy vomit le whisky qu'elle avait mal assimilé.

– Tu te sens mieux Tracy ?

– Oui, ça va. J'ai perdu l'habitude de boire de l'alcool, c'est tout.

– Tracy, Ethan, nos chemins doivent se séparer à présent. Prenez ce bon de commande ainsi que ce colis sur lequel figure l'adresse de la planque. Ça se situe à quelques rues d'ici ; vous trouverez facilement.

– Comment fait-on pour y entrer ?

– Par une simple identification oculaire. Trois personnes ont accès à votre logement : Tracy, moi et bientôt toi, Ethan.

– Comment le système peut-il nous reconnaître ? Nous ne sommes jamais venus.

– J'ai scanné l'iris de Tracy lors de sa canthopexie.

– Et en ce qui me concerne ?

– Le dispositif est programmé pour qu'un troisième individu, c'est-à-dire toi, soit automatiquement enregistrée, une fois l'analyse de son œil effectuée.

– C'est parfait !

– À l'intérieur, vous trouverez de la nourriture, des vêtements ainsi que tout le confort nécessaire. Ne vous attendez pas au grand luxe, mais dites-vous que vous n'êtes pas les premiers et que d'autres suivront.

– On s'en accommodera. Merci, Aaron.

– En ce qui concerne l'araignée, j'ai des infos à lui transmettre. Je pense pouvoir le rencontrer dans la soirée. Je lui parlerai de votre situation. Il vous aidera, soyez-en sûr. Quant à vous deux, je passerai vous voir demain, vers 19 h.

– Merci encore pour tout, Aaron. Sans toi et sans monsieur Turner, nous n'y serions jamais arrivés. Je t'ai sous-estimé et mal jugé. Accepte mes excuses.

– J'ai l'habitude Ethan, n'en parlons plus.

Aaron reprit sa route. Quelques livraisons ainsi que son rendez-vous avec l'araignée l'attendaient. Tracy et Ethan trouvèrent l'adresse, passèrent la reconnaissance oculaire et accédèrent à leur planque. Celle-ci, d'apparence ordinaire, semblait propre et accueillante, contrairement aux vieilles cellules délabrées de Saint John's. Ils décidèrent de manger les quelques provisions contenues dans le colis qu'Aaron leur avait donné. Le reste de la soirée se déroula paisiblement, malgré une énième crise de Tracy. Bien que brève et moins violente que les autres, la rencontre avec l'araignée devenait impérative. Le mauvais moment passé, la nuit se termina, sans encombre.

Le lendemain matin, Tracy aperçut un mot laissé par Ethan.

« Tracy, je sors pour quelques heures. Hier soir, suite à ta dernière crise, j'ai décidé de ne pas attendre le retour d'Aaron. Dans cette ville de plusieurs millions d'habitants, je trouverai sûrement une aide temporaire. Pourquoi devrais-je patienter alors que je peux obtenir des informations à chaque coin de rue ? Londres est l'une des plus grandes mégapoles au monde, et je suis persuadé qu'il y a de nombreuses personnes prêtes à te porter secours. Ne t'inquiète pas, je serai prudent. Prends bien soin de toi. À plus tard ».

« Quel imbécile ! Il aurait pu me réveiller pour me le dire », pensa-t-elle.

De nature impatiente, Ethan préféra prendre de l'avance au lieu d'attendre la suite des événements. Il lui était inconcevable de passer la journée à ne rien faire pendant que la santé de son amie déclinait à petit feu. Il marcha et interrogea quelques personnes dans des rues relativement fréquentées, mais en vain. Personne ne semblait connaître l'araignée. En continuant sa route, il arriva à Walworth, un quartier plus aisé et plus entretenu que Brixton. N'oubliant pas les recommandations d'Aaron, Ethan resta sur ses gardes. Sans s'en rendre compte, il s'approcha du centre de Londres. Plus il s'enfonçait dans celui-ci, plus les rues paraissaient riches et à la pointe de la technologie. La population de Brixton se déplaçait obligatoirement à pied ou en transport en commun, alors qu'à Walworth, les habitants les plus fortunés pouvaient bénéficier de voitures électriques, au pilotage automatique, même si certains modèles semblaient désuets. Pendant qu'il assistait à la vitesse à laquelle le progrès allait, il entendit un cri. En s'approchant discrètement, il aperçut deux hommes, armés de matraques, s'acharner sur un autre. Ils portaient un casque ainsi qu'un uniforme avec le nom de la Miller corporation inscrit dessus. Ils ne semblaient pas faire partie des forces de l'ordre, mais plutôt du genre « police privée ». Ayant terminé leur besogne, ils projetèrent brutalement leur victime, un jeune adulte, avant de partir comme si de rien n'était. Ethan s'avança vers lui afin de l'aider, mais celui-ci se releva de lui-même. Il devait avoir dix-huit ans, peut-être vingt, tout au plus. À peine debout, il lança un regard menaçant à ses deux assaillants.

— Les pourritures ! Ils ne perdent rien pour attendre.

— Ça va aller ?

— Tu es qui toi ?

— Je ne fais que passer. Je voulais t'aider, mais j'ai l'impression que tu te débrouilles très bien tout seul.

— Va voir ailleurs si j'y suis ! J'ai un problème à régler.

— Tu as vraiment l'intention de te battre avec ces brutes ?

— Et alors ! Tu te prends pour mon père ! N'essaie pas de me persuader du contraire, j'ai horreur de ça.

— Très bien, fais ce que tu veux, mais avant de te jeter dans la gueule du loup, n'oublie pas une chose : si tu gagnes, tu te retrouveras en prison pour coups et blessures, mais si tu perds, tu risques de finir en mille morceaux. Ouvre les yeux, petit, malgré ton courage, tu n'es pas de taille. À présent, fais ton choix. Moi, je me tire.

Le jeune homme réfléchit quelques instants avant de se calmer.

— D'accord, je laisse tomber… Du moins pour le moment.

— Toi, on peut dire que tu es une vraie tête brûlée ! J'ai l'impression de me revoir à ton âge. Tu fonces tête baissée, sans réfléchir. Tu penses être un rebelle, mais tu fais erreur.

— Tiens donc ! Et c'est quoi être un rebelle ?

— Peu importe ! La vie te l'apprendra tôt ou tard. Comment t'appelles-tu ?

— Thomas Lam.

— Moi, c'est Ethan Moore.

— Ethan Moore ! L'évadé de Saint John's ?

— Parfaitement ! Tu es au courant ?

— Ton nom et ton portrait tournent en boucle depuis quelques heures. D'ailleurs, tu n'as pas tout à fait le même visage.

— Ça ne me dit rien qui vaille. Où m'as-tu vu ?

— Ne t'inquiète pas avec ça ! Tu ne passes que brièvement sur les écrans parmi une centaine de personnes et d'autres noms y sont régulièrement ajoutés. Si tu ne m'avais pas dit le tien, je t'aurais difficilement reconnu, et pourtant, je suis physionomiste.

— Où se trouvent ces écrans ?

— Il y en a un, à deux rues d'ici.

— Très bien ! Allons-y !

— Hors de question ! Je n'aime pas le coin.

— Je viens de te convaincre de ne pas finir entre quatre planches. Tu me dois bien ça !

Thomas ne put refuser. En arrivant à destination, Ethan aperçut l'écran, immense, positionné au centre d'un vieil immeuble inhabité. Il visionna les portraits qui défilaient en boucle avant de tomber sur le sien. Même si Aaron et Charles l'avaient rassuré en lui affirmant que dans certains quartiers personne ne le dénoncerait, il pressentait que ses jours à Londres étaient comptés.

— Je n'aime pas ça. Je me tire d'ici.

— Où vas-tu ? Abigail Miller doit parler d'ici quelques instants. Elle va sans doute donner son avis sur la situation.

— Un discours ! La présidente de la Miller corporation n'a pas à s'en mêler. C'est plutôt le rôle du gouvernement d'informer la population.

— Oui, c'est vrai, mais quand il s'agit d'Encéphalia, elle a toujours son mot à dire. Cela doit être de la plus haute importance pour qu'Abigail fasse une allocution à cette heure-ci.

— Et les dirigeants de ce pays la laissent faire ! Encéphalia n'a pourtant rien à voir avec Saint John's !

— Non, mais de nombreux free-brainers se sont évadés et Abigail Miller les déteste.

— Le gouvernement profite de la popularité de cette femme et de son influence pour faire avaler n'importe quoi à la population.

— Dans un sens, ça semble logique et elle le sait. À ton avis, quelle personne le peuple va-t-il écouter ? Un politicien, ennuyeux, envers lequel personne n'a plus confiance, ou une femme élégante, fascinante, dotée d'excellents talents d'éloquences ?

— C'est bon, j'ai compris.

— Elle va parler, tu devrais rester. C'est captivant la façon dont elle arrive à amadouer les gens.

Cet écran n'était pas unique. On en comptait plusieurs dizaines dans toutes les grandes villes des NSE. Depuis la montée en popularité d'Encéphalia, ils servaient principalement à diffuser de nombreux discours politiques, et bien entendu, à faire l'apologie ou la publicité de la Miller corporation. L'entreprise n'hésitait pas à faire appel aux personnes les plus influentes du pays comme des célébrités, des sportifs de haut niveau ou certains hommes d'affaires autodidactes afin de vanter les qualités, les vertus d'Encéphalia ainsi que des brain-centers. Les interventions étaient retransmises en direct et aucun enregistrement ne se faisait à l'avance. En procédant de cette façon, ils captivaient plus facilement l'attention des gens, car les locuteurs semblaient plus naturels, plus sincères. Le public adhérait, le gouvernement le savait et Abigail Miller en profitait. Depuis son bureau londonien, elle s'apprêta à parler. Même s'il avait déjà entendu dans le passé, Ethan l'aperçut pour la première fois de sa vie. La présidente de la Miller corporation avoisinait la cinquantaine et ne paraissait pas d'une incroyable beauté. Pourtant, grâce à son allure, à son charme et à son charisme, elle effaçait la plupart des personnalités d'Angleterre. Sa voix envoûtante, son sourire constitué d'une dentition parfaite ainsi que sa chevelure d'un blond platine captivaient la plupart des personnes à qui elle s'adressait. Nombreux sont les individus qui l'adoraient, l'acclamaient, l'idolâtraient… Thomas et Ethan, quant à eux, n'en faisaient pas partie. Ils comprenaient que cela n'était que de la poudre aux yeux, dans le seul but d'amadouer la population. La présidente s'apprêta à prononcer son discours. Quelques Londoniens passèrent leur chemin pendant que beaucoup d'autres l'écoutèrent. Elle dit :

« Chers habitants de Londres et de toute l'Angleterre, bonjour. Comme vous le saviez déjà, une importante évasion a eu lieu à la prison de Saint John's près de Burgess Hill. Il se peut que certains de ces fugitifs tentent de rentrer dans nos belles cités telles que Londres, Birmingham ou encore Sheffield. Veuillez faire preuve de vigilance ! Beaucoup d'entre eux sont des assassins, des voleurs, de vulgaires escrocs, voire des free-brainers. Ces derniers, contrairement à la majorité des criminels, ont une mauvaise influence sur les honnêtes habitants de notre pays. Ils s'efforcent, désespérément et sans cesse, de persuader les citoyens de refuser Encéphalia, que nous adorons tant. La méfiance étant dans vos esprits, je comprends que certains d'entre vous contestent Encéphalia, mais ne vous laissez pas contaminer par ce genre d'individu. Vous ont-ils déjà apporté, ne serait-ce qu'une seule fois, une preuve comme quoi Encéphalia s'avérerait néfaste pour votre santé ? Réfléchissez ! Soyez plus intelligent que cette petite minorité que sont ces free-brainers. En toute sincérité, je sais que vous l'êtes, et je n'en ai jamais eu le moindre doute. Je vous demanderais, pour le bien de tous, de contacter les autorités au cas où vous rencontreriez l'un de ces fugitifs. Leurs portraits passent en boucle sur la plupart des écrans du pays. Mike Harrison, Luke Taylor, Stanley Lewis, Bruce Grant, ou encore Ethan Moore en font partie. Si j'ai retenu le nom de cinq d'entre eux en quelques instants, vous pourrez facilement en faire autant. Je n'ai rien de plus à ajouter, car je sais que vous m'avez compris et que vous ferez le bon choix. En attendant, je compte sur votre coopération et sachez que vous pouvez compter sur moi. Merci de m'avoir consacré un peu de votre précieux temps. Je vous souhaite à toutes et à tous une excellente journée ».

Abigail finit son discours, sous les acclamations de ses auditeurs. À peine il se termina, que l'écran rediffusa les portraits des fugitifs.

– Quelle manipulatrice ! dit Ethan énervé en ayant le poing serré.

– Elle est forte ! Tu as devant toi la reine de la manipulation et de l'influence.

– Quand je pense à toutes ces personnes qui l'applaudissent…

– Vois la réalité en face. Qu'on l'aime ou non, Abigail possède une intelligence redoutable, une excellente rhétorique et fait en sorte d'avoir plusieurs coups d'avance. Pas étonnant qu'elle détienne cinq titres de championne du monde d'échecs.

– Bon sang ! Il a fallu qu'elle retienne quelques noms de fugitifs, dont le mien. Quelle poisse !

– Ne t'inquiète pas. Dénoncer quelqu'un dans le seul but d'obtenir des faveurs est quelque chose de rare dans ce quartier.

– Tu iras dire ça à cette foule en délire ! Crois-tu qu'elle serait aussi enthousiaste si Abigail avait mentionné les puces de traçabilité ? J'en doute fort. Si l'une de ces personnes me reconnaît, elle criera mon nom et toutes les autres se jetteront sur moi pour toucher une prime. Je préfère quitter les lieux, sans me faire remarquer.

– Attends, Ethan, tu mélanges tout. Il est vrai que les habitants des quartiers riches sont plus enclins à Encéphalia que dans les quartiers pauvres. Cependant, être en accord, ne veut pas forcément dire dénoncer ses semblables. Pour le plaisir qu'elles leur procurent, beaucoup de gens adorent Abigail et la Miller corporation, mais si tu crois qu'ils avalent tout ce qu'on leur dit, tu te trompes.

– Ce n'est pas l'impression que j'en ai. Écoute donc ces applaudissements.

– Ils acclament Abigail, la présidente, la fondatrice d'Encéphalia, pas la femme qui tient des discours de politiciens. Cette foule parle d'Encéphalia, de tout ce que ça leur apporte et non des portraits qui tournent en continu. Vois-tu des personnes en train de les visionner ?

– En effet, je n'en aperçois que très peu.

– Une partie de la population te balancerait sans hésiter, mais ne mets pas tout le monde dans le même panier. Ils ne sont pas tous aussi dupes que tu le penses. L'année dernière, un politicien corrompu a tenté de relancer sa carrière. Tout y est passé : émotions, excuses, engagements… Il imaginait reconquérir le cœur des gens en utilisant ces vieilles méthodes de manipulation. À l'approche de son allocution, de nombreuses personnes organisèrent des rencontres pour trouver des solutions afin que cet homme devienne obsolète. Le jour de son tant attendu discours, il n'y a eu qu'une centaine d'auditeurs. Il a connu une telle humiliation qu'il a préféré quitter le pays pour aller vivre à l'étranger, et nous ne l'avons plus jamais revu. Contrairement à ce que tu crois, le monde n'est pas rempli d'imbéciles malléables qui font tout ce que le gouvernement désire.

Ethan ne sut que répondre. Au loin, il aperçut quatre hommes qui le regardaient tout en le montrant du doigt. Thomas les remarqua également.

– Tu raconteras ça aux quatre types sur ta droite. Visiblement, ils sont plus physionomistes que toi. Si tu veux mon avis, je ne donne pas cher de ma peau.

– Tu as raison, tirons-nous d'ici.

Ils quittèrent les lieux comme si de rien n'était.

– Toi qui me disais que les gens n'étaient pas tous dupes, qu'on pouvait leur faire confiance… J'y ai cru un moment, avec ta belle histoire du politicien corrompu, mais chez certaines personnes, le naturel revient toujours au galop.

– La chance ne t'aime pas, on dirait ! Quelle bande d'idiots ! Si seulement l'araignée voyait ça…

En entendant le nom de l'araignée, Ethan saisit les épaules de Thomas et les plaqua contre le mur.

– Tu deviens fou ! Qu'est-ce qui te prend ?

– L'araignée ! Tu as bien dit l'araignée ?

– Oui ! Et alors !

– Tu le connais ?

– Bien sûr ! Lâche-moi, bon sang !

Où vit-il ? De quoi a-t-il l'air ?

– Il bouge constamment et change de planques sans arrêt. C'est toujours lui qui contacte les gens, et rarement le contraire.

– Tu n'as vraiment pas la moindre idée de l'endroit où il se trouve en ce moment ?

– Non, aucune. Je ne l'ai pas vu depuis des jours. Vas-tu enlever tes mains à la fin ?

Calmé, Ethan lâcha Thomas.

– Pourquoi change-t-il souvent d'adresses ?

– Je suppose que la Miller le recherche. Peut-être qu'il fuit des créanciers. Sérieusement, comment veux-tu que je le sache ?

– Quels sont tes rapports avec lui ?

– Relativement bon. Je mène de petites enquêtes pour lui. Il a promis d'aider mon frère, de s'occuper de sa puce de traçabilité.

– Tu lui sers d'informateur ! Voilà pourquoi les deux gardes voulaient ta peau, tout à l'heure !

– Évidemment ! Tu ne croyais quand même pas que je les provoquais par plaisir. D'ailleurs, en parlant d'eux, n'as-tu rien remarqué ? Rien n'a attiré ton attention ?

– Quoi donc ? N'essaie pas de m'embrouiller, je ne te lâcherai pas d'une semelle.

– Décidément, tu n'es pas perspicace ! Viens avec moi, tu comprendras.

Ils retournèrent à l'angle de la rue, là où ils s'étaient rencontrés.

– Nous y voilà et alors ?

– Et alors ! Que font ces deux types, armés jusqu'aux dents devant ce bâtiment ?

– Tout simplement leur travail.

– D'accord, mais deux gardes si bien équipés, prêts à intervenir au moindre malentendu, devant un bâtiment ordinaire, dans un quartier ordinaire… Ça ne t'intrigue pas ?

– Maintenant que tu le dis, si.

– Il m'arrive de traîner du côté de Chelsea ou de Soho, et je peux te garantir que même là-bas, je n'ai jamais vu un endroit aussi bien surveillé. Et tu sais pourquoi ces deux clowns gardent si bien les lieux ?

– Non, mais je suppose que tu connais la réponse.

– Tout simplement parce qu'Abigail Miller en est la propriétaire. À ton avis, que vient-elle donc y faire ?

– Aucune idée, mais si ce que tu racontes est vrai, partons.

– Je l'ignore également, mais je dois découvrir ce que cet endroit cache de si important.

– On s'en fiche. Les coups de tout à l'heure ne t'ont pas suffi ?

– L'araignée me l'a demandé. Je l'aide, il m'aide.

– Quelle tête de mule ! Je ne pourrai pas te l'empêcher, de toute façon. Fais ce que tu veux, moi, je me tire.

– Avant que tu t'en ailles, j'aimerais savoir une chose, Ethan. Pourquoi tiens-tu tant à le rencontrer ? Ça paraît si important pour toi !

– Tracy, une amie, a impérativement besoin de son aide. Un intermédiaire doit nous mettre en contact avec lui.

– Cet intermédiaire, comment se nomme-t-il ?

 Ethan réfléchit un instant avant de répondre. Sans dévoiler trop de détails, il devait en apprendre davantage sur l'araignée.

– Pourquoi souhaites-tu le savoir ?

– Sérieusement, tu imagines vraiment que je vais vous balancer ?

– D'accord, je vais te le dire, mais s'il m'arrivait malheur, je me souviendrais du visage et du nom de celui qui m'a trahi.

– J'ai saisi, ne t'en fais pas. Je réagirais exactement de la même façon si j'étais à ta place.

– Il s'appelle Aaron Cleese.

– Et cette Tracy, quel est son problème ?

– Lors de notre évasion, elle a ressenti une sorte de choc émotionnel, sans oublier qu'on a dû se mettre dans plusieurs situations délicates. Depuis, sa puce est endommagée et lui provoque des douleurs de plus en plus insoutenables.

– Dans ce cas, l'araignée l'aidera, j'en suis sûr.

– Franchement, est-il si talentueux comme tout le monde le prétend ?

– Ce type est un génie. Je m'intéresse à son travail et j'adore ce qu'il fait. Grâce à ses services, de nombreuses personnes n'ont plus rien à voir avec Encéphalia et les puces de traçabilité. À présent, elles vivent loin de tout ça, hors des NSE. Il se perfectionne constamment, aiguise ses talents, et ses interventions sont de moins en moins risquées. Entre les mains d'un tel artiste, considère Tracy comme guérie.

– Il faudrait d'abord que je le rencontre.

– Ne te fais pas de soucis. Si Aaron t'a promis un rendez-vous, tu l'auras.

– Tu le connais également !

– Très peu, surtout de réputation. Un chic type, toujours prêt à aider. Durant son adolescence, mon frère aîné passait du temps avec lui. Fais-moi confiance, tu ne trouveras pas plus réglo que ce gars-là.

– Merci, ça me rassure. Tracy doit commencer à s'impatienter, et je dois partir la rejoindre. Quant à toi, ne fais pas l'idiot, rentre chez toi, et récupère de tes blessures.

– Très bien. J'en resterai là, du moins pour aujourd'hui.

Ethan savait très bien que Thomas ne l'écouterait pas, que ce n'était qu'une simple question de temps avant que le jeune homme décide de récidiver. Malgré ça, il partit optimiste et rassuré. Il s'engagea sur le chemin du retour, impatient d'annoncer la bonne nouvelle à Tracy. À peine arrivé à l'appartement, il la retrouva très fatiguée.

– Tracy, comment te sens-tu ?

– Ethan ! Bon sang ! Où étais-tu passé ?

– Je voulais obtenir plus d'informations sur l'araignée. Ne me dis pas que tu as encore eu l'une de ces crises !

– Si, il y a une petite demi-heure, mais rien d'alarmant. Ne t'en fais pas pour ça, je vais mieux. As-tu appris quelque chose d'intéressant ?

– Oui, plus ou moins. J'ai fait la rencontre d'un type qui se nomme Thomas. Il voit l'araignée, de temps à autre, mais ignore où il habite. D'après lui, il aurait plusieurs planques dans la ville. Il connaît également Aaron Cleese et m'a affirmé que c'est un homme de parole, qui tient toujours ses promesses.

– Tant mieux ! Nous savons que nous pouvons lui faire confiance, désormais.

– Charles Turner n'a pas menti à son sujet. Malheureusement, j'ai une mauvaise nouvelle.

– J'aurais dû m'en douter.

– Abigail Miller vient de faire un discours. Elle a sorti son baratin habituel et a même mentionné mon nom. En plus de ça, mon portrait ne cesse de tourner en boucle, contrairement au tien. Certaines personnes vont sans doute me rechercher. À l'avenir, nous redoublerons de vigilance.

– Évitons de nous montrer et faisons attention. Tu sais, Ethan, pendant ton absence, j'ai bien réfléchi à la proposition de Steve Wood.

– S'exiler ! Tu y penses vraiment ?

– On a tout à perdre en restant en Angleterre. En tant que fugitifs, nous ne retrouverons jamais une vie paisible. Steve, Charles et Aaron tiennent sincèrement à nous aider. À mon avis, nous devrions saisir cette chance.

– Tu as raison. Sans eux, je me demande où nous en serions en ce moment.

– Si tout va bien, nous verrons l'araignée d'ici peu. Supposons qu'on le rencontre demain, qu'il intervienne dans trois jours et qu'Aaron nous fasse sortir de Londres. On quitterait le pays d'ici dix jours, voire une semaine.

– En théorie, ça paraît simple, mais en pratique…

– Ça l'est également. Je sais que tu souhaites retourner à Birmingham, ta ville natale, mais tu as peu de chances d'y arriver. Ça t'attriste, mais tu dois ouvrir les yeux et voir la réalité en face, Ethan.

Ethan réfléchit à la proposition de Tracy et savait que l'exil s'avérait la meilleure des solutions.

– Tu as raison, mais on doit d'abord s'occuper de ton état. Ensuite, on l'envisagera sérieusement.

Alors qu'ils parlaient de leur avenir, ils entendirent des bruits de pas qui se rapprochaient. C'était Aaron.

– Aaron ! Enfin de retour.

– Salut Aaron. Personne ne t'a suivi ?

– Salut Ethan, salut Tracy. Ne vous inquiétez pas, aucun risque. Et vous, comment ça va ?

– Tracy a eu deux crises depuis hier soir, mais rien de dramatique. De mon côté, j'ai décidé d'aller faire un tour. Je voulais obtenir plus d'informations sur l'araignée.

– Et qu'as-tu appris ?

– J'ai rencontré une personne qui semble te connaître, Thomas Lam. Un jeune homme du genre nerveux et plutôt bagarreur. J'ai même vu l'allocution d'Abigail Miller avec lui.

– Je l'ai vu également. Comme d'habitude, elle a fait preuve d'une grande habileté. Quant à Thomas, je ne le connais que très peu, contrairement à son frère. Vous n'avez pas à vous en méfier, il ne vous causera aucun ennui.

– Et toi, Aaron. As-tu pu t'entretenir avec l'araignée ?

– Non, mais pas d'inquiétudes. J'ai rencontré un vieil ami, qui le voit bien plus souvent que moi. Il a pu vous obtenir un rendez-vous.

– Tu es passé par un intermédiaire !

– N'ayez crainte. Je lui fais confiance et il me devait un service. Il sait seulement ce qu'il a besoin de savoir.

– Et le rancard ? demanda Tracy.

– Ce soir, 22 h, dans un pub branché, le Mercury's, à l'entrée de Cringle Street, à Nine Elms. Si vous cherchez un point de repère, il y a la Battersea Power Station, la principale source d'énergie londonienne, située au fond de la rue. Vous trouverez facilement, c'est à moins de trois miles d'ici.

– Comment va-t-on reconnaître l'araignée ?

– Il fait à peu près la taille d'Ethan et s'habille de façon classique, comme la plupart des clients. Il portera certainement un sweat à capuche, des plus ordinaires. Dès que vous le repérerez, ne l'appelez pas, car il ne vous répondra pas.

– Et pourquoi ?

« Le futur appartient à celui qui l'écrit dès maintenant. »

– Pardon !

« Le futur appartient à celui qui l'écrit dès maintenant. »

– Qu'est-ce que ça veut dire ?

– C'est le mot de passe.

– Un mot de passe !

– Oui. Une idée de l'araignée. Pourquoi celui-là ? Je n'en sais rien et je m'en fiche.

– Quel mot de passe débile ! Mais peu importe, c'est noté.

– Comme prévu, j'ai obtenu votre rendez-vous. Maintenant, c'est à vous de jouer. À présent, je dois vous laisser. Monsieur Turner m'attend pour préparer les prochains départs.

– Puisque tu en parles, on aurait quelque chose à te demander.

– Je t'écoute.

– Avec Tracy, nous envisageons la possibilité de s'exiler. Il n'y a rien d'officiel pour le moment, mais si tu pouvais en discuter avec monsieur Turner…

– Bien sûr. Il vous apprécie beaucoup et il acceptera de vous aider.

– Merci Aaron.

– De toute façon, je reviendrai très prochainement. En attendant, vous êtes ici chez vous.

– Tu salueras bien monsieur Turner et Steve de notre part. Merci encore pour votre soutien.

– Je le ferai, Tracy. De votre côté, allez voir l'araignée et soyez à l'heure. Il déteste les retardataires.

– Le Mercury's à Nine Elms, 22 h… On y sera.

– Allez-y à pied, ne vous faites pas remarquer et restez prudents. Tracy devrait se reposer avant de partir. Un peu de sommeil lui fera le plus grand bien. Faites-en sorte qu'une crise ne survienne pas en pleine rue. Vous n'avez pas besoin de ça.

– Nous comprenons. N'allons pas attirer l'attention inutilement.

Aaron les salua et les quitta. Ethan attendait impatiemment le rendez-vous pendant que Tracy dormait. Le soir venu, ils partirent en direction de Nine Elms tout en suivant les conseils de leur ami. Ils jouèrent les touristes, sans se faire remarquer. Ethan eut l'idée de prendre la main de Tracy afin de ressembler à un couple comme on en croise des milliers. La jeune femme apprécia. Après une bonne quarantaine de minutes de marche, ils arrivèrent à l'entrée du Mercury's, devant lequel il fallait patienter avant d'y accéder. Nine Elms s'avéra bien plus riche que Brixton ou Walworth. De nombreux gratte-ciels, de taille importante, s'imposaient à chaque coin de rue. Au loin, ils aperçurent la légendaire Battersea Power Station. Anciennement fermée et réemployée depuis quelques décennies, elle produisait la quasi-totalité de l'énergie dont la ville avait besoin. Contrairement aux tours de verre, sa vieille architecture attira la curiosité de Tracy ainsi que celle d'Ethan qui patientaient dans la file d'attente. Dès que leur tour arriva, deux vigiles les fouillèrent. N'ayant rien de suspect sur eux, ils purent entrer.

– Aaron n'a pas dit que c'était un pub ? questionna Ethan.

– J'y vois plutôt un club, une discothèque, mais peu importe, allons-y.

À l'intérieur, les clients se distrayaient, parlaient, buvaient… D'anciens humanoïdes assistaient les barmen ainsi que le personnel des vestiaires dans cette ambiance qui paraissait à son comble. Au milieu de cette foule, la tâche s'avéra particulièrement difficile pour les deux fugitifs qui cherchaient désespérément l'araignée.

– Je n'aperçois personne qui ressemble à notre homme. Et toi, Ethan ?

– Moi non plus.

– En nous séparant, nous le trouverons plus facilement.

– Bonne idée, Tracy. Prends ce côté-là, je prends celui-ci. Si jamais tu penses l'avoir vu, ne l'aborde pas, reviens donc ici et attends-moi. On se retrouve à cet endroit même dans vingt minutes.

Ils cherchèrent, chacun de leur côté. Au bout d'un quart d'heure, Tracy aperçut un homme correspondant aux critères donnés par Aaron. Il était de dos, de la taille d'Ethan, et portait un sweat noir à capuche. Elle s'avança afin d'en avoir le cœur net. Cependant, un autre individu, ivre de son état, s'approcha un peu trop près d'elle, mettant ses mains là où il ne devrait pas. Tracy lui demanda poliment d'arrêter, mais celui-ci continua en y ajoutant des propos déplacés. À court de patience, elle s'emporta et lui colla un violent coup de poing au visage. Il tomba au sol, insulta Tracy, se releva avant de partir, humilié. En se retournant, l'homme au sweat noir avait disparu. Elle regarda autour d'elle, espérant le retrouver. En quelques instants, elle l'aperçut, se dirigeant vers la salle voisine. Tracy décida de rejoindre Ethan, persuadée que cet homme est bel et bien celui qu'ils recherchaient.

– Alors, Ethan ! Penses-tu l'avoir trouvé ?

– Non, pas du tout, et toi ?

– Possible, mais j'ai perdu sa trace.

– Qu'est-ce qu'il y a ? Tu as l'air bien énervé !

– Rien de grave. Seulement un abruti qui m'a un peu trop collé. J'ai dû le remettre à sa place. À cause de lui, l'autre s'est barré.

– Par où est-il parti ?

– Je pense qu'il se dirigeait vers la salle d'à côté.

– Ne restons pas là. Allons vérifier.

Ils avancèrent vers la pièce voisine. En y entrant, ils furent étonnés. La musique allait à un rythme effréné, les enceintes faisaient trembler les murs, la fumée se propageait au milieu de la foule où les strip-teaseuses déployaient tous leurs talents. L'endroit était l'opposé de celui d'où ils venaient. Cette fois-ci, ils s'associèrent pour trouver l'individu au sweat noir. Le monde, le bruit et autre bousculade empêchaient Tracy et Ethan de le repérer. Toutefois, après quelques minutes de recherche acharnées, Tracy aperçut celui qu'elle poursuivait, assis au comptoir, un verre de vodka à la main.

– Le voilà, Ethan ! C'est lui que j'ai vu tout à l'heure.

– En es-tu bien sûr ?

– Absolument.

Ethan s'avança et prononça le mot de passe.

« Le futur appartient à celui qui l'écrit dès maintenant. »

L'homme ne réagit pas. Ethan s'approcha de lui afin qu'il entende mieux. D'un ton plus élevé, il répéta :

« Le futur appartient à celui qui l'écrit dès maintenant. »

Cette fois-ci, il comprit. Il s'agissait bien de l'araignée. Il ôta sa capuche et se retourna. À la vue de celui-ci, Tracy n'en croyait pas ses yeux. L'araignée n'était autre qu'Oliver Roy, son ami de toujours…

V

Un sentiment de liberté

– Oliver ! Ça alors ! Est-ce vraiment toi ?

– Ça fait un bail, Tracy !

– Je te croyais mort ! Notre dernière rencontre, ça remonte à quand ?

– À quelques jours avant ton arrestation, il y a presque quatre ans.

– Moi qui pensais ne plus jamais te revoir…

– Tu le connais ? demanda Ethan.

– Tu as devant toi Oliver Roy, l'ami dont je t'ai parlé.

– C'est lui ! Celui qui vous a aidé toi et ta mère !

– En chair et en os. Je n'arrive toujours pas à y croire !

Tracy, prise par les émotions, ne put s'empêcher de se jeter sur Oliver, qui la serra dans ses bras à son tour. Ce n'était ni le lieu ni le moment, mais après tout ce qu'elle venait de vivre, les retrouvailles avec son plus vieil ami lui firent le plus grand bien.

– Ça va aller, Tracy. Je vais t'aider à sortir de ce guêpier.

– Je n'en doute pas une seconde. Donc, Oliver et l'araignée ne font qu'un ?

– En effet. Cet homme, est-ce Ethan Moore ?

– Oui, c'est lui. Savais-tu que c'était moi qui viendrais ce soir ?

– Plus ou moins. On m'a simplement dit que la personne que je devais rencontrer se nommait Tracy, une encéphaliane, évadée de Saint John's. J'ai immédiatement pensé à toi, mais je n'y croyais pas pour autant.

– Oliver, peux-tu vraiment l'aider ?

– Oui Ethan, je le peux. Dans peu de temps, Encéphalia ne lui sera qu'un mauvais souvenir. En attendant, partons d'ici. Nous n'avons plus rien à y faire.

Ils quittèrent le Mercury's pour se rendre chez Oliver, à Camberwell, à moins de trois miles du club. Devant l'entrée de son domicile, l'araignée sortit une vieille paire de clés.

– Tu ne possèdes pas de système de reconnaissance oculaire ?

– Non Ethan, et je n'en veux pas.

– Sérieusement ! C'est surprenant de voir un expert qui ne se sert pas d'un dispositif à la pointe de la technologie.

– D'après toi, qui aurait l'idée de venir chercher l'araignée, le « grand génie de l'informatique et de la robotique », dans un endroit où l'accès se fait avec une simple paire de clés ?

– Personne. Et tu en as pour toutes tes planques ?

– Mes planques ! Quelles planques ?

– J'ai entendu dire que tu en avais plusieurs dans la ville, afin d'échapper aux autorités.

– N'écoute jamais les gens. Je ne possède que deux logements. Je leur fais croire que j'en ai plusieurs afin qu'ils ne viennent pas me déranger toutes les deux minutes. Pendant qu'ils s'amusent à les chercher, je suis tranquille.

Ils entrèrent dans son appartement qui s'avéra des plus ordinaires. Aucun Londonien n'aurait pu imaginer que l'araignée, ce grand hacker capable de pirater n'importe quel système en quelques minutes, vivait dans un endroit aussi modeste.

– Faites comme chez vous. Restez ici autant que vous le souhaitez.

– Merci Oliver.

– Cependant, j'aimerais savoir une chose.

– Quoi donc ?

– Qui vous a parlé de moi ? Aaron ? Peut-être l'un des futurs exilés ? Franchement, ça m'étonnerait.

– Suite à notre évasion, nous sommes arrivés à Cuckfield, une ville au sud de Londres. Là-bas, nous avons fait la connaissance d'un certain Julian, alias le scorpion, ton ancien associé. Il vantait tes talents et n'a fait que des éloges à ton sujet. Dès cet instant, nous avions décidé de te retrouver.

– Le scorpion ! Je le croyais mort. Qu'a-t-il dit, plus précisément ?

– Que la seule personne capable de nous aider, c'était toi.

– Le matin suivant, nous avons quitté Cuckfield pour Londres. Les événements se sont enchaînés, les crises de Tracy s'accentuaient, et une chose en entraînant une autre, nous avons fait la rencontre d'Aaron Cleese ainsi que celle de Charles Turner. Par la suite, le hasard m'a mis sur la route de l'un de tes amis, Thomas Lam, ce matin même.

– Je le connais bien. Un bon gars, quoiqu'un peu impulsif. Pour diverses raisons, nous avons une entente.

– C'est ce qu'il m'a dit. Il pense que la Miller corporation te recherche.

– Voir ma tête tomber lui ferait sans doute plaisir, mais j'imagine qu'elle a d'autres chats à fouetter.

– Elle semble capable de tout, tu devrais faire attention.

– J'en suis conscient. Pour l'instant, elle se doute très bien qu'un homme aide des personnes à sortir de Londres et à s'exiler, même si elle n'a aucune preuve.

– Je sais également que tu recherches un maximum de renseignements en ce qui la concerne.

– Tu parais bien informé, Ethan ! Disons que j'essaie d'en apprendre le plus possible sur ses activités, sa gestion et ses projets.

– Pourquoi t'y intéresses-tu autant ?

– J'aimerais lui mettre quelques bâtons dans les roues en l'humiliant, et montrer aux encéphalians à quel point elle les prend pour de vulgaires marionnettes.

– Tâche difficile…

– Je sais, ça paraît utopique, mais je trouverai bien un moyen d'y arriver. En attendant, je dois m'occuper du cas de Tracy.

Ils passèrent dans la pièce d'à côté. Celle-ci, d'une propreté exemplaire, disposait d'équipements et d'une technologie dernier cri.

– Bon sang, Oliver ! Que fais-tu avec tout ça ? C'est un véritable labo !

– J'aide certaines personnes, fais des recherches, et tente diverses expériences…

– Je vois que tu conserves un humanoïde ! Est-il en état ? demanda Tracy.

– Bien sûr, sans aucun problème. Il me suffit de reconnecter son système automatique de recharge afin qu'il puisse retrouver ses fonctionnalités.

– À quoi peut-il bien te servir ?

– À temps perdu, je m'emploie à le rendre plus humain, le plus fidèlement possible. Vu qu'il a du mal à bouger correctement, je travaille sur sa motricité. Une opération délicate, fastidieuse, mais j'approche de mon but. Un jour, je parviendrai à lui donner une démarche semblable à la nôtre.

— Pourquoi t'attardes-tu sur ce tas de ferraille ? Pour vous autres, les hackers, ce n'est que de la vieille technologie.

— Il me distrait, aiguise mes talents, et m'aide à savoir jusqu'où je peux aller.

— Sacré passe-temps !

Ethan fit le tour de la pièce, attiré par toutes sortes d'objets. Il en aperçut un qui éveilla sa curiosité.

— Ce gant, à quoi sert-il ?

— Un prototype, unique en son genre. Il permettait d'établir un contact entre deux personnes sous Encéphalia.

— Ne pouvaient-elles pas le faire avec leurs transmetteurs cérébraux ?

— Si, bien entendu. Il devait être commercialisé, mais il ne resta qu'au stade de projet. La Miller trouva son utilisation bien trop compliquée pour le public qu'elle visait. D'après leurs experts, la procédure d'échange entre encéphalians s'avéra bien trop complexe.

— Comment l'as-tu obtenu ?

— Une connaissance, au marché noir.

— En ce qui concerne Encéphalia, j'aimerais en apprendre davantage. Que se passe-t-il exactement dans le cerveau des gens lorsqu'ils se connectent ?

— Comme tu viens de le dire, il faut un transmetteur cérébral pour profiter de son propre contenu. Une fois inséré dans l'oreille, il envoie une faible décharge électrique directement à la puce de données, à Encéphalia. Ceci fait, l'individu rentre dans un état second, accède à ses prétendues connaissances avant de se retrouver complètement déconnecté de la réalité.

— Comment procèdent les encéphalians pour retourner dans le monde réel ?

— En empruntant une sorte de porte de sortie. Il suffit de diriger nos pensées vers elle, et en moins de cinq secondes, nous y revenons.

— Je parie que certaines personnes n'ont jamais réussi à s'y rendre.

— Il y a eu quelques cas lors des premiers tests de la version alpha. Les victimes restaient coincées entre le réel et le virtuel, et sombraient dans un état proche du coma. La Miller a corrigé le tir et a vite étouffé l'affaire. De nos jours, ce genre d'accident n'arrive plus.

– Ça ne m'étonne pas d'elle. Les encéphalians peuvent-ils partager du contenu entre eux ?

– Non, c'est prohibé.

– Et pourquoi ?

– Toujours la même raison : l'argent. Si tout le monde s'échangeait des données, les brain-centers engendreraient moins de bénéfices. Cependant, certains hackers ont réussi à trouver un moyen. Ils ont été dénoncés et inculpés pour piratage avant d'être envoyés à Saint John's ou à Berwick. La Miller corporation reste intraitable sur ce point. Elle engage même des hommes pour les traquer.

– Oliver, j'ai une question à te poser et j'espère que la réponse sera non.

– Je t'écoute Tracy.

– Penses-tu que la Miller ou le gouvernement contrôlent nos données et peuvent interagir à distance, avec nos puces ?

– Il y a de grandes chances, hélas. Néanmoins, j'imagine que ça ne les intéresse pas. Par contre, je suis persuadé qu'ils peuvent te déconnecter, si tu te comportes en mauvais citoyen, par exemple.

– Vraiment ! Ils oseraient ?

– Sans la moindre hésitation. Pour moi, en ce qui concerne la folie et la bêtise, l'humain possède des ressources illimitées.

– En cas de déconnexion, que se passerait-il ?

– Vu la sensibilité de certaines puces, je suppose que cela provoquerait des amnésies, des crises d'épilepsie, voire des séquelles bien plus graves.

– Donc, tu veux dire, que pour ma mère…

– Je donne mon avis, mais ce n'est pas impossible. Je connaissais très bien ta mère, Tracy, et je sais qu'elle avait un franc-parler et disait ce qu'elle pense, peu importe que ça plaise ou non. Ses opinions n'allaient pas dans le sens commun, et ça, les gouvernements ne le souhaitent pas. Ils perçoivent ces individus comme des influenceurs, des provocateurs, et c'est la raison pour laquelle ils doivent être évincés.

– S'il te plaît, Oliver, ne dis plus rien.

– Ce ne sont que des suppositions, même si je n'ai aucune preuve. Comme je te…

– Stop ! Arrête ! J'ai compris et je ne veux rien savoir de plus. Maintenant, débarrasse-moi d'Encéphalia.

– Très bien, passons aux choses sérieuses. Dans une petite heure, tout ne sera qu'un mauvais souvenir. Prends place, allonge-toi.

Tracy écouta Oliver sans la moindre crainte ou hésitation.

– Ce dispositif ! À quoi sert-il exactement ?

– C'est un scanner cérébral. Grâce à lui, je peux interagir avec Encéphalia. Installe-toi, je vais t'expliquer.

Tracy s'allongea. Oliver lui sangla la tête afin qu'elle ne fasse aucun geste brusque durant l'intervention.

– Avant de commencer, écoute bien ce que j'ai à dire.

– Très bien.

– L'intervention se déroulera sur plusieurs étapes :

Première étape : ce scanner va examiner ton cerveau dans les moindres détails. J'aurai toutes les informations nécessaires pour passer à l'étape suivante ;

Deuxième étape : une fois la première analyse effectuée, j'en ferai une autre, plus approfondie, de ta puce avec mon écran. Je détecterai toutes ses failles afin d'optimiser la procédure ;

Troisième étape : je mettrai ta main droite dans cette sorte de boîte métallique et je la coincerai de façon à ce qu'elle ne puisse plus bouger ;

Quatrième étape : après une dernière vérification, j'active le processus. Deux aiguilles vont pénétrer dans la chair de ta main, à une profondeur de deux centimètres. Il y en a une qui t'injectera un anesthésiant pendant que l'autre introduira une micropuce qui me permettra d'accéder à ta puce de données. Sur l'instant, tu ressentiras des douleurs plutôt désagréables, mais tu survivras ;

Cinquième étape : pendant que tu es endormie, je m'occupe de ta puce et je ferai en sorte que tout se passe comme prévu. C'est la partie la plus délicate. Ensuite, on patientera jusqu'à ton réveil. Avant de commencer, aurais-tu des questions ?

– Ma puce, comment vas-tu me l'enlever ?

– Je ne vais pas te la retirer, je vais seulement la rendre hors service.

– Tu viens de me dire que la quatrième étape risquait d'être douloureuse. Douloureuse à quel point ?

– Sur une échelle de zéro à dix, mise sur deux, voire trois.

– Tu vas également m'introduire une micropuce, et franchement je n'aime pas ça. Tu n'as pas d'autre solution ?

– Non, c'est la seule. Elle s'implantera dans la paume de ta main et se désactivera une fois que j'aurai terminé.

– Très bien. C'est tout ce que je voulais savoir.

– Si tu souhaites renoncer, c'est maintenant ou jamais.

– Tu peux y aller, finissons-en.

Oliver activa le scanner, analysa la puce de Tracy, enclencha la procédure avant de s'employer à la tâche. La dernière étape se déroula dans les meilleures conditions. Il pianota sur son écran à une vitesse vertigineuse et les lignes de code s'enchaînèrent sans interruption… Quinze minutes plus tard, les mots « opération validée » apparurent sur son moniteur.

– Travail terminé ! Nous n'avons plus qu'à attendre la fin du processus et le réveil de Tracy.

– Combien de temps ça va durer ?

– Entre trente minutes et une heure.

– Que lui as-tu fait précisément ?

– À partir du moment où l'anesthésiant se propage, la micropuce envoie une légère décharge électrique qui se répand automatiquement dans son corps. Elle passe par les membres supérieurs, remonte par la moelle épinière avant d'atteindre la zone du cerveau où se trouve sa puce de données, qui devient inactive pendant quelques minutes. Ensuite, je n'ai plus qu'à m'en occuper.

– Si j'ai bien compris, il ne te reste plus qu'à la griller définitivement.

– Non, pas forcément. Tout dépend de son état. Je n'agis pas sur les parties endommagées, c'est inutile.

– Jusqu'à combien de temps peuvent durer les interventions ?

– Du début de l'anesthésie jusqu'au réveil du patient, il faut compter de une à deux heures. Cela varie en fonction des cas. Pour l'instant, laissons celle-ci suivre son cours. Un message sonore nous avertira quand elle prendra fin. Passons dans la pièce à côté, nous y serons plus à l'aise.

Ils s'installèrent dans la pièce voisine en attendant le réveil de Tracy. Le plus dur étant fait, ils prirent quelques instants de répit.

– Il me reste une bouteille de vin. Un verre ?

– Oui, volontiers.

Oliver versa un verre à Ethan et un autre à lui-même.

– Ce n'est pas un grand cru, mais pour trinquer, il fera l'affaire.

– Et à qui trinque-t-on ?

– À Tracy.

– Très bien ! À Tracy. Tchin !

– Tu verras, elle se remettra vite sur pied.

– À son réveil, que va-t-il se passer ?

– Rien de particulier.

– Pas de séquelles physiques ou psychologiques ?

– Rien de cela. Elle désapprendra seulement les connaissances acquises avec Encéphalia.

– Vraiment ! Je pensais qu'elle en mémoriserait une partie.

– Oui, mais elle en oubliera la majorité, car elle n'a rien assimilé de façon naturelle. Tracy n'a utilisé ni la vue, ni la réflexion, ni la concentration pour apprendre. Elle s'est simplement rendue dans un brain-center pour les introduire dans une puce ancrée dans son cerveau.

– Ça risque de lui faire un choc quand on le lui annoncera. Elle qui aimait tant se cultiver.

– Tracy est forte, elle comprendra.

– Je l'espère.

– Ethan, ça ne te dérange pas si j'allume mon écran ? Je pense qu'ils vont encore parler du discours d'Abigail Miller.

– Tu es chez toi, fais ce que tu veux.

Oliver plaqua sa main tout à gauche de l'écran afin de le déverrouiller. Il lui demanda d'accéder à son programme.

« Écran, programme 31 ».

« Programme 31 exécuté », annonça une voix intégrée au système audio de l'écran.

Sur ce programme, un humanoïde à l'apparence féminine et au nom d'Elsa 17, présentait l'information en continu, 24 h/24, sans interruption. Elle occupait ce poste depuis presque cinq ans. Avant cela, elle assistait un humain qui fut congédié, car il lui arrivait de perdre le contrôle face à certains invités. Le bureau national de l'information, le BNI, ne pouvait tolérer ce genre de situation. Il leur fallait quelqu'un capable de répliquer à toute forme de reparties sans se laisser submerger par ses émotions. Humanoïde de son état, Elsa 17 remplissait parfaitement ses fonctions. Étant insensible et programmée dans le but de répondre facilement à toutes questions et à toutes remarques, personne ne pouvait la contredire. Dès qu'un invité employait un ton désagréable ou parlait d'un sujet trop embarrassant, elle ripostait immédiatement par des phrases banales, sans originalité et plus ou moins pertinentes, ce qui mettait cette même personne dans un état colérique. Ceci fait, elle s'adressait au public tout en lui faisant comprendre qu'il semblait impossible d'établir un dialogue avec ce genre d'individu…

Ethan ne suivait que rarement les bulletins d'informations, car il les trouvait trop propagandistes. Oliver, quant à lui, s'y intéressait de temps à autre, sans n'y prêter guère attention.

Elsa 17 prit la parole pour un flash exceptionnel, et dit :

« Bonsoir à toutes et à tous, ici Elsa 17. Il y a seulement une heure, une évasion semblable à celle de Saint John's a eu lieu à la prison de Berwick, au nord du pays. On y dénombre douze gardiens sauvagement assassinés ainsi que trente blessés graves. Parmi eux, des pères de famille, des maris, d'honnêtes citoyens... Dans l'urgence, le gouvernement a fait appel à des renforts afin de reprendre le contrôle de la situation. En ce moment même, cent soixante-cinq détenus sont définitivement neutralisés, hors état de nuire. Hélas, on nous informe que plus de quatre-vingts criminels ont réussi à s'évader. Beaucoup tenteront d'entrer dans les villes du nord comme Édimbourg, Dundee, ou encore Aberdeen, pendant qu'une autre partie empruntera certainement les routes du sud qui mènent vers Leicester ou Londres. Si jam... ».

« Écran, coupure du volume ».

À la demande d'Oliver, l'écran devint silencieux.

« Les taulards sont tous méchants et les matons sont tous gentils... ». Si elle savait, au moins, ce qu'il s'y passe... Je ne tolère pas ce genre de comportement, mais vu les tensions que subissent les détenus et les ordres stupides que reçoivent les gardiens, il ne faut pas s'étonner si la situation dégénère.

– Je trouve ces images affligeantes, et je n'arrive pas à comprendre les individus qui s'éternisent devant tous ces bulletins d'informations. J'ai l'impression qu'ils ressentent le besoin quotidien de s'attarder sur le malheur des autres.

– Je suppose que ça les rassure. Ils se persuadent que des personnes sont bien plus misérables qu'eux. Ça leur permet d'accepter plus facilement la situation précaire dans laquelle ils vivent.

Oliver et Ethan visionnaient les images qui défilaient en boucle tout en finissant leur verre. On y apercevait les rues de Glasgow ainsi que celles de Londres. Tout à coup, l'une d'entre elles attira l'attention d'Oliver.

« Écran, pause, retour moins cinq secondes ».

– Que fais-tu ?

– Regarde cet endroit !

– Je le vois bien, et alors.

– J'ai demandé à Thomas Lam d'y aller.

– Maintenant que tu le dis ! C'est là où je l'ai rencontré.

– Il s'y rendait pour obtenir des informations.

– À ta place, je ne compterais pas trop là-dessus.

– Il a des ennuis ?

– Pas vraiment. J'ai empêché deux gardes de le mettre en mille morceaux.

– Que t'a-t-il dit, plus précisément ?

– Qu'Abigail Miller y venait et il se demandait pourquoi !

– Je me le demande également. Abigail Miller dans ce quartier…

– Alors qu'elle pourrait envoyer quelqu'un à sa place.

– Sans doute, mais elle ne le fera pas. Ce que cache cet endroit semble trop important. Bon sang ! Que cela peut-il être ?

– Elle vient certainement pour y travailler ou y rencontrer ses associés.

– Non, ça m'étonnerait. Je ne l'imagine pas organiser des réunions dans un quartier aussi populaire.

– Tu as raison, ça ne lui ressemble pas.

– Ethan, j'ai une idée, mais ça comporte quelques risques.

 Les deux hommes se regardèrent droit dans les yeux.

– Ne me dis pas que tu as l'intention d'y aller !

– Et pourquoi pas ?

– Tu ne vas quand même pas te jeter dans la gueule du loup, tout ça parce que tu as des suppositions !

– Il est minuit passé, il n'y a personne dans les rues et nous serons sur place en peu de temps.

– Si cet endroit a tant d'importance, la sécurité y sera renforcée. Supposons qu'on arrive à y entrer, que trouverons-nous ? Je pense que tu devrais enquêter plus sérieusement avant de prendre une décision.

– J'ai bien réfléchi à la question, fais-moi confiance.

– Même si par miracle nous y parvenons, tout doit être protégé par mot de passe et nous ne les connaissons pas.

– Pourquoi les connaître ? Mes compétences permettent de les contourner. Je m'en chargerai.

– Et pour Tracy ? Que fait-on ? Comptes-tu la laisser ici, toute seule ?

– Bien sûr que non ! Attendons son réveil. Elle récupère, nous découvrons ce que cache cet endroit, et nous rentrons. D'ici quatre heures, je te garantis que nous dormirons comme des nouveau-nés.

– Je ne pense pas…

Le message sonore s'activa.

– C'est Tracy ! Allons la voir.

Ils rejoignirent Tracy qui venait de retrouver ses esprits.

– Tracy ! Ça fait longtemps que tu es réveillée ?

– Depuis quelques minutes.

– Comment te sens-tu ?

– Très bien. J'ai l'impression d'avoir dormi plusieurs jours d'affilée.

Oliver retira la main de Tracy de la boîte ainsi que les sangles.

– Ethan, aide-moi à la relever.

– Pas la peine, je vais le faire toute seule.

Tracy se mit assise sans la moindre difficulté. Ethan et Oliver n'en revenaient pas.

– Je vois que tu récupères vite ! dit Ethan.

– Ne bouge pas. Je dois faire un dernier test afin de vérifier le succès de l'intervention. Ça ne prendra qu'un instant.

– Pas de problème, fais ce que tu as à faire.

Oliver mit un transmetteur cérébral dans l'oreille de Tracy.

– Tu es prête ?

– Je le suis.

– Très bien. Tracy, peux-tu te connecter à Encéphalia ?

– J'ai beau essayer, mais rien à faire !

– Fais un effort, recommence.

Elle se concentra afin d'y accéder.

– Impossible, je n'y arrive pas.

– C'est bon signe. Maintenant, donne-moi le nom du dernier ouvrage que tu as lu, je veux dire « acquis » grâce à Encéphalia.

– Je me suis intéressée à la planétologie, à Jupiter plus précisément, mais je ne me souviens plus du titre du livre.

– D'accord. Enlève ton transmetteur.

– C'est fait.

– Je vais te poser quelques questions sur Jupiter et tu y répondras le plus rapidement et le plus naturellement possible.

– Tu peux y aller.

– Qu'est-ce qui compose son atmosphère ?

– De l'hydrogène, de l'hélium et du méthane.

– Qui a découvert ses quatre premiers satellites ?

– Galilée, vers 1610.

– Cinq noms de satellites de Jupiter ?

– Callisto… Europe… Léda… j'ai oublié, je ne m'en souviens plus !

– Sa distance par rapport à Mercure ?

– Euh…

– La température moyenne ?

Tracy ne sut plus comment réagir, alors que quelques jours auparavant, les réponses seraient venues d'elles-mêmes. À cet instant précis, elle comprit qu'elle n'aurait plus jamais accès à Encéphalia.

– Je pense que tu as réussi, Oliver.

– Oui, elle est tirée d'affaire.

– Enfin !

– Tracy, comme je le disais à Ethan, toutes tes connaissances acquises avec Encéphalia s'effaceront petit à petit, que ce soit la culture, les langues ou encore les possibilités de communication.

– Ma mémoire ne devait pas en enregistrer une partie ?

– C'était le cas, sous Encéphalia. Ta puce ne fonctionne plus et toutes tes connaissances achetées dans les brain-centers n'ont pas été assimilées de façon naturelle. Au fil du temps, elles disparaîtront.

– Et en ce qui concerne celles d'avant ?

– Celles acquises par cœur ou par l'apprentissage resteront intactes.

– Donc, tu essaies de me dire que j'ai dépensé tout cet argent inutilement dans les brain-centers ? Et que toutes mes connaissances, acquises grâce à Encéphalia, ne valent plus rien ?

– Oui. C'est le prix à payer pour s'en débarrasser.

– Et ma puce de traçabilité ?

– Idem, c'est terminé. Elles sont connectées entre-elles. Si l'une d'entre elles se retrouve désactivée, l'autre le sera également. Bienvenue chez les free-brainers, Tracy.

– Parfait ! Je m'en accommoderai.

– Content que tu le prennes aussi bien !

– Je me sens beaucoup mieux, comme si tu m'avais débarrassé d'un énorme fardeau. Merci pour tout, Oliver. À présent, parlez-moi de votre plan.

– Tu nous as entendus ! s'étonna Ethan.

– En partie. Ça fait cinq minutes que je vous écoute bavarder, et je ne compte pas rester les bras croisés. Je vais enfin me rendre utile.

– Écoute Tracy, je ne tiens pas à ce que tu ailles là-bas. D'ailleurs, nous n'avons pas encore pris de décision. C'est dangereux, tu dois récupérer, et nos chances de réussite sont minces.

– Très bien Ethan ! Je vais attendre sagement, comme une gentille fille, que ces deux messieurs reviennent tranquillement de leur mission… Tu te moques de moi, j'espère ?

– Ne te vexe pas, je veux seulement que tu ailles pour le mieux.

– Et toi, Oliver, qu'en penses-tu ?

– Tu es tirée d'affaire et du repos supplémentaire ne te servira à rien. À toi de voir.

Tracy les fixa du regard, bien décidée à les accompagner.

– D'accord ! Tu as gagné. Je ne parviendrai pas à te faire changer d'avis et Oliver te soutient. Par contre, si les événements tournent mal, j'insiste à ce que tu reviennes ici.

– Je tiens à vous aider sans être un poids pour vous deux. Au moindre problème, je vous laisserai.

– Dans ce cas, ça me va. Oliver, comment comptes-tu t'y prendre ?

– Je songeais à utiliser la force, mais vu que Tracy nous accompagne, on va devoir faire différemment.

– À quoi penses-tu ?

Oliver partit chercher un plan du bâtiment.

– Un plan !

– Oui, celui de notre destination. Tout y est présenté, dans les moindres détails.

– Où l'as-tu eu ?

– Une connaissance, au marché noir.

Ethan le regarda attentivement.

– Chaque pièce possède plusieurs caméras de surveillance.

– Ce n'est pas un souci, je les désactiverai.

– Pour cela, il faudrait d'abord pouvoir y accéder. Les gardes ne nous laisseront pas faire.

– Ils sont certainement plus bêtes que méchants. Si nous ne pouvons pas les éviter, Tracy servira d'appât.

– Moi ! Leur servir d'appât !

– Tu incarneras le rôle de la fille égarée, qui doit rejoindre une amie, qui vient d'arriver à Londres… Bref, tu trouves une excuse, sors ton plus beau sourire, et t'arranges pour les éloigner délicatement de l'entrée principale.

– Je vois ! Tu veux que je joue la carte de la séduction !

– Quelle idée stupide ! Jamais ils ne mordront à l'hameçon.

— Détrompe-toi, Ethan. Les femmes n'apprécient guère ce genre de type ; ils ne pensent qu'à leur boulot. En manque de sollicitations, ils tomberont dans le panneau, c'est certain.

— Et si jamais ils nous repèrent, que fait-on ?

 Oliver sortit deux armes d'un tiroir.

— On utilise ça.

— Des shockers ! Tu plaisantes ?

— Non, du tout ! Ceux-ci sont particulièrement efficaces. Je les ai eus…

— On le sait. Une connaissance, au marché noir…

— Parfaitement ! dit Oliver en souriant. J'y ai ajouté certaines modifications.

— Qu'ont-ils de si original ?

— Ils sont légers, ont une puissance plus élevée que la moyenne ainsi qu'une lampe méticuleusement intégrée. La lumière s'intensifie en fonction de la décharge électrique. La victime se retrouve temporairement aveuglée avant d'être neutralisée. Si tu veux une bonne demi-heure de tranquillité, voici l'arme qu'il te faut.

— Et ensuite, que fait-on ?

— Je m'occupe du système de surveillance, on entre et nous recherchons des informations. Nous y resterons une quinzaine de minutes, vingt au maximum, avant de sortir par la porte de secours située à l'arrière du bâtiment.

— Je trouve ton plan risqué, mais audacieux.

— Dès que nous aurons terminé, on revient ici, tranquillement, afin de ne pas susciter l'attention des quelques passants que nous rencontrerons.

— J'espère que tous ces risques nous seront utiles et que l'on découvrira des informations essentielles.

— Ethan ! Je te rappelle qu'Abigail Miller y vient souvent, et je ne pense pas que ce soit pour jouer au bridge.

— Je sais. Inutile d'en rajouter.

— Tracy, Ethan, réfléchissez bien avant d'y aller. Une fois sur place, vous vous engagez dans une voie sans issue, sans possibilités de retour. N'oubliez pas que vous êtes des fugitifs. En cas d'arrestation, vous risquez la peine maximum.

— Que l'on s'y rende ou pas, nous sommes condamnés, de toute façon.

— Et toi, Tracy, qu'en dis-tu ?

— Je suis de son avis. Si je dois retourner en taule, autant y aller pour de bonnes raisons.

– Je vois que votre décision est prise ! Je pense que nous pouvons partir. Restez calme, soyez naturels, et tout se passera pour le mieux.

Le trio se rendit à Walworth. Oliver se questionna sur les informations qu'il pourrait y trouver pendant qu'Ethan se demandait si le plan d'Oliver fonctionnerait comme prévu. Étant libérée d'Encéphalia et accompagnée de ses deux meilleurs amis, Tracy, quant à elle, prit la situation avec le plus grand enthousiasme. Après une demi-heure de marche, ils arrivèrent à destination.

VI

L'association

Après un bref récapitulatif, ils mirent leur plan à exécution. Tout en jouant son rôle à la perfection, Tracy s'avança près des deux gardes. Quant à Ethan et à Oliver, ils s'éloignèrent afin d'éviter de se faire repérer.

– Bonsoir, monsieur l'agent.

– Bonsoir. Vous n'avez rien à faire ici ! Veuillez donc quitter les lieux !

– Attends Mike, ne t'énerve pas comme ça ! Tu ne vois pas que cette fille semble perdue.

– Que puis-je faire pour vous ?

– Je viens d'arriver à Londres cet après-midi même. Quatre amies m'ont donné rendez-vous dans un club privé, pas loin d'ici, mais comme une idiote, j'ai oublié son nom.

– Sans doute le White Palace ou le Liberty State.

– Le Liberty State ! C'est ça ! Pourriez-vous m'indiquer où il se situe ?

– Bien sûr. C'est trois rues plus loin, à votre droite.

Les deux gardes se rapprochèrent de Tracy pendant qu'Ethan et Oliver s'avançaient vers la porte principale. Elle devait trouver un moyen de les retenir en espérant que ses deux complices réussissent à entrer. Ceci fait, elle n'avait plus qu'à les attendre, à l'extérieur.

– Merci pour le renseignement. Vous savez, je ne suis que de passage dans cette ville même si je compte bien y rester. Au cas où ça se concrétiserait, et afin de vous remercier, on pourrait aller prendre un verre. Qu'en dites-vous ?

– Négatif !

Surprise par cette réponse, Tracy réagit en haussant la voix.

– Négatif ! Comment ça, négatif !

Pendant qu'elle discutait, Ethan et Oliver attirèrent involontairement son attention. Inconsciemment, elle jeta un coup d'œil derrière l'épaule de l'un des deux gardes. Dès cet instant, ils comprirent que quelque chose d'anormal se produisait dans leur dos. Ethan et Oliver n'eurent pas d'autre choix que de se précipiter afin de les neutraliser avec les shockers. Fort heureusement, personne ne les remarqua. Avec l'aide de Tracy, ils se dépêchèrent de porter les corps jusqu'à l'entrée du bâtiment. Ceci fait, Oliver s'empressa de pirater le système de surveillance. À l'intérieur, ils cachèrent les gardiens inanimés avant de continuer vers la salle principale. En y pénétrant, la lumière s'activa. Contre toute attente, ils aperçurent un humanoïde exposé au centre de la pièce.

– Un humanoïde !

– Une petite merveille de technologie !

– J'ai du mal à le croire ! J'ai l'impression qu'il ne lui manque que des tissus humains ! Que fait-il ici ? Ce n'est pourtant pas le secteur d'activité de la Miller corporation !

– Je n'en suis plus si sûr, Tracy.

– Qu'est-ce qui te fait dire ça ?

– Lors de ma sortie avec Charles Turner, nous sommes tombés sur une décharge qui contenait des centaines de carcasses d'humanoïdes. Un drone qui leur appartient surveillait l'endroit, et je peux te garantir qu'il n'aurait pas hésité à nous tuer.

– Elle les récupère ! Dans quel but ?

– Je n'en ai pas la moindre idée, Oliver. Même Charles l'ignorait. D'après lui, la Miller posséderait plusieurs de ces décharges dans tout le pays. Personnellement, je pense qu'elle les amasse pour les revendre à la Stackford et faire en sorte que tout le monde les oublie.

– Un sujet inquiétant sur lequel je me pencherai, mais on en reparlera plus tard. Continuons de chercher et trouvons quelque chose d'intéressant.

Dans une pièce adjacente, Tracy découvrit un schéma accroché au mur.

– Ethan, regarde !

– On dirait un plan détaillé de l'humanoïde que nous venons d'apercevoir.

– J'ai l'impression qu'ils vont faire leur retour parmi nous.

– Non, Tracy, je ne le pense pas.

– Et comment expliques-tu la présence du modèle d'à côté ? C'est même toi qui disais que c'était une merveille de technologie.

– Et alors ! Ça ne prouve rien. La Miller travaille sans cesse sur Encéphalia et se fiche de la robotique. À mon avis, cet humanoïde n'est qu'un cadeau de la Stackford à la Miller, qu'ils ont exposé comme pièce de musée.

– Possible ! Tout le monde sait que les deux sociétés entretiennent de bonnes relations, après tout.

En continuant leurs recherches, Tracy se retrouva face à un tableau qui attira son attention.

– Ethan, viens voir !

– Qu'y a-t-il ?

– Ce tableau ! On y observe l'évolution des humanoïdes.

– Et alors ?

– Et alors ! Regarde bien les deux derniers modèles.

– J'aperçois seulement deux humanoïdes.

– Oui, mais qui n'ont jamais existé. Qu'est-ce que ça veut dire ?

– Cesse de déborder d'imagination, Tracy ! C'est l'œuvre d'un artiste qui a exprimé son talent avec un pinceau.

– Ethan, Tracy, j'ai trouvé quelque chose d'intéressant.

– Quoi donc ?

– Cet écran !

– Ce n'est qu'un écran ! Tu en as déjà vu d'autres.

– Peut-être, mais à mon avis, il cache de précieuses informations. Ethan, depuis combien de temps sommes-nous ici ?

– Une bonne quinzaine de minutes.

– Parfait ! Ça me laisse le temps d'agir. Je dois impérativement savoir ce qu'il contient.

– D'accord, mais fais gaffe. Il doit être plus sécurisé que les autres.

– Peu importe, j'en fais mon affaire.

Oliver se mit au travail. Il contourna le système de protection de l'écran afin d'accéder au contenu. Quelques secondes plus tard, il ouvrit le premier dossier.

– Toutes ces caméras de surveillance ! Ça me rappelle Saint John's.

– Et il y en a dans toute la ville ! J'ignorais qu'il en existait autant.

– Décidément, ils veulent tout contrôler et savoir les moindres faits et gestes de chacun, que ce soit à Chelsea, Soho ou East Ham.

– Et ils osent appeler ça la démocratie…

– Il ne nous reste que peu de temps. Passons au dossier suivant.
 Oliver accéda au fichier.
– Quelque chose d'intéressant ?
– Une liste de noms, des plans d'humanoïdes, des enregistrements…
Une vraie mine d'or !
– Ce dossier, juste en dessous, « Encéphalia Supra », qu'est-ce que
c'est ?
– Aucune idée. Nous n'avons plus beaucoup de temps. Les vingt
minutes sont passées, partons.
– Tu ne veux pas en savoir davantage ?
– Si, mais nous verrons ça à l'appartement. Je vais faire une copie des
fichiers.
 Oliver sortit une vieille clé de sa poche et les enregistra sur celle-ci.
– Fais vite ! Les gardes vont bientôt reprendre connaissance.
– C'est terminé. Tirons-nous d'ici !
 Ils quittèrent les lieux et retournèrent chez Oliver comme si de rien
n'était. Finalement, le plan se déroula mieux que prévu.

 En arrivant chez lui, Oliver inséra sa clé dans l'écran. À présent, ils
disposaient de tout le temps nécessaire pour analyser chaque dossier.
Celui qui se nommait Encéphalia Supra attira particulièrement leur
attention. En consultant le fichier texte qui s'y trouvait, Oliver, Tracy
et Ethan furent choqués par la dernière phrase de celui-ci. Elle
mentionnait :
« Encéphalia Supra permettra de récupérer une partie de la mémoire et
de la conscience de l'individu, avant ou après son décès. »
– Ils deviennent fous ! Vous avez bien lu la même chose que moi ?
– Je crains que oui.
– Ils veulent utiliser les puces des encéphalians, après leur mort ! On a
dû mal comprendre, c'est impossible.
– Hélas, Tracy ! C'est visiblement en projet.
– Pourquoi donc ? Que vont-ils en faire ?
– Je l'ignore, mais ça ne me dit rien qui vaille.
– Il y a une vidéo enregistrée juste en dessous. Regardons-la !
– Je n'y tiens pas, les gars. Je ne pense pas que ce soit une bonne idée.
– On le doit, Tracy. Maintenant que nous avons récupéré des infos, on
s'y intéresse. Tu as pris des risques toi aussi, et à présent, tu souhaites
faire marche arrière !
– Je sais, mais j'ai comme un mauvais pressentiment.

– On doit en avoir le cœur net. Ne t'inquiète pas, ça va aller. Si la vidéo devient insupportable, nous la couperons. Oliver, mets-la en route.

Malgré les réserves de Tracy, Oliver activa l'enregistrement. Dans ce dernier, plusieurs actionnaires et autres personnes haut placées de la Miller corporation patientaient. À les entendre parler, ils consacraient cette conférence à l'avenir d'Encéphalia ainsi qu'à ses améliorations, et non aux bilans financiers. On y apercevait également Abigail Miller qui s'apprêtait à entrer en scène. Prête à s'adresser à son auditoire, le silence devint total.

« Chers amis, chers associés, bonsoir. Lors de la précédente assemblée générale, nous avions mis en avant l'évolution de la prochaine version d'Encéphalia, que nous appellerons Encéphalia Supra. Suite à cette réunion, nombreuses sont restées les questions sans réponse. Aujourd'hui, après m'y être personnellement intéressée, je suis dans la mesure d'y répondre et vous garantir que vous serez satisfaits de vos investissements. Comme vous le saviez déjà, Encéphalia Supra nous permettra de récupérer une partie de la mémoire ainsi que de la conscience de l'individu. Cependant, elle n'est qu'au début de son développement, car nous n'avions eu que peu d'occasions de la tester. Selon nos experts, il faudra patienter deux petites années pour obtenir une version définitive et opérationnelle.

– Abigail, quel procédé et quelle technologie allez-vous employer ? Et surtout, comment est-ce possible ?

– Encéphalia Supra est une version bien plus avancée que les précédentes. Vu que tous les encéphalians se servent d'une fraction de leur mémoire et de leur conscience après chaque utilisation, cette version permettra d'en enregistrer une partie.

– Je vois ! Et cette partie, comment comptez-vous la récupérer ?

– Deux possibilités s'offrent à nous :

– soit, on récupère dans les brain-centers, une copie de la puce ;

– soit, on l'obtient sur les encéphalians récemment décédés, si ces derniers l'ont préalablement désiré.

– Sur des encéphalians décédés ! Permettez-moi de vous dire que je trouve cette idée des plus abjectes.

– En effet ! Monsieur Ferguson a raison. En toute honnêteté, je pense que c'est malsain de jouer avec la mort. Entre nous, j'ai du mal à croire qu'il soit réellement possible de s'approprier la conscience, la mémoire, voire les émotions d'une personne qui ne fait plus partie de ce monde.

– Messieurs, je comprends votre colère. Vous semblez surpris et choqués, ce qui est tout à fait normal. Néanmoins, laissez-moi approfondir afin de vous démontrer ma vision.

– Je ne vois pas comment vous arriverez à nous convaincre, Abigail, mais faites donc.

– Je vous remercie. Il est vrai qu'Encéphalia Supra n'est qu'en phase de test, mais grâce à la technologie actuelle, sachez que nous pouvons récupérer le contenu d'un individu décédé depuis moins de vingt-quatre heures. D'ici fin 2074, nous espérons augmenter ce délai à trois jours. Pour des raisons de facilité de langage, nos experts ont nommé ce contenu les DCM, pour données, conscience, mémoire.

– Discuter des morts me procure des frissons dans le dos ! Parlez-nous des autres, des encéphalians vivants. Comment allez-vous les convaincre ? Vous devrez avoir leur consentement si vous désirez avoir une copie. Avez-vous eu l'occasion de faire de véritables tests ?

– Oui, nous avons effectué des expérimentations sur quelques sujets.

– Et où les aviez-vous trouvés ?

– Dans les prisons d'Angleterre. Berwick, Chester, et prochainement Saint John's… Nous n'avons que l'embarras du choix.

– En prison ! Et les détenus ont accepté ! Ces hommes ne respectent rien et n'ont que faire de la vie ou de la mort.

– Réduire leur peine, proposer une offre importante d'argent… Dites-leur ce qu'ils ont besoin d'entendre. Bien entendu, nous sélectionnons avec grande attention des individus sans famille ainsi que des cas lourdement condamnés afin de n'avoir aucun compte à rendre en cas de complications.

– Abigail, je ne suis pas sûr de comprendre. Je croyais que vous possédiez déjà la majorité du contenu des encéphalians !

– Non. Nous ne détenons que leurs données dans nos archives. Elles contiennent tous les renseignements nécessaires qui les concernent : nom, adresse, passions, informations bancaires, fantasmes… Grâce à elles, nous proposons à chaque client ce qu'il aime ou ce qu'il désire. Désormais, notre but sera de s'approprier la conscience et la mémoire des encéphalians.

– Et comment comptez-vous convaincre nos futurs acheteurs ? Il sera très difficile de leur faire accepter ce projet.

– Nous anticiperons la sortie d'Encéphalia Supra. Nous commencerons par de petites campagnes publicitaires et Elsa 17

recevra des personnes influentes qui feront des éloges de cette version. Petit à petit, ça rentrera dans les mœurs. À partir de là, nous agirons.
– Supposons que votre plan fonctionne, qu'allez-vous faire des DCM après leur récupération ? À quoi cela va-t-il vous servir ? ».
Tracy arrêta l'enregistrement, pétrifiée par ce qu'elle venait d'entendre.
– J'en ai assez entendu et je ne veux pas en apprendre davantage.
– Tracy, nous devons savoir.
– Non, Oliver, s'il te plaît.
– Très bien, comme tu voudras. Nous y reviendrons plus tard.
– Cette réunion ! C'était quand ?
– Si l'on se réfère à cet enregistrement, cela date du douze, du mois dernier.
– C'est bien ce que je craignais ! Ils n'en étaient pas à leur premier essai.
– Qu'est-ce qui te fait dire ça ?
– Abigail Miller a bien dit qu'ils effectuaient des tests sur des détenus ?
– Oui et alors ? À quoi penses-tu ?
– Tu as la mémoire courte, Ethan ! Le soir de l'évasion, souviens-toi.
– Luca Moretti ! Tu sous-entends que…
– Oui, c'est à lui que je fais allusion. La date, les prisons, les tests… Ça fait beaucoup de coïncidences, tu ne trouves pas ?
– Luca Moretti, le mafioso ! Qu'a-t-il à voir là-dedans ?
– Ce soir-là, les gardiens l'ont emmené au bloc 77, un endroit craint de tous les détenus. En principe, ils y envoient les plus indisciplinés, afin de leur apprendre les bonnes manières. D'après Ethan, Luca Moretti n'était pas ce genre d'individu.
– Pourquoi l'ont-ils sanctionné, s'il se comportait correctement ?
– Nous n'en avions aucune idée, mais maintenant, je crois comprendre.
– Quand il est sorti, il semblait comme lobotomisé, lui ainsi que cinq de ses hommes.
– Cet événement fut l'étincelle qui déclencha la révolte des détenus. Dès lors, la situation est vite devenue ingérable.
– Tracy, Ethan, vous essayez de me dire qu'une bande de mafiosi a servi de cobaye pour Encéphalia Supra et que cette expérience serait un échec ! Tout ça parce que vous avez vu le fils Moretti dans un état second ! Je pense que vous avez trop d'imagination.

– Et pourquoi on se tromperait ? L'événement a eu lieu peu de temps après cette réunion, dans l'une des plus importantes prisons d'Angleterre.

– En effet, mais Abigail Miller a bien dit que le choix se portait sur des détenus qui n'ont pas de famille. Vous pouvez donc exclure Luca Moretti. Je vous rappelle que c'est le fils unique de Salvatore Moretti, l'un des plus puissants parrains de toute l'Europe.

– Et s'ils se servaient de lui pour faire chanter son père ou avoir un moyen de pression sur lui. C'est possible, qu'en pensez-vous ?

– Faire pression sur un chef mafieux ! Moretti n'hésitera pas un instant à commanditer l'assassinat des personnes impliquées dans cette histoire. Abigail Miller, elle-même, ne dormirait pas la conscience tranquille.

– Je pense que l'on se pose beaucoup trop de questions. Cet enregistrement est unique, et il ne révèle en rien un lien entre Encéphalia et Luca Moretti.

– Probablement. Toutefois, il dévoile bien les projets d'Abigail Miller et de sa corporation. Nous avons entre nos mains une preuve qui montre de quoi elle est réellement capable et nous devons l'utiliser à bon escient.

– Où veux-tu en venir, Ethan ?

– Prévenons un maximum de monde. Nous leur révélerons la vérité sur Encéphalia ainsi que la véritable nature d'Abigail Miller.

– Le gouvernement vous recherche et je connais peu de personnes qui m'écouteraient si je leur dévoilais ce genre d'informations.

– Peu importe, nous trouverons un moyen. Tracy, quelle heure est-il ?

– 3 h 25.

– Il est tard ! Nous devrions aller dormir. Nous nous pencherons sur la question dès demain.

Le trio prit le temps de se reposer. Tracy, débarrassée d'Encéphalia, tomba de fatigue instantanément. Ethan, quant à lui, ne réussit pas à trouver le sommeil. Encéphalia Supra, l'enregistrement ainsi que la récente guérison de Tracy occupaient constamment ses pensées. Vers huit heures, alors qu'il commençait à fermer les yeux, Oliver les réveilla.

– Ethan, Tracy, réveillez-vous !

– Bon sang, Oliver ! Que se passe-t-il ?

– Vous devriez venir voir, sur l'écran.

Ils se levèrent et l'écoutèrent sans se poser de questions. Sur l'écran, on y apercevait les visages de Tracy et d'Ethan, mais pas celui d'Oliver.

– Qu'est-ce que c'est que ça ?

– Notre intrusion à Walworth !

– Tu n'avais pas coupé le système de surveillance ?

– Si, je l'ai bien fait, mais cette caméra fonctionne indépendamment. Elle doit être branchée sur un autre dispositif.

– Où pouvait-elle être ?

– Le tableau ! Ce fichu tableau, avec les humanoïdes. Voilà où elle se trouvait ! Pendant que l'on s'y attardait, Oliver cherchait des informations. C'est pour cette raison que nous ne l'apercevons pas.

– Quel idiot ! Cette caméra ! Comment aurais-je pu le deviner ?

– Tu ne le pouvais pas, Oliver. Désormais, ils connaissent aussi nos voix ! Nos ennuis ne font que commencer.

– Pourquoi ? Je ne vois pas ce que ça change !

– Tout ! « Tracy, Ethan, ça me rappelle Saint John's… » Ces mots suffiront à faire le rapprochement avec votre évasion, ça me paraît évident.

– Ce qui veut dire que nos visages actuels tourneront en boucle à la place de ceux fournis par Saint John's.

– Les deux gardiens reconnaîtront Tracy et confirmeront sa présence. Les autorités prouveront que nous sommes entrés illégalement dans les locaux de la Miller corporation pour nous procurer des documents confidentiels.

– Le BNI et Elsa 17 vont certainement apprécier !

– C'est bientôt l'heure du premier flash d'information de la matinée. Je crains qu'elle fasse de nous les pires malfaiteurs d'Angleterre.

Oliver demanda à son écran d'activer le programme 31. Au même moment, Elsa 17 prit la parole.

« Bonjour à tous et à toutes, ici Elsa 17. Comme vous pouvez le voir, trois personnes se sont introduites cette nuit, en toute illégalité, dans des locaux appartenant à la Miller corporation. D'après les résultats de nos recherches, il s'agirait de Tracy Thompson et d'Ethan Moore, deux fugitifs de la prison de Saint John's. Le troisième suspect, quant à lui, n'a pu être identifié. Ces dangereux criminels ont piraté le système de surveillance tout en prenant le temps d'agresser deux gardiens, qui se retrouvent, au moment même où je vous parle, dans un état critique. D'après Abigail Miller, cet endroit situé à Walworth, conserve des archives ainsi que la totalité de vos données acquises avec Encéphalia. Madame Miller nous a bel et bien confirmé qu'elle fera tout son possible afin que justice soit faite. Elle comprend que certaines personnes rejettent Encéphalia, mais elle refuse que des voleurs s'approprient les informations confidentielles de chacun. À présent, ces trois individus les possèdent. Vont-ils les vendre ? Vont-ils faire chanter des citoyens ou pirater leurs données ? Personne ne peut le prédire. Voilà pourquoi il est impératif de les retrouver. Tant qu'ils resteront libres, aucun d'entre vous ne vivra l'esprit serein. Si vous les apercevez, faites preuve de prudence en contactant les autorités. En attendant leur arrestation, n'ayez aucune inquiétude. Abigail Miller prendra de nouveau la parole, ce soir à 18 h, afin de vous apporter plus de précision en ce qui concerne vos données. Elle tient personnellement à mettre Tracy Thompson et Ethan Moore en prison, et s'engage à y parvenir dans les plus brefs délais. Je vous remercie à toutes et à tous de m'avoir consacré un peu de votre temps. À plus tard, pour un nouveau bulletin d'information. Bonne journée ».

– Cette Elsa 17 ! Il faut toujours qu'elle en rajoute, dit Tracy.

– À cause d'elle, on risque de passer pour de dangereux criminels et tout le monde la croira.

– J'ai bien peur qu'Oliver ait raison ! Désormais, soyons des fantômes et faisons-nous oublier.

– Elsa 17 a bien dit qu'Abigail Miller fera une allocution vers 18 h ?

– Apparemment, oui.

– C'est parfait ! Personne n'a aperçu mon visage ou mentionné mon nom, ce qui me laisse libre de tout mouvement.

– Où veux-tu en venir, Oliver ?

– Au cas où vous ne l'auriez pas remarqué, Elsa 17 n'a pas évoqué, ne serait-ce qu'une seule fois, Encéphalia Supra.

– Je pense qu'ils ont diffusé ce qu'ils désirent faire entendre à la population.

– Nous allons profiter de la situation. Comment réagirait le peuple s'il apprenait l'existence de cette version ?

– Il le saura tôt ou tard. Encéphalia Supra doit sortir dans deux ans.

– Je veux dire s'il la découvrait en écoutant, mot pour mot, ce qu'Abigail Miller a dit.

– Il la détesterait jusqu'à la fin de ses jours.

– Toi, tu as une idée derrière la tête !

– En effet, Ethan ! Et je peux te garantir que cette femme va s'en mordre les doigts jusqu'à sa mort.

– Que comptes-tu faire ?

– Il se peut que je prenne un risque, un énorme risque. Je ne vous en dirai pas plus pour le moment, mais je vais devoir m'absenter. Si jamais, il m'arrivait quoi que ce soit, restez ici quelques jours et tâchez de vous exiler. Si tout se passe comme prévu, je rentrerai dans la soirée. À présent, je dois partir.

– Oliver, attends !

– Tracy, laisse-le. Il sait ce qu'il fait.

Ayant un plan d'action et étant déterminé, Oliver contacta une personne par message et quitta son domicile sans rien dévoiler à Ethan et à Tracy…

VII

Une intervention inattendue

Pendant qu'Ethan et Tracy restèrent à l'appartement, Oliver, quant à lui, se dirigea vers Shoreditch, le quartier londonien le plus à la mode et le plus avancé dans les domaines de l'informatique et de la technologie. En se rendant à destination, Oliver passa devant le siège du BNI, le bureau national de l'information, l'endroit même où l'on gérait l'actualité au quotidien. Celui-ci fut fondé par Andrew Miller, le père d'Abigail, au début des années 2040. En effet, l'organisme contrôlait toute l'information de Londres, de l'Angleterre ainsi que des NSE. Bien entendu, tout ça n'était qu'une façade, son véritable but étant de divulguer toute forme de propagande et de désinformation afin de manipuler la population. En regardant l'édifice, Oliver ressentit du dégoût et du mépris, que ce soit envers le BNI ou la société qui croyait tout ce qu'il diffusait. Sa colère passée, il continua sa route en direction de Shoreditch Park. À peine arrivé, son contact l'interpella.

– Salut, Oliver.

– Salut Stanley. Comment vas-tu ?

– Ça va. Que puis-je faire pour toi ? Sois bref, je n'ai pas toute la journée.

– Ça ne prendra que peu de temps. J'ai seulement besoin d'un petit service.

– Je t'écoute.

– Tu bosses toujours au BNI ?

– Oui, en équipe de nuit, en tant que responsable de la sécurité.

– Tant mieux ! Je peux emprunter ton badge ? Je te le rendrai cet après-midi.

– Impossible. Une fois à l'intérieur, d'autres employés devineront que je te l'ai passé. Si les dirigeants l'apprennent, ça risque de se retourner contre moi et je pourrais perdre mon boulot.

– D'accord, oublie ça ! Par contre, tu ne connaîtrais pas un salarié qui souhaite démissionner ou qui veut se faire un peu d'argent ?

– Des salariés qui veulent se faire de l'argent, ça oui, j'en connais, mais qui souhaitent démissionner…

– C'est bon, laisse tomber l'idée. Ce n'est vraiment pas de chance et me voilà bien embêté. Il faut impérativement que je me procure un badge.

– Maintenant que j'y pense, Ashton Dole, un technicien, a fait un malaise cardiaque, il y a de cela deux nuits.

– Et alors ! Que veux-tu que j'y fasse ?

– En tant que chef de la sécurité, j'ai dû prévenir les secours. Le pauvre homme transpirait tellement qu'ils ont dû retirer sa veste avant de la jeter dans son casier. Avec un peu de chance, son badge y est encore attaché.

– Penses-tu pouvoir le récupérer ?

– Un jeu d'enfant. Du moins, je l'espère.

– Quels renseignements mentionne-t-il ?

– Tout dépend des responsabilités et du statut des employés. Selon les badges, tu y trouveras plusieurs informations : identité, grade, service, fonctions… Notre homme, quant à lui, se situe au plus bas de l'échelle. Tu n'y verras qu'un simple numéro, à dix chiffres.

– À l'intérieur, pas de systèmes biométriques ?

– Aucun ! Seulement des pointeuses. Beaucoup plus pratiques, d'après mes supérieurs.

– Parfait !

– Ashton fait à peu près ta taille. Je pourrais te passer sa veste ainsi que l'un de ses pantalons de travail. Je sais qu'il en garde un en stock dans son casier, et vu son état de santé, il ne le remettra pas de sitôt.

– Entrer en tant que technicien ! Ça pourrait marcher. J'espère seulement que les employés ne se poseront pas de questions.

– Aucun risque, personne ne fait attention à lui, c'est un fantôme. Si jamais le personnel t'interroge sur la raison de ta présence, dis simplement que tu remplaces Adams, son collègue de travail, absent depuis quelques jours.

– Adams, c'est noté.

– Pourquoi souhaites-tu à ce point entrer au BNI ?

– Je ne peux rien te dire pour le moment et ce ne sont pas tes oignons.

– Très bien ! Je n'insiste pas, mais j'espère que tu sais ce que tu fais.

– Évite de te poser trop de questions, tu seras vite informé. Je pense que nous avons assez perdu de temps. Je compte sur toi, Stan.

Stanley entra dans le BNI le plus naturellement possible afin de ne pas éveiller les soupçons. Ceci fait, il retrouva la veste avec le badge accroché à celle-ci. Il récupéra l'autre moitié de la combinaison dans le casier et sortit rejoindre Oliver sans se faire apercevoir, interroger ou suspecter.

– Excellent boulot, Stanley.

– Un instant, Oliver ! Tu ne me connais pas et cette conversation n'a jamais eu lieu. Je ne veux pas voir les flics débarquer chez moi à l'aube ou avoir de problème avec le BNI.

– Tu n'as pas à t'inquiéter. Je sais ce que j'ai à faire et je resterai muet comme une tombe.

– C'est tout ce que je souhaitais entendre !

– Tes données bancaires, sont-elles toujours les mêmes ?

– Oui, pourquoi ?

– En fin de semaine, il se peut que ton compte soit gracieusement crédité pour service rendu.

– Merci, j'apprécie le geste. Si tu as besoin de moi, n'hésite pas à demander.

– Je sais que je peux compter sur toi. Où se situe la salle d'enregistrement ?

– Quasiment au sommet de la tour, à l'avant-dernier étage.

– En ce qui concerne la surveillance, que peux-tu me dire ?

– Pas de personnel. Seulement quelques caméras positionnées dans chaque angle.

– Aucun moyen de les contourner ?

– Tu devras les éviter, le temps que je m'en charge.

– Et comment vas-tu t'y prendre ?

– Deux fois par mois, je dois passer à l'improviste afin de vérifier le travail des autres agents. Dès que je rentrerai dans la salle de surveillance, je détournerai l'attention de mes hommes avant de m'occuper des caméras. Ils me connaissent et ne se douteront de rien.

– Tu pourrais faire ça ? Je croyais que tu n'avais pas toute la journée !

– C'est vrai. Cependant, vu que tu m'as promis un compte en banque bien garni…, je pense que le reste attendra.

– Décidément ! Quand on parle d'argent, on parle tous la même langue.

– Sur ce point, nous sommes d'accord.

– La salle d'enregistrement se situe à l'avant-dernier étage. Où, plus précisément ?

– Au nord-est, juste en face du local de stockage. Avec ton badge, tu y accéderas facilement.

– Combien de personnes y travaillent ?

– Une seule, un humanoïde.

– Je m'en doutais !

– Il y travaille sans interruption, et en cas de problème, il alertera la sécurité. Je te conseille de rester vigilant.

– C'est parfait, je m'en chargerai. À présent, j'ai toutes les informations nécessaires. Merci, Stanley, je n'en attendais pas moins de ta part.

– Ne me remercie pas. Tu m'enrichis, et vu tout ce que tu as fait pour mes parents… je te devais bien ça.

– Ils m'ont gracieusement payé pour que je m'occupe de leurs puces, c'est tout.

– Et grâce à toi, ils ont pu s'exiler à Kyoto, au Japon. Ils vivent heureux, loin d'Encéphalia et des puces de traçabilité, comme pendant leur enfance.

– Pourquoi ne tentes-tu pas de les rejoindre ? Je pourrais t'aider.

– En toute honnêteté, je n'y tiens pas. Même si je suis un encéphalian, je ne souhaite pas quitter Londres. J'aime trop cette ville et j'y suis né.

– Travailler pour le BNI ne te dérange pas ?

– Je ne les apprécie pas, c'est vrai, mais on me paie bien et j'adore mon job. Je me fiche des puces de traçabilité, d'Encéphalia, des brain-centers ou encore des informations du BNI. Je fais ce que je veux, quand je veux et je n'ai rien à montrer ou à cacher.

– Bon état d'esprit ! Tu as accepté Encéphalia, mais tu ne joues pas le jeu pour autant.

– Je l'évite autant que possible et je pense que les gens se compliquent trop la vie. S'ils ne peuvent pas empêcher une situation, qu'ils n'aillent pas l'encourager. La plupart des personnes qui protestent contre Encéphalia sont les mêmes qui courent dans les brain-centers. Ils devraient se taire, ne pas s'y rendre, et comprendre que leurs actes valent mieux que mille mots.

– Tu as raison, mais on ne changera pas le monde. Nous parlerons de cela une prochaine fois, car nous avons plus important à faire.

– La salle de surveillance se situe au quatrième étage, je vais y aller. Avant de distraire mes hommes, je me positionnerai à la fenêtre. Dès cet instant, tu pourras agir.

– Très bien ! Bonne chance à toi.

Stanley entra au BNI et se rendit à la salle de surveillance. Quelques minutes plus tard, il fit un signe de la tête à son ami qui comprit le message. Oliver trouva un endroit calme, à l'abri des regards, avant de mettre la combinaison du technicien. En entrant dans la tour, personne ne le suspecta ou ne l'interrogea. Il prit l'ascenseur et accéda à l'avant-dernier étage. Les caméras de surveillance évitées et le badge validé, il marcha le plus silencieusement possible afin d'éviter d'attirer l'attention. L'humanoïde, se doutant d'une présence inhabituelle, s'apprêta à déclencher le signal d'alarme. Hélas, Oliver n'eut pas d'autres choix que d'intervenir. Il arriva calmement dans son dos, se jeta sur lui, avant d'arracher trois câbles situés à l'arrière de sa nuque. Non conçu pour se défendre, l'humanoïde succomba. Une fois neutralisé, Oliver prit quelques instants pour le remettre dans sa position d'origine comme si de rien n'était. En face de lui se trouvait un miroir sans tain. De l'autre côté de celui-ci, on y apercevait Elsa 17 en train de présenter un énième bulletin d'information. « Si je pouvais appuyer sur le bouton qui la réduirait en miettes », pensa-t-il. Sa colère envers Elsa 17 passée, il s'employa à la tâche. Il savait que cette salle servait à enregistrer l'actualité quotidienne avant de les diffuser sur les programmes appartenant au BNI. Une fois son travail terminé, il quitta la pièce, tout en prenant garde aux caméras. Ces dernières fixaient le sol. Oliver comprit que Stanley en était la cause. Il reprit l'ascenseur, sans encombre. Cinq étages plus bas, celui-ci s'arrêta. Deux hommes accompagnés d'Abigail Miller y entrèrent. Bien que surpris par sa présence, Oliver ne la regarda pas, mais ne détourna pas les yeux pour autant.

– Messieurs, où en sommes-nous avec les préparatifs de ce soir ?

– Nous sommes dans les temps, comme prévu. Nous diffuserons votre intervention à 18 h, votre horaire habituel. Vous parlerez en direct, à Trafalgar Square. Cela vous convient-il ? Nombreuses sont les personnes qui attendent votre discours avec impatience.

– Ça devrait aller. Soyez ponctuels et ne me décevez pas ! Vous risquerez de le regretter.

Quand il entendit Abigail s'exprimer avec ce ton, Oliver ne put s'empêcher de serrer le poing dans sa poche. Il détestait la présidente de la Miller corporation, car il voyait en elle une femme imbue d'elle-même, au regard méprisant et aux airs supérieurs, contrairement à cette façade qu'elle osait montrer à ses admirateurs lors de ses interventions. Quelques étages plus bas, elle quitta l'ascenseur. Oliver lui souhaita une bonne journée, mais elle l'ignora. Cette réaction lui démontra à quel point elle dédaignait les gens ordinaires, ceux situés au plus bas de l'échelle sociale. Juste avant de sortir du BNI, Oliver croisa Stanley dans le hall principal. Les deux hommes se regardèrent discrètement dans le but de ne pas attirer l'attention. Le second comprit que le premier avait accompli sa mission. Une fois à l'extérieur, il partit pour Trafalgar Square, l'une des places les plus fréquentées de Londres. Cette destination, Oliver ne l'avait pas choisie par hasard. Un écran de taille imposante s'y trouvait et il savait que de nombreuses personnes y viendraient afin d'y rencontrer Abigail Miller, en chair et en os. Oliver s'assit sur un banc public et patienta jusqu'au début du discours. De leur côté, Tracy et Ethan passèrent la journée chez Oliver, dont ils attendaient désespérément le retour. Tracy alluma l'écran afin d'accéder au programme d'information.

— Bon sang ! Comment les gens peuvent-ils écouter toutes ces absurdités pendant des heures ?
— Ne te pose pas ce genre de questions inutiles. Ce sont les mêmes qui courent alimenter leur puce dans les brain-centers.
Tracy ne répondit pas à la remarque d'Ethan. Même si elle se sentit concernée, Encéphalia appartenait définitivement à son passé.
— 18 h ! Abigail Miller doit parler.
— Dommage qu'Oliver ne soit pas là pour le voir. D'ailleurs, j'aimerais bien savoir où il se trouve en ce moment.
— Ne t'inquiète pas pour lui, je suis persuadé qu'il va bien.

Dans l'instant qui suivit, Abigail Miller s'apprêta à donner son discours. Mais avant cela, le BNI diffusa des images de grandes villes telles que Leeds, Birmingham, ou encore Glasgow, dans lesquelles on apercevait des milliers de personnes qui attendaient avec impatience l'apparition de la présidente de la Miller corporation. Le BNI employait souvent ce genre de méthode afin d'attirer le maximum d'individus. Il savait que plus les rassemblements se révélaient importants, plus l'audience augmentait. L'ambiance à son paroxysme, Abigail Miller commença son allocution.

– Chers amis, bonsoir. Comme vous l'a déjà annoncé Elsa 17, deux fugitifs de Saint John's, nommés Ethan Moore et Tracy Thompson, se sont introduits illégalement dans des locaux qui nous appartiennent, à Walworth. Suite à une enquête approfondie, nous pouvons vous affirmer qu'ils possèdent vos données et connaissent de nombreuses informations sur chacun d'entre vous. Il est de notre devoir, à nous, la Miller corporation, de vous aider, de vous protéger, de récupérer ce qu'ils vous ont volé. Voilà pourquoi nous devons travailler, tous ensemble, dans l'unique but de les poursuivre en justice. Nous pensons qu'ils résident encore à Londres, et je vous promets qu'ils n'en sortiront pas. J'ai personnellement contacté, les hommes les plus importants, les plus influents, les plus compétents de la police londonienne afin d'augmenter les contrôles pour une durée de soixante-douze heures. Ethan Moore et Tracy Thompson ne pourront pas quitter la ville, car ils seront contraints de se rendre. Ne me dites pas que vous avez l'intention de les laisser partir ! Qui peut prédire de ce qu'ils feront de vos données ? Ils pourraient les vendre, vous menacer, voire vous faire chanter. Pourquoi s'en prennent-ils à vous autres, les encéphalians ? Seuls des criminels de cet acabit…

Contre toute attente, l'allocution d'Abigail Miller fut interrompue. Tous les écrans, qu'ils soient personnels ou situés sur les espaces publics, s'éteignirent avant de se rallumer quelques secondes plus tard. L'auditoire, qui attendait la suite du discours, fut surpris par ce qu'il apercevait. En effet, le visage de la présidente de la Miller corporation laissa place à celui d'un homme, au portrait flou et masqué, afin que personne ne puisse l'identifier. Pendant que les foules s'interrogeaient sur la situation, il prit la parole d'une voix grave, mais posée, et dit :

« Habitants de Londres et de toute l'Angleterre, encéphalians ou free-brainers, je vous conseille d'écouter ce qui va suivre avec la plus grande attention, car ce que j'ai à vous annoncer me semble plus important que l'homélie d'Abigail Miller et de sa société. J'ai enregistré ce message ce jour même, dans le but de vous apporter des informations cruciales et irréfutables que vous ignorez tous, vu qu'Abigail Miller n'a aucune intention de vous en faire part. Contrairement à ce que vous venez sans doute d'entendre, Tracy Thompson et Ethan Moore n'ont nulle raison de voler ce qui vous appartient, car cela ne leur serait d'aucune utilité. Réfléchissez donc un instant ! Pensez-vous, réellement, que deux fugitifs prendraient le risque de s'approprier vos données, alors qu'à notre époque, il est d'un niveau enfantin de posséder le moindre renseignement sur n'importe quels citoyens ? Pourquoi feraient-ils ça ? Cela vous paraît-il sensé ? Pour ceux qui ne l'auraient pas compris, je suis cette troisième personne, le cerveau de l'opération, ce suspect non identifié qui était présent avec eux ce soir-là. Grâce à mon expérience, j'ai pu récupérer de nombreux dossiers strictement confidentiels, et je peux vous garantir que ce que vous allez entendre choquera certainement la majorité d'entre vous. Abigail Miller et sa corporation ont l'intention d'utiliser vos données, à votre mort, pour un sombre projet se nommant Encéphalia Supra. »

– À notre mort ! Que veut-il dire ? demanda un citoyen.

– Encéphalia Supra ! De quoi parle-t-il ? se questionna un autre.

– Je pense que nous devrions l'écouter avec la plus grande attention.

– Coupez toutes diffusions ! Tout cela n'est d'aucune importance ! Nous avons abandonné le projet.

– Si ça n'a aucune importance, Madame Miller, pourquoi tenez-vous tant à nous mettre dans l'ignorance ?

Abigail, prise au dépourvu, ne sut comment réagir face à cette simple question.

– Taisez-vous donc ! Cela ne vous concerne pas !

– Cela ne nous concerne pas ! En tant qu'encéphalian, je me sens concerné comme la plupart des gens qui vous écoutent. Répondez-nous !

– Il a raison ! Encéphalia Supra, qu'est-ce que c'est ?

– Silence ! Je vous ai ordonné de vous taire !

Ces mots furent de trop. Des centaines de personnes présentes à Trafalgar Square braquèrent leur regard sur Abigail Miller. Prise au piège, la foule découvrit son vrai visage, celui d'une femme qui méprisait le peuple, les prolétaires, qu'elle considérait comme de bons payeurs, consommateurs avides de produits que son entreprise proposait. L'estime que les gens avaient envers elle, sa cote de popularité ainsi que son charisme chutèrent en moins de temps qu'il ne faut pour le dire.

« Je suis prêt à parier que vous découvrez la véritable personnalité d'Abigail Miller, de cette grande dirigeante que vous idolâtrez tant. Voyez-vous toujours en elle une femme empathique, philanthrope, accueillante et au service des autres ? »

– Ne l'écoutez pas ! Encéphalia Supra n'était qu'une simple mise à jour, ajouta Abigail.
Ses paroles ne furent plus entendues. Elle venait de perdre la confiance de la majorité du public qui ne lui prêta plus aucune attention.

« Je n'ai pas la moindre idée de ce qui se passe en ce moment même, mais je vais prendre le temps de répondre à cette question. Qu'est-ce qu'Encéphalia Supra ? Pour faire simple, la Miller corporation souhaite récupérer vos données, vos pensées ainsi que votre conscience après votre décès. Que veulent-ils en faire ? Pour l'instant, je l'ignore, mais je suis persuadé que vous trouvez cette idée des plus malsaines. Ouvrez donc les yeux ! Votre argent, vos puces de traçabilité ne leur suffisent plus. Ils vous apportent soi-disant de l'aide, du contenu rapide, afin de faciliter vos journées, mais tout cela n'est que du vent ! Avec Encéphalia, ils vous contrôlent, vous rendent plus consentant et vous vendent un bonheur qui n'existe pas. Ceci n'est qu'une façade qui impacte fortement votre mental, votre santé et le peu d'argent que vous possédez. Parmi vous, qui sont ceux qui ont ressenti des migraines, des problèmes de communication ou encore de graves pertes de mémoire ? Et n'avez-vous jamais eu cette impression d'être suivis en permanence ? Demandez donc à Abigail Miller qu'elle vous explique le rôle des puces de traçabilité. Je suis certain que la majorité d'entre vous l'ignore. Si vous souhaitez en savoir davantage, toutes ces informations sont actuellement disponibles sur le programme 211. Vous accéderez aux documents et à l'enregistrement, qui vous apporteront les renseignements nécessaires. À votre place, j'y consacrerais un peu de temps et je prendrai ce que j'y verrai en considération. Une dernière chose avant que ce message prenne fin. Si demain, vous refusez Encéphalia Supra, croyez-vous sincèrement qu'ils vous enverront en prison ? Pensez-vous qu'ils vous sanctionneront avec de fortes amendes ? La réponse est non. Les pénitenciers sont surpeuplés et la plupart d'entre vous ont à peine de quoi vivre. Contrairement à ce qu'ils vous racontent, ils ne pourront rien y faire. Comprenez, dès aujourd'hui, que votre avenir vous appartient, que les… ».
Le message s'arrêta soudainement. Des employés du BNI réalisèrent que quelque chose d'anormal se produisait dans la salle d'enregistrement. Dès qu'ils entrèrent, ils aperçurent l'humanoïde inanimé et saisirent qu'un inconnu pénétra préalablement dans la

pièce, cette même personne qui les mettait dans un éminent état de stress. Le plan d'Oliver fonctionna parfaitement, comme prévu. Il se doutait qu'une fois à l'intérieur de la salle d'enregistrement, il aurait affaire à un, voire plusieurs humanoïdes, qu'il neutraliserait, sans difficulté. Sachant qu'Abigail Miller s'adresserait au public vers 18 h, Oliver enregistra son message en anticipant ce que la dirigeante allait annoncer. En utilisant le matériel à disposition, il planifia la diffusion pour 18 h 03, tout en espérant qu'Abigail Miller prononcerait l'essentiel de son discours durant ce court délai. Grâce à ses compétences, il bloqua l'accès par mot de passe, afin de ralentir ceux qui empêcheraient la transmission du message. Les experts du BNI réussirent tout de même à l'interrompre, mais que tardivement, peu de temps avant que l'enregistrement ne touche à sa fin. Son objectif étant atteint, l'araignée surpassa tout le monde. Pendant qu'Abigail Miller s'empressait de quitter Trafalgar Square sous les clameurs d'une foule en colère, des milliers d'autres personnes se précipitèrent sur le programme 211 où le BNI ne pouvait agir, car ce dernier ne leur appartenait pas. Le plus naturellement possible, Oliver partit rejoindre Ethan et Tracy, qui appréciaient le résultat de cette intervention inattendue. Ethan espérait une prise de conscience de la société, qu'elle ouvrirait les yeux et qu'elle réaliserait à quel point on l'a dupé, qu'on l'a manipulé…

VIII

L'éveil

Tracy et Ethan attendaient le retour d'Oliver avec la plus grande impatience. Même s'ils n'avaient pas oublié ses dernières paroles, ils restaient confiants. Trois heures passèrent avant que celui-ci se manifeste. Une fois chez lui, ses amis le saluèrent avec enthousiasme, soulagés de le retrouver sain et sauf.

– Oliver ! Enfin de retour ! Comment vas-tu ?

– Je vais bien, Tracy, même si je suis un peu fatigué. Toi, par contre, tu sembles en pleine forme !

– Depuis que tu t'es occupé d'Encéphalia, je dors comme un nouveau-né, comme si j'avais des dizaines d'heures de sommeil à récupérer.

– C'est tout à fait normal, ne t'inquiète pas. Il faudra patienter quelques jours pour que tout rentre dans l'ordre.

– Content de te revoir en vie, Oliver. Félicitations ! Je m'attendais à tout sauf à ça. Comment as-tu fait ? J'aimerais bien le savoir.

– Grâce à une connaissance, j'ai pu infiltrer le siège du BNI à Shoreditch, dans l'intention d'accéder à la salle d'enregistrement. Après m'être occupé de l'humanoïde qui s'y trouvait, j'ai pu tout organiser. J'ai enregistré mon message avant de mettre les documents à disposition sur le programme 211.

– Je croyais que ce programme ne leur appartenait pas !

– C'est vrai, mais depuis leur serveur, j'ai pu y accéder. Une fois terminé, j'ai pris la direction de Trafalgar Square pour admirer le résultat de mon travail.

– Tu avais donc tout prévu !

– Je savais qu'Abigail Miller parlerait à 18 h. J'ai anticipé en fonction de ses habitudes.

— Je n'ose même pas imaginer la tête qu'elle doit faire en ce moment. Pourvu que la population comprenne à quel point Encéphalia est une supercherie…

— Abigail Miller a perdu la confiance de nombreuses personnes. Elles verront Encéphalia d'un autre œil, désormais.

— Je l'espère ! De plus en plus d'Anglais voudront s'exiler, c'est certain.

— Et d'autres resteront fidèles à Encéphalia ainsi qu'à la Miller corporation, car seuls les divertissements et le plaisir les intéressent. Ils ne chercheront pas à savoir le pourquoi du comment.

— Ce qui est sûr, c'est qu'Abigail et ses associés n'accepteront jamais une telle humiliation. Tôt ou tard, ils découvriront l'identité d'Oliver. Ces gens sont pires que des loups, et vous savez autant que moi qu'un loup, même blessé, reste dangereux.

— Nous n'avons plus qu'à espérer que les personnes qui nous soutiendront soient plus nombreuses que celles qui les suivront.

— Pour ça, il n'y a qu'un moyen de le savoir.

— À quoi penses-tu, Tracy ?

— Sortons analyser la situation. Jusqu'à présent, les altercations entre encéphalians et free-brainers étaient rares, sans réelles gravités, mais si les factions pro et anti se multiplient, ça pourrait dégénérer, et nous en serons les seuls responsables. On doit agir avant que cela ne se produise. Toi et moi, nous prenons un risque, car Elsa 17 a dévoilé nos identités, mais ils ignorent tout en ce qui concerne Oliver.

— Aller sur le terrain ! Ne vois-tu pas ce qui se passe en ce moment ? Des centaines de personnes se rassemblent et la pression populaire ne cesse d'augmenter.

— J'ai parfaitement saisi la situation, Ethan, mais il est hors de question que je reste ici les bras croisés.

— Beaucoup approuvent l'audace de l'homme au visage masqué, c'est-à-dire Oliver, mais d'autres désirent lui faire la peau. Et sans vouloir être défaitiste, je n'ai pas l'impression que la balance penche en notre faveur.

— Tu te trompes, Ethan.

— Es-tu devenu aveugle, Oliver ? Regarde donc ton écran.

— Le BNI a certainement envoyé des agents sur place afin de repérer des agitateurs, connaître des opinions, estimer le nombre de manifestants… Une fois les informations obtenues, ils les transmettent à leurs employeurs. Au cas où tu l'ignorerais, le BNI appartient à La Miller corporation ainsi qu'au gouvernement. Ils tronquent les passages embarrassants, diffusent les images qu'ils veulent nous montrer et disent les chiffres qu'ils désirent nous faire entendre. Ils utiliseront toutes sortes de méthodes afin que tout le monde nous haïsse, mais ils perdent leur temps.

– Je vois ! Ta théorie est intéressante, mais n'oublie pas que plus il y a de personnes présentes, plus les possibilités de tomber sur des délateurs sont grandes.

– N'aie aucune crainte. Ici, c'est chez moi. J'ai rendu des services à des dizaines de Londoniens et je peux te garantir qu'aucun ne dira quoi que ce soit. Tant que nous resterons dans le secteur, nous y serons en sécurité.

– Tu es trop sûr de toi !

– Des balances, il en existera toujours, mais pas dans ce quartier. Quand un type correct rencontre des problèmes, la communauté fait tout pour l'aider. Je peux te garantir que si certains s'amusent à dénoncer, nous les retrouverons au fond d'une impasse à Peckham.

– Il n'y a rien à faire ! Vous avez déjà pris votre décision. Pourquoi tenez-vous tant à savoir si les gens sont de notre côté ou non ?

– Pour voir à quel point ils nous soutiendront et pour connaître leur opinion sur les événements. Nous devons également rassurer les encéphalians qui douteront ou qui culpabiliseront.

– Vous oubliez un détail essentiel. La Miller Corporation offrira une forte récompense aux personnes qui nous dénonceront.

– Sans aucun doute ! Et je peux te promettre que personne ne l'écoutera, peu importe le montant proposé.

– À partir d'un certain chiffre, tout le monde écoute.

– Je triplerai la prime à tous ceux qui envisageront de nous balancer. Je te rappelle que je suis un hacker, un excellent hacker. Je peux créditer ou vider le compte de n'importe quel citoyen en un simple claquement de doigts.

– Dans ce cas, attends-toi à recevoir des centaines de personnes au pied de ta porte.

– Ne te méprends pas ! De nombreux habitants du coin sont pauvres, c'est vrai, mais ce ne sont pas des rapaces et n'ont qu'une seule parole.

– Tu as certainement raison. J'en ai connu moi aussi et je comprends pourquoi vous tenez tant à y aller. Impossible de vous persuader du contraire, vous ne changerez pas d'avis ?

– Non, aucune chance !

— Très bien ! Vous avez gagné. Je vous accompagne, même si cela ne me dit rien qui vaille.

Ethan, Oliver et Tracy quittèrent l'appartement. Une fois dehors, peu de personnes les remarquèrent. Ceux qu'ils les avaient vaguement reconnus les remercièrent pour leurs actions, pour avoir osé chercher la vérité sur Encéphalia. Deux rues plus loin, un groupe composé d'une vingtaine de membres discutait de la situation actuelle. En peu de temps, l'un d'entre eux les aperçut, et mit fin à la conversation.

— Tracy Thompson et Ethan Moore ! Ça ne fait aucun doute.

— Si vous le dites…

— Vous allez devenir les nouveaux ennemis d'Abigail Miller, que vous le vouliez ou non.

— Je le crains, hélas.

— Grâce à vous, beaucoup d'encéphalians ont pris conscience de leurs erreurs, mais quoi qu'il arrive, n'oubliez pas que d'autres soutiendront la Miller corporation. Quant à toi, Oliver, tu as fait preuve d'éloquence. Malgré ta voix grave et ton visage flouté, tout le monde t'a facilement reconnu. Tes gestes expressifs, ton allure, tes mimiques… Ça ne pouvait être que toi. À ta place, je passerais une bonne nuit de sommeil, car le nombre de personnes souhaitant s'exiler est en forte augmentation. Dès demain, tu risques d'être débordé.

— Vous semblez trop sûr de vous ! Qui a dit que c'était Oliver ? Vous n'avez aucune preuve sur l'identité de cet homme.

— Vraiment ! À part lui, qui serait assez stupide pour vous accompagner en ce moment ?

Surpris par cette simple question, Ethan garda le silence. Oliver, quant à lui, se doutait bien que ses connaissances le démasqueraient sans difficulté, mais il savait également que personne n'oserait le dénoncer.

— Vous insinuez que de nombreuses personnes envisagent de quitter le pays ! L'intervention a eu lieu il y a seulement trois heures ! Comment peuvent-elles se décider aussi subitement ?

— Nous vivons dans l'une des plus grandes villes au monde, Tracy. La population communique facilement et les nouvelles vont vite. Contre toute attente, les événements prennent une ampleur que personne ne soupçonnait. Si vous ne me croyez pas, allez vérifier par vous-même. Des infos circulent sur un écran, à Myatt's Fields Park.

Sur ces mots, ils se précipitèrent vers l'écran. Celui-ci, moins imposant que celui de Trafalgar Square, appartenait à un groupe indépendant, les Peaces Birds, dont les intentions étaient de diffuser leurs propres informations, souvent différentes de celles que le BNI proposait. Parmi toutes les personnes présentes, une seule attira l'attention d'Ethan. Elle dit :

« Enfin, ils se réveillent et commencent à comprendre ! Rien de tel qu'une prise de conscience pour que la société ouvre les yeux ! Depuis le début, je ne cesse de répéter qu'Encéphalia n'est qu'une misérable arnaque inventée dans le but de nous manipuler et d'engraisser ses créateurs qui sont de véritables escrocs. Peu de personnes m'écoutaient et je pensais être le seul à y croire. Certains me considéraient comme fou pendant que d'autres me traitaient avec mépris. Il a suffi qu'un simple individu intervienne pour que mes paroles se révèlent exactes. On verra les free-brainers d'un œil différent, à présent, tout ça grâce à ce type ainsi qu'à ses deux acolytes, Ethan Moore et Tracy Thompson. »

« Voilà une personne qui réfléchit plus que ses semblables », pensa Ethan. Il reprit de brefs espoirs en l'humanité, mais nombreux devraient être les gens comme lui, songea-t-il. Aux côtés d'Oliver et de Tracy, il visionna les images avant de voir débarquer les forces de l'ordre dans les minutes qui suivirent. La foule, prise au dépourvu, n'eut pas d'autres choix que de se disperser.

– Les forces de l'ordre ! Quelqu'un a dû nous dénoncer !

– Non, Ethan, tu te trompes. Elles viennent pour les Peaces Birds. Des agents ont prévenu le gouvernement. Elles vont se procurer les enregistrements et se débarrasser de leurs équipements. Quant aux membres, ils seront jugés rapidement.

– Ça me dégoûte ! Et l'on ose appeler ça la démocratie !

– Une démocratie vous laissera causer, alors qu'une dictature vous obligera à la fermer. La démocratie n'existe pas, ce n'est qu'une illusion.

– Quelle peine encourent-ils ?

– Soit, ils les excluront définitivement de Londres en leur interdisant l'accès aux grandes villes, soit ils finiront en prison.

– Quel dilemme ! Vivre dans des endroits extrêmement pollués ou moisir en taule. Tout ça pour avoir diffusé des images que le BNI ne désire pas montrer.

– Les juges feront preuve d'aucune pitié. Ils trouveront différentes raisons, aussi invraisemblables les unes que les autres afin de les évincer. Évitons de nous en mêler, nous ne pouvons plus rien faire pour eux.

Ils attendirent le départ des forces de l'ordre pour quitter les lieux. Sans s'en apercevoir, une cinquantaine de personnes les encerclait, le groupe précédemment rencontré étant présent. Surpris, Ethan menaça celles qui avançaient dans sa direction. Contrairement à ce qu'il appréhendait, elles le remercièrent et firent la même chose pour Oliver et Tracy.

— Tracy Thompson, Ethan Moore, et sans doute toi Oliver, merci à vous. Grâce à votre audace, nous connaissons les projets d'Abigail Miller et de sa corporation. Nous venons de visionner les dossiers ainsi que la vidéo dans laquelle les actionnaires approuvent Encéphalia Supra. Ces personnes-là sont le diable réincarné. Ils n'ont aucun respect pour la vie humaine ainsi que pour celle de nos semblables. Par précaution, nous avons pris l'initiative de les enregistrer afin de les conserver.

— Pourquoi tenez-vous tant à les garder ? Ils resteront disponibles sur le programme 211.

— Peut-être, mais jusqu'à quand ? Vu l'ampleur que ça va prendre, la Miller va tout faire pour racheter ce programme dans les plus brefs délais. Une fois en leur possession, ils supprimeront les documents et les autres NSE ne seront jamais informées.

— Vous pouvez dormir tranquilles. On ne vous connaît pas et vous êtes des fantômes, ajouta un Londonien. Nos intentions sont de dévoiler ces renseignements à un maximum de personnes afin qu'elles comprennent la gravité de la situation. Vous avez fait preuve de courage en allant chercher ces documents à Walworth. Vous avez pris d'énormes risques en vue de transmettre la vérité, et aucun d'entre nous ne l'oubliera.

— Vous savez, dit Tracy, on ignorait sur quoi nous allions tomber. Nous nous doutions de certaines choses, c'est vrai, mais la découverte de ces fichiers n'est due qu'au hasard.

— Sans doute ! Mais quelqu'un a eu le cran de le faire et c'était vous. On a vite compris que pendant que vous étiez filmés à votre insu, une troisième personne s'occupait des documents. Vu le contexte, cette personne ne peut être qu'Oliver. À ma connaissance, seul lui a l'intelligence et l'audace d'aller pirater un système informatique en plein milieu de la nuit. Ensuite, et grâce à ses capacités, il a pu s'introduire au BNI avant de mettre en œuvre un plan qui consistait à informer la population. Je ne sais pas comment il s'y est pris, mais il a réussi. N'aie aucune crainte, Oliver. Nous ne dirons rien sur ton identité ou sur tes actes, tu as notre parole. À présent, nous ferons tout notre possible pour vous aider.

– Je n'en ai jamais douté un seul instant. Merci pour votre soutien. Quand les choses se tasseront, venez donc me rendre visite. Je m'occuperai de vos puces et tâcherai de vous mettre en relation avec mes contacts qui vous aideront à quitter le pays.

– Merci, Oliver, nous apprécions. Soyez tout de même prudents. Londres reste une grande ville et tous ses habitants ne seront pas aussi coopératifs que nous.

Suite à ces remerciements, le trio retourna à l'appartement d'Oliver. Il comprit que rien ne pouvait lui arriver tant qu'il résiderait dans ce quartier ou dans ceux situés à proximité.

– Te voilà satisfait, Oliver ?

– Oui, parfaitement. Je sais qu'ils seront loyaux et qu'ils nous soutiendront en cas de besoin.

– Je pense que nous serons en sécurité à Camberwell. Cependant, la situation risque d'évoluer d'ici peu, et j'ai bien peur que nos têtes soient mises à prix par la Miller corporation.

– Nous ferons profil bas et nous sortirons le moins souvent possible.

– Je te trouve silencieuse, Tracy ! Quelque chose te dérange ?

– Ces gens que nous venons de rencontrer… Leur comportement ne vous choque pas ?

– Non, pourquoi ?

– Ils semblaient si inquiets. « Ces personnes-là sont le diable réincarné. Ils n'ont aucun respect pour la vie humaine ainsi que pour celle de nos semblables… ». Les paroles de cette femme ne vous interpellent pas ? Moi, si.

– On le savait déjà qu'elles ne respectent rien ni personne. Ce n'est pas surprenant de leur part, rétorqua Ethan.

– Et nos semblables ! Ces mots ne me plaisent pas. Sans parler du ton qu'ils employaient pour nous remercier. J'ai l'impression qu'il nous traitait comme si nous étions les sauveurs de l'humanité ! Franchement, je n'aime pas ça.

– Je vois où tu veux en venir, Tracy. Contrairement à nous, ces personnes ont visionné l'enregistrement dans son intégralité. Si ça peut te rassurer, reprenons là où nous l'avions arrêté.

– C'est le minimum que l'on puisse faire. Tu as informé des dizaines de milliers d'individus d'une chose dont tu ne connais pas la globalité de son propos. Ils en savent plus que nous, alors que c'est toi qui leur as tout dévoilé.

– C'est vrai, tu as raison. Rentrons et regardons-le jusqu'à la fin.

En arrivant chez Oliver, ils reprirent l'enregistrement et le visionnèrent en totalité, afin d'en apprendre davantage sur le projet Encéphalia Supra.

– Qu'allez-vous faire des DCM après leur récupération ? À quoi cela va-t-il vous servir ?

– À proposer à nos clients une seconde chance, une seconde vie.

– Leur donner une seconde chance ! Et en attendant une version définitive, nos experts continueront leurs tests sur des criminels, c'est bien ça ?

– Comme je viens de l'annoncer, toutes les expériences ont besoin de cobayes tant que celles-ci se révèlent instables. Une fois qu'elles seront fiables, nous transférerons leurs DCM dans un autre corps.

– Dans un autre corps ! Vous vous moquez de nous ! Ce que j'entends est inadmissible ! Je quitte cet endroit sur-le-champ.

– Attendez donc, monsieur Ferguson, ne partez pas ! Laissez terminer madame Miller, je vous prie. Prenez le temps d'écouter ses arguments.

– Très bien. J'ai fait un long déplacement, après tout. Je lui accorde cinq minutes pour tenter de me convaincre.

– Je vous remercie, monsieur Ferguson. Je vais tout vous expliquer dans les moindres détails.

– Ainsi, vous pensez réellement pouvoir transférer les données d'une personne dans un autre corps humain ! Soyons sérieux, c'est impossible.

– Ai-je dit dans un autre corps humain ? Je répète : ai-je dit dans un autre corps humain ?

Aucun actionnaire de la Miller corporation ne répondit.

– Nous ne sommes pas sûrs de comprendre, Abigail.

– Nous ne ferons pas de transfert dans un autre corps humain, mais dans quelque chose de beaucoup plus fiable, voire indestructible.

– Et qu'est-ce donc ?

– Les humanoïdes.

Toute la salle se leva, vociféra, et plus personne ne s'entendit parler. De l'autre côté de l'écran, Ethan resta pétrifié, abasourdi par ce qu'il venait d'écouter. Oliver imagina la suite des événements pendant que

Tracy se retenait de pleurer. Abigail Miller réussit tant bien que mal à apaiser son auditoire.

– S'il vous plaît, messieurs, s'il vous plaît ! Parlez à tour de rôle, sinon je serai contrainte de mettre un terme à cette réunion avant de la reporter. J'ai promis de répondre à toutes vos questions et je le ferai, mais pour cela, tâchons de communiquer le plus calmement possible.

– Très bien Abigail ! Je vais prendre la parole en premier. Une fois leurs « DCM » obtenues, comment comptez-vous procéder pour les transférer dans les humanoïdes ?

– Comme je le mentionnais, nous projetons de récupérer une copie des DCM de chaque individu lorsqu'il se rendra dans les brain-centers.

– Et ensuite ?

– Les DCM seront soigneusement stockées dans des laboratoires que je qualifierais d'ante-mortem. À leurs morts, elles seront introduites dans le corps d'un humanoïde, préalablement choisi selon leur souhait.

– Les clients qui ne se rendent plus dans les brain-centers auront leurs DCM directement transférées le jour où ils décéderont, c'est bien ça ?

– S'ils le souhaitent, oui.

– Revenons aux tests. Où en êtes-vous avec vos soi-disant cobayes ? Avez-vous trouvé d'autres volontaires ?

– Nous avons fait diverses expériences dans les prisons de Berwick et de Chester. Comme je vous l'ai dit, notre choix se porte sur des hommes qui finiraient dans le couloir de la mort si notre pays l'autorisait.

– Quels résultats aviez-vous donc obtenus ?

– Pour être honnête avec vous, ce fut un véritable échec, mais nous avons appris de nos erreurs.

– Un échec ! J'ai du mal à vous suivre.

– De façon stupide, nous avons négligé une étape.

– Et laquelle ?

– Celle de faire une copie des DCM. Lors des premiers essais, nous les avons directement transférées d'un corps humain à celui d'un humanoïde.

– Vous êtes en train de nous dire que vous avez procédé à une permutation de données d'un corps à un autre sans utiliser de copie ?

– Oui, en effet. Nous avons compris que l'emploi d'une copie est impératif.

– Qu'est-il arrivé aux détenus ? Avez-vous tenté de remettre les DCM dans leurs « corps d'origine ? »

– Non, car il semble impossible de faire marche arrière. Ces hommes se sont retrouvés dans un état vide de conscience et d'esprit, comme si leurs DCM devaient choisir entre deux êtres. Ces dernières s'égaraient entre l'enveloppe charnelle du sujet et leur futur hôte, c'est-à-dire l'humanoïde. Les victimes sombraient dans une sorte de coma éveillé et ne se rendaient plus compte de rien.

– Ce que vous décrivez est très grave ! Garantissez-vous que ce genre d'incident ne se produira plus ? Comment peut-on en être sûr ?

– Je ne vous le garantis pas, je vous le promets. Nous vous ferons parvenir, en temps et en heure, des documents qui mentionnent tous les détails. Même si notre objectif est d'augmenter notre croissance, il est également d'améliorer Encéphalia et de rendre nos clients plus dépendants que jamais.

– Et comment allez-vous y parvenir ?

– Selon son budget, l'acquéreur optera pour l'humanoïde de son choix parmi plusieurs modèles disponibles.

– On va avoir droit à une surpopulation d'hommes et de robots. Y avez-vous songé ?

– Oui, parfaitement. Il est vrai que si chaque humain désire revivre sous la forme d'un humanoïde, nous nous exposons face à de nouvelles problématiques. Toutefois, même si nous récupérons et conservons les DCM de chaque encéphalian, seuls les volontaires accéderont à la version Supra. Par ailleurs, je pense que le peuple souhaitera avoir des preuves concrètes avant d'y adhérer. Quand ils verront leurs proches épanouis dans un corps d'humanoïde, la demande deviendra plus forte que l'offre. Cela prendra du temps, mais on y arrivera. Cependant, afin d'éviter toutes surproductions, nous n'accepterons qu'un volontaire et qu'un exemplaire par foyer. Dès que la durée des DCM prendra fin, un nouveau membre de la famille aura le droit de transférer ses données le jour où il mourra. Si entre-temps, il souhaite se rétracter, nos collaborateurs annuleront sa demande.

– Abigail, vous avez des idées et votre imagination semble sans limites, mais je pense que peu de clients suivront.

– Vous n'êtes pas sérieux, mon cher Curtis ! Ignorez-vous donc à ce point ma cote de popularité ! Des milliers d'individus sont prêts à me suivre jusqu'au bout du monde, si je le désire. Faites-moi confiance et n'ayez aucune crainte. Je vous promets qu'ils en redemanderont.

– Vous venez de parler d'une fin de vie pour les humanoïdes. À combien peut-on estimer leur longévité ?

– Ils ont une longévité quasi illimitée. Tout dépendra de la qualité du modèle choisi. Quant aux DCM, nous proposerons des contrats allant de cinq à cinquante ans, voire à une durée indéterminée, si nos clients désirent y mettre le prix.

– Indéterminée ! Insinuez-vous que les riches accéderont à l'immortalité ?

– En effet, c'est un projet que nous envisageons.

– Les acheteurs pourront-ils choisir de mourir de façon naturelle, au cas où ils se lasseraient d'être dans la peau d'un humanoïde ?

– Aussitôt la personne décédée et ses DCM transférées, un compte à rebours s'enclenchera automatiquement en fonction du forfait préalablement sélectionné. Dès qu'il arrivera à terme, les DCM s'effaceront d'elles-mêmes. Néanmoins, il est fort probable que certains clients épris de regrets souhaitent revenir sur leur décision. Dans ce cas, ils seront pris en charge par nos experts. Ensuite, nous récupérerons les humanoïdes que nous revendrons en tant que modèles reconditionnés.

– Décidément Abigail, vous ne cesserez jamais de m'étonner ! Cependant, quelque chose m'échappe.

– Qu'est-ce donc ?

– Les humanoïdes, où comptez-vous les trouver ?

– Vous savez aussi bien que moi, que la Stackford continue ses activités hors des NSE. Les modèles qu'elle conçoit possèdent un niveau de technologie que vous ne soupçonnez même pas et feront le bonheur de la majorité de nos clients. J'ai dû me rendre plusieurs fois à Kobe, au Japon, pour leur parler de ce projet et entamer les négociations. Ils accepteront que si nous leur garantissons l'achat de trois cent mille exemplaires. Bien entendu, cela ne dépendra que de vous, car vous êtes les seuls à pouvoir financer une telle opération.

– L'idée me plaît beaucoup, Abigail. Est-ce que tous nos clients accéderont aux modèles les plus évolués ?

– Non. Seules les personnes les plus aisées y auront accès.

– Et pour les autres ?

– Nous avons pensé à tout. Notre entreprise possède de nombreuses décharges dans tout le pays. Nous y stockons tous les restes d'humanoïdes que nous avions pu récupérer, ceux-là mêmes qui furent détruits par l'homme lorsqu'il a pris la décision de les exterminer. En les recyclant, nous reconstituerons des modèles de qualité tout à fait honnête que nous perfectionnerons afin de satisfaire les consommateurs.

– Quelle ironie ! Se retrouver dans un corps d'humanoïde qu'ils ont eux-mêmes décimé des années auparavant ! Cependant, vous auriez pu nous informer sur la création de ces décharges. Je vous rappelle que c'est avec notre argent que vous financez toutes vos activités.

– J'en suis consciente, rassurez-vous. Nous amassons les humanoïdes hors des grandes villes, dans des endroits où personne ne vient s'y rendre, dans lesquels on a acheté des terrains à des prix dérisoires. Ce sont des enclos sécurisés et contrôlés par quelques drones de surveillance. Les montants sont tellement insignifiants, qu'une simple réunion aurait coûté plus cher que toutes les dépenses faites pour leur conservation. Voilà pourquoi nous n'avions pas pris la peine de vous informer.

– À voir l'attention que mes associés vous portent, Abigail, je pense que nous sommes prêts à approuver le projet Encéphalia Supra. Néanmoins, nous avons encore une question, sans doute la plus importante de toutes.

– Vous faites allusion aux gouvernements, est-ce bien ça ?

– Ma chère, vous lisez dans mes pensées ! Sont-ils informés ? Avez-vous eu leur consentement ? Je vous rappelle que nous sommes censés travailler main dans la main avec ses membres.

– Vous avez raison, mais pour l'instant, ils ne sont au courant de rien. Le projet Encéphalia Supra est si sensationnel, si extraordinaire, que nous devons prendre certaines initiatives avant d'avoir leur accord.

– Et s'ils n'approuvent pas ?

– Mon cher Bénédict, vous êtes dans les affaires depuis plus de trente ans, et vous savez très bien que les gouvernements se soumettent toujours aux volontés des personnes les plus richissimes, les plus influentes, les plus puissantes, qui ne sont autres que nous. Offrez-leur un montant à plusieurs chiffres et ils vous mangeront dans la main. Qu'ils le veuillent ou non, nous apportons du changement dans la société à l'inverse d'eux qui ne font qu'en proposer. Tant que ça perdurera, nous garderons le contrôle. Ils suivront, soyez-en sûr.

Le conseil débattit quelques instants avant de prendre une décision. Bénédict, actionnaire majoritaire, prit la parole au nom de tous les autres.

– Vous savez, Abigail, j'ai connu votre père, Andrew, et il disait constamment que s'il possédait votre intelligence, il deviendrait l'homme le plus influent au monde. À l'époque, vous n'étiez qu'une brillante adolescente, mais aujourd'hui, vous êtes celle qu'il rêvait de devenir. Nous adoptons le projet, à l'unanimité. Vous disposerez de tous les fonds nécessaires pour mettre Encéphalia Supra sur le marché. Néanmoins, nous comptons sur vos talents pour convaincre les gouvernements, pour leur faire avaler la pilule, si je peux me permettre l'expression. En parallèle, vous pouvez continuer les négociations avec la Stackford.
– Considérez ceci comme fait.
– Dans ce cas, je lève mon verre à Encéphalia Supra ainsi qu'à vous, Abigail Miller.
Le comité trinqua et parla argent et rentabilité. De leur côté, Tracy, Ethan et Oliver, prirent conscience des paroles des Londoniens qu'ils venaient de rencontrer.

– À présent, je comprends cette femme qui disait que ces personnes n'ont aucun respect pour les êtres humains et nos semblables. En parlant des semblables, elle évoquait les humanoïdes. Je trouve ces individus effrayants.
– Écœurant semble le mot le plus approprié. Après ça, si la population veut encore d'Encéphalia, je ne saurais plus quoi penser. Grâce à l'intervention d'Oliver, la Miller corporation va perdre beaucoup de parts de marché. Nous n'avons plus qu'à espérer que les habitants des autres NSE soient informés pour qu'elle sombre définitivement.
– Tu te trompes Ethan, tu te fais trop d'illusions. La Miller ne tombera pas si facilement. Selon toi, combien de personnes vivent en Angleterre ?
– Soixante-cinq millions, pourquoi ?
– Enlève les free-brainers, les mineurs, les inaptes… Combien en restent-ils ?
– Disons… quarante-cinq millions. Sans doute le nombre d'encéphalians.
– Même si les deux tiers refusent Encéphalia Supra, il reste quinze millions d'adeptes, sans compter les habitants des autres NSE.
– Où veux-tu en venir, exactement ? questionna Tracy.
– Tous les Encéphalians ne vont pas faire appel à mes services, à ceux d'autres experts, ou ne chercheront pas à s'exiler. Même s'ils ne

désirent plus se rendre dans les brain-centers ou n'approuvent pas la dernière version d'Encéphalia, ils possèdent encore leur puce et restent toujours des clients potentiels. Les mineurs, quant à eux, se fichent éperdument de la situation. Ils vivent au jour le jour sans se soucier du lendemain. Hélas, ils sont les futures cibles de la Miller corporation. Elle inventera de nouveaux stratagèmes afin de les convaincre.

– Même si j'ai du mal à l'admettre, Oliver a raison. Afin de limiter les dégâts, elle va s'empresser de racheter le programme 211 avant que toutes les NSE ne soient informées.

– Avec les capitaux dont elle dispose, la Miller peut acquérir ce qu'elle veut et en très peu de temps, si elle le désire. Les actionnaires remplaceront Abigail Miller et tout redeviendra comme avant. Le nouveau PDG prononcera un discours légèrement différent, tout en jouant avec les mots et en arrondissant les angles. Ceci fait, l'ère d'Abigail ne sera que de l'histoire ancienne, mais une autre commencera.

– Pourquoi es-tu aussi pessimiste, Oliver ? Même si ta vision peut se révéler exacte, un éveil de conscience a eu lieu au sein de la population et des centaines de personnes nous aideront.

– Tu oublies de prendre en compte ceux qui laisseront tomber dans les prochains jours.

– Cessez donc de réfléchir et passons à l'action. On ne va pas attendre que la Miller acquière le programme 211. Croyez-vous qu'elle reste les bras croisés pendant que nous discutons théories et population ?

– Que suggères-tu, Ethan ?

– Peu importe qu'Abigail et ses associés rachètent le programme 211 ou non. Quoi qu'ils fassent, nous ne devons pas abandonner. Même si nous sommes David contre Goliath, rendons-leur la tâche difficile, sinon tous ces risques n'auront servi à rien.

– Et que proposes-tu ?

– J'ai peut-être une idée qui va en surprendre plus d'un. Oliver, pourrais-tu joindre Aaron Cleese et me faire une copie des documents et de l'enregistrement ?

– Bien entendu.

– Demande-lui de venir demain matin, à l'aube. Je dois rencontrer un homme aussi puissant que dangereux et lui seul peut m'aider.

– Et qui est-ce ?

– Je vous le dirai dès qu'Aaron sera là. En attendant, contacte-le.

Oliver, Ethan et Tracy passèrent la soirée à réécouter l'enregistrement et à lire chaque document. Tous les détails y étaient mentionnés : contrats, négociations, projets… Ethan semblait avoir une idée, mais il attendait la venue d'Aaron pour en parler…

IX

Il Capo di tutti capi

Le lendemain matin, Aaron se rendit au domicile d'Oliver.

– Salut Aaron, comment vas-tu ?

– Je vais très bien, merci. Quant à vous trois, vous devriez rester prudent et éviter de vous montrer. Si la Miller corporation vous tombe dessus, ça risque de mal finir.

– Ne t'inquiète pas, Aaron. Nous avons pris le maximum de précautions.

– Et toi Tracy, tu te sens mieux ?

– Oui, parfaitement. Oliver a fait de l'excellent travail. J'ai l'impression de commencer une nouvelle vie, désormais.

– Tant mieux ! Le contraire m'aurait étonné. Que puis-je faire pour vous ?

– J'aurai besoin de toi, dit Ethan. Je dois voir une personne en particulier. Je ne la connais pas et c'est risqué.

– Qui est-ce ?

– Salvatore Moretti, le père de Luca.

– Salvatore Moretti ! Le parrain de la mafia !

– En effet ! Il vit à Londres, mais je ne sais où exactement. C'est pour cela que j'ai demandé à Oliver de te contacter.

– Attends, Ethan ! Il est hors de question d'aller chez Salvatore Moretti. Il ne nous connaît pas et n'acceptera jamais de nous rencontrer. S'il n'aime pas nos têtes, on trouvera nos corps au fond de la Tamise et le BNI se fera un plaisir de passer ton portrait en boucle.

– Je veux lui parler, c'est tout.

– Et de quoi, plus précisément ?

– De son fils, et j'aurai un service à lui demander. Vu que les Italiens sont très proches de leur famille, je pense qu'il pourrait nous aider. Un homme de son importance a forcément d'excellentes relations à l'étranger.

– D'après les rumeurs, il préside le forum, un comité représentant les principaux parrains des NSE. Il a la réputation d'être un homme craint et respecté. Si par miracle, tu arrives à le convaincre, il te soutiendra.

– Où habite-t-il ?

– À Kensington, l'un des quartiers les plus riches de la ville.

– Très bien, allons-y, mais rien que toi et moi.

– Quoi, maintenant ! Il n'est que 7 h 15 !

– Raison de plus. Il n'y a pas grand monde dans les rues. Personne ne nous remarquera.

– Toi et Aaron ! Tu ne crois quand même pas qu'Oliver et moi allons rester ici à ne rien faire !

– Si Tracy, il le faut. À quatre, nous sommes de trop. Salvatore Moretti ne prendra jamais le risque de faire entrer quatre inconnus chez lui. De plus, ses hommes sont dangereux et je ne voudrais pas qu'il t'arrive quoi que ce soit. Continuez à suivre les événements en attendant notre retour.

– D'accord, nous ne bougerons pas d'ici. Après tant d'années, Tracy et moi avons sans doute beaucoup de choses à nous raconter.

– Très bien Ethan, je m'incline, même si je n'approuve pas ta décision.

– Merci, Tracy. Je savais que tu comprendrais.

– Faites très attention à vous. Mesurez vos gestes et vos paroles, car ils n'auront aucune pitié.

– Nous doublerons de prudence, sois rassuré.

– Toujours déterminé à t'y rendre ? On peut encore renoncer, proposa Aaron, l'air inquiet.

– Non, allons-y. Évitons les routes principales et les endroits fréquentés.

Sur ces mots, Ethan et Aaron quittèrent l'appartement. Ils n'empruntèrent ni axes importants ni transports en commun. Malgré l'heure matinale, ils durent marcher jusqu'au riche quartier de Kensington tout en s'abstenant de se faire remarquer. Après avoir observé chaque coin de rue et esquivé le regard du moindre passant, ils arrivèrent, une heure plus tard, devant la somptueuse maison de Salvatore Moretti.

– Bon sang Aaron ! Es-tu certain d'être à la bonne adresse ? On se croirait à Buckingham Palace !

– Vu sa position, tu te doutes bien que Salvatore Moretti peut se permettre tout ce qu'il souhaite. Soyons vigilants, surveillons notre langage et restons calmes. La taille de cet endroit est relative à sa dangerosité.

– J'avoue que tout ira mieux une fois que nous quitterons les lieux.

En s'approchant de l'entrée, deux hommes accompagnés d'un dogue argentin interceptèrent Ethan et Aaron.

– Qui êtes-vous et que voulez-vous ? Tirez-vous d'ici !

Ethan prit le risque d'avancer. Le mafioso haussa le ton pendant que son chien commença à montrer les crocs.

– Toi, tu aimes jouer au plus malin ! Visiblement, tu ne sais pas où tu mets les pieds. Refais un seul pas et je te garantis que mon ami à quatre pattes s'arrangera pour que celui-ci soit le dernier.

– Deux types qui se pointent si tôt le matin à l'abri de tous les regards… Ça sent le plan foireux, dit le second.

– Nous ne sommes pas venus chercher les problèmes, rétorqua Ethan.

– Attends un instant, je te reconnais ! Tu es celui dont le visage passe en boucle, c'est bien ça ?

– Tu l'as déjà vu, Tony ?

– Plus ou moins. Il se nomme Ethan Moore. Lui et une certaine Tracy se sont rendus dans des locaux appartenant à la Miller corporation. On les accuse d'avoir volé des documents confidentiels.

– Vraiment ! La Miller corporation, les puces, Encéphalia… J'entends ça à chaque coin de rue et ça me tape sérieusement sur les nerfs.

– Écoutez, Gaetano, nous souhaitons seulement nous entretenir avec votre patron, Salvatore Moretti.

– Tu as vu ça, Tony ! Voilà qu'il m'appelle par mon prénom comme si nous étions de vieux amis d'enfance ! Il en a dans le pantalon ce gars-là et je commence à l'apprécier. Fini de blaguer ! Vous n'avez rien à faire ici. Monsieur Moretti n'a aucun lien avec la Miller corporation. Maintenant, barrez-vous !

– Si, il en a un. Son fils, Luca.

Les deux hommes se regardèrent, comprenant qu'Ethan ne plaisantait pas et que la situation semblait des plus urgentes.

– Luca ! Que sais-tu de lui ?

– Ma tête va sans doute être mise à prix par la plus grande entreprise du monde. Pensez-vous que je prendrais le risque de faire plusieurs miles afin de m'entretenir avec votre chef si ce n'était pas important ? J'ai vaguement connu son fils à Saint John's. J'ai été témoin de choses que tout le monde ignore et que seul Salvatore Moretti devrait entendre.

– Très bien, je vais voir ce que je peux faire. Tony, je vais avertir monsieur Moretti. Au moindre écart, lâche le chien.

– Ne t'inquiète pas, je m'en charge.

Gaetano partit prévenir le parrain avant de revenir, cinq minutes plus tard.

– Don Moretti accepte de vous recevoir, je vais vous y emmener. Tony, tu devrais les fouiller.

Tony obtempéra.

– Rien sur eux, ils sont clean.

– Parfait. Vous deux, venez avec moi !

Ils suivirent l'homme de main. La cour et le jardin s'avérèrent immenses et très entretenus. Le jardinier, seule personne présente, les salua. À chaque angle, à chaque colonne, on y apercevait de discrètes caméras, toutes reliées au bureau du chef mafieux.

– Écoutez-moi bien ! Don Moretti aime monopoliser les discussions, mais il sait aussi être à l'écoute des gens. Laissez-le parler et attendez qu'il finisse avant de prononcer le moindre mot.

– C'est noté.

– Attention ! Restez plus calme et plus poli que lui. Don Moretti est très pointilleux sur la communication et le respect. Jouez au malin, soyez arrogants et je vous promets que vous ne verrez pas le soleil se coucher. Cependant, si vous gagnez sa sympathie, il fera tout son possible pour vous satisfaire. Vous avez bien compris, nous sommes d'accord ?

Ethan et Aaron acquiescèrent. Une fois à l'intérieur, ils furent abasourdis par la luxueuse demeure du parrain. Les couloirs s'étendaient à perte de vue, les meubles dataient de l'époque victorienne, de magnifiques tapis ornaient les sols, et la montée d'escaliers semblait digne des plus grands palais royaux. De nombreuses personnes y vivaient, qu'il s'agisse de femmes, d'hommes ou d'enfants. Malgré l'heure matinale, tous se détendaient et appréciaient le début de la journée. Les hommes jouaient aux cartes, pendant que les enfants couraient et que les femmes plaisantaient.

Certains saluèrent hâtivement, mais poliment, Ethan et Aaron qui se dirigeaient vers le bureau du don situé à l'étage. Une fois arrivés, ils prirent une profonde respiration avant d'apercevoir Salvatore Moretti. Le parrain, entouré de deux gardes du corps, assis sur son fauteuil et le cigare aux lèvres, scruta ses invités de haut en bas avant d'entamer la conversation.

– Toi, le plus jeune ! On dirait que tu n'es pas heureux de me voir !
– Monsieur Moretti, c'est que…
– Tu te demandes si tu dois me saluer, me baiser la main ou me la serrer, c'est ça ?
– Disons que je n'ai pas l'habitude de rencontrer le don d'une famille.
Salvatore Moretti se leva et rigola, le cigare coincé entre les dents, et mit sa main sur l'épaule d'Aaron.
– Ahahah ! Je plaisante. Détends-toi, tu n'as aucune raison d'avoir peur. Une simple poignée de main suffira. Asseyez-vous donc !
– Merci.
– Lequel de vous deux est Ethan Moore ?
– C'est moi, monsieur Moretti. Quant à lui, il s'appelle Aaron Cleese.
– Alors, c'est toi ? Celui dont tout le monde parle !
– Oui, en effet.
– D'après Gaetano, tu étais à Saint John's et tu connais Luca. Comment va-t-il ?
– Avant toute chose, sachez que je suis le seul responsable de ma présence chez vous. Mon ami Aaron a simplement décidé de m'accompagner.
– Cesse de papoter pour ne rien dire. Viens-en au fait ! Mon fils ?
– Monsieur Moretti, avez-vous eu des nouvelles de Luca ?
– Il n'accepte aucune visite, car il déteste parler à ses proches derrière une vitre, mais pour répondre à ta question, j'en ai eu il y a quatre semaines, peut-être cinq.
– Rien de plus récent ?
– Non, niente. Bon sang, où veux-tu en venir ?
– Je crains que ce que j'ai à vous annoncer ne vous enchante guère.
– Est-il arrivé quelque chose à Luca ?
– Il est en vie, disons plus ou moins.
– Comment ça, plus ou moins ?
– Sans vouloir vous offenser, votre fils n'est plus l'homme que vous aviez connu. D'après ce que j'ai vu, il a certainement servi de cobaye

pour une expérience planifiée par la Miller corporation. Pardonnez ma franchise, mais je ne vous apprends que la triste vérité.

Le parrain, pris de colère, sortit un fusil à double canon, caché sous son bureau, avant de le pointer sur le front d'Ethan.

– Écoute-moi bien ! Tu parles de mon fils unique et je n'aime pas trop tes manières de procéder. Un petit conseil : choisis bien tes prochains mots avec la plus grande attention, car ils pourraient être les derniers. Capisci ?

Ethan, apeuré, comprit qu'il aurait du mal à convaincre Salvatore Moretti. La moindre parole déplacée ou offensante signerait son arrêt de mort. Il reprit calmement en restant pointilleux avec chacun de ses mots.

– Si je dois mourir aujourd'hui, qu'il en soit ainsi. Toutefois, je vous prie de me laisser finir et de prendre cela comme ma dernière volonté.

Le parrain accepta de l'écouter.

– Très bien ! Tu as toute mon attention, parle !

– Saviez-vous de quoi l'on m'accuse ?

– Oui. D'être un fugitif et d'avoir volé d'importants documents à la Miller corporation avec l'aide d'une de tes amies.

– Vous avez raison. Aviez-vous pris le temps de vous y intéresser ?

– Plus ou moins, j'ai visionné l'enregistrement sur le programme 211 et j'ai trouvé leur réunion à vomir. Dans mon milieu, je connais beaucoup de personnes peu fréquentables, c'est vrai, mais elles ont des valeurs et des principes, contrairement à ses pourritures.

– Monsieur Moretti, avec tout mon respect et sans vouloir vous causer la moindre peine, la Miller corporation a utilisé votre fils comme sujet d'expérience pour le projet Encéphalia Supra, j'en suis quasiment certain.

– Comment peux-tu le savoir ?

– J'y étais, j'ai tout vu ! Le soir de mon évasion, des gardiens l'ont emmené au bloc 77, un endroit craint de tous les détenus.

Salvatore appuya son fusil sur le crâne d'Ethan, le doigt s'approchant de la gâchette.

– Et ensuite ? Je te laisse trente secondes pour me convaincre.

– Dès qu'il en est ressorti, votre fils Luca était méconnaissable et semblait ne plus avoir conscience de ce qu'il faisait. Son regard paraissait si vide, si dépourvu d'émotions… D'autres détenus l'ont également aperçu, et ont compris que quelque chose se tramait au bloc 77. Cet événement a déclenché une rébellion qui, en plus d'un important problème technique, a provoqué une évasion générale.

– Tout ce que tu me racontes là et bel et bien la vérité, tu ne me baratines pas dans le seul but de m'amadouer ?

Ethan regarda le don droit dans les yeux.

– Ce n'est que la vérité, je vous en donne ma parole. Prenez un instant afin d'analyser la situation. L'enregistrement date du douze, du mois dernier, et un document mentionne bien que des expériences auront lieu à la prison de Saint John's. De plus, Luca n'était pas seul, cinq de ses hommes l'accompagnaient et eux aussi semblaient dans le même état que lui. La date, Saint John's, les tests effectués sur d'importants détenus… Il faut se rendre à l'évidence, tout coïncide. Je regrette pour votre fils, sincèrement, mais il est l'une des premières victimes d'une expérience ratée qui, une fois validée, deviendra Encéphalia Supra. En tant que père, ça doit être difficile à entendre, mais vous devez l'accepter. À présent, si vous ne me croyez pas, faites ce que vous avez à faire. Je mourrai peut-être comme un fuyard ou un lâche, mais certainement pas comme un menteur.

En voyant la sincérité dans le regard d'Ethan, Salvatore Moretti baissa son arme et la rangea. Il posa ses mains sur son bureau, pensa à son fils, et saisit le premier objet à sa portée qu'il lança sur les vitres de sa bibliothèque. Étant dans un état de colère noire, personne ne tenta de l'apaiser ou ne prononça le moindre mot. Après avoir fait les cent pas, il regagna son calme ainsi que le contrôle de ses émotions avant de se rasseoir. À fleur de peau, il reprit la parole.

– Je te remercie, toi et ton ami Aaron, de m'avoir prévenu. Pardonnez mes manières, c'est mon métier qui veut ça. Tu as connu mon fils et tu sembles sincère dans tes propos. Je vais me renseigner pour obtenir plus d'informations. Dès aujourd'hui, je fais la promesse que cette diablesse d'Abigail Miller et son abominable corporation apprendront de quel bois se chauffe Salvatore Moretti.

– Et vous êtes le seul à pouvoir empêcher Encéphalia Supra de sortir.

– Visiblement, tu as une idée en tête et tu as besoin de mon aide ! Qu'attends-tu de moi ?

– Si ce n'est pas trop demander, on aimerait que vous nous rendiez un petit service.

– Après tout, vos informations valent bien une aide de ma part. Que puis-je faire pour vous ?

– Vous vous doutez bien que la Miller corporation va s'empresser de racheter le programme 211 afin que ces documents et l'enregistrement n'arrivent pas aux mains des habitants des autres NSE.

– C'est fort probable, elle a trop à perdre.

– Et comme la plupart des gens le savent, vous présidez une assemblée que vous appelez le forum, je ne me trompe pas ?

– Peu de personnes sont censées le savoir, mais bon, si tu le dis…

– Parlez à tous ses membres. Certains de vos amis doivent détester la Miller corporation autant que nous.

– Leur parler ! Et de quoi ?

– De votre fils ainsi que de ce projet, Encéphalia Supra.

– D'accord et après, que veux-tu qu'ils fassent ?

– Le programme 211 n'est disponible qu'ici, en Angleterre, mais je suis persuadé que d'autres programmes indépendants existent dans les NSE.

– Je vois ! Tu parles de ceux dont tout le monde se fiche ! Et tu souhaiterais que mes associés et moi-même diffusions ces informations à un maximum de personnes, c'est bien ça ?

– C'est l'idée. Le forum doit avoir une énorme influence dans certains pays et je n'ose pas imaginer les capitaux dont il dispose. Rien ne prouve que la Miller corporation ne tentera pas de racheter d'autres programmes qui se révéleraient néfastes pour ses affaires. Le discours d'Abigail n'a été diffusé qu'en Angleterre et les documents vont bientôt disparaître en même temps que le programme 211. Vous, par contre, vous pouvez changer les choses. Dans votre milieu, il y a toujours quelqu'un qui connaît une autre personne et ainsi de suite. Avec vos amis, vous pourriez faire en sorte qu'un maximum d'habitants soit averti. En utilisant les moyens nécessaires ainsi que le bouche-à-oreille, tout le monde sera vite renseigné. Commencez donc par l'Italie. Ensuite, vous poursuivrez vers la France, l'Espagne ou encore les États-Unis. Admettons que ça fonctionne et que ces informations se répandent dans toutes les NSE : des directeurs d'école en discuteraient avec leurs élèves, des mères de famille en parleraient à leurs enfants, sans oublier les encéphalians qui réaliseront leur erreur et boycotteront les brain-centers.

– Tu veux faire de la propagande à grande échelle, je ne me trompe pas ?

– En effet et alors ! Où est le problème ? Durant des siècles, de grands orateurs ont procédé ainsi afin de diffuser des idées absurdes et malsaines. Je ne vois pas pourquoi on se priverait d'en faire à bon escient !

– Si ça fonctionne, la Miller corporation va nous mettre tous ses avocats sur le dos. Elle tâchera de nous faire condamner pour de nombreux chefs d'accusation.

– Elle ne le fera pas. Les huiles de la Miller sont des loups, et les loups s'en prennent toujours aux agneaux, jamais aux lions. De plus, je pense que le forum est assez intelligent pour faire en sorte que personne ne découvre son implication. La Miller ignore notre venue ici ; nous avons donc un point d'avance. À l'instant, vous aviez promis qu'Abigail et ses associés paieraient pour Luca. Je vous propose l'opportunité parfaite, saisissez-la.

 Le parrain réfléchit à l'offre d'Ethan.

– Très bien, j'accepte ta requête. Tu as de la suite dans les idées et ça me plaît. Je vais contacter mes amis du forum et organiser une réunion dans les plus brefs délais. Cependant, ne parlez de cela à personne. Je n'ai pas besoin de vous rappeler que les murs ont des oreilles dans cette ville.

– Je savais que vous m'écouteriez. Merci.

– Merci à toi. Si nous y arrivions, justice sera faite en ce qui concerne mon fils. Toutefois, tu négliges un détail.

– Lequel, monsieur Moretti ?

– As-tu conscience que cette histoire pourrait aboutir à des révoltes, voire une révolution ?

– Le but n'est pas la révolution, mais le boycott, le refus, la réprobation… La Miller corporation, aussi puissante qu'elle soit, reste une entreprise comme une autre. Pas de clients, pas d'argent, et s'il n'y a plus d'entrées d'argent, il n'y a plus d'actionnaires, et pour finir c'est la faillite.

– Tu oublies également qu'Abigail n'aime pas les free-brainers, et il est probable qu'ils seront de notre côté. Elle va redoubler d'efforts pour les arrêter, voire les convaincre de devenir des encéphalians.

– Et si elle échoue, Aaron, que fera-t-elle ? Les jeter en prison ? On nous répète sans arrêt qu'elles sont pleines. Même en construisant de nouveaux centres pénitentiaires, ils ne pourront pas enfermer chaque récalcitrant ou chaque personne optant pour le boycott. Ça leur prendrait des mois, des années, et d'ici là, la Miller corporation n'existera peut-être plus. Nous avons les meilleures cartes en main. Maintenant, c'est à nous de les abattre correctement.

— Ton imagination semble sans limites, c'est bien, mais ils vont certainement te faire passer pour un bouc émissaire.

— Passer pour un bouc émissaire, un fauteur de troubles, une brebis galeuse… J'en assume les conséquences avec plaisir.

— Très bien ! Je vois que tu as bien réfléchi avant de prendre ta décision. Néanmoins, si le forum accepte de vous aider, vous ne pourrez plus revenir en arrière. Ils vont me demander des preuves. J'aurais besoin d'une copie des documents et de l'enregistrement.

— Je savais que vous me l'exigeriez. Aaron, peux-tu la lui donner ?

Aaron écouta Ethan.

— Merci, bambino. Ils ont touché à mon fils, ils vont payer. Je pense que nous pouvons mettre un terme à la discussion. À présent, mes hommes vont vous raccompagner chez vous. N'hésitez pas à faire appel à mes services en cas de besoin.

— Merci, monsieur Moretti. Je savais qu'en venant vous voir, je trouverais une oreille attentive.

— Salvatore ! Désormais, appelez-moi ainsi, toi ainsi que tes amis.

— Merci, Salvatore, à bientôt.

Les hommes de Salvatore conduisirent Ethan et Aaron à l'appartement d'Oliver. Même s'ils venaient d'avoir la peur de leur vie, ils se sentaient plus en sécurité qu'à l'aller. Derrière les vitres teintées, personne ne se doutait qu'Ethan Moore, le fugitif, était assis à l'intérieur d'une voiture appartenant au puissant parrain mafieux. Moins de quinze minutes plus tard, ils arrivèrent à destination. Aaron partit rejoindre Charles Turner. Ethan, quant à lui, retrouva Oliver et Tracy, soulagés de le revoir sain et sauf.

— Ethan ! Comment vas-tu ?

— Je vais bien, Aaron également.

— As-tu pu t'entretenir avec Salvatore Moretti ?

— Oui, on a réussi. Malgré quelques frayeurs, Aaron et moi avons survécu.

— Pourquoi n'est-il pas avec toi ?

— Il vient de me laisser à l'instant. Quant à Salvatore Moretti, il accepte de nous aider.

— Vraiment ! Comment as-tu fait ?

— Je lui ai prouvé que son fils unique fut la victime de la Miller corporation ainsi que d'Encéphalia Supra. En nous unissant, nous lui ferons plus de mal qu'elle n'en a jamais fait.

— Excellent travail, Ethan ! Cet homme tiendra parole, c'est certain.

– Voilà pourquoi je voulais te mettre à l'écart, toi et Tracy. Moins de gens en savent sur cette rencontre, mieux c'est.

– Et que comptes-tu faire, désormais ?

– Pour l'instant, rien. On va attendre, tranquillement, de voir comment la situation évolue.

– Et comment va-t-on le savoir ?

– Salvatore possède tous les éléments nécessaires pour convaincre ses associés, et je peux te garantir qu'ils feront tout ce que le président du forum demande. Ceci fait, il nous contactera.

– Alors, ton plan, c'était ça ! Te rallier à une personne qui a des relations afin que les documents et l'enregistrement soient dévoilés dans toutes les NSE. Tu savais que par amour pour Luca, cet homme chercherait à se venger, d'une manière ou d'une autre.

– Oui, c'est exact, mais mets-toi à sa place ! Ne souhaiterais-tu donc pas voir tomber celui qui a fait du mal à l'un de tes proches ? Sérieusement Tracy, ils ont pris son fils comme sujet d'expérience, comme cobaye…

– Je ne te juge pas, tu as bien fait. Si j'avais autant de pouvoir que ce chef mafieux, j'aurais réagi de la même façon.

– Je comprends que tu t'inquiètes, mais ça va aller.

– Je l'espère. En tout cas, je suis contente de te retrouver en chair et en os, Ethan.

– Moi aussi, je suis heureux de te revoir, Tracy.

Dans les minutes qui suivirent, Oliver reçut une quantité importante de messages privés.

– On m'envoie des dizaines de messages, ça ne s'arrête pas !

– Ce sont certainement toutes tes ex-petites amies, dit Tracy en plaisantant.

– Si seulement ! Visiblement, de nombreuses personnes cherchent à me rencontrer pour que je m'occupe de leurs puces.

– Tes affaires reprennent ! Les personnes que nous avions croisées hier ont promis leur soutien. Elles ont voulu t'apporter leur aide en te proposant d'éventuels clients.

– Probablement ! Et ça ne me plaît pas du tout. Peu d'individus savent que je suis l'araignée et je souhaiterais que ça dure.

– De quoi te plains-tu ? C'est même toi qui leur as suggéré tes prestations une fois que la situation s'arrangerait.

– Oui, en effet, mais nous n'en sommes pas encore là. Je veux bien m'occuper des habitants de Camberwell, mais pas de toute l'Angleterre, non plus.

– Tu connais la plupart des émetteurs et tu peux leur faire confiance. Je suis persuadé qu'ils ont parlé de toi qu'à des amis proches.

– Possible, tu as sans doute raison. La situation me dépasse et je me fais des idées. Parmi eux, je vais recevoir ceux qui me connaissent. Quant aux autres, ils devront patienter.

Durant les deux semaines qui suivirent, Oliver rencontra une centaine de personnes. Toutes ses interventions furent un succès, et plus il pratiquait, plus il progressait. Quand ses « clients » quittaient son appartement en le remerciant avec enthousiasme, il espérait que d'autres experts l'imitaient. « Chaque fois que je détruis l'une de ces puces, je change le monde », songea-t-il. Oliver haïssait la violence et les rapports de force. Il favorisait la communication et pensait que les prises de conscience collective associées à des actions individuelles donnaient de bien meilleurs résultats. Malgré cela, le moral d'Ethan semblait au plus bas, car il n'avait aucune nouvelle de Salvatore Moretti. Pendant qu'il cogitait, des bruits de pas, aux sons inhabituels, se firent entendre.

– Que se passe-t-il ? Qui est-ce ?

– Aucune idée ! Visiblement, quelqu'un se dirige par ici.

Tout en ouvrant la porte de manière bruyante, un homme entra dans l'appartement. Oliver, caché derrière celle-ci, l'attrapa violemment par le cou, le déséquilibra avant de le mettre à terre. En apercevant son visage, il reconnut l'individu au sol.

– Aaron ! Tu nous as fait une de ces peurs ! Personne ne t'a jamais appris à prévenir les gens avant d'aller chez eux ! La prochaine fois, fais comme tout le monde.

– Oui, je sais. Désolé, mais j'ai de bonnes et mauvaises nouvelles, répondit Aaron.

– Et alors ? Ce n'est pas une raison pour agir de cette façon.

– C'est bon, Oliver, laisse le parler. Aaron, qu'as-tu à nous dire ?

– Charles Turner vient de mourir, il y a deux nuits. La maladie a eu raison de lui.

– Oh non ! Ce n'est pas vrai ! Lui, dont l'engagement était d'aider les autres, aurait été heureux de voir à quel point la situation évolue.

– Quelques semaines supplémentaires auraient suffi. Ce n'est vraiment pas de chance.

– Vous avez raison. Il voyait cet engagement comme une rédemption. Monsieur Turner s'était imposé une mission afin de laver tous ses péchés et il a brillamment réussi. Néanmoins, je suis parvenu à lui procurer une copie de l'enregistrement, qu'il a regardé, quelques heures avant de nous quitter.

– Comment a-t-il réagi ?

– Il semblait peu surpris par les idées néfastes de la Miller corporation.

– Charles savait qu'une partie de la population l'a également visionné ?

– Je le lui ai annoncé. Cette nouvelle le réjouissait, malgré ses douleurs. Pour lui, la situation ne peut que s'arranger.

– Il a certainement dû apprécier.

– Tu n'imagines pas à quel point, Tracy. Ensuite, je lui ai parlé de notre entente avec Salvatore Moretti. D'ailleurs, il tenait à ce que je transmette un message à Ethan.

– Un message ! Qu'avait-il de si important à me dire ?

« Ethan, tu as compris comment le monde doit changer, doit évoluer. Ce n'est pas seulement par les révolutions, mais c'est par l'éducation, les prises de conscience, les actions individuelles ainsi que les changements de paradigmes… C'est long, il faut du temps, mais si chacun y met du sien, tout devient possible. »

– C'est parfaitement ce que j'espère ! Je n'ai que très peu conversé avec lui, mais je pense qu'il possédait un don pour lire à travers les gens. Il me manquera.

– À moi aussi, Ethan. J'aimais cet homme comme mon propre père.

– Et il te considérait comme un fils. Qu'il repose en paix, désormais… À présent, ne parlons plus de choses tristes et annonce-nous la bonne nouvelle.

– Visiblement, Salvatore Moretti a tenu parole. Ses amis du forum ont tout mis en œuvre pour déstabiliser la Miller corporation.

Sur ces mots, Tracy alluma l'écran.

– Laisse tomber, Tracy ! C'est inutile, tu n'apprendras rien. Mis à part le programme 211, toute l'information est contrôlée par le BNI. Tu ne crois quand même pas qu'il va diffuser des infos à l'encontre de ceux qui le financent !

Tracy saisit le message.

– Qui t'a prévenu ?

– Hier soir, Tony, l'homme de main de Salvatore Moretti, m'a retrouvé pendant que je noyais mon chagrin dans une bouteille d'alcool. Comment a-t-il deviné où j'étais ? Aucune idée.

– Et qu'as-tu appris ?

– Il dit que le forum fait le nécessaire. D'après lui, Salvatore et ses amis ont acheté des programmes d'information en Italie, en Allemagne ainsi qu'en Espagne. Apparemment, les documents commenceraient à circuler.

– Excellente nouvelle, enfin ! Comment la population a-t-elle réagi ?

– Mal, comme on pouvait s'en douter. Peu de personnes souhaitent vivre dans le corps d'un humanoïde, une fois qu'elles décéderont. De plus, une grande majorité ignorait l'existence des puces de traçabilité.

– Extraordinaire ! C'est en train de prendre de l'ampleur.

Oliver saisit son écran portable et s'empressa de faire des recherches sur l'ancien réseau.

– Qu'est-ce que tu fais, Oliver ?

– Je tente de récupérer une preuve. Vu qu'il est impossible d'en posséder une légalement, j'utilise de vieilles méthodes.

En moins de cinq minutes, il réussit à s'en procurer une, qu'ils visionnèrent. Sur celle-ci, on y apercevait de nombreuses manifestations, plus ou moins violentes.

– C'est excellent ! Si seulement le monde entier voyait ça !

– Ça arrivera, croyez-moi.

– Mes amis, j'adorerais passer du temps avec vous, mais je dois vous laisser à présent, annonça Aaron.

– Merci d'être venu, Aaron. Qui va succéder à Charles, désormais ?

– Je vais prendre le relais avec Steve Woods, comme le souhaitait monsieur Turner.

– Il a fait le bon choix. Vous serez à la hauteur, j'en suis sûr.

– Merci, Ethan.

– Enterrez-le, le plus dignement possible.

– Il a toujours voulu être incinéré. Il avait trop peur que son corps se retrouve entre de mauvaises mains, comme celle de la Miller corporation par exemple.

– Ça ne m'étonne pas de lui. Faites selon son souhait. Et la prochaine fois que tu viens, tâche de nous prévenir et rentre avec plus de délicatesse.

– Je m'en souviendrai. À bientôt.

Encore attristé par la mort de Charles Turner, Aaron partit rejoindre Steve Woods. Néanmoins, il gardait confiance en ses nouveaux amis qui étaient Ethan Moore, Tracy Thompson et Oliver Roy. Quant à Salvatore Moretti, il avait tenu parole, car seul un homme ayant d'importantes relations pouvait provoquer un tel changement. L'entente entre Ethan et le parrain se révéla prometteuse, mais rien ne pouvait prédire comment elle se terminerait…

X

L'enlèvement

En début de soirée, Ethan et ses deux amis visionnèrent plusieurs enregistrements, préalablement récupérés sur l'ancien réseau, plus connu sous le nom d'Internet. À l'aube des années 2070, seuls les free-brainers semblaient encore s'y intéresser. Les autres, les encéphalians, accédaient à tout ce qu'ils désiraient grâce à de nombreux modules introduits dans leur puce, précédemment téléchargés dans les brain-centers. Quant aux pays n'appartenant pas aux NSE, ils disposaient de connexions Internet très performantes, toutes reliées à des réseaux des plus optimisés.

— Dès demain, je vais faire en sorte que tout le monde visionne ces enregistrements.

— Les Anglais savent ce qui se passe et se doutent bien que c'est la même chose dans les autres NSE.

— Tu m'as mal compris, Tracy ! Quand je dis tout le monde, c'est vraiment tout le monde.

— Que comptes-tu faire, Oliver ? Tu ne vas quand même pas informer la planète entière ?

— Je vais me gêner ! Je vais faire un maximum de copies et les distribuer dans tout le secteur.

— Que veux-tu qu'ils en fassent ? questionna Ethan.

— Beaucoup d'Africains et de familles russes peuplent ce quartier. Je vais leur transmettre quelques exemplaires qu'ils dupliqueront avant de les faire parvenir à leurs proches, à l'étranger.

— Pour quoi faire ? Le continent africain et la Russie ne font pas partie des NSE. Les habitants peuvent avoir toutes les informations qu'ils souhaitent en allant sur Internet.

– Justement, non ! Même s'ils accèdent à presque tout ce qu'ils veulent, Internet est contrôlé par l'organisation de surveillance des réseaux, l'OSR, mise en activité suite à un consensus de plusieurs gouvernements. Des milliers d'humanoïdes censurent et filtrent les nouveaux contenus avant de les mettre à disposition, et j'ai eu de la chance de pouvoir récupérer ces enregistrements.

– Des millions d'informations circulent chaque jour. Ils ne peuvent pas toutes les vérifier, c'est impossible.

– Certaines passent outre, mais qu'en faible quantité, hélas. C'est une tâche très complexe et je crois même que c'est le seul secteur où les humanoïdes travaillent à la place des humains.

– Donc, voilà la raison pour laquelle tu veux que les Africains et les Russes transmettent ces enregistrements à leur famille.

– Exactement. Il y a peu de chances qu'ils les obtiennent en passant par l'ancien réseau.

– Ça risque de prendre beaucoup de temps. Utilise des pigeons voyageurs, ça ira plus vite.

– Restons sérieux. Plus de personnes seront informées, mieux c'est.

– Et après ? Encéphalia n'existe pas hors des NSE. Je ne vois pas ce que ça va changer pour eux.

– Encéphalia n'existe pas chez eux, c'est vrai, mais les humanoïdes, si. Comme vous le savez, la Miller s'y intéresse, et à votre avis, où sont-ils les plus répandus ?

– Oliver, le grand complotiste…

– Tracy, la grande naïve… Je ne suis pas complotiste, mais réaliste et j'envisage d'éventuelles possibilités. Comme vous l'aviez entendu dans l'enregistrement, la Miller corporation souhaite se procurer des milliers d'humanoïdes et rien ne prouve que la Stackford ne voudra pas d'Encéphalia Supra.

– Les autres pays ont rejeté Encéphalia, tu ne le sais que trop bien.

– Oui, mais jusqu'à quand ? J'ai bien peur que ce refus ne soit que temporaire.

– Où veux-tu en venir ?

– Ils ne s'intéressent pas à Encéphalia, car ils ont privilégié le marché de la robotique. Les Japonais, les Russes et les Australiens y sont très attachés et dépensent des sommes folles dans certains humanoïdes. Qu'est-ce qui vous prouve que certains individus n'opteront pas pour Encéphalia Supra dans le seul but d'être transférés dans le corps de leurs modèles préférés ? Peut-être pas aujourd'hui, mais dans cinq ou dix ans, qui sait ?

Tracy et Ethan ne surent que répondre.

— Dans ce cas, pourquoi tiens-tu à ce que tout le monde soit prévenu ?

— Pour leur en dissuader, afin qu'ils ne prennent pas de mauvaises décisions au cas où ça arriverait. Quand ils découvriront les événements, les documents, les puces de traçabilités, et qu'ils apercevront la face cachée de la Miller corporation, ils refuseront Encéphalia Supra avant même d'en entendre parler. Je me pose sans doute trop de questions, mais on ne sait jamais ce qu'Abigail Miller nous réserve.

— Et moi qui pensais avoir de la suite dans les idées, dit Ethan.

— J'ai récupéré plusieurs copies que je vais transmettre aux communautés russes et africaines du quartier en commençant par ceux qui sont venus me voir durant ces dix derniers jours. Certains doivent préparer leurs exils. Ils pourront donner un exemplaire à leurs proches dès qu'ils les rencontreront. Je n'en ai pas pour longtemps, ça ne prendra que deux ou trois heures.

— Sais-tu réellement ce que tu fais ?

— Ne t'en fais pas, Tracy. En attendant, je vous demanderai de rester ici. Soyez prudent jusqu'à mon retour. À tout à l'heure.

Oliver quitta l'appartement. En prévenant les populations étrangères aux NSE, il espérait que celles-ci refuseraient prématurément Encéphalia Supra au cas où cette dernière apparaîtrait dans leur pays. À ses yeux, cette version était un sacrilège, une offense à toutes vies humaines. Quant à la chute définitive de la Miller corporation, il voyait encore cela comme une illusion, un rêve utopique.

Pour patienter, Ethan et Tracy cherchèrent un programme qui diffuserait la moindre information intéressante ou révélatrice, en vain. Quelques minutes plus tard, ils entendirent quelqu'un courir dans l'escalier.

— Oliver a certainement oublié quelque chose !

— Je ne pense pas. Vu le bruit, ça ne peut être qu'Aaron ! On lui avait pourtant demandé d'être plus silencieux et de monter les escaliers calmement. Décidément, il n'en fait qu'à sa tête.

En s'approchant, Ethan prit sauvagement la porte en plein milieu du visage. Il tomba brusquement au sol, le nez ensanglanté. Plusieurs policiers lourdement armés venaient les arrêter. Ethan répliqua aussitôt en frappant vigoureusement dans la porte afin de rendre la pareille à son assaillant. Ceci fait, il se releva, saisit Tracy par la main et tenta de trouver une échappatoire. Leurs espoirs furent brisés lorsqu'ils ressentirent de violents coups de matraque au niveau des mollets. Après s'en être pris sauvagement Ethan, ils le neutralisèrent en utilisant leurs shockers. Quant à Tracy, elle reçut un choc derrière la nuque qui l'assomma.

— Maintenant, chef, qu'est-ce qu'on fait ?

— On embarque le type, comme prévu.

— Et la fille ?

— Elle n'a pas d'importance. Attachez-lui les mains et les pieds, et ne traînez pas !

Les policiers obéirent aux ordres de leur supérieur avant de repartir avec Ethan, inconscient de son état. L'opération dura moins de temps qu'il ne faut pour le dire. Dans le quart d'heure qui suivit, Tracy retrouva ses esprits, mais resta immobilisée au sol. Elle patienta plus de deux heures en attendant le retour d'Oliver.

— Tracy ! Que s'est-il passé ?

— Oliver, sale traître ! Pourquoi nous as-tu balancés, Ethan et moi ?

— De quoi parles-tu ? Où est Ethan ?

— Tu me prends pour une idiote ? Pourquoi as-tu fait ça, pourquoi ?

— Que t'arrive-t-il ? Tu perds la tête ! Je ne comprends rien à ce que tu racontes !

— Tu n'es qu'un hypocrite. Où étais-tu pendant tout ce temps ?

— Je transmettais les copies, comme prévu. Je ne me suis pas arrêté un seul instant. Si tu ne me crois pas, allons rendre visite aux personnes que je viens de rencontrer, elles confirmeront ce que je te dis.

Tracy regarda Oliver droit dans les yeux. Elle ne le connaissait que trop bien pour se rendre compte qu'il ne mentait pas, et que s'il y avait un délateur, un traître, ce n'était pas lui.

— C'est bon, okay, détache-moi.

Oliver coupa ses liens.

— Tracy, ça va ? Où est Ethan ?

— Des flics sont venus, ils l'ont embarqué.

— Oh non, ce n'est pas vrai !

— Ils l'ont battu comme un animal avant d'utiliser leur shocker. Quant à moi, un autre homme m'a assommé par surprise. Je suis tombée à terre sans pouvoir me défendre.

— Les pourritures !

– Que vont-ils lui faire ? Que va-t-il arriver à Ethan ?

– Sans doute, l'interroger, voire le remettre en taule.

– Donc, nous ne le reverrons plus ! Je suis certaine qu'ils vont le tuer.

– Non, Tracy, je ne pense pas.

– Comment peux-tu en être sûr ?

– Si ces hommes avaient reçu l'ordre de vous abattre, nous ne parlerions pas en ce moment, c'est évident.

– Pourquoi Ethan ? Ils auraient pu s'en prendre à toi, à moi, voire à Salvatore Moretti ?

– Les flics ne s'en prendront jamais à un parrain de la mafia par crainte de représailles. Quant à moi, ils ignorent qui je suis.

– Dans ce cas, pourquoi ne m'ont-ils pas enlevé ? Ils ont pourtant aperçu mon visage en même temps que celui d'Ethan. Après tout, je suis tout aussi coupable que lui.

– Car tu es une femme, tout simplement. Ethan n'est qu'un pauvre bouc émissaire et son nom est intrinsèquement lié aux événements. Si un jour les générations futures parlent de cette histoire, le portrait et le nom d'Ethan Moore leur viendront directement à l'esprit.

Avec ses mots, Oliver essaya de réconforter son amie. Cependant, Tracy ne parvenait pas à se rassurer, bien trop soucieuse à penser à ce qui pourrait arriver à Ethan, qu'elle aimait.

Pendant ce temps, les policiers emmenèrent Ethan vers une destination inconnue. Les ordres étaient clairs : « Si jamais il tente quoi que ce soit, utiliser la force autant que vous le souhaitez, mais ne le tuez pas. » Ils traînèrent Ethan, blessé, le visage couvert par une cagoule avant de l'attacher à une chaise. Une fois installé, il entendit des bruits de pas provenant de chaussures à talons.

« Ça ne risque pas d'être Aaron », pensa-t-il en souriant. Il ne se trompait pas. Les sons s'accentuèrent jusqu'au moment où il aperçut la personne qui les émettait, et qui n'était autre qu'Abigail Miller. Elle se mit à la hauteur d'Ethan avant de lui lancer un regard méprisant, qu'il renvoya.

– Ethan Moore, en chair et en os ! Je t'imaginais plus grand, et je dois l'avouer, moins séduisant.

– C'est bizarre ! Dès que je vous ai vu, j'ai exactement pensé le contraire.

– Je vois que monsieur a de la repartie ! Sais-tu au moins qui je suis ?

– Aucune idée ! Sans doute la femme de ménage. Retournez donc nettoyer les toilettes, vous y serez à votre place.

Abigail n'apprécia pas cette remarque. D'un hochement de tête, elle donna l'ordre de s'en prendre à Ethan. Un policier l'exécuta en le frappant à l'estomac.

– Moins fort petit roquet, je n'ai pas encore digéré mon breakfast.

L'homme récidiva en le cognant au visage.

– Ça suffit, Moore ! Je ne tolérerai plus ce genre de remarque, et je te conseille d'écouter.

– C'est bon, ça ira. Vous êtes Abigail Miller, fille unique d'Andrew Miller, présidente de la Miller corporation et championne du monde d'échecs.

– Tu te montres enfin raisonnable.

– Et aussi, manipulatrice, misanthrope, voleuse et méprisante à vos heures perdues.

Le policier mit un coup de genou dans les côtes d'Ethan.

– Écoute, Moore. Arrête de jouer au plus malin ! Ces hommes risquent d'être moins tolérants que je le suis.

Ethan cessa. Le dernier coup qu'il venait de prendre s'avéra plus difficile à encaisser que les précédents.

– Que voulez-vous ? Pourquoi suis-je ici ?

– Il me demande pourquoi il est ici ! Réalises-tu, au moins, la position dans laquelle je me trouve ? Tout ça à cause de toi.

– Une partie de la population m'a aperçu quelques instants. Il n'y a pas de quoi dramatiser.

Le policier frappa Ethan pour la quatrième fois, suivi d'une cinquième.

– Ce soir-là, toi et cette Tracy avez volé des documents qui sont le fruit de plusieurs années de travail. Pour couronner le tout, il a fallu que votre ami au visage masqué intervienne pour les dévoiler et me dévaloriser.

– Il a fait ce qui devait être fait et dit ce qui devait être dit. Beaucoup de personnes ont saisi le message et c'est tout ce qui compte.

– Cette sale petite raclure m'a humilié. Dès que j'en aurai terminé avec toi, je m'occuperai de son cas.

– Humilié ! Vous osez employer ce mot ! Mettre des puces dans la tête des gens dans le seul but de les divertir et de les contrôler, ce n'est pas de l'humiliation, peut-être ?

– Non, c'est du business. La population se plaint sans cesse qu'elle n'a plus le temps de se distraire. Nous, la Miller corporation, leur proposons des solutions afin de les satisfaire.

– Ils s'injectent des données en pensant qu'ils deviendront plus cultivés, plus érudits en deux temps, trois mouvements. Et vous, vous profitez de la situation pour vous enrichir. Ayez au moins l'honnêteté de l'avouer.

– Nous ne sommes pas des saints, c'est vrai, mais le peuple a aussi sa part de responsabilité. Nous avons inventé un produit qu'il consomme sans modération. Nous faisons en sorte de lui apporter ce qu'il demande.

– Ce ne sont que de belles paroles, que du vent. La véritable raison est que vous travaillez avec les gouvernements. Avec leurs aides, vous maintenez les populations dans le droit chemin tout en les abrutissant. À cause de vous, les habitants des NSE ne savent plus ou ignorent le sens du mot « apprendre ». Où est passé le plaisir d'étudier ? Où est le désir d'élargir ses connaissances ? Pourquoi ne voit-on plus de personnes partager leurs centres d'intérêt avec passion ? Peu d'entre elles pourront répondre à ces questions et ces personnes sont les freebrainers. Avec Encéphalia, vous avez transformé les humains en gestionnaire de données sur pattes, dans le seul but de les contrôler et de les faire consommer. Votre corporation fait du profit, le peuple est content, et les gouvernements maintiennent la paix. En procédant ainsi, tout le monde est gagnant. Moi, je trouve ça écœurant.

– Félicitations, Moore ! Tu es malin, perspicace, mais un peu trop rebelle à mon avis.

– Alors, c'est ça ! Je dis la vérité donc je suis un rebelle !

– Je pense également que tu es devenu l'homme à abattre.

– Qu'il en soit ainsi ! Mais contrairement à vous, je suis une personne honnête qui ne dissimule pas ses intentions.

– Peut-être ! Cependant, ce n'est pas moi qui me retrouve attaché sur une chaise avec le visage couvert d'hématomes.

– Avant que vous mettiez fin à mes jours, j'aimerais vous poser une question.

– Je t'écoute.

– Pourquoi avoir caché au peuple les puces de traçabilité ?

– Il n'aurait jamais accepté la proposition, tout simplement.

– Oui, c'est vrai, mais qu'un certain temps. Tout le monde sait que votre corporation a profité de la chute des humanoïdes afin de s'implanter. Les humains ont retrouvé leur place et vous avez créé Encéphalia pour les divertir, éviter de nouvelles tensions et instaurer une paix sociale. Un an auparavant, les gouvernements équipaient presque chaque coin de rue de caméras de surveillance. La population l'a finalement accepté ; il ne restait plus qu'à les convaincre. Un pas à franchir suffisait pour passer d'un contrôle généralisé aux puces de traçabilité, mais vous avez préféré maintenir les gens dans l'ignorance. Au lieu d'en parler, vous avez choisi de faire comme si de rien n'était. Ne vous étonnez pas s'ils se sentent trahis, désormais.

– Décidément, on ne peut rien te cacher.

– Vous étiez l'idole de millions de personnes. À leurs yeux, vous étiez pour une femme franche, éloquente, honnête et charismatique, mais en leur dissimulant la vérité, en les prenant pour des imbéciles, vous avez signé votre propre chute.

– Silence, Moore, j'en ai assez entendu.

– À l'époque, la Stackford voulait remplacer l'homme par l'humanoïde et aujourd'hui, vous rêvez que les humains finissent dans des corps robotisés. Peut-on me dire où est la logique là-dedans ?

– Cette logique s'appelle le business.

– Et regardez où votre avidité va vous mener. Les encéphalians ressentent comme un coup de poignard dans le dos et les free-brainers vous détestent davantage. Seuls quelques fanatiques écervelés vous suivront. Votre ego ainsi que votre folie des grandeurs ont eu raison de vous, et dans la vie, on récolte toujours ce que l'on sème. Tant pis pour vous, vous n'avez que ce que vous méritez.

Abigail gifla Ethan.

– Tais-toi, Moore !

– Et pour vous venger, vous avez décidé de me faire souffrir, ici, sur cette chaise.

– C'est exact, mais pas uniquement toi, ta copine également.

– Quoi, Tracy ! Vos chiens de garde lui ont fait du mal ! Ils sont encore plus lâches que je l'imaginais.

Abigail ricana.

– Visiblement, tu ne connais rien aux femmes ! Ta Tracy doit souffrir bien plus que tu ne le penses.

– Que lui ont-ils fait ? Vous avez intérêt à me tuer maintenant, sinon je ju…

Abigail lui coupa la parole.

– Cesse de t'énerver pour rien. J'ai payé ces hommes pour qu'ils la neutralisent sans lui faire le moindre mal. Ce qu'elle ressent en ce moment doit être bien plus douloureux.

– Arrêter vos conneries !

– Moore, mon cher Moore ! Regarde la vérité en face : Tracy est plus jeune que toi, tu lui as probablement sauvé la vie, et je suis persuadé que vous êtes très proches. Cette fille est certainement folle amoureuse de toi, c'est évident. Imagine comme elle doit souffrir à l'heure où nous parlons. Tracy doit être dans un état…

– C'est absolument abject ! Laissez-la hors de tout ça. Je suis l'unique responsable dans toute cette histoire. Tracy m'a simplement suivi. Prenez ma vie, jetez-moi dans la Tamise, mais elle, je vous défends d'y toucher.

– Tu me le défends ! J'en tremble de peur. Je ne crois pas que tu sois en position de force, Moore.

 Ethan ne sut comment réagir et préféra changer de sujet.

– Maintenant que je suis sûr de ne pas quitter cet endroit, vous pouvez me le dire.

– Te dire quoi ?

– Encéphalia Supra ! Votre corporation désire-t-elle sincèrement donner une seconde vie aux gens ?

– C'est l'idée.

– Mon œil ! Vous mentez comme vous respirez ! Les personnes de votre espèce se fichent complètement du genre humain. Vous financez des guerres, provoquez des divisions au sein des peuples et vous leur vendez des produits inutiles. Vous leur faites croire qu'en possédant des choses, des objets de plus en plus coûteux, ils acquerront un autre statut, un certain respect ou plus de reconnaissance. Au bout d'un certain temps, ils se rendent compte que tous ces besoins ne sont que des illusions, une supercherie, avant de revenir à la case départ. Ils cherchent un bonheur abstrait alors que celui-ci se trouve concrètement au fond d'eux-mêmes. Et ils recommencent, encore et encore, en courant vers une sorte de satisfaction qu'ils ne trouveront jamais. Les hommes sont rarement comblés. Vous le savez et vous en profitez.

– Quel gâchis ! Comment un type aussi intelligent que toi est-il devenu un vaurien ? Tu pourrais oublier ton passé et rejoindre ma corporation, qu'en dis-tu ?

– Donc, vous m'avez fait venir ici dans le seul but de m'acheter, c'est ça ?

– Absolument pas, je viens d'avoir cette idée à l'instant.

– Je vois déjà la suite : « Ethan, explique-leur que je n'ai aucun brin de méchanceté, qu'ils ont mal compris mes propos, qu'Encéphalia Supra sera l'invention du siècle, et qu'elle n'apportera que de bonnes choses… »

– Dommage, j'aurai essayé.

– Essayez toujours, vous n'obtiendrez rien ! Jamais je ne serai l'associé d'une personne telle que vous.

– D'accord, très bien ! À présent, j'ai un avion à prendre pour New York. Je vais devoir arranger la situation devant mes amis actionnaires, mais avant cela, je vais répondre à ta question en te répétant ce que mon père m'a dit.

– Franchement, je m'en fiche complètement.

« Abigail, le monde doit trouver l'équilibre ». Voilà, ce que mon père et moi désirons réellement.

– Et après ? Je n'en ai rien à faire de belles paroles de votre paternel. Encéphalia, robotique, équilibre… Je préférerais entendre des mots comme liberté, humanité et respect.

– Je savais que tu ne comprendrais pas.

Abigail sortit le revolver de l'étui de l'un des policiers avant de l'appuyer sur le front d'Ethan. Il souriait, malgré les circonstances, mais ne montra aucun signe de faiblesse, de peur, ou de colère. Abigail hésita…

– Pourquoi souris-tu bêtement ? Ne vois-tu pas la position dans laquelle tu te trouves ?

– Si, je ne la vois que très bien, mais je suis persuadé que vous ne tirerez pas !

– Pauvre imbécile, tu me sous-estimes.

– Allez-y, faites donc ! Je préfère mourir, ici et maintenant, plutôt que vivre dans un monde sous Encéphalia Supra, surpeuplé d'humanoïdes.

– Si tel est ton souhait…

– Mais avant ça, il y a un détail que vous ne devriez pas négliger.

– Un détail ! Quel détail ?

– Vous me considérez comme la brebis galeuse, comme l'homme à abattre, c'est bien ça ?

– En effet.

– Si je suis aussi important que vous le prétendez, la population se posera des questions. Où est Ethan Moore ? Que lui est-il arrivé ?

– Elle n'en saura rien !

– En 2069, elle n'en saura rien ! J'en doute. Elle en déduira que vous êtes responsable de ma disparition, voire de mon assassinat.

– Nous ignorerons les faits ou nous inventerons de nouveaux mensonges. Le peuple adore les mensonges, il les croit tout le temps.

– Vous êtes la femme la plus méprisante et la plus hautaine que j'ai eu l'occasion de rencontrer. Cessez de prendre les gens pour des idiots, car ils connaissent votre véritable nature, à présent. Vous pouvez leur mentir, leur sortir n'importe quel baratin ou tentez de les amadouer, vous n'arrivez plus à les convaincre, c'est terminé.

– Je trouverai bien un moyen, sois-en sûr.

– Non Abigail, c'est la fin. Avec le temps, vos fanatiques vous laisseront tomber et votre sale corporation sombrera, une bonne fois pour toutes. Plus personne ne vous soutiendra, et si vous essayez de me descendre, vous serez jugé. J'espère que vous terminerez dans une cellule, à Saint John's, et que vous subirez le même sort que les détenus qui y vivent.

Ethan tenta de mettre Abigail en colère afin de lui faire perdre ses moyens, en vain. Peu importe les mots qu'il employait, il semblait impossible de prendre un avantage psychologique sur la quintuple championne du monde d'échecs. Elle fit les cent pas, réfléchit à la situation et finit par baisser son arme.

– Tu as raison, Moore. Te tuer est une mauvaise idée. Cependant, n'oublie pas une chose : ma réputation ne tient qu'à un fil, mais un jour, il se peut que je me retrouve sans rien, ignorée de tous, et je te promets que je serai moins indulgente qu'aujourd'hui.

– Pour une fois que vous êtes sincère.

– En attendant, tu ne vas pas t'en tirer comme ça !

– Comme je viens de vous le dire, je n'ai pas peur de mourir. Faites donc ce que vous avez à faire, je m'en fiche.

Abigail Miller appela ses sbires.

– Messieurs, donnez-lui la leçon qu'il mérite afin qu'il garde un excellent souvenir de notre rencontre.

– Bien, madame.

– Ne le tuez pas ! Je n'en ai pas encore fini avec lui.

Les policiers se jetèrent sur Ethan et le frappèrent sous le regard d'Abigail, qui s'en réjouissait. Ceci fait, elle ordonna à ses hommes d'arrêter avant de confier Ethan à une autre personne, présente dans la pièce adjacente.

— Vous savez ce que vous avez à faire, monsieur Shaw ?

— Parfaitement, madame.

— Une fois terminé, rappelez ces messieurs pour qu'ils le laissent là où ils l'ont trouvé.

— Oui, madame.

— Quant à toi, Moore, il vaudrait mieux que l'on ne se recroise plus. Tu pourrais le regretter amèrement.

— Ça vaudrait mieux pour vous aussi, répondit Ethan, encore conscient.

— Avant de m'en aller, il faut que je t'avoue une chose que tu ignores.

Abigail s'approcha et chuchota à l'oreille d'Ethan.

— Je sais que tu es allé voir Salvatore Moretti et je vous ai à l'œil tous les deux. Je suis informée de tout ce qui se passe à Londres, ne l'oublie jamais.

Les policiers assommèrent Ethan pendant qu'Abigail partit prendre son avion. Le lendemain matin, peu avant l'aube, ils le déposèrent au sud de Camberwell. Étant dans un état déplorable, le visage marqué et les paupières enflées, Ethan perdit tout espoir. « Je ne survivrai pas et c'est mon dernier jour sur cette terre », pensa le pauvre homme avant de retomber au sol. Épuisé, il resta allongé sur le trottoir, en espérant que quelqu'un vienne lui porter secours.

XI

La taupe

Après quelques minutes interminables, Ethan retrouva ses esprits. Néanmoins, de violentes migraines ainsi que des douleurs dues aux coups précédemment reçus l'empêchèrent de se relever facilement. Quelques personnes passèrent devant lui, mais aucune ne lui prêta attention. Cependant, il les comprenait. Qui aiderait un individu allongé sur le trottoir, ayant l'apparence d'un homme ivre et le visage couvert d'hématomes ? pensa-t-il. Il demeura assis, dos au mur, tout en se remémorant sa rencontre avec Abigail Miller.

Même s'il avait échappé de peu à la mort, Ethan resta optimiste : les récents événements mettaient la Miller corporation en difficulté, et il s'en réjouissait. Pendant qu'il se perdait dans ses pensées, une personne l'interpella.

— Ethan, tu m'entends ?

— Qui es-tu ? Montre-toi !

— Parle moins fort ! On te surveille. Je suis à quelques mètres de toi, sur ta gauche. Rapproche-toi sans te faire remarquer.

Ethan suivit les conseils et s'assit à quelques pas de son interlocuteur.

— Qui es-tu ?

— C'est moi, Thomas ! Si ce n'est pas encore fait, baisse ta tête et mets-la contre tes genoux. Personne ne doit t'imaginer en train de me parler.

— Thomas ! Que fais-tu ici ?

— Oliver m'a demandé de partir à ta recherche. Il va bien, Tracy également.

— Tracy est en vie ! Tant mieux ! Me voilà rassuré. D'après toi, on me surveille, mais qui exactement ?

– Les flics ! Certainement ceux qui t'ont laissé ici.

– Comment m'as-tu retrouvé ?

– Quand ils déposent quelqu'un, c'est toujours dans le même quartier où ils l'ont arrêté. J'ignore où ils t'ont emmené, mais ils ne te lâcheront pas d'une semelle, désormais. Regarde discrètement au coin de la rue, il y en a deux assis dans une voiture.

Ethan écouta Thomas.

– Je viens de les apercevoir. Je sens qu'ils n'ont pas fini de me coller ces deux-là !

– Et ce ne sont pas les seuls. Il y a l'homme qui fume sa cigarette, un peu plus loin sur ta droite.

– Le grand avec la veste en cuir ?

– Oui, celui-là. Je parie que sa clope n'est même pas allumée. Ce type est un comédien, il bosse pour eux.

– Comment peux-tu le savoir ?

– Je connais le sud de Londres comme ma poche. Je l'ai déjà vu travailler dans un pub à Peckham et un autre jour vers Southwark, employé dans un brain-center. À chaque fois, je l'apercevais s'écarter de la foule pour aller parler aux flics.

– Je ne pensais pas rencontrer ce genre d'individu dans une ville où l'on trouve des caméras de surveillance à presque chaque coin de rue !

– Tu te trompes, crois-moi.

– Que dois-je faire, à présent ?

– L'appartement d'Oliver, tu l'oublies. Il a dû quitter les lieux avec Tracy. Quand je partirai, attends quelques minutes, prends la rue à gauche et mets les habits que j'ai cachés derrière le conteneur à ordures. Ensuite, rejoins la route principale en évitant de te faire remarquer. Il y a un fast-food à côté du brain-center. Vas-y, quelqu'un viendra te récupérer. Les caméras sont en panne, tu y seras en sécurité.

– C'est noté. Merci, Thomas.

– Je dois te laisser. Fais ce que j'ai dit et n'attire pas l'attention. Sois prudent, à la prochaine.

Ethan patienta quelques instants avant de suivre les conseils de Thomas. Il enfila les vêtements, mit la capuche du sweat et marcha en direction du lieu de rendez-vous. Dès qu'il arriva sur place, une automobile s'arrêta devant lui. Le conducteur baissa légèrement la vitre teintée du véhicule et demanda à Ethan de monter et de s'allonger sur la banquette arrière.

– Oliver ! Que fais-tu ici ?

– Ne te montre pas et évite de parler ! Nous discuterons une fois que nous verrons Tracy.

Ethan écouta Oliver. Couché sur la banquette, il ne cessa de le regarder. Il doutait, de plus en plus, de la sincérité et de la loyauté de son soi-disant nouvel ami. Peu de temps après, ils arrivèrent à destination. Vu qu'il ressentait encore des douleurs, Oliver aida Ethan à monter les quelques marches d'escalier qui menaient à son nouveau domicile. Tracy, plus anxieuse que jamais, les attendait.

– Mon Dieu, Ethan ! Que t'ont-ils fait ?

– Ils se sont déchaînés sur moi tout en prenant du plaisir. Voilà ce qu'ils ont fait.

– Ça va aller ?

– Je survivrai Tracy, ne t'inquiète pas. Apporte-moi quelque chose pour le mal de tête, une aspirine ou un truc du genre. J'ai une de ces migraines…

– Repose-toi. Je vais t'en trouver.

Pendant que Tracy partit chercher un médicament, Ethan fixa Oliver du regard avant de le frapper au visage.

– Tu es dingue ! Qu'est-ce qui te prend ?

– Enfoiré ! C'est toi qui m'as balancé ! Moi qui pensais que nous étions amis.

– Qu'est-ce que vous avez tous à me soupçonner ! Vous devenez fou !

– On ne suspecte pas les gens sans raison. Où es-tu allé pendant que les flics s'en prenaient à moi et à Tracy ?

– Comme je l'ai dit à Tracy, je suis allé transmettre des copies à quelques habitants du quartier.

– Mon œil ! Comment pouvaient-ils savoir ? Comment m'ont-ils trouvé ?

– Ethan, calme-toi ! Oliver n'y est pour rien. Moi aussi, j'ai douté, mais je le connais depuis mon enfance et il n'a jamais dénoncé ou doublé qui que ce soit. Tu peux lui faire confiance.

– Alors, qui est-ce ? Thomas ?

– Je ne pense pas. Thomas Lam travaille pour moi et j'ai promis de m'occuper de la puce de traçabilité de son frère. C'est une tête brûlée, mais pas une balance.

– Et Aaron ? demanda Tracy.

– Non, impossible. Il paraissait pétrifié quand nous étions chez Salvatore Moretti. Je n'imagine pas Aaron nous dénoncer.

– Pourquoi parles-tu de Salvatore ?

« Je sais que tu es allé voir Salvatore Moretti et je vous ai à l'œil tous les deux. Je suis informée de tout ce qui se passe à Londres, ne l'oublie jamais. » Voilà ce que m'a dit Abigail Miller.

– Es-tu en train de nous annoncer que tu étais avec Abigail Miller et qu'elle aurait planifié ton enlèvement ?

– En effet.

– Ce qui signifie qu'elle est au courant de tout, dans les moindres détails.

– Je le crains, hélas. Abigail avait l'intention de me descendre, mais je lui ai fait comprendre qu'elle ferait une erreur. Elle m'a même proposé de travailler pour elle. Une offre que j'ai bien évidemment refusée. Elle a ordonné à ses hommes de se défouler sur moi pendant qu'elle partait prendre un avion pour New York. La suite, je ne m'en souviens pas.

– Cette femme est décidément capable de tout !

– Pour revenir à Salvatore Moretti, Aaron a bien dit que cet homme, Tony, l'avait facilement retrouvé. Et si c'était lui ? Il se peut même qu'il t'ait suivi avant de te dénoncer à Abigail Miller.

– C'est probable, mais nous devons en avoir le cœur net.

– Une petite minute ! On parle d'un type appartenant au crime organisé. Si jamais on se renseigne sur lui et qu'il l'apprenne, on risque de le regretter.

– Alors, que fait-on ? On reste les bras croisés avant de subir le même sort ! Nous devons découvrir l'identité de cet individu.

– Tracy a raison. Il se peut qu'il nous espionne en ce moment.

– Je vais en parler à Salvatore Moretti, c'est la seule solution.

– Tu as perdu la tête, ou quoi ? Que vas-tu lui dire ? « Salut, Salvatore ! L'un de tes gars est un informateur, il bosse pour la Miller ». Il va sans doute te répondre : « D'accord, merci pour l'info. » S'il le prend mal, il te jettera du haut de Big Ben.

– J'ai compris, laissons tomber cette idée. De toute façon, vu mon état, je n'irai pas bien loin. Nous trouverons certainement une autre manière de coincer ce type.

Tracy et Oliver furent rassurés. Même si Ethan cherchait désespérément à connaître l'identité de celui qui l'avait dénoncé, il était dans l'incapacité d'agir. Les trois amis décidèrent de passer la journée dans le second appartement d'Oliver afin de s'occuper d'Ethan, bien plus mal en point qu'il ne le paraissait. Pourtant, à son habitude, les questions sans réponse le troublaient. Le lendemain matin, il laissa un message sur l'écran d'Oliver :

« Tracy, Oliver, je dois retourner voir Salvatore Moretti. C'est sans doute imprudent de ma part, mais j'ai besoin de savoir si l'informateur est l'un de ses proches. Je lui ai envoyé un message, cette nuit, pendant que vous dormiez. L'un de ses hommes va venir me chercher dans une impasse, à moins d'un mile d'ici. Par précaution, j'ai préféré procéder ainsi afin que personne ne connaisse l'endroit où l'on se planque. Le déplacement va être difficile, mais j'y arriverais. Il est 5 h 50, les rues sont désertes, on ne me remarquera pas. Même en supposant que je fasse erreur, je doute que Salvatore me tue, du moins je l'espère. Je lui ai annoncé la vérité sur son fils, Luca, et je pense qu'il m'estime pour ça. Il nous aidera à trouver la personne que nous recherchons, c'est certain. À plus tard.
Oliver, si tu lis ce mot avant Tracy, dis-lui de ne pas s'inquiéter, je rentre bientôt. »
P.S. « désolé de m'être méfié de toi. Sans rancune, Oliver ».
Oliver se doutait bien qu'Ethan irait rejoindre Salvatore Moretti. Il prit le mot avant de le montrer à Tracy qui venait de se réveiller.

Kensington, 6 h 25 précises. Le chauffeur déposa Ethan devant la demeure de Salvatore Moretti. Une fois sorti de la voiture, il s'avança vers la grille avant de se retrouver face à Tony.
— Bon sang, Ethan ! Que t'est-il arrivé ?
— J'ai glissé dans l'escalier.
— Voyez-vous ça ! Entre, le boss t'attend.
Deux hommes accompagnèrent Ethan au bureau du parrain. Ce dernier, prenant son breakfast, fut étonné de l'apercevoir dans un tel état.
— Ethan ! Qui t'a fait ça ? Je vais contacter mon médecin.
— Bonjour Salvatore. Merci, mais ça ira.
— Tu es faible et tu as besoin de reprendre des forces. Mange donc quelque chose.
— Non, je n'ai pas faim, merci.
— Ces hommes qui t'ont maltraité, c'était qui ?
— Des flics. Ils bossent pour Abigail Miller.

– Abigail Miller ! Un jour, il faudra vraiment que j'aille lui rendre une petite visite. Elle devra payer pour ce qu'elle a fait, à toi et à mon fils. En attendant, je vais faire appel à mon médecin. Tu ne peux pas rester dans un tel état.

– Salvatore, ne vous donnez pas cette peine.

– J'insiste, Ethan, ne me vexe pas. Nino, contacte le docteur et dis-lui de venir de toute urgence !

– Merci, Salvatore. J'apprécie sincèrement.

– Je te considère comme un ami, Ethan, et je ne laisse jamais tomber un ami.

– Je sais, Salvatore, je sais.

– Que puis-je faire pour toi ? Vu ton état et l'heure qu'il est, ça semble de la plus haute importance.

– Abigail Miller a envoyé plusieurs hommes, des flics, à l'endroit même où je vivais jusqu'à présent. Après s'en être pris à Tracy, ils m'ont enlevé afin de me livrer. Où m'ont-ils emmené ? Aucune idée.

– C'est pour me dire ça que tu es venu me voir ! Il se peut qu'elle ait promis une jolie récompense à tes ravisseurs, il n'y aurait rien d'étonnant.

– Non, Salvatore. Abigail est au courant pour notre rencontre, elle me l'a annoncé de ses propres lèvres.

– Dans ce cas, nous avons un problème. Tu penses qu'il y a une balance parmi nos proches ?

– Oui, c'est certain.

Salvatore, positionné devant la fenêtre de son bureau, chuchota à l'oreille de l'un de ses sbires afin qu'Ethan n'entende rien de la discussion. Ce dernier commença à s'inquiéter.

– Mon ami, en attendant l'arrivée de mon médecin, allons marcher dans le jardin. Nous parlerons de cela dans les moindres détails.

Une promenade matinale à l'abri des regards, ainsi qu'une discrète conversation du parrain avec l'un de ses hommes de main… Cela ne présageait rien qui vaille et Ethan le savait. Cependant, il garda son calme.

– Je préférerais discuter ici, si ça ne vous dérange pas.

– Le soleil se lève, la journée s'annonce magnifique… Je n'aime pas insister.

– Bon… très bien. Après tout, si vous y tenez.

Ils quittèrent le bureau en direction du jardin. L'homme de main se plaça derrière Ethan, qui ne se sentait pas rassuré.

— Revenons à notre conversation, Ethan.

— Il n'y a personne ! Votre maison me semblait bien plus animée lors de notre dernière rencontre.

— Tout le monde se lève vers 7 h 15. Nous ne sommes que tous les trois ainsi que le jardinier qui commence sa journée de travail. Cesse donc de te poser des questions et reprenons là où nous en étions.

— Comme je le disais, quelqu'un a informé Abigail Miller.

— Ce type qui t'accompagnait la première fois que je t'ai vu… C'est certainement lui.

— Aaron ! Non, aucun risque. Il était effrayé à l'idée de vous rencontrer. Il a bien plus peur de vous que d'Abigail Miller.

— Et à part lui ?

— Mis à part Aaron, je n'ai plus que deux personnes dans mon entourage : Tracy et Oliver. Tracy est avec moi depuis le début, et il me semble impensable qu'elle ait pu me dénoncer. Quant à Oliver, il déteste la Miller corporation à un point que vous n'imaginez même pas. Pour être honnête avec vous, il est celui que l'on surnomme l'araignée.

— J'en ai entendu parler. Est-ce vraiment l'un de tes amis ?

— Oui, en effet. Il a rendu inefficaces les puces de beaucoup de gens et il travaille avec des personnes qui permettent aux Anglais de s'exiler.

— Un type qui lutte contre le système et qui aide des encéphalians à quitter le pays, balancerait l'homme qui s'est introduit dans les locaux de la Miller corporation ! Non, je ne vois pas comment ça pourrait être lui, surtout s'il s'agit de ton ami.

— Je tiens à vous parler en toute franchise, en toute confiance, Salvatore. Le soi-disant intervenant, celui qui a gâché le discours d'Abigail Miller, sachez que c'était lui.

— Ainsi, l'homme au visage masqué et celui que l'on surnomme l'araignée sont bel et bien la même personne !

— Bien entendu, je vous demanderai de ne rien dire à ce sujet.

— N'aie aucune crainte, Ethan, je resterai muet comme une tombe.

— Merci, Salvatore.

— Donc, en procédant par élimination et si je ne fais pas erreur, tu penses que l'un de mes hommes travaille pour Abigail Miller, voire pour la police, c'est bien ça ?

Ethan réfléchit un instant avant de répondre à cette question. Accuser un membre de la mafia, à tort ou à raison, pourrait s'avérer un acte très grave.

– Ça risque de vous déplaire, j'en suis conscient, mais c'est une possibilité à envisager.

– En toute honnêteté, Ethan, tu as tout à fait raison.

Salvatore Moretti fit un signe de la tête à son homme de main. Il sortit son arme, un pistolet silencieux, la pointa avant de tirer. Ethan, persuadé que ses derniers instants étaient venus, ferma les yeux. Cependant, le tueur ne le prit pas pour cible, contrairement au jardinier. Surpris, troublé, et pas habitué à la situation, Ethan resta figé sur place, bouche bée.

– Qu'est-ce qui vous arrive ? Vous avez abattu votre jardinier !

– Oui, mais c'était nécessaire.

– Pourquoi l'avoir fait ?

– Parce que la taupe, c'était lui.

– Lui ! Comment pouvez-vous le savoir ?

– Son appareil auditif. Mon frère en possède un, quasiment identique. Je suis persuadé qu'il ne fonctionne même pas.

– Et c'est pour ça que vous supposez que c'est un informateur ! Parce qu'il est sourd, comme votre frère !

– C'est une balance, j'en suis convaincu.

– Bon sang, Salvatore ! Ça n'a aucun sens ! Supposons que ce soit le cas, comment pouvait-il rapporter vos conversations s'il n'entendait rien ?

– Tout simplement, car il est sourd, comme moi je suis l'héritier du trône d'Angleterre. Ce type est un excellent comédien. Il y a encore quelques minutes, quand je l'observais à travers la fenêtre de mon bureau, je l'ai surpris en train de regarder de droite à gauche comme s'il ne voulait pas être vu, et ce n'est pas la première fois que ça arrive. Quelques jours avant notre première rencontre, l'un de mes hommes remarqua qu'il avait un comportement suspect. Pour lever tous les doutes, nous l'avons discrètement surveillé, mais comme il n'a pas récidivé, nous l'avons plus soupçonné. Cependant, il a recommencé ses anciennes habitudes, ce matin même, le jour où tu viens me rendre visite. Coïncidence ? Je ne pense pas.

Salvatore enleva l'appareil auditif du jardinier et l'ouvrit délicatement.

– Je vous crois, Salvatore, je n'ai pas besoin de preuves.

– Si, justement. Vérifie toi-même. C'est de la camelote et il y a un enregistreur vocal à l'intérieur. En simulant la surdité, il se doutait que je ne me poserais pas de questions. Quel idiot j'ai été ! Je me suis fait avoir comme un débutant. Cette raclure me surveillait depuis un bon moment, c'est certain. Il a dû te reconnaître avant de te dénoncer à Abigail Miller. L'homme que tu recherches est bel et bien allongé devant toi. À présent, il ne te posera plus de problème, tu peux dormir la conscience tranquille.

– Et vous, qu'allez-vous faire, désormais ? On risque de vous inculper pour meurtre.

– Non, impossible. On l'a intercepté à temps.

– Comment en êtes-vous sûr ?

– La mémoire d'enregistrement est vide. Ils ne seront rien de ce qui vient de se passer.

– Tôt ou tard, ses supérieurs vont tenter de le retrouver.

– Qu'ils tentent, qu'ils enquêtent, ils ne le trouveront jamais. De plus, j'ai des amis dans la police qui me doivent quelques petits services. Si je leur demande de fermer les yeux, ils le feront. Quand je pense que j'ai invité ce type à ma table…

– Pour être sincère avec vous, Salvatore, j'ai bien cru que cette promenade était la dernière.

– Sois rassuré, tu ne risques rien. Que tu le veuilles ou non, ça fait deux fois que tu m'apportes ton amitié. La première, en me racontant la vérité sur Luca et la seconde en m'ayant permis de démasquer cette ordure. Ce qui signifie que je te suis redevable.

– Vous ne me devez rien, Salvatore. Lors de notre dernière rencontre, j'ai agi dans mon intérêt, et aujourd'hui, je suis venu pour que vous m'aidiez à trouver l'homme qui a averti Abigail Miller. En informant vos amis du forum, vous avez fait bien plus que ce que je vous ai apporté. Considérez que nous sommes quittes.

– Pas tout à fait. Tu m'as aidé deux fois, mais moi qu'une.

– Ne vous inquiétez pas avec ça. Si l'on commence à compter…

– Il se peut qu'un jour, tu aies besoin d'un autre service, peu importe que ce soit demain, dans un an, ou dans dix ans. Quand il arrivera, reviens me voir. Je t'aiderai, tu as ma parole.

– J'apprécie, Salvatore, merci.

– J'ai juré de venger mon fils et je ferai tout ce qui est en mon pouvoir pour entraîner Abigail Miller dans sa chute.

– Soyez patient, je suis persuadé que ce moment viendra.

– En ce qui concerne le jardinier, tu n'as rien vu et rien entendu. Mes hommes vont s'occuper de lui. Ces situations font partie de mon boulot et je ne peux pas me permettre qu'elles se produisent. Donner ce genre d'ordre ne me procure aucun plaisir, mais je n'ai pas le choix. Si j'avais décidé de lui laisser la vie sauve, mes rivaux le prendraient comme un signe de faiblesse.

– Je sais, Salvatore. Je connais les règles de votre milieu.

– Maintenant que tu as trouvé celui que tu recherchais, allons voir si mon médecin est arrivé.

– Pour être franc, j'ai douté de l'un de vos proches. Je pensais que la taupe, c'était Tony.

– Tiens donc ! Et pourquoi ?

– Il a facilement retrouvé mon ami, Aaron. Même s'il venait l'informer sur les engagements du forum, mon enlèvement a eu lieu peu de temps après. J'ai cru que Tony suivait Aaron dans le seul but de découvrir mon adresse afin d'avertir les autorités ou Abigail Miller. Heureusement, j'ai fait une erreur de jugement. À l'avenir, je réfléchirai bien avant d'accuser le premier venu.

– J'ai confiance en Tony, il travaille pour moi depuis plus de quinze ans. Ce type est loyal, tout comme l'était son père, et il n'a jamais trahi qui que ce soit. Au cas où tu ne l'aurais pas deviné, c'est moi qui lui ai demandé d'informer ton ami. Tu n'as aucune raison de douter de lui, n'en parlons plus. Tiens ! Voici mon médecin qui arrive à l'instant.

Le médecin du parrain s'occupa d'Ethan avec la plus grande attention. Dès qu'il termina, Tony raccompagna Ethan là où on l'avait récupéré. Durant le trajet, bien trop gêné de l'avoir soupçonné à tort, il ne présenta aucune excuse envers le loyal homme de main. Une fois arrivé, Ethan s'empressa de rejoindre Tracy et Oliver.

– Bon sang Ethan ! Tu es devenu fou ! C'est plus fort que toi ! Il fallait que tu ailles voir ce type, seul et dans cet état.

– Calme-toi, Tracy, je suis revenu vivant.

– Ne te fous pas de moi ! Nous étions morts d'inquiétude. Parfois, je me demande ce que tu as dans la tête.

– Pas grand-chose, mais certainement pas une puce.

– Cesse de jouer au plus malin ! Tu m'as parfaitement compris.

– Je plaisantais. Après une telle matinée, j'en avais besoin.

– Elle a raison, Ethan. Tu as pris d'énormes risques en allant là-bas.

– Peu importe. Nous pouvons dormir la conscience tranquille, désormais.

– Qu'as-tu appris ?

– L'identité de la taupe.

– Vraiment ! Et qui était-ce ?

– Une connaissance de Salvatore, mais qui n'était pas Tony. Je ne peux rien dire de plus, mais je vous garantis qu'il ne recommencera pas de sitôt.

Tracy et Oliver comprirent le message.

– Il bossait pour la Miller ?

– En quelque sorte.

– Ethan, entre nous, tu peux tout nous dire. Que s'est-il passé ?

– S'il te plaît, Oliver, n'insiste pas. Le plus important, c'est que cet individu a été démasqué et que Salvatore veuille me rendre service, encore une fois.

– D'accord, j'arrête de te questionner. Tu ne révéleras rien, de toute façon.

– Et quand je pense que je t'ai soupçonné…

– N'en parlons plus. Tu es sain et sauf et nous n'avions plus rien à craindre, du moins je l'espère. Repose-toi, et à l'avenir évite de nous faire le même coup.

– Vous avez raison. Je ne suis qu'une tête de mule, mais je devais à tout prix savoir qui c'était. À présent, il faut que j'aille dormir. Réveillez-moi dans quelques heures.

La taupe démasquée, Ethan décida de récupérer de ses blessures pendant quelques jours. Pendant ce temps, les tensions s'accentuaient dans toute l'Angleterre ainsi que dans les autres NSE. Les citoyens continuaient, de plus en plus, à contester Encéphalia, la Miller corporation ainsi que les gouvernements. Sous la pression populaire, les principaux chefs d'État des NSE furent contraints de se réunir. Ils devaient trouver une solution pour maintenir la paix sociale, et bien évidemment, s'occuper d'Abigail Miller. Son comportement, vis-à-vis des politiciens, était inacceptable. Les personnes concernées comptaient lui donner une leçon qu'elle n'oublierait pas de sitôt…

XII

Les accords

« Mon cher Bénédict, vous êtes dans les affaires depuis plus de trente ans et vous savez très bien que les gouvernements se soumettent toujours aux volontés des personnes les plus richissimes, les plus influentes, les plus puissantes, qui ne sont autres que nous. Offrez-leur un montant à plusieurs chiffres et ils vous mangeront dans la main. Qu'ils le veuillent ou non, nous apportons du changement dans la société à l'inverse d'eux qui ne font qu'en proposer. Ils suivront, soyez-en sûr ».

Ces mots furent de trop pour les principaux chefs d'État des NSE. Même si ces nations s'associèrent à la Miller corporation pour des raisons politiques et économiques, elles ne pouvaient tolérer les paroles d'Abigail Miller. Se sentant insultés et méprisés, les dirigeants des pays tels que les États-Unis, la France, la Chine, l'Allemagne, l'Espagne, l'Italie ou encore le Canada, décidèrent de se réunir à Washington, afin de revoir les précédents accords. De surcroît, ils devaient faire face aux multiples révoltes populaires qui ne cessaient d'augmenter dans la majorité des NSE. Le chef d'État américain présida la séance.

– Messieurs, les dirigeants des principales NSE, soyez les bienvenus. Je tiens personnellement à vous remercier pour votre présence. Je suis conscient de vos obligations, mais comme vous le saviez déjà, la situation devient de plus en plus préoccupante, voire alarmante. Aujourd'hui, suite aux tensions actuelles et aux réactions de madame Miller, nous sommes contraints de revoir certains accords passés avec la Miller corporation. Ces derniers stipulent que les états ayant adopté le projet nommé Encéphalia, approuvent sa commercialisation ainsi que toutes expériences faites sur les êtres humains, du moment que cela concerne les puces de données ou celles de traçabilités. Jusqu'à présent, notre entente se déroulait dans les meilleures conditions. En toute discrétion, nous surveillions la majorité des citoyens, les encéphalians, tout en leur apportant de la connaissance, de la culture ou du plaisir. Depuis plusieurs années, la société fonctionnait comme on l'espérait. Nous exercions un contrôle sur une population qui ne se posait pas de questions et qui se rendait dans les brain-centers pour s'enrichir de divers contenus. Cette période de sérénité risque de prendre fin si nous n'agissons pas immédiatement. Actuellement, nos pays respectifs sont confrontés à de nombreuses protestations et celles-ci ne cessent de prendre de l'ampleur. Cette situation, nous la devons particulièrement à cet individu que l'on surnomme l'intervenant. Après s'être procuré d'importants dossiers confidentiels, il a décidé de les rendre publics en les mettant à disposition sur le programme 211. Même si ce programme reste accessible qu'en Angleterre, ces dossiers sont, quant à eux, disponibles dans les autres NSE. Jusqu'à présent, une petite minorité connaissait la présence des puces de traçabilité, mais aujourd'hui, ce n'est plus le cas. En plus de contester ces dernières, le peuple refuse d'entendre parler d'Encéphalia Supra. Un projet dont nous ignorons l'existence, car Abigail Miller a volontairement omis de nous en informer.

– Les représentants des NSE doivent approuver chaque amélioration et toutes nouvelles versions d'Encéphalia avant de les rendre disponibles sur le marché. Ça fait partie de nos accords. En visionnant leur réunion, je n'ai pas l'impression que madame Miller et ses actionnaires les respectent.

– Je pense que, tôt ou tard, elle aurait tout de même pris la peine de nous en parler, dit le président français.

– Bien sûr, qu'elle l'aurait fait, monsieur Cartier, mais quand ? rétorqua le dirigeant espagnol. « Les gouvernements se soumettent toujours aux volontés des personnes les plus richissimes, les plus influentes, les plus puissantes, qui ne sont autres que nous. Offrez-leur un montant à plusieurs chiffres et ils vous mangeront dans la main ». Abigail Miller et ses associés nous prennent pour leurs marionnettes.

– Ils se moquent de nous, se fichent de nos opinions et ne demandent plus notre approbation. Comment pouvons-nous tolérer ce genre d'attitude ?

– Je pense que la présidente de la Miller corporation a un ego démesuré et qu'elle désire tout contrôler. Nous, les dirigeants des NSE, devons lui faire comprendre que sans notre autorisation, ses brain-centers n'existeraient pas. L'aurait-elle déjà oublié ?

– Messieurs, vous paraissez en colère et je le suis tout autant, mais restons réalistes. Avoir une société consommatrice, obéissante et épanouie fait partie de nos objectifs. Dois-je également vous rappeler à quel point Encéphalia est une pièce majeure de notre économie ?

– Monsieur Tremblay a raison. Jusqu'à présent, le mot Encéphalia était sur toutes les lèvres. Les brain-centers sont très lucratifs et de nombreux encéphalians suivraient Abigail Miller au bout du monde si elle le leur demandait. Néanmoins, je ne pense pas que les humains désirent voir leur conscience transférée dans des corps d'humanoïdes. Personnellement, je ne veux pas entendre parler d'Encéphalia Supra.

– Je suis de l'avis du chancelier Weber. Et après ? Qu'est-ce que ce sera ? Quels autres projets madame Miller compte-t-elle faire passer sans notre consentement ? Encéphalia Supra est bien plus qu'une simple version, c'est une idéologie créée de toutes pièces. Où la mégalomanie de cette femme va-t-elle nous mener ?

– Vous vous focalisez sur la personnalité d'Abigail Miller pendant que votre colère vous aveugle, monsieur Benitez. N'oubliez pas que madame Miller est avant tout une femme d'affaires, son rôle étant de générer un maximum de profit, pas de faire de la politique.

– J'aimerais être aussi optimiste que vous. Allez donc savoir quelles sont ses véritables intentions. Je n'ai jamais eu confiance en elle, et ce projet ne me dit rien qui vaille.

– S'il vous plaît, messieurs, cette conversation ne mène nulle part. Cessons de déblatérer et trouvons des solutions.

– Très bien ! Quelles propositions avez-vous à faire ? Interdire les ventes d'Encéphalia, peut-être ?

– Certainement pas ! Les pertes seraient considérables et cela provoquerait de graves conséquences sur notre économie. Laissons Encéphalia Supra sortir sur le marché. Il est vrai que sur les plans moraux, philosophiques, voire idéologiques, cette version paraît indéfendable. En France, beaucoup de citoyens y sont opposés, mais d'autres sont prêts à l'accepter. La population semble divisée, mais elle ne décline pas totalement cette idée. Moi aussi, je n'ai pas apprécié les mots de madame Miller, mais ne nous attardons pas là-dessus et laissons-la croire ce qu'elle veut. Exigeons de simples excuses de sa part, évitons des querelles inutiles et portons plus d'intérêt à son projet.

Suite à ces paroles indulgentes, les tensions prirent le dessus. Les dirigeants des NSE insultèrent le président français.

— Messieurs, s'il vous plaît ! Je vous demande de faire preuve de retenue. Ayons une attitude exemplaire et cessons de nous entretuer verbalement. Monsieur Cartier nous a fait part de son avis, c'est son droit, et nous sommes ici pour trouver des solutions et non pour créer des problèmes. Exposons nos idées, à tour de rôle et dans le calme, je vous prie.

— Très bien. Je souhaiterais commencer, monsieur Hall.

— Nous vous écoutons, monsieur Tremblay.

— Je vous remercie. La version actuelle d'Encéphalia doit perdurer. Elle est rentable et de nouveaux brain-centers vont ouvrir leur porte dans les mois à venir. En ce qui concerne la version Supra, je pense que seuls certains volontaires devraient y avoir droit.

— C'est exactement ce que la Miller corporation ambitionne. Abigail Miller l'a elle-même annoncé.

— Je ne le sais que trop bien, mais nos avis semblent diverger en ce qui concerne Encéphalia Supra. Je propose que nous l'approuvions, mais sous certaines conditions. Elle ne souhaite qu'un volontaire et qu'un exemplaire d'humanoïde par foyer, et il en sera ainsi. Cependant, parmi ceux qui désirent accéder à cette nouvelle version, seuls les plus méritants y auront droit.

— Vous voulez mettre la population en compétition, est-ce bien cela ?

— C'est l'idée. Un encéphalian qui fait preuve d'un comportement honnête, qui n'a commis aucun crime durant toute sa vie, sera privilégié par rapport aux autres, c'est-à-dire les récalcitrants et les hors-la-loi.

— C'est une proposition des plus intéressantes. Cela atténuerait les tensions actuelles. Toutes les personnes désirant Encéphalia Supra devront adopter une attitude exemplaire.

— On pourrait espérer une future baisse de la violence sans même y avoir recours. Elles se disciplineraient d'elles-mêmes et nous les contrôlerons sans qu'elles s'en aperçoivent.

— Et en ce qui concerne les free-brainers, que fait-on ?

– En Italie, nous apportons peu d'attention à Encéphalia. Parmi les NSE, nous sommes le pays où l'on en dénombre le plus. Les encéphalians n'approuvent pas cette future version et les free-brainers les provoquent constamment. Comme l'a dit le président Hall, nous souhaitons tous vivre en paix avec une population consommatrice et comblée. Toutefois, les tensions s'accentueront tant que ces deux factions existeront.

– Président Alario. Sans vouloir vous offenser, nous savions tous que vous ne désiriez pas faire partie des NSE et que vous avez signé ces accords à contrecœur. Vous prenez toujours le temps de nous rappeler à quel point nous avions fait une erreur en acceptant les propositions de la Miller corporation, et qu'un jour cela se retournerait contre nous. Vous voilà satisfait ?

– Oui, c'est vrai, je n'ai jamais souhaité en être. J'ai approuvé pour des raisons économiques, mais si j'avais su l'ampleur que ça allait prendre, j'aurais certainement refusé.

– Les accords ont été validés pour une durée de trente ans et l'Italie doit les respecter.

– Et nous les honorerons comme nous l'avions toujours fait. Cependant, j'en ai plus qu'assez des scissions entre Encéphalians et free-brainers.

– Que voulez-vous donc ? Venez-en au fait !

– Mettons un terme à ces rivalités. Je sais qu'il faut souvent diviser pour mieux régner, mais avec ce qui se passe en ce moment, nous risquons de perdre le contrôle de la situation.

– Vous souhaitez que les encéphalians et les free-brainers soient sur un pied d'égalité, est-ce bien ça ?

– En effet. Souvenez-vous, il y a de cela dix ans. Au commencement, les free-brainers ne vivaient pas dans l'illégalité. Sous les ordres de madame Miller, le BNI a fait en sorte que les encéphalians et les free-brainers se détestent. En à peine deux ans, ils furent considérés comme des criminels, des fauteurs de troubles par le reste de la population. Nous leur avons imposé des dilemmes avant de les obliger à survivre en marge de la société. Au fil des années, les traiter comme tel est devenu un paradigme. Par la suite, nous avons signé des accords les plus absurdes afin de leur rendre la vie difficile. Pendant ce temps, Abigail Miller devait bien rire. On faisait tout ce qu'elle désirait pendant qu'on lui léchait les bottes. Monsieur Benitez a parfaitement raison quand il dit que nous ne sommes que de vulgaires marionnettes. La salle commença à injurier le chef d'État italien. Une fois de plus, le président Hall dut intervenir.

– Calmez-vous, messieurs, s'il vous plaît, calmez-vous !

– Je n'admettrai pas que l'on me parle de la sorte ! Président Alario, j'exige des excuses !

– Ne laissons pas la colère nous emporter, Président Duan. Nous réglerons nos différends plus tard. Monsieur Alario avait son mot à dire et nous l'avons écouté.

– Messieurs, rappelons à madame Miller que nous sommes les seuls décisionnaires, pas elle ou les actionnaires de son entreprise. C'est bien ce que vous souhaitez ?

– Bien entendu ! C'est la principale raison pour laquelle nous nous retrouvons ici.

– Abigail Miller déteste les free-brainers. Son unique désir est de les exclure. Désormais, nous devons leur rendre certains droits et faire en sorte que les discriminations et les ségrégations cessent. Je ne veux plus voir de haine entre encéphalians et free-brainers. Ils doivent apprendre à se côtoyer.

– Messieurs, pendant que vous écoutiez le président Alario, j'ai relu les accords que nous avons précédemment signés.

– Et qu'avez-vous découvert, monsieur Benitez ?

– Que ceux-ci ne valent rien !

– Comment ça, ils ne valent rien !

– Comme vous l'aviez évoqué, toutes les décisions concernant Encéphalia, les puces de données ainsi que celles de traçabilité sont prises par les dirigeants des NSE.

– Vous ne nous apprenez rien ! Où voulez-vous en venir ?

– Selon l'article 2 885, il faut impérativement le vote de tous les dirigeants pour qu'ils soient approuvés. Cependant, monsieur Cartier et monsieur Alario demeuraient absents à certaines de nos assemblées. Les derniers accords ont été signés sans même leurs consentements, ce qui va à l'encontre de l'article en question.

– Les présidents Cartier et Alario n'ont pas pris la peine d'envoyer des émissaires ! Ça m'étonnerait.

– À l'époque, monsieur Alario faisait face à de graves problèmes de santé. Il a dû lutter contre le cancer, et a même songé à démissionner.

Vu la situation dans laquelle il se trouvait, nous pouvons comprendre qu'il ait oublié. Quant au représentant de monsieur Cartier, il a été mis en examen peu de temps avant les dernières réunions.

– Ce qui veut dire que tous les accords signés sans leurs consentements sont nuls ! Les free-brainers n'ont jamais vécu dans l'illégalité ! Bon sang, comment avions-nous été aussi stupides ?

– Je pense que les événements se sont enchaînés si vite que nous avions perdu le contrôle de la situation. Abigail Miller a eu ce qu'elle souhaitait en montant les encéphalians contre les free-brainers. Elle s'est servie du BNI pour mettre son plan à exécution. Nous autres, les dirigeants, avons signé hâtivement des accords, désormais caducs. Aujourd'hui, les encéphalians se sentent trahis pendant que les free-brainers exultent. Cette séparation pourrait amener à une collaboration qui causerait la perte de plusieurs milliards à la Miller corporation et la surveillance des peuples pour nous. Nous devons trouver une solution qui apaiserait les tensions, qui éviterait toutes pertes de contrôle, tout en donnant une leçon à Abigail Miller. Messieurs, il est temps de prendre une décision.

– Monsieur Hall, j'ai une proposition à faire.

– Nous vous écoutons, monsieur Duan.

– Comme l'a suggéré monsieur Alario, nous devons réintégrer les free-brainers dans la société. En toute évidence, nous procéderons de façon progressive. Rapprochons-les, mélangeons-les, sans qu'ils deviennent amis avec les encéphalians. Tant que nous maintiendrons une certaine scission entre eux, nous garderons le contrôle. Toutefois, si nous créons une trop importante cohabitation, nous risquons de les pousser à d'importantes révoltes contre la Miller corporation et contre les gouvernements. Pour commencer, je pense que les free-brainers doivent résider où ils le désirent et effectuer les emplois qui leur plaisent. Une fois qu'ils seront réhabilités, nous improviserons.

– À vous entendre parler, vous trouvez cela d'une simplicité enfantine ! Abigail Miller hait les free-brainers. Il est fort probable qu'elle n'acceptera pas la situation et qu'elle utilisera le BNI à des fins personnelles.

– Vous avez parfaitement raison, chancelier Weber. Madame Miller est l'actionnaire majoritaire du BNI et elle peut s'en servir comme bon lui semble. Quant à nous, rien ne nous empêche de mettre une certaine pression aux individus qui y travaillent.

– Vous n'allez quand même pas menacer les employés ?

– Bien sûr que non. Madame Miller est une femme intelligente. Elle pourrait retourner la situation contre nous. Nous allons simplement faire comprendre au personnel que s'il écoute ce qu'on lui dit et fait ce qu'on lui demande, nous saurons le récompenser.

– Désirez-vous les acheter ?

– Et alors ! Où est le problème ? Souvenez-vous des paroles de madame Miller en ce qui nous concerne : « Offrez-leur un montant à plusieurs chiffres et ils vous mangeront dans la main. » Je ne vois pas pourquoi on ne ferait pas la même chose ! De plus, elle ignore l'existence de cette réunion, ce qui nous laisse un coup d'avance. Dès demain, nous rentrerons en contact avec le BNI avant d'imposer des excuses à madame Miller.

– L'idée me semble acceptable. Cependant, les free-brainers risquent de ne pas apprécier le fait que les accords signés ne sont pas valables, et j'ai bien peur que même le BNI ne puisse trouver les mots pour les amadouer.

– Le BNI et le peuple n'en sauront jamais rien. Nous ignorions notre erreur avant que monsieur Benitez la mentionne et seules les personnes présentes dans cette pièce sont au courant. Évitons les humiliations en gardant le silence à ce sujet.

– Je pense que c'est la meilleure chose à faire. Tant que personne ne sera informé, nous n'aurons pas à nous justifier ou à assumer quoi que ce soit.

– Et pour Abigail Miller, que fait-on ? Comptez-vous lui demander de simples excuses comme le proposent les présidents Duan et Cartier ? Je croyais que vous désiriez lui faire payer son attitude. Me serais-je trompé ?

– C'est ce que nous allons faire, président Alario. Abigail Miller déteste les free-brainers. Les réintégrer est quelque chose qu'elle ne va sans doute pas apprécier. Je suis persuadé qu'elle préférerait nous verser des millions plutôt que de les voir au même niveau que ses clients, les encéphalians. Nous lui demanderons de simples excuses pour montrer que nous ne sommes pas rancuniers et nous lui imposerons un nouvel accord qui stipulera que seules les personnes les plus méritantes accéderont à la version Supra. Ceci fait, nous convaincrons la population de bien vouloir lui pardonner ses erreurs. Nous l'appuierons afin qu'elle revienne sur le devant de la scène. En agissant ainsi, nous lui prouverons que sans nous, les dirigeants des principales NSE, elle n'est rien. Quant au BNI, nous nous arrangerons pour qu'il diffuse les informations souhaitées. J'ai entendu dire que beaucoup de salariés n'estimaient pas Abigail Miller. Nos agents leur proposeront une somme si alléchante, qu'ils feront tout pour nous satisfaire.

– Voilà le genre de décisions que j'aime entendre, monsieur Duan. Les free-brainers retrouvent leurs droits, les employés du BNI seront à notre solde et de nouveaux accords vont être signés. Tout devrait rentrer dans l'ordre d'ici quelques mois. Encore une fois, je vous demanderais de ne rien dire ou de faire allusion à quoi que ce soit en ce qui concerne cette réunion. On a sûrement trouvé une solution à notre problème, mais n'oubliez pas que les anciens accords sont passés suite à notre incompétence. En tant que politiciens, nous sommes souvent critiqués, voire détestés. Je pense qu'il est inutile de jeter de l'huile sur le feu.

– Ne vous inquiétez pas, monsieur Hall, nous ne dévoilerons rien sur cette rencontre, car elle n'a jamais eu lieu.

– Je vous en remercie. À présent, messieurs, je pense que nous pouvons mettre un terme à cette assemblée.

Le chef d'État américain mit fin à la réunion et se chargea d'informer Abigail Miller en personne. Elle se trompait en imaginant que les responsables des NSE accepteraient son comportement sans réagir. Malgré sa fortune démesurée, elle ne pouvait rien faire face aux décisions prises par les politiciens les plus puissants au monde. Abigail fut contrainte de signer les accords proposés par les dirigeants des NSE. Toutefois, elle n'avait pas dit son dernier mot…

XIII

Guet-apens

Quelques jours plus tard, Elsa 17 annonça les nouveaux accords signés entre les NSE et la Miller corporation. La présidente, Abigail Miller, avait préalablement enregistré un discours d'excuses afin de satisfaire les dirigeants des NSE et de reconquérir la population. Oliver, Tracy et Ethan virent cela derrière l'écran.

– Non, mais regardez là ! Abigail Miller qui essaie de se justifier ! Vous allez voir qu'ils vont nous demander de la plaindre.

– Si vous voulez mon avis, les dirigeants des NSE n'ont pas apprécié qu'elle les ignore.

– Tu as sûrement raison, Oliver. Le gouvernement, Abigail Miller… La seule chose qui les intéresse, c'est de faire du profit sur notre dos.

– Comme ça l'a toujours été. D'après ce que j'entends, la situation risque d'empirer, même s'ils espèrent nous persuader du contraire.

– Vois le bon côté des choses, Ethan. À présent, les free-brainers et les encéphalians seront traités d'égal à égal. Fini les gens isolés et les boulots mal payés, fini les personnes qui vivent dans de petites villes comme Cuckfield. Je ne comprends pas, tu devrais être satisfait !

– Justement, pas tant que ça. Je crains que ces nouveaux accords amènent davantage de clients à la Miller corporation. Auparavant, la plupart des free-brainers vivaient en marge de la société. Ils habitaient hors des grandes villes ou dans des quartiers les plus défavorisés. Malgré ça, ils assumaient leur choix et ne se plaignaient que rarement. Il y a quelques semaines de cela, on les considérait comme des criminels et aujourd'hui, ce sont de braves citoyens ! Qu'ils arrêtent de se moquer de nous. Les dirigeants ont fait ça pour donner une leçon à Abigail Miller et éviter tout débordement. En rapprochant les free-brainers des encéphalians, j'ai bien peur que les brain-centers affichent complet d'ici peu.

– Ne sois pas pessimiste, Ethan.

– Comme je l'ai déjà dit, Tracy, je ne suis pas pessimiste, mais réaliste. Les free-brainers n'ont plus rien à craindre, désormais. Ils vont créer des liens avec les encéphalians et petit à petit, ils souhaiteront en devenir.

– Tu sais pourtant que beaucoup sont prêts à se battre pour ne plus avoir affaire à Encéphalia.

– Beaucoup ne veut pas dire la totalité. Quoi qu'il arrive, de nombreux encéphalians resteront des encéphalians, quant aux free-brainers… j'ai bien peur que certains prennent de mauvaises décisions.

– Pourquoi dis-tu cela ?

– Tout simplement, car une masse d'individus est plus facile à manipuler qu'un petit groupe. Les plus influençables suivront les autres sans se poser de questions. Si un pauvre gars comme moi le sait, le gouvernement le sait forcément.

– En réconciliant les free-brainers et les encéphalians, les dirigeants des NSE pourraient retrouver une paix sociale.

– Quant aux actionnaires de la Miller corporation, ils remplaceront Abigail. Dans la forme, il y aura quelques évolutions, mais dans le fond, les choses resteront comme avant. La seule différence, c'est que les free-brainers auront droit à plus de liberté.

– Et les puces de traçabilité, dans tout ça ?

– Maintenant que les populations sont toutes informées, j'ai bien peur que les encéphalians les plus récalcitrants désirent s'exiler. Hélas, la demande va devenir plus forte que l'offre. Les prix ainsi que les délais d'attente vont grimper. Les plus riches seront avantagés pendant que les autres devront patienter.

– D'après toi, certains free-brainers deviendront de nouveaux encéphalians pendant que ceux qui souhaitent quitter les NSE ne pourront plus le faire, car ils ne pourront pas suivre financièrement ! Tu as trop d'imagination, Ethan !

– Ce n'est que mon avis. Et si cela se produit, nous aurons échoué.

– À partir d'aujourd'hui, les encéphalians et les free-brainers vont devoir cohabiter. Quant à la version Supra, nous n'avons plus qu'à espérer qu'elle n'entre pas dans les mœurs.

– En tout cas, ils ne changeront rien en ce qui me concerne. Je suis né libre et je mourrai comme tel. Ce ne sont pas leurs accords ou leurs beaux discours qui me persuaderont du contraire.

– Tu es fidèle à tes choix et tu as raison, Ethan.

– Et je le resterai. En attendant, j'ai l'impression que beaucoup de gens comptent sur moi et que certains me considèrent comme une sorte de porte-parole. Je ne veux pas me vanter, mais s'il y a bien une personne à qui ils auront envie de se confier, c'est bien moi.

– Pourquoi nous parles-tu de ça ?

– Car nombreuses sont mes questions sans réponse et que j'aimerais vérifier si j'ai raison ou non.

– Décidément, tu ne tiens pas en place ! Que comptes-tu faire ? Sortir ?

– Cela fait plusieurs jours que je suis enfermé ici. Je pense que certains Londoniens seront rassurés de me voir. Afin qu'ils la détestent davantage, je leur dirai que c'est Abigail Miller la responsable de mes blessures, et je ferais en sorte qu'ils ne tombent pas dans le piège du gouvernement.

– Tu oublies la police, Ethan.

– Même si nous sommes toujours des fugitifs, j'imagine qu'elle a autre chose à faire, du moins tant qu'il y aura des tensions.

– Avec le temps, elles finiront bien par cesser.

– Je l'espère, Tracy. En attendant, marcher me fera le plus grand bien. Je vous laisse, à tout à l'heure.

Ethan quitta ses amis.

– Pourvu qu'il ne lui arrive rien.

– Ça fait une éternité qu'il n'est pas sorti. Je pense qu'il est déçu par ce qu'il vient d'entendre et qu'il a besoin de faire le point. Il ne risque rien à Camberwell, alors cesse d'être soucieuse.

– Même si les probabilités sont faibles, il devrait rester prudent. Nous n'échapperons pas aux forces de l'ordre éternellement. D'ailleurs, il est surprenant qu'elles ne nous aient pas encore arrêtés.

– Comme l'a dit Ethan, vous n'êtes pas les seuls fugitifs et elles ont plus important à faire. Je pense également que la police sait qu'il s'est lié d'amitié avec Salvatore Moretti.

– J'espère que tu as raison. Dans ce cas, Ethan n'a rien à craindre.

– En y réfléchissant, crois-tu vraiment qu'ils ont envie de l'arrêter ? Après tout, combien d'entre eux désirent réellement d'Encéphalia Supra ?

– Je suis persuadé qu'une bonne partie déteste Encéphalia et que certains refuseront de le rechercher. Qu'on les aime ou pas, les policiers sont des citoyens et doivent obéir aux mêmes lois que tout le monde. En laissant Ethan tranquille, c'est un peu comme s'ils le soutenaient.

– En tout cas, Ethan est un homme de conviction, toujours ferme sur ses positions. C'est une qualité que j'apprécie chez lui.

– Il restera un free-brainer jusqu'à la fin de sa vie. D'ailleurs, en parlant de ça, penses-tu que le gouvernement appliquera un traitement de faveur lorsqu'il nous aura arrêtés ? Nous sommes des évadés, c'est vrai, mais les free-brainers vont être réhabilités d'ici peu.

– Non, hélas. Il ne vous fera pas de cadeaux, car vous êtes des fugitifs. Pour calmer la situation, il se peut que le juge fasse preuve d'une certaine clémence, mais ça m'étonnerait.

– Après tout, qui vivra verra. Il y a quelques semaines, nous voulions simplement apporter la vérité à la population. Dès demain, les free-brainers et les encéphalians seront sur le même pied d'égalité. Mais bon, combien de temps cela va-t-il durer ? Que les gouvernements vont-ils leur imposer ?

– Tu cogites de trop, Tracy. Au lieu de penser au futur, apprécie le présent. Les free-brainers vont être réhabilités et les encéphalians ont appris de leurs erreurs. Ce n'est déjà pas si mal.

– C'est vrai ! Il a fallu que tu apportes la vérité au peuple en lui permettant d'accéder à certaines preuves, afin qu'il comprenne à quel point on se sert de lui. Il avait besoin d'un déclic, d'un simple déclic, pour qu'il renonce à Encéphalia Supra et proteste contre les puces de traçabilité. Tu as fait de l'excellent travail, Oliver.

– Tu sais que je hais Abigail Miller et sa corporation. J'ai eu l'occasion de le démontrer et je l'ai fait. Nous n'avons plus qu'à espérer que la lutte continue et que les free-brainers ne se laissent pas influencer par le gouvernement et par certains encéphalians.

– Ce qui est sûr, c'est que sans toi, ma puce me provoquerait encore des douleurs, et la police nous aurait mis la main dessus depuis très longtemps. Je te dois beaucoup. Merci pour tout, Oliver.

– Ne me remercie pas, Tracy. Si je ne l'avais pas fait pour toi, pour qui l'aurais-je fait ? Je te considère comme ma sœur ; je ne pouvais que t'aider.

Durant l'absence d'Ethan, les deux amis continuèrent leur conversation en évoquant différents sujets. Moins de deux heures plus tard, Ethan retrouva Oliver et Tracy. Il s'assit, l'air inquiet.

– Qu'est-ce qui te rend si anxieux, Ethan ?

– Rien de bien important, Tracy.

– Qu'as-tu fait pendant tout ce temps ?

– Suite à l'annonce de tout à l'heure, je voulais connaître l'avis de la population, voir si elle restait sur ses positions.

– Et que les habitants t'ont-ils dit ?

– Certains resteront des free-brainers dans l'âme. Quant à d'autres, j'en doute.

– Quoi, c'est tout ! Tu t'es absenté pour faire le compte des free-brainers et des probables futurs encéphalians !

– J'essaie seulement de prendre de l'avance sur le gouvernement.

– Prendre de l'avance sur le gouvernement ! Voyez-vous ça !

– Tracy, tu sais autant que moi qu'il souhaite rapprocher les encéphalians des free-brainers afin que ces derniers se fassent influencer. Comme je te l'ai dit, je tente de persuader les gens de ne pas tomber dans ce piège. Si je ne parviens pas à les convaincre, qui y arrivera ?

Tracy resta confuse face à la réaction d'Ethan.

– Je comprends que tu prennes ça à cœur, mais c'est devenu une obsession chez toi. Tu devrais cesser de t'occuper de la vie des autres et penser un peu à la tienne.

– La vie ! Parce que pour toi, c'est ça la vie ? Je te rappelle que c'est dans cette vie que j'étais emprisonné à Saint John's, et que c'est dans cette fameuse vie que j'ai failli mourir trois fois.

– Ethan, écoute…

– Et pour finir, cette psychopathe d'Abigail Miller m'a passé à tabac, et je t'ai sur le dos toute la journée. D'une vie comme celle-ci, moi, je n'en veux pas. Ce que je souhaite, c'est de vivre dans un monde dans lequel je peux penser différemment sans avoir l'impression d'être jugé, critiqué ou constamment surveillé. Alors, sois gentille et fous-moi la paix !

Vexée et énervée, Tracy quitta l'appartement à son tour.

– Franchement, je te trouve dur avec elle !

– Je me suis un peu emporté, c'est vrai, mais parfois, je la trouve trop naïve. Elle prend la situation avec trop d'optimisme et elle s'imagine que tout s'arrangera avec un simple claquement de doigts.

– N'y pense plus, elle va revenir. Tu t'excuseras et tout rentrera dans l'ordre.

– J'en suis sûr, n'en parlons plus. Je vois que tu as ton écran dans la main ! Tu as découvert quelque chose d'intéressant ?

– Pendant ton absence, j'ai regardé les dernières nouvelles. L'une d'entre elles a attiré mon attention.

– Laquelle ?

– Luca Moretti est mort. Ils l'ont annoncé, il y a une demi-heure.

– Luca Moretti ! Il vaut mieux éviter d'être proche de son père lorsqu'il l'apprendra. Que s'est-il passé ?

– Aucune idée. Victime d'un infarctus, soi-disant, mais je n'en crois pas un mot.

– Moi non plus. Penses-tu qu'Abigail Miller l'a fait assassiner ?

– Possible.

– Le gouvernement va certainement enquêter, vu qu'il s'agit du fils d'un chef mafieux.

– Non, je ne pense pas. Si c'est Abigail Miller qui a fait le coup, il se doutera bien qu'elle a des comptes à régler avec Salvatore Moretti, et les flics ne bougeront pas le petit doigt. Jamais une enquête n'aura lieu à l'encontre de l'un ou de l'autre.

– Je suis persuadé qu'elle a sa part de responsabilité. Cette femme tuerait sa propre mère pour assouvir ses ambitions.

– C'est certain ! Il se peut qu'elle nous surveille en ce moment même.

– Qu'elle le fasse et qu'elle aille au diable. Ce n'est pas elle qui va décider de mes actes, de mes opinions ou de ma vie.

– Je partage ton avis. Laissons-la croire ce qu'elle veut. On s'en fiche, après tout.

– Dis-moi, Oliver. J'aimerais te poser une question.

– Je t'écoute.

– Que penses-tu d'Encéphalia Supra ?

– Quelle question ! Tu te doutes très bien de ce que j'en pense. Encéphalia Supra est une aberration, une insulte à l'existence. La mort est une étape de la vie qu'il faut accepter au lieu de désirer la contrôler.

– Tu m'as mal compris, Oliver. Qu'en penses-tu en matière d'invention, de conception, de technologie ?

– Sur ce point, c'est du travail d'orfèvre. Dans les documents que nous avions récupérés, il y avait des fichiers très détaillés, assez complexes, et seuls de véritables génies ont pu imaginer cette version. Pour être honnête avec toi, ce n'est pas ce qui m'a le plus impressionné.

– Vraiment ! Et qu'est-ce donc ?

– Suis-moi, je vais te montrer.

Ils entrèrent dans la pièce adjacente. Oliver présenta à Ethan un visage artificiel recouvert de peau humaine.

– Bon sang ! Qu'est-ce que c'est que ça ?

– N'aie pas peur, Ethan. Je n'ai jamais tué quelqu'un.

– Où l'as-tu trouvé ?

– Nulle part, je l'ai conçu moi-même.

– Tu l'as conçu ! Comment ?

– Grâce aux dossiers que nous avions volés. Un fichier concernant sa fabrication a particulièrement attiré mon attention. J'ai suivi la procédure à la lettre et voici le résultat. Prends-le, si tu veux.

Ethan hésita un instant avec d'écouter Oliver.

– Incroyable ! Au toucher, on dirait une sorte de plastique, mais à l'œil, je ne fais aucune différence avec de la peau humaine. C'est prodigieux et effrayant à la fois.

– C'est un mélange de silicone et d'épiderme.

– De l'épiderme ! Tu plaisantes ?

– Non. Il n'y en a qu'en petite quantité. Trois ou cinq pour cent, tout au plus.

– Ce visage, à qui appartient-il ?

– À personne. J'ai pris le premier portrait que j'ai aperçu dans le fichier et j'ai tenté l'expérience. Dis-toi que l'on peut obtenir des résultats plus détaillés, plus réalistes. Cependant, je ne possède ni les compétences ni l'équipement nécessaire.

– Comment as-tu fait ?

– J'ai utilisé ce dispositif.

– Je n'en ai jamais vu d'équivalent.

– Rien d'étonnant, c'est un prototype.

– Où l'as-tu eu ?

– Je l'ai acheté, il y a quelques années, à un employé de la Stackford. Pour être franc avec toi, c'est la première fois que je l'utilise.

– Un type de la Stackford te l'a vendue ! Je croyais que le but de cette société était de faire des robots proches des humains sans réellement leur ressembler !

– Et c'est pour cela que cette machine est unique. Vu que la Stackford a abandonné le projet, elle a fini dans une décharge avant qu'il la récupère. J'adore les vieilleries de ce genre, car elles me rendent nostalgique.

– Une vieillerie qui fut inventée il y a vingt ou vingt-cinq ans, je n'appelle pas ça une vieillerie. En ce qui concerne la peau synthétique, où l'as-tu trouvée ?

– Le vendeur m'en a fait cadeau.

– Pourrais-tu encore t'en procurer ?

– Non, impossible. Même au marché noir, je n'en ai jamais vu.

– Rien d'étonnant. Donc, c'est ton premier essai ?

– Oui, en effet. Je suis surpris de voir avec quelle facilité on peut produire un visage d'aussi bonne qualité. Le dispositif scanne un portrait dans les moindres détails, et une heure plus tard, tu obtiens ce résultat.

– Je n'y connais rien dans ce domaine, mais j'avoue être des plus étonnés. Quand l'as-tu fait ?

– Il y a deux nuits.

– Sous nos yeux !

– En effet. Pendant que vous dormiez, j'ai tenté l'expérience. J'ai pensé qu'il ne fallait pas la montrer à Tracy. Soucieuse comme elle est, elle m'aurait harcelé de questions.

– C'est pour ça que tu as profité de son absence pour m'en parler ! Tu as bien fait. Pourvu que tu ne te trompes pas quand tu dis que cette machine est unique.

– Elle est, sois-en sûr. Tu ne verras jamais d'humanoïdes ayant une telle ressemblance avec nous. Rien ne le stipulait dans les fichiers de la Miller corporation et la Stackford s'en fiche complètement.

– Dans ce cas, que ce fichier fait-il avec les autres ?

– Aucune idée ! Le texte et la vidéo datent de plusieurs semaines, et je pense qu'ils ont été mis par erreur, comme beaucoup d'autres documents.

– Et tant mieux. À présent, partons rejoindre Tracy. Je me suis emporté bêtement tout à l'heure ; je devrais m'excuser.

– Vas-y, avant que l'idée de te tuer ne lui vienne à l'esprit, répondit Oliver en plaisantant.

 Ils sortirent de la pièce avant de l'apercevoir par la fenêtre du salon.

– Regarde-la ! Seule, assise sur le trottoir en train de boire un soda.

– Laissons lui apprécier cet instant. Ces derniers temps ont été difficiles pour elle.

– Je sais. L'évasion, toi qui as dû la débarrasser d'Encéphalia, mon enlèvement… Tracy est bien plus courageuse qu'elle ne le paraît.

– Décidément, elle ne changera jamais. Je l'ai toujours connue audacieuse, rebelle, soucieuse, mais aussi émotive et sensible.

– C'est vrai ! Tracy est tout ça à la fois. Allez, viens ! Ne restons pas plantés là et allons la rejoindre.

Ethan et Oliver retrouvèrent Tracy.

– Alors Tracy, tu profites de l'instant présent ?

– Oui, j'essaie. Du calme, un peu d'air pur et un soda bien frais… Ça fait longtemps que ça ne m'était pas arrivé.

– Écoute Tracy… Pour tout à l'heure, je me suis légèrement emporté.

– Ce n'est pas grave. Avec tout ce que nous avions vécu, tu avais besoin de vider ton sac. C'est tombé sur moi, voilà tout. J'ai beaucoup de défauts, mais je ne suis pas rancunière.

– Content que tu le prennes aussi bien ! Merci.

– Je ne t'en veux pas, c'est du passé. Marchons un peu, ne parlons plus d'Encéphalia et apprécions cette belle journée.

Ethan, Tracy et Oliver décidèrent de se détendre afin d'oublier les événements. Ils discutèrent, insouciants, en faisant abstraction de ce qui pourrait leur arriver. Après une petite demi-heure de marche, ils empruntèrent une rue paraissant déserte et tranquille. Contre toute attente, quatre hommes cagoulés et au gabarit imposant s'approchèrent d'eux. Craignant que la situation ne dégénère, ils firent demi-tour avant de se retrouver face à cinq autres individus.

– C'est qui ces types ? Que nous veulent-ils ?

– Nous sommes trois, ils sont neuf, soit trente-trois pour cent de chance de les battre.

– Le moment est mal choisi pour faire les comptes, Oliver.

– Je sais. Tracy, ne te mêle pas de ça.

– Tu crois vraiment que je vais rester sans rien faire ! Qu'ils viennent, je les attends.

– Comme tu voudras, mais sois prudente et évite de foncer tête baissée.

– Qui êtes-vous ? Qui vous envoie ? cria Oliver.

– Quelqu'un qui ne vous apprécie guère, répliqua le meneur.

– Est-ce Abigail Miller ?

Personne ne répondit.

– Visiblement, c'est bien elle. Elle ne nous laissera donc jamais en paix !

– Tu avais raison quand tu pensais qu'elle nous surveillait.

— Assez discuté, les garçons. Il est temps de lever les manches et de montrer à ces chiens de garde ce que nous avons dans le ventre.

 À la grande surprise d'Ethan et d'Oliver, Tracy porta le premier coup ainsi qu'un second sans la moindre hésitation. Cependant, deux hommes lui tombèrent dessus et la frappèrent d'une extrême violence, sans relâche.

— Tracy ! hurla Oliver. Bande de pourriture ! Vous allez me le payer.

Trois autres membres se précipitèrent sur Oliver. Malgré quelques années de pratique d'arts martiaux, il ne sembla pas de taille face à ses assaillants. Les individus restants se jetèrent sur Ethan, qui tenta de lutter, en vain. Impuissants et dans l'incapacité de se défendre, ils se retrouvèrent à terre.

— Voilà ce qui arrive quand on joue avec le feu. Madame Miller vous passe le bonjour. N'essayez pas de porter plainte, vous perdrez votre temps. Il n'y a ni témoins ni flics. Madame Miller ne veut plus jamais entendre parler de vous. Est-ce que c'est clair ?

— Apprends donc à la fermer, sac à merde ! Tu te prends pour un dur ? Toi et tes amis n'êtes rien. À un contre un, c'est vous qui serez à notre place. En plus de ça, vous vous acharnez sur une femme. Quelle honte ! Barrez-vous d'ici et allez bien lécher les bottes de votre patronne.

Ethan cracha au visage de son agresseur. Celui-ci riposta en lui rendant un violent coup de pied dans les côtes. Les hommes d'Abigail se dispersèrent afin de ne pas attirer l'attention. Les victimes se retrouvèrent dans un état déplorable. Habitué à recevoir des coups, Ethan réussit à se relever le premier. Oliver suivit péniblement à son tour. Tracy, quant à elle, semblait avoir perdu connaissance. Ethan s'approcha d'elle et la prit contre lui.

— Tracy ! S'il te plaît, réagis ! C'est moi, Ethan.

Elle ouvrit légèrement les yeux.

— Ethan, c'est toi ? Je ne sens plus mes jambes.

— Je suis là. C'est fini, ils sont partis. Ne t'inquiète pas, on va s'occuper de toi.

— Et toi, Oliver, ça va ?

— J'ai reçu quelques coups, mais je survivrai. Ne parle pas, ménage-toi.

— Où se situe l'hôpital le plus proche ?

— Il y en a un au sud d'ici et un autre à trois miles, à l'est.

— Très bien. Trouvons un moyen de nous y rendre.

— Impossible.

– Si c'est possible, on y arrivera. Va à l'angle de la rue et appelle à l'aide. Demande aux passants de contacter l'hôpital le plus proche.

– Ce n'est pas ça le problème.

– Qu'est-ce que tu racontes ?

– La plupart des hôpitaux privés de Londres et ceux qui se situent à proximité appartiennent à la Miller corporation.

– Quelle poisse ! Et un hôpital public ? Il doit bien y en avoir un dans le coin ?

– Non, hélas. Il y en a un au nord de Camdem, mais c'est à six miles d'ici.

– Laissez-moi, partez ! Je ne sens plus rien de toute façon.

– Ne dis pas ça, tu vas t'en sortir. Tu es sous le choc, c'est tout. Tente de t'accrocher, je te ramène à l'appartement.

– Ethan a raison. Tu n'as pas les idées claires. Dans quelques jours, tout ira pour le mieux. Ensuite, nous chercherons un moyen de faire mordre la poussière à Abigail Miller.

– Oliver, tu as des compétences en médecine ?

– Aucune, hélas. J'ai une amie, chirurgienne, qui bosse dans un hôpital public, à Redbridge. Elle nous aidera, j'en suis sûr. Une fois chez moi, je lui demanderai de venir.

– Peut-on lui faire confiance ? Penses-tu qu'elle pourrait informer ses supérieurs ou nous dénoncer ?

– Non, aucun risque. Quand la Miller a racheté l'établissement dans lequel elle travaillait, elle a démissionné. Cette femme déteste Encéphalia à un point que tu n'imagines même pas.

– Ce n'est pas ton amie pour rien ! Partons et contacte-la dès que nous serons rentrés.

– Je m'en charge. En espérant qu'elle vienne rapidement…

Étant dans l'incapacité de marcher, Ethan porta Tracy dans ses bras.

– Ethan, Oliver, j'aimerais tellement vous être utile.

– Que veux-tu dire ?

– Après s'être occupé de moi, Oliver s'est introduit au siège du BNI afin d'apporter la vérité à la population. Toi, tu as risqué ta vie à Cuckfield pour me porter secours et tu as réussi à convaincre un parrain de la mafia de nous aider. Sans parler du fait qu'Abigail Miller a ordonné ton enlèvement. Quant à moi, qu'ai-je fait ? Quel est mon rôle dans cette histoire ?

– Ne te rabaisse pas, Tracy. Tu as fait beaucoup plus que tu l'imagines.

– Ce n'est pas l'impression que j'en ai. Ethan Moore aurait-il appris à mentir ?

– Non, je ne te mens pas. Suite à l'évasion, tu as su tenir bon jusqu'à notre rencontre avec Oliver. Sincèrement, j'ignore combien de temps j'aurais résisté à ta place. Ce soir, tu n'as pas hésité à te défendre pour sauver ta vie ainsi que la nôtre, mais le plus important, c'est…

– Quoi donc ?

– Tu m'as surtout donné envie de devenir meilleur que je l'étais autrefois. Grâce à toi, j'ai découvert un courage que je ne soupçonnais même pas. Ce courage m'a permis de trouver de l'aide auprès de Julian, à Cuckfield. J'ai également eu le cran d'aller rencontrer Salvatore Moretti, l'un des hommes les plus craints du pays. Sans eux, où serions-nous aujourd'hui ? Voilà ce que tu as fait, Tracy. Tu n'as pas à te sous-estimer et tu es bien plus importante que tu veux l'admettre.

– Es-tu en train de dire ce que je désire entendre ?

– Comment pourrais-je mentir à la personne qui m'a ouvert les yeux ? Quand Oliver a eu l'idée d'aller à Walworth, j'ai tout de suite su que ça apporterait du changement dans ma vie. Tu venais de t'émanciper d'Encéphalia et je découvrais en toi une sorte de délivrance, comme si ces maudites puces étaient un fardeau à porter. Le lendemain, lorsqu'il a parlé à la population, j'ai pris la décision d'agir à mon tour. Je voulais qu'un maximum de personnes se débarrasse d'Encéphalia et c'est pour cette raison que je suis allé voir Salvatore Moretti. Je souhaitais les aider, les libérer. Je ne l'ai pas fait seulement pour eux, je l'ai fait aussi pour toi. À présent, tout encéphalian qui ne désire plus l'être te sera redevable. À chaque fois, c'est toi qui m'as donné l'envie de me battre et de prendre tous ces risques. Voilà ce que tu as fait, toi, Tracy Thompson. Je te dois beaucoup, merci.

– Merci, Ethan.

– Ne dis plus rien, repose-toi. Oliver, connais-tu un endroit où il y a beaucoup de monde à cette heure-ci ?

– Il y a Camberwell Church Street, à quelques pas d'ici. Pourquoi ?

– Je viens d'avoir une idée.

– Qu'est-ce que tu nous mijotes encore, Ethan ?

– Tu vas vite comprendre. Ne perdons pas de temps, allons-y.

Oliver emmena Ethan sur l'avenue qui s'avéra des plus fréquentées, comme il espérait. De nombreuses personnes le repérèrent, mais aucune n'osait s'approcher de lui ou porter de l'aide à Tracy. Il patienta quelques secondes afin que tout le monde le remarque, et parla à voix haute :

« Habitants de Camberwell, je m'adresse à vous et je demande votre attention. Pour ceux qui ne m'auraient pas encore reconnu, je suis Ethan Moore, lui, c'est Oliver Roy et cette femme dans mes bras s'appelle Tracy Thompson. Maintenant que je vous ai dévoilé nos identités, vous savez tous que nous sommes des fugitifs de Saint John's ainsi que les principaux responsables des derniers événements. Cet homme est celui qui a gâché le beau discours d'Abigail Miller et que l'on surnomme l'intervenant. Quant à Tracy, elle est la victime de sa cruauté. En effet, madame Miller n'a pas aimé que l'on vole ses documents à Walworth, et ce n'est pas la première fois qu'elle porte atteinte à nos vies. Abigail méprise les encéphalians et déteste encore plus les free-brainers. À votre avis, qui seront ses prochaines cibles ? Vous, l'homme au fond ? Où peut-être vous, qui discutez avec vos enfants ? De nouveaux accords viennent d'être signés et vous allez devoir cohabiter. Cependant, croyez-vous sincèrement qu'elle sera indulgente à votre égard ? Il y a quinze minutes seulement, neuf de ses sbires nous ont agressés et deux d'entre eux ont lâchement frappé Tracy. Nous pensons qu'elle a également fait assassiner Luca Moretti. Parmi vous, beaucoup sont des free-brainers et détestent Abigail Miller, mais les autres, les encéphalians, qu'attendez-vous pour ouvrir les yeux ? Combien de temps allez-vous encore l'aduler ? Tracy était une encéphaliane depuis la première version. Grâce à son courage, elle a pu s'en débarrasser, et aujourd'hui, elle retrouve sa liberté. Elle a fait son choix et cela a failli lui coûter la vie. Vous tous ici présents, avez-vous ce même courage ou comptez-vous faire confiance à cette diablesse d'Abigail Miller jusqu'à la fin de vos jours ? Que dois-je faire pour vous convaincre de vous libérer d'Encéphalia ? Quand allez-vous décider d'y renoncer ? Bon sang, réveillez-vous ! »

La foule resta silencieuse quelques instants. Un individu, attristé par l'état de Tracy, prit la parole.

— Ethan a raison ! Même s'ils ne souhaitaient pas que les événements prennent une telle ampleur, ils ont risqué leur vie pour nous. Regardez dans quel état se retrouve cette jeune femme ! Nous devons les soutenir, quoi qu'il arrive.

— Abigail s'est assez moquée de nous, déclara un autre Londonien. Elle se sert de nous comme cobayes, bons qu'à se divertir dans ses brain-centers. En ce qui me concerne, Encéphalia et moi, c'est terminé.

– Pour moi aussi, ajouta un troisième individu. Seule une personne de la pire espèce peut faire subir de telles souffrances à une femme. Qu'Abigail Miller et sa corporation aillent au diable ! Je ne veux plus en entendre parler.

– Montrons-nous intolérants. Refusons définitivement Encéphalia et ne nous rendons plus dans les brain-centers. Jusqu'à présent, la plupart d'entre nous étaient indécis, mais aujourd'hui, c'est terminé. Nous vivons dans un quartier modeste, mais nous sommes solidaires. Si Ethan cherche à venger Tracy et donner une leçon à Abigail Miller, nous l'aiderons.

Ethan remercia les personnes présentes avant de partir. Ces dernières l'escortèrent jusqu'au domicile d'Oliver. À présent, il savait que de nombreux Londoniens le soutiendraient s'il désirait provoquer Abigail Miller. Ayant de fortes convictions et l'esprit déterminé, il tolérait que l'on s'attaque à lui, cependant, il n'acceptait pas que l'on s'en prenne à une femme, surtout quand celle-ci n'était autre que Tracy. Pour lui, la situation finirait par évoluer, et tout ça grâce à son amie. En apercevant une femme victime de coups et blessures, Ethan se doutait qu'un impact émotionnel toucherait une partie de la population. Son idée fut des plus brillantes ; Oliver l'avait compris.

« Je deviendrai une preuve vivante, un exemple et beaucoup me suivront ».

– Pourquoi me dis-tu ça, Ethan ?

– Ce sont les paroles que tu as prononcées à Cuckfield, avant que Julian tente son intervention. Regarde tous ces gens autour de toi. Les humains sont plus sensibles à ce qu'ils voient qu'à ce qu'ils entendent. Même si certains connaissent des exilés qui ont fait appel aux services d'Oliver, la majorité, quant à elle, pensait qu'il était impossible de se débarrasser d'Encéphalia, et toi, tu l'as fait. Tu vas devenir un exemple pour toutes ces personnes, Tracy. Tu peux être fière de toi.

– Merci, Ethan. Sans toi, je serais sans doute morte, aujourd'hui.

– Ne dis pas de bêtises. Tu t'en es sortie et tu t'en sortiras toujours. Ne parle plus, repose-toi. Une fois rétablies de tes blessures, nous nous chargerons d'Abigail Miller. Fini Encéphalia et les puces de traçabilité. J'y mettrai un terme même si cela doit me coûter la vie.

Tracy et Oliver comprirent qu'Ethan était des plus sérieux. Cependant, ils se questionnaient sur ses intentions. Dès qu'ils arrivèrent à l'appartement, Oliver s'empressa de contacter son amie afin qu'elle s'occupe de Tracy dans les plus brefs délais. Ne trouvant pas le sommeil, Tess se présenta rapidement au domicile d'Oliver.

– Salut, Tess, comment vas-tu ?

– Salut Oliver. Je travaille beaucoup le jour et dors peu la nuit, mais je tiens le coup.

– Tess, je te présente…

– … Ethan Moore. Je sais qui vous êtes. Où se trouve Tracy ?

– Dans la pièce d'à côté, allongée sur le lit.

Ils partirent la rejoindre.

– Bonsoir Tracy. Mon nom est Tess. Je suis une amie d'Oliver et chirurgienne à l'hôpital de Redbridge. Je vais me charger de vos blessures. Bientôt, elles ne seront qu'un mauvais souvenir.

– Bonsoir Tess. Merci d'être venue aussi rapidement.

Tess examina Tracy de la tête aux pieds.

– Alors, qu'en penses-tu ?

– Elle a de sévères hématomes, a subi un choc émotionnel, mais elle s'en remettra. Prenez ça comme une bonne nouvelle.

– Et la mauvaise ?

– Son tibia ainsi que son péroné sont en miettes. Visiblement, ses agresseurs n'y sont pas allés de main morte !

– Crois-tu qu'un simple plâtre fera l'affaire ?

– Oui, mais ça risque de prendre beaucoup de temps.

– Et une ostéosynthèse ?

– Je n'en fais que rarement. La meilleure solution est de remplacer ses os brisés par des os artificiels.

– Connaissez-vous quelqu'un qui s'en chargerait ?

– Oui, moi. Plus tôt, je la soignerai, mieux ce sera.

– Quand pensez-vous pouvoir intervenir ?

– Je m'occuperai d'elle demain, dans la matinée. J'ai quelques rendez-vous sans importance, que je déléguerai.

– Si vous aidez des fugitifs, ça nuira à votre réputation.

– Ma réputation n'est plus à faire et je me fiche de ce que pensent les autres. En attendant, je compte sur votre présence, à l'hôpital de Redbridge. Je ferai le nécessaire pour remettre Tracy sur pied le plus rapidement possible.

– Doit-on nous méfier des employés ?

– Aucun risque. Ils ne disent que du bien de vous, mais évitez de vous faire remarquer, on ne sait jamais. Je vous attendrai près de la sortie de secours, celle à l'ouest.

– Je vous remercie, Tess. Cependant, un détail m'échappe.

– Lequel, Ethan ?

– Vous avez pris un risque en venant jusqu'ici alors que vous ne nous connaissez pas. Pourquoi tenez-vous tant à nous aider ?

– Au cas où vous ne l'auriez pas encore compris, beaucoup de personnes vous admirent, à un point que vous ne soupçonnez même pas, et pour être sincère avec vous, j'en fais également partie. Elles vous soutiendront tant qu'elles le pourront, soyez-en sûr. J'en ai plus qu'assez de voir cette euphorie autour d'Abigail Miller et de son Encéphalia de malheur. Cette réponse vous convient ou dois-je me justifier davantage ?

– Non, ça ira. Merci pour tout, Tess.

– Inutile de me remercier. Je viens d'injecter un puissant antalgique à Tracy. Je ne peux rien faire de plus pour le moment. Au cas où elle ressentirait de nouvelles douleurs, injectez-lui une dose supplémentaire. Je compte sur votre présence demain matin à 9 h. Bonne soirée.

Le lendemain, vers 8 h 25, Oliver, Ethan et Tracy partirent retrouver Tess. Oliver demanda préalablement à Ian, un voisin envers lequel il avait confiance, de les emmener. Trente minutes plus tard, ils arrivèrent. En entrant, ils aperçurent le matériel nécessaire, prêt à l'emploi.

– Je vois que tu as déjà tout préparé, Tess.

– Peu d'équipement suffit pour ce type d'intervention, j'en ai fait des dizaines, je sais de quoi je parle. Je vous présente mon assistant, Zach-04.

– Tu bosses avec un humanoïde !

– Je préfère travailler en solitaire. Pour le peu d'aide dont j'ai besoin, il fait parfaitement l'affaire. Avec lui, personne ne sera informé de ce qui se passe ici.

– Et maintenant ? Quelle est la procédure ?

– Je vais anesthésier Tracy. Ceci fait, je lui inciserai le mollet et j'enlèverai ses os cassés en partant de la rotule jusqu'au talus. Une fois cette partie délicate terminée, je m'occuperai de les remplacer par des os artificiels.

– Ces os ? Sont-ils solides ?

– Très solide. Ils sont en céramique ainsi qu'en fibre de carbone.

– Et ensuite ?

– Cette machine se chargera du reste. Elle reconstituera les tissus, cicatrisera sa jambe et s'assurera du bon fonctionnement des articulations.

– Une fois l'opération terminée, Tracy aura-t-elle besoin de se reposer ?

– Oui, impérativement. Trois jours au minimum seront nécessaires. Elle ressentira quelques douleurs, mais celles-ci s'atténueront avec le temps.

– J'avoue être surpris, Tess. Vous parlez de cette opération comme si elle était d'une facilité déconcertante. Je pense que vous êtes une personne qualifiée, mais il s'agit de remplacer un tibia et un péroné.

– Je comprends votre inquiétude, mais sachez que les interventions de ce type sont devenues banales. Il y a une trentaine d'années, peu de praticiens excellaient dans ce domaine. Aujourd'hui, la plupart des médecins peuvent le faire à condition d'avoir le matériel adapté.

– Cela me semble parfait ! Si vous désirez commencer, je suis prête pour l'anesthésie.

– Très bien. Cela va s'en doute vous surprendre, mais je devrai vous injecter cette puce de suivi.

– Est-ce vraiment nécessaire ?

– C'est impératif, Tracy. Elle permet de contrôler toutes sortes d'évolutions : reconstruction cellulaire et musculaire, l'avancée de la guérison ou encore repérer certaines défaillances et les problèmes d'articulation. Ne vous faites pas de souci, ce n'est pas une puce de traçabilité. Celle-ci possède un code unique qui ne peut être associé qu'à deux systèmes au maximum. Seuls Oliver et moi-même en aurons connaissance.

– Mouais ! Je n'aime pas trop ça. Pour moi, traçabilité et suivi, ça signifie la même chose.

– Plus ou moins, c'est vrai, mais celle-ci s'autodétruira une fois que votre jambe sera rétablie. Elle deviendra inefficace, s'éteindra automatiquement, sans même vous en apercevoir et sans la moindre douleur. À partir de là, je vous garantis que vous marcherez mieux qu'auparavant.

– Dans ce cas, ça ira. Nous avons perdu assez de temps, nous devrions commencer.

– Plus de questions ? Oliver… Ethan ?

– Non, aucune. Tracy a pris sa décision. C'est à toi de jouer, Tess.

– Très bien. Messieurs, veuillez quitter cette pièce.

La praticienne procéda à l'anesthésie. Depuis la salle adjacente, Ethan et Oliver assistèrent à l'intervention. Tout cela n'était qu'un travail de routine pour une experte aussi qualifiée que Tess. Elle remplaça les os cassés par des os artificiels avant d'injecter la puce de suivi. Sa tâche terminée, la machine s'activa automatiquement et cicatrisa la jambe de Tracy avec précision et rapidité. Peu de temps après, l'opération arriva à terme. Elle demanda à Oliver et à Ethan de la rejoindre.

– La cicatrice est à peine visible ! Vous avez fait de l'excellent travail !
– Dans quelques semaines, on ne la remarquera même plus. Quittons la pièce et laissons-la faire quelques pas. Zach-04 nous informera dès qu'elle se sentira mieux.

Ils sortirent en attendant que l'humanoïde vienne les chercher, quelques minutes plus tard.

– L'opération est un succès. Comment allez-vous ?
– Je ressens quelques douleurs, mais je survivrai.
– C'est tout à fait normal. Dans quelques heures, elles s'atténueront. Je laisserai à Oliver des antalgiques, voire de la morphine au cas où elles deviendraient insoutenables.
– La puce est-elle opérationnelle ?
– Parfaitement, Ethan.
– Comment fonctionne-t-elle ?
– Regardez mon écran, tout y est indiqué. Le taux de régénération des cellules suit son cours. La coordination entre le fémur, le tibia et le talus semble excellente, et la puce ne détecte aucun problème bactériologique. En fin de guérison, un compte à rebours s'activera. Une fois qu'il arrivera à zéro, la puce s'éteindra automatiquement. À partir de là, Tracy remarchera normalement sans qu'elle ait à se soucier de quoi que ce soit. Tu trouveras tout ce que tu dois savoir dans ce document, Oliver.
– Merci.
– Durant les trois prochains jours, Tracy aura besoin de repos et dormira plus que d'habitude. Qu'elle évite de se surmener ainsi que les gestes brusques. Contrôlez les indications toutes les douze heures et prévenez-moi en cas de complications.
– Très bien, Tess.
– Tracy a fait le plus dur et n'a plus rien à craindre. Maintenant, tu peux contacter ton ami, qu'il vienne vous chercher.
– Pas la peine. Il n'a pas quitté les lieux et il patiente là où il nous a déposés.

– Dans ce cas, je vais devoir vous laisser. Allez le rejoindre et faites ce que je vous ai dit.

– D'accord, Tess. À bientôt.

– Et surtout, n'oubliez pas que je suis prête à vous soutenir. Si je peux être utile, n'hésitez pas.

– Merci. Si nous avons besoin de toi, nous t'informerons.

Oliver, Tracy et Ethan quittèrent l'hôpital de Redbridge. Dès qu'ils arrivèrent à l'appartement, Oliver agença la pièce dans laquelle il travaille afin que Tracy puisse se reposer, en toute tranquillité. Finalement, la journée semblait bien se terminer. Cependant, ils restaient méfiants, car ils savaient que tôt ou tard, Abigail Miller récidiverait.

XIV

Les trois serveurs

Deux jours passèrent. Tracy se remettait de ses blessures pendant qu'Ethan et Oliver décidèrent de prendre du bon temps afin d'oublier les récents événements.

– J'ai commandé des sashimis et des makimonos.

– Tu as bien fait, Oliver. Je commence à mourir de faim.

Un livreur arriva à l'appartement.

– Konichiwa, Eiji-san. Ogenki desu ka.

– Hai, genki desu. O hisashiburi desu.

– Tu parles le japonais ?

– Non, que très peu. J'ai suivi quelques cours au cas où je déciderais de m'exiler, mais j'ai dû laisser tomber, par manque de temps. Ethan, je te présente Eiji Sasaki.

– Bonjour, Eiji.

– Bonjour, Ethan.

– Où sont les sashimis ?

Eiji donna le poisson à Ethan qu'il mit au frais en attendant le réveil de Tracy.

– Sachez que je suis de votre côté comme la plupart des Japonais qui habitent Londres.

– Merci, Eiji.

– C'est relativement calme dans le secteur ! Ça change d'autres quartiers de la ville !

– Pourquoi dis-tu ça ?

– Vous n'avez pas regardé les bulletins d'Elsa 17 ?

– Non, pas les derniers.

— Vraiment ! Pourtant, les tensions ne cessent d'augmenter et on ne parle que de ça depuis hier.

Oliver s'empressa d'allumer son écran.

— Bon sang ! Qu'est-ce que c'est que ça ?

— Depuis que la population est informée de ce qui s'est passé à Camberwell Church Street, elle a décidé de vous suivre et considère Ethan comme leur leader.

— Un leader ! Je n'ai rien d'un leader ! Et c'est pour ça qu'ils ont choisi de mettre une partie de Londres à feu et à sang !

— Ça, ce n'est pas à moi qu'il faut le dire, Ethan.

— Il y a des milliers de personnes dans les rues ! Pourquoi ?

— Parce que tu l'as simplement demandé.

— Je leur ai proposé de boycotter et d'exclure Encéphalia de leur vie, pas de faire une révolution !

— Visiblement, tu n'as pas vu ce qui se passe dans la plupart des villes du pays.

— Tu es en train de me dire que ça dégénère dans toute l'Angleterre ! Tu plaisantes, Eiji ?

— Non, pas du tout. Oliver, demande à l'écran de changer de programme.

Oliver suivit le conseil d'Eiji. À leur grande surprise, ils aperçurent d'innombrables et violentes altercations entre civils et forces de l'ordre, que ce soit à Cardiff, Bristol, Manchester ou encore Bradford.

— Comment est-ce possible ? À Camberwell Church Street, il y avait quelques centaines d'individus, mais là, ça dépasse l'entendement. Si ça continue, l'armée elle-même va être obligée d'intervenir.

— Londres est une ville importante et les nouvelles se répandent rapidement. De nombreux Londoniens présents ce soir-là se sont connectés à Internet afin que personne n'écoute leurs conversations. En passant par l'ancien réseau, ils ont pu informer leurs proches de ce qu'ils ont vu.

— Informé ! Mais de quoi ? Ça fait plusieurs jours que tout le monde connaît l'existence d'Encéphalia Supra. Le gouvernement a également décidé de réintégrer les free-brainers. La population devait oublier Encéphalia, et je pensais que les manifestations s'atténueraient. Pourquoi en arriver là ?

— L'intervention d'Oliver, Encéphalia Supra, les puces de traçabilité, Abigail Miller qui nous montre son vrai visage et qui s'en prend lâchement à Tracy… Toutes ces raisons ont provoqué ce qu'on appelle un effet boule de neige et toute l'Angleterre compte sur toi, désormais. Aujourd'hui, j'ai quand même réussi à faire quelques livraisons et je peux te garantir que tout le monde mentionnait ton nom, mais peu celui de Tracy ou d'Oliver.

— Tu es une véritable star, Ethan.

— C'est bon, Oliver ! Je n'ai pas envie de plaisanter. Salvatore Moretti avait raison quand il disait que la situation pouvait dégénérer.

— Les manifestations sont devenues des rébellions avant de terminer en révolution, mais là, j'ai l'impression que ça va encore plus loin.

— Et c'est bien ça le problème ! Je ne souhaitais plus jamais entendre parler d'Encéphalia, ne plus voir de brain-centers à chaque coin de rue, et bien entendu, je voulais que les free-brainers ne soient plus obligés de vivre dans des villes polluées et qu'ils n'aient plus à faire les boulots les plus ingrats. Si j'avais su…

— Tu n'as aucun regret à avoir, Ethan.

— J'en doute. Regarde-les tous ! Ils me considèrent comme un sauveur, un leader charismatique, mais ils font erreur, car je ne suis ni l'un ni l'autre.

— Moi, je pense que tu l'es.

— Pourtant, tu ne devrais pas, Eiji.

— Arrête de te sous-estimer. Trop de gens croient en toi pour que ce soit qu'une simple coïncidence.

— Écoute, Eiji ! Ne te fais pas trop d'illusions, car cela ne va pas durer. Dans une ou deux semaines, ils passeront à autre chose. Je ne veux pas les décevoir, mais je ne suis pas ce genre d'homme. Dès que tu rentreras chez toi, répète ce que je viens de dire à tes proches ainsi qu'à toutes les personnes qui mentionneront mon nom.

 Eiji fixa Ethan dans les yeux avant de partir.

— Très bien Ethan, j'ai saisi. Tu as peut-être raison en fin de compte.

— Tu te montres compréhensif, merci.

— Je dois vous quitter à présent. Je suis honoré de t'avoir rencontré.

— Au revoir, Eiji. Merci de nous avoir informés et pour la rapidité de la livraison. Les makimonos ont l'air exquis. Félicite le chef de ma part.

— Je le ferai. À très bientôt. Dewa Mata, Oliver.

— Dewa Mata, Eiji.

— Tu as entendu ? Il est honoré de m'avoir rencontré ! Et à très bientôt qu'il me dit ! Comme si j'allais manger des plats japonais tous les jours…

– Visiblement, la communauté japonaise a de grands espoirs en toi et ce ne sont pas des personnes qui font confiance à n'importe qui.

– Je n'ai rien contre eux et j'aime beaucoup leur culture, mais qu'ils arrêtent de se faire des idées. On peut prendre notre repas, maintenant ?

– Tu as raison, mangeons.

– Enfin ! Je meurs de faim.

– Dès demain, nous regarderons tous les programmes d'informations. Nous devons être au courant de tout ce qui se passe dans les moindres détails.

– En attendant, je ne veux plus que l'on parle de ça. Savourons ce délicieux poisson et profitons de la soirée avec Tracy. Dès qu'elle sera guérie, nous lui expliquerons la situation.

Le lendemain matin, vers 8 h 45, Ethan et Oliver se réveillèrent.

– Oliver, ça va ?

– J'ai un méchant mal de crâne, mais je m'en remettrais.

– Quelle idée de vider une bouteille de cognac à deux ! Moi qui n'en avais pas bu depuis des années…

– Tracy l'a également apprécié.

– Oui, en effet. Elle devrait être bientôt rétablie et elle ne prend plus d'antidouleurs. Un petit verre n'allait pas la tuer.

– Un petit verre ! Je dirais plutôt trois, voire quatre. En tout cas, il n'en reste plus une goutte.

– Un cognac charentais de dix ans d'âge. Pas étonnant qu'il soit si savoureux. Tu as dû payer cette bouteille une fortune !

– C'est le cadeau d'un encéphalian qui voulait s'exiler.

– Ça me fait penser à Charles Turner. Si seulement il savait à quel point les choses ont évolué…

– Il s'en réjouirait, c'est certain.

Oliver se leva et activa son écran.

– Oliver, tu es obligé d'allumer cet écran ?

– Tu devrais venir voir, Ethan, ça a l'air sérieux.

Ethan rejoignit Oliver. Elsa 17 parlait des derniers événements qui ne cessaient de prendre de l'ampleur. Elle annonça :

« En ce moment même, des émeutes ont lieu dans toute l'Angleterre. Londres, Manchester et Liverpool étant les principales villes concernées. En ce qui concerne les autres NSE, on dénombre d'importantes et violentes manifestations, que ce soit à Paris, Milan ou Barcelone. Cette situation ingérable, nous la devons à celui que l'on surnomme l'intervenant et particulièrement à Ethan Moore. Depuis quelques jours, la population ne cesse de l'encenser, alors que cet homme est considéré comme un dangereux fugitif par les autorités. Il n'y a pas si longtemps de cela, le peuple vivait harmonieusement, et excepté quelques marginaux, personne ne se plaignait d'Encéphalia. Pour le moment, le bilan s'élève à dix-huit morts, cent douze blessés, dont trente graves. Nous ne pouvons plus tolérer ceci et nous espérons qu'Ethan Moore en a conscience, car il en est l'unique responsable. Tout individu l'ayant aperçu doit impérativement contacter les autorités. La Miller corporation ainsi que le gouvernement promettent une forte récompense à ceux qui coopéreront. Apportez-nous votre aide et ce fugitif retournera à Saint John's dans moins d'une semaine. »

Oliver, énervé, demanda à l'écran de s'éteindre.

– Cette Elsa 17…, qu'elle soit maudite.

– Et que soient maudites les personnes qui la croient ! Du moins, s'il en reste.

– J'aurais dû prendre le temps de la détruire quand je me suis introduit au BNI, à Shoreditch. L'as-tu entendu ? J'ai l'impression qu'elle te traite de terroriste et tente de te faire porter le chapeau.

– Pas la peine de te mettre dans cet état, Oliver. Presque plus personne n'y prête attention. Abigail Miller a certainement demandé au BNI de programmer Elsa 17 pour qu'elle répète ce genre d'idiotie.

– Oui, c'est possible, mais attends-toi à ce que l'on ne te fasse pas de cadeaux.

– Franchement, je m'en contrefiche. Qu'ils racontent ce qu'ils veulent, si ça les amuse.

– Ne prends pas la situation à la légère. Abigail, le BNI, et même Scotland Yard ne vont pas te lâcher. Hier, tu as dit à Eiji que cette situation était provisoire, que les gens passeraient à autre chose d'ici peu…

– J'ai peut-être parlé trop vite, c'est vrai.

– Tu t'es carrément trompé, tu veux dire. Les populations sont en train de se soulever dans tout le pays, et bientôt, ce sera le cas dans toutes les NSE. Tout le monde va nous rechercher, et je ne serai pas surpris de voir nos têtes mises à prix.

– M'assassiner calmerait peut-être les tensions, qui sait ? Mais avant que ça arrive, je dois faire tout mon possible pour la protéger.

– Qui donc ?

– Tracy ! Qui d'autre veux-tu que ce soit ?

– Que comptes-tu faire ?

– Je dois retourner chez Salvatore Moretti.

– Quoi, encore ! Son fils vient de mourir. Je ne pense pas qu'il acceptera de te recevoir.

– Il tient absolument à me rendre service. C'est le moment ou jamais. Je vais lui demander qu'il prenne Tracy sous sa protection et qu'il l'aide à s'exiler, au cas où la situation l'exigerait.

– Pourquoi es-tu prêt à courir ce risque ?

– Parce que je tiens trop à elle et que je l'ai dans la peau ! Voilà, je l'ai dit ! Tu es satisfait ?

– Je le savais, ça crève les yeux. Attends qu'elle se réveille et dévoile-lui ce que tu ressens. Tracy n'attend que ça.

– Non, hors de question ! Et je compte sur toi pour garder le silence.

– Pourquoi donc ? Ne vois-tu pas qu'elle éprouve la même chose pour toi ?

– Je ne le vois que trop bien, je ne suis pas aveugle, mais la dernière fois que j'ai avoué mes sentiments à une femme, elle a profité de moi avant de me jeter comme une vieille chaussette. J'en ai tellement souffert qu'il m'a fallu plusieurs mois pour m'en remettre et je me suis juré de ne plus revivre ce genre de situation.

– Cette femme ne t'aimait pas, c'est certain. J'ai connu ça moi aussi.

– On continue à remuer le couteau dans la plaie ou nous cherchons une solution pour aller chez Salvatore ?

– Très bien, comme tu voudras. Que proposes-tu ?

– Penses-tu qu'Ian acceptera de nous y conduire ?

– Oui, mais je préfère ne pas l'impliquer. Si jamais les flics mettent la main dessus, ils pourraient le faire chanter, voire le menacer.

– Je comprends, oublions cette idée. Quant à Salvatore, il ne demandera pas à l'un de ses hommes de venir jusqu'ici. Les forces de l'ordre sont présentes dans de nombreuses rues de Kensington, et aucune personne ne semble vouloir sortir de chez elle.

– Et c'est là que nous allons intervenir.

– Et comment ?

– La plupart des flics sont mobilisés pour rétablir l'ordre et s'occuper des récalcitrants. Cependant, ces affrontements ont lieu à Kensington High Street, à Kensington Road ou encore à Cromwell Road. Si nous désirons nous rendre chez Salvatore Moretti, nous devrons éviter de les emprunter.

— Sa maison se situe sur une avenue très fréquentée. Si jamais on s'en approche, la police nous arrêtera.

— Ça arrivera que si nous passons par la porte principale et c'est exactement ce que nous ne ferons pas.

— Et par où veux-tu entrer ?

— Salvatore Moretti est incontestablement le plus puissant parrain mafieux d'Europe. Un homme dans sa position inspire la crainte et le respect, mais il est tout autant jalousé et détesté.

— Certainement, et alors ?

— Il paraît évident qu'il ne dort pas la conscience tranquille et je peux te garantir que sa maison doit disposer de nombreuses sorties annexes au cas où quelqu'un viendrait s'en prendre à lui.

— Tu ne connais pas Salvatore Moretti. Ce mafieux n'a peur de rien et si quelqu'un cherchait à le doubler, il n'hésiterait pas à le tuer de sang-froid.

— Je n'en doute pas un instant. Il est vrai que les hommes de ce milieu meurent rarement dans leur sommeil et finissent souvent en prison. Salvatore le sait et il doit pouvoir quitter la ville sans se faire repérer au cas où sa famille serait menacée. Je suis persuadé que sa maison possède une entrée secrètement cachée, à l'abri de tous les regards.

— Très bien. Je vais le contacter, voir s'il peut nous recevoir.

— Je connais tous les moindres recoins de Kensington. Une fois ta demande acceptée, nous partirons. J'éviterai au maximum la population tout en empruntant les rues où il n'y a pas de caméras de surveillance.

— Et pour Tracy, que fait-on ?

— Elle dort encore. Je sais qu'elle boit un verre d'eau dès qu'elle se réveille. Je vais lui en préparer un avec un léger somnifère, rapidement soluble. Elle se rendormira avant même qu'elle remarque notre absence.

— Très bien, mais vas-y doucement sur la dose.

Ethan utilisa l'écran pour envoyer un message à Salvatore Moretti. Le parrain répondit instantanément et accepta de les recevoir dans les plus brefs délais. Il laissa une adresse, celle d'un hangar, dans lequel il exposait une importante collection d'automobiles italiennes et anglaises. Connaissant parfaitement l'endroit où il se trouve, Oliver demanda à Ethan de se cacher dans le coffre de sa voiture afin d'éviter d'attirer l'attention. Après avoir emprunté de multiples rues peu fréquentées et peu recommandables, il aperçut le hangar. Le lieu étant relativement désert, ils s'y rendirent à pied. Sur ce court trajet, quelques personnes les reconnurent, mais peu d'entre elles n'osèrent les aborder. Au-delà de tout espoir, ils arrivèrent à destination sans se faire arrêter. Tony et Gaetano les attendaient.

– Salut Gaetano, salut Tony.

– Salut, Ethan. Vas-y, entre ! Monsieur Moretti s'impatiente.

– Une Austin Haley 3000 de 1965, une Aston Martin DB4 de 1962 et une Ferrari 275 GTB de 1968 ! Je vois que votre patron ne se refuse rien !

– On se passe de tes commentaires, Oliver.

– Où est monsieur Moretti ?

– Il va vous recevoir, chez lui. Venez avec moi et surtout ne parlez jamais de cet endroit à qui que ce soit.

Ils suivirent l'homme de main du parrain. Ce dernier les emmena dans un dépôt rempli de pièces pour automobiles. Au fond de celui-ci se trouvait une vieille fosse qui cachait un passage menant tout droit à la résidence de Salvatore Moretti.

– Mes amis, veuillez continuer. Le couloir est assez étroit, faites attention. Dans quelques minutes, vous arriverez dans une cave à vin. Matteo, le consigliere de la famille vous y attend.

– Le consigliere ?

– Son bras droit, son conseiller.

– Tu ne nous accompagnes pas ?

– Non. Moi et Tony restons au hangar. Avec toutes ces agitations, cette collection pourrait susciter une certaine attention et monsieur Moretti n'aime pas ça.

– Très bien, Gaetano, je comprends.

Oliver et Ethan continuèrent.

– Ne trouves-tu pas cela suspect ?

– Quoi donc ?

– On marche dans un couloir dans lequel on peut à peine bouger et tout ça sans surveillance. Je te rappelle qu'il se termine dans la cave d'un gangster.

– Inutile de t'inquiéter Oliver. Si Salvatore désirait nous assassiner, ce serait déjà fait.

– Sans doute. En tout cas, il possède une belle collection.

– Tu aimes les voitures ?

– Plus ou moins. C'est une passion que je partageais avec mon père.

– Intéressant ! On en rediscutera à l'occasion. J'aperçois un homme, c'est certainement Matteo. Un conseil : reste poli et évite de parler pour ne rien dire.

Quelques instants plus tard, ils se trouvèrent face à Matteo qui les guida vers le bureau de Salvatore. Le parrain les attendait.

– Bonjour, Salvatore.

– Bonjour, Ethan. Comment vas-tu ?

– Je vais bien, merci. J'ai appris pour Luca. Je tiens à vous présenter toutes mes condoléances.

– Merci Ethan. Tes paroles semblent sincères et ça me touche. Ton ami, qui est-ce ?

– Il s'agit d'Oliver Roy.

– C'est donc lui ! Dois-je t'appeler Oliver, l'araignée ou l'intervenant ?

– Bonjour, monsieur Moretti. Oliver suffira.

– Messieurs, que puis-je faire pour vous ?

– Salvatore, je viens vous voir suite aux derniers événements.

– Il est clair que la situation dégénère. Même à Kensington, on ne se sent plus en sécurité.

– Il est fort probable que la police me recherche et que je retourne en prison dans peu de temps si, bien entendu, elle ne m'a pas tué avant.

– Il y a de fortes chances, hélas.

– Je sais que le moment est mal choisi, mais lors de notre dernière rencontre, vous teniez impérativement à me rendre service.

– Et c'est toujours le cas. Que puis-je faire pour toi ?

– C'est pour mon amie, Tracy, que je suis ici. Elle a assez souffert ces temps-ci, et si par hasard, il m'arrivait malheur, je voudrais qu'on la protège et qu'on l'aide à quitter le pays. Oliver s'est occupé de sa puce et elle désire s'exiler. Elle aura également besoin d'argent pour repartir à zéro. Je sais que je demande beaucoup, mais vous êtes la seule personne qui puisse me rendre ce service.

– Eh bien, dis-moi ! J'ai l'impression que cette fille… tu l'aimes, n'est-ce pas ?

– Bien sûr, et pas qu'un peu.

– C'est accordé, tu as ma parole. Tony ira lui parler. Elle n'aura plus qu'à choisir une date et un lieu avant de quitter le pays avec un compte en banque bien garni.

– Merci mille fois, Salvatore. C'est bien plus que je l'espérais.

– Tu as bien fait, Ethan, ne me remercie pas. C'est bien de vouloir protéger les gens auxquels nous tenons.

– À ce sujet, j'aimerais vous poser une question, quoiqu'un peu délicate.

– Je t'écoute.

– Aviez-vous imaginé que Luca ne soit pas mort de cause naturelle ?

– J'y pense, en effet. Je suis persuadé qu'Abigail Miller y est pour quelque chose.

– Nous le sommes également.

– Elle sait que j'ai ma part de responsabilité pour tout ce qui s'est passé dans les autres NSE. En s'en prenant à mon fils, elle a certainement désiré se venger.

– C'est fort possible.

– En tout cas, je ferai tout ce qui est en mon pouvoir pour que cette femme aille dormir avec les taupes.

– La faire descendre de son piédestal devrait suffire, monsieur Moretti.

– Et à coups de barre de fer, elle va descendre ! Cependant, j'ai l'impression que tout le monde ignore où elle se trouve en ce moment.

– C'est pour cette raison que nous devons nous attaquer à son œuvre et non à elle. Si Encéphalia et la Miller corporation chutent, Abigail Miller suivra également, c'est certain.

– Plus facile à dire qu'à faire, Oliver.

Oliver sortit son écran du sac.

– Il y a quelques jours, j'ai décortiqué les derniers fichiers que nous avions volés et il m'a semblé en voir un de douteux. Attendez que je le retrouve… Voilà, c'est celui-ci.

– Que contient-il de si important ?

– Il était bien protégé, très sécurisé. Même moi, j'ai eu du mal à y accéder. Une fois contourné, j'ai appris que les puces, que ce soient celles de données ou de traçabilité, sont connectées à plusieurs systèmes.

– Si ces puces sont connectées, on peut aussi les désactiver, c'est bien ça ?

– En effet. Elles sont reliées à des serveurs et possèdent toutes un numéro unique. À mon avis, la Miller corporation s'en sert pour déconnecter certaines personnes.

– Prenez ça comme une bonne nouvelle ! Il suffit de s'y rendre, de tout éteindre ou de tout détruire, et adieu Encéphalia et les puces de traçabilité.

– Ce n'est pas si simple, Salvatore. Visiblement, il semble impossible de mettre ces serveurs hors tension. D'après ce qui est écrit, une explosion ou un autre incident du genre provoquerait chez les encéphalians des pertes de mémoire, de violentes migraines, voire des attaques cérébrales. La seule chose que je peux faire, c'est d'empêcher l'accès aux données.

– Pourquoi la Miller corporation ou le gouvernement s'amuseraient-ils à déconnecter les humains ? Ils ont humilié les populations en leur imposant ces satanées puces, et là, on découvre qu'ils pourraient les éteindre en un instant ! À quoi bon ? Ça n'a aucun sens !

– Si, hélas, il y en a un. En utilisant de telles méthodes, ils peuvent faire taire n'importe qui. Ils évincent les récalcitrants et les lanceurs d'alerte.

– Ce qui veut dire que tu avais vu juste en ce qui concerne la mère de Tracy.

– C'est possible, mais ne lui en parle pas, d'accord ?

– Bien entendu, ça va de soi.

– C'est sans doute pour cette raison que peu de personnes connaissaient l'existence des puces de traçabilité. Parmi celles qui les mentionnaient, certaines ont dû être déconnectées. En procédant de cette façon, ils évitent les poursuites, les procès et les incarcérations.

– Une horrible façon d'arriver à ses fins, ni vu ni connu. Dès demain, nous dévoilerons le contenu de ce fichier.

– On aurait pu en passant par le programme 211. Cependant, il appartient à la Miller corporation depuis quelques jours.

– Peu importe les moyens que nous utiliserons. Cette entreprise doit payer pour avoir gâché la vie de nombreux innocents ainsi que celle de mon fils, Luca.

– N'allons pas croire que ce sera une tâche facile. Le peuple se révolte, beaucoup de personnes réclament ma présence et attendent beaucoup de ma part, mais si jamais je manque de prudence, les forces de l'ordre me tomberont dessus.

– Tu as raison, Ethan. Tu dois continuer à t'impliquer dans cette histoire tout en évitant les déplacements inutiles. Pour votre sécurité, vous logerez ici, chez moi. Ensemble, nous ferons tout notre possible pour voir la Miller corporation chuter. Oliver est intelligent, toi, tu es celui qui représente le peuple, et moi, je suis puissant, craint, tout en ayant d'excellentes relations et beaucoup d'argent. En s'associant, on arrivera certainement à nos fins. Aucune suggestion ?

– Et Tracy ?

– Tony s'en occupera. Elle sera avec nous dans moins d'une heure.

– Oliver, qu'en penses-tu ?

– Moi, ça me va.

– Dans ce cas, nous acceptons.

– Parfait !

Salvatore contacta Tony et lui ordonna d'aller chercher Tracy.

– Oliver, où se trouvent ces serveurs ?

– Dans des datacenters qui se situent à Soho, à Shoreditch et à Chelsea. Visiblement, ils sont tous reliés à un quatrième serveur qui les alimente tous, mais j'ignore où il est.

– Peut-on y entrer facilement ?

– Aucune idée, mais nous devons nous attendre à un comité d'accueil.

– Je demanderai à certains de mes hommes de vous accompagner. Si vous rencontrez des agents, ils s'en occuperont.

– D'accord, mais qu'ils agissent en douceur ! À l'intérieur, je piraterai les systèmes afin que personne ne puisse intervenir. J'y arriverai, j'en suis sûr.

– Même si tu réussis, je crains qu'une grande partie du peuple reste sous Encéphalia.

– Seuls mes travaux permettent de s'en débarrasser, mais nous devons impérativement bloquer l'accès aux puces ainsi qu'aux dossiers de tous les encéphalians.

Pendant qu'ils mettaient leur plan en place, Salvatore regarda par la fenêtre de son bureau.

– Bon sang ! Venez voir !

– Que se passe-t-il, Salvatore ?

– Approchez, en évitant de vous montrer.

Ils aperçurent des véhicules des forces de l'ordre ainsi qu'une trentaine de policiers armés.

– Matteo, demande à tous les hommes disponibles de se positionner devant l'entrée ! Et surtout, qu'il n'agisse pas tant que je ne l'ai pas ordonné !

– Très bien, monsieur Moretti.

– Ethan, es-tu sûr que personne ne vous a suivi ?

– Je l'étais jusqu'à présent. Et quand je pense à Tony qui est parti chercher Tracy…

– Tony s'en sortira et Tracy nous rejoindra, je vous le garantis.

– En attendant, qu'allons-nous faire ?

– Nous devrions quitter la ville avant de nous faire arrêter.

– Hors de question ! Nos objectifs tiennent toujours. Occupez-vous des serveurs le plus rapidement possible. Mes hommes vont tenter de retenir la police et je vais contacter certaines de mes relations.

– Il faudrait d'abord que l'on sorte d'ici.

Salvatore appuya sur un bouton caché dans un tiroir de son bureau. Sous celui-ci se trouvait un escalier qui conduisait hors de sa propriété.

– Un escalier dissimulé sous votre bureau ! Où mène-t-il ?

– À mon armurerie.

– Nous sommes recherchés et vous voulez que l'on se planque dans une armurerie !

– Vous n'y resterez pas longtemps. D'ailleurs, si certaines armes vous conviennent, prenez-les.

– Si jamais les flics entrent et découvrent ce passage, tout se terminera en un instant.

– Même si ça arrive, ils ne vous retrouveront pas.

– Sauf votre respect, j'en doute.

– Au fond de celle-ci, vous trouverez un vieux fusil avec une crosse argentée qui repose sur un mécanisme. Enlevez l'arme et réactivez le dispositif en le poussant quelques secondes. Une trappe cachant un écran numérique s'ouvrira. Vous n'aurez plus qu'à entrer le code « seguimi te sto scappando. »

– Qu'est-ce que ça veut dire ?

« Suis-moi, je m'enfuis ». C'est Luca qui l'avait suggéré.

– Et après ?

– Prenez le passage avant de refermer la porte. Il vous mènera à une ancienne ligne de métro, délabrée et abandonnée depuis plusieurs années. Empruntez-la jusqu'à la première sortie, Bayswater. Celle-ci débouche dans la réserve de mon restaurant, la Vita Azzura.

– Vos employés risquent d'être surpris.

– Nous allons les avertir. Mon cousin Angelo vous attendra. Là-bas, personne ne soupçonnera votre présence, toutefois, je vous conseille de faire profil bas pendant quelques jours. Ensuite, on s'occupera des serveurs. À présent, dépêchez-vous. J'ignore combien de temps mes hommes réussiront à gérer la situation.

– Vous avez raison, inutile de s'attarder. À bientôt, Salvatore.

Pendant que Salvatore rejoignait ses hommes afin d'éviter un bain de sang, Ethan et Oliver empruntèrent l'escalier secret et coururent jusqu'à l'armurerie. Une fois à l'intérieur de celle-ci, ils furent stupéfaits. Dans la pièce, on y apercevait de l'équipement militaire, de vieilles armes de collection ainsi qu'une bibliothèque.

– Tu vois ce que je vois, Oliver ?

– Oui, j'en ai bien peur !

– Que fait Salvatore avec tout ça ?

– Visiblement, il collectionne, se protège et s'instruit.

– Cela va de soi. Le contraire m'aurait étonné. En attendant, nous avons son autorisation pour nous servir. Prends une arme, la première à portée de main.

Pendant qu'ils s'équipaient, un objet attira l'attention d'Oliver.

– Une batte de baseball !

– Et alors ! J'en ai vu des dizaines.

– Dédicacée par Steven Olsen ! J'en doute.

– Qui est-ce ? Un grand joueur ?

– Oui, en effet. Il a été élu joueur de l'année en 2063 et 2065. « À celui qui m'a toujours soutenu, mon meilleur ami au lycée, Luca ». Incroyable ! Le fils Moretti et Steven Olsen étaient proches durant leur jeunesse !

– Peu importe. Pose-la et tirons-nous d'ici.

– Non, je la prends. Je ne pense pas que Salvatore m'en voudra si je l'utilise sur Abigail Miller.

Ethan n'approuva pas les paroles d'Oliver. Même s'il détestait Abigail Miller, il ne prônait pas la violence pour autant. Après s'être équipés, ils aperçurent le fusil à la crosse argentée, activèrent le mécanisme et entrèrent le code suggéré par Luca. Une porte donnant accès à l'ancienne ligne de métro s'ouvrit. Au bout de quinze minutes de marche, la sortie de Bayswater se présenta devant eux. Ils l'empruntèrent avant d'arriver dans la réserve du restaurant. Un homme de petite taille et trapu les attendait.

– Bonjour. Êtes-vous Angelo, le cousin de Salvatore ?

– Oui, en effet. Soyez les bienvenus. Posez vos affaires et suivez-moi.

Angelo conduisit Ethan et Oliver à l'étage de la Vita Azzura.

– Salvatore tient à ce que vous restiez ici quelques jours, le temps que les choses se tassent.

– A-t-il réussi à gérer la situation ?

– En partie. Quelques minutes après votre départ, deux inspecteurs de Scotland Yard se sont pointés avec un mandat. Salvatore n'a pas eu d'autres choix que de les laisser entrer. Ils ont fouillé les lieux de fond en comble dans le seul but de vous arrêter, mais ils n'ont rien trouvé, pas même l'escalier caché sous le bureau.

– Tant mieux. Et Tracy ?

– Tracy va bien, Tony est allé la chercher. Ils ont pu emprunter le passage du hangar sans qu'on les remarque. Cependant, Salvatore préfère s'assurer que personne ne surveille sa maison avant de la faire venir. Si vous avez un message à lui adresser, n'hésitez pas. On lui transmettra dans les plus brefs délais. En attendant, restez ici le temps que je vous prépare un bon repas.

Angelo quitta la pièce pendant qu'Ethan et Oliver enregistrèrent un message pour Tracy. Ils devaient la rassurer tout en lui expliquant la situation. Une fois réunis, ils élaboreront un plan afin de s'occuper des serveurs de Soho, Chelsea et Shoreditch.

XV

Meneur malgré lui

Deux jours passèrent. Ethan et Oliver restèrent au restaurant et suivirent les événements en attendant la venue de Tracy. Tony leur rendit visite afin de leur transmettre un message.

– Salut Oliver, salut Ethan.

– Salut, Tony. Tracy n'est pas avec toi ?

– Non, elle est chez monsieur Moretti. Même si les inspecteurs de Scotland Yard n'ont rien trouvé, des flics sont encore sur place. Dès qu'ils partiront, ils nous rejoindront. Elle est en sécurité et m'a chargé de vous dire qu'elle avait hâte d'être avec vous pour voir la chute de la Miller corporation.

– Nous sommes impatients, nous aussi, même si ça reste une utopie.

– N'en soyez pas si sûr. Monsieur Moretti a contacté ses amis du forum et leur a expliqué pour les serveurs, les déconnexions, et des problèmes qu'elles peuvent provoquer. Apparemment, certains proches des membres en ont été les victimes.

– Que veulent-ils faire ?

– Anéantir Encéphalia et tout ce qui va avec. Ils souhaitent que toutes les NSE s'en débarrassent le plus rapidement possible et qu'elles n'aient plus de comptes à rendre à la Miller corporation.

– Vraiment ! J'attendais beaucoup de leur part, mais je me demande s'ils sont conscients de l'ampleur de la tâche.

– Ils le sont ! Ils auraient préféré que ça se passe dans de meilleures conditions, mais avec toutes ces agitations, ils savent que ce n'est plus envisageable, et que seule une révolution résoudra le problème.

– Ont-ils mis le fichier concernant les serveurs à la disposition de la population ?

– Oui. À l'instant même où ils l'ont reçu. D'après monsieur Moretti, ils pensent engager des experts.

– Pour quelle raison ?

– Ils veulent connaître l'emplacement du dernier serveur, celui auquel les autres sont reliés. Ils aimeraient également savoir si ces derniers ne gèrent que l'Angleterre ou si chaque NSE en dispose.

– Ce n'est pas une mauvaise idée, après tout ! Donc, tu me disais que le forum voyait cette révolution comme l'unique solution, je ne me trompe pas ?

– C'est ce qu'il pense en tout cas.

– Ces hommes sont craints et puissants. De plus, ils ont la réputation de corrompre des personnes importantes. Même si je n'approuve pas cette méthode, pourquoi ne pas l'employer afin d'apaiser la situation ? Mettre certaines personnes influentes dans leurs poches pourrait s'avérer bénéfique pour nous.

– Dans notre milieu, nous n'achetons que les politiciens, et ce sont ces mêmes politiciens qui ont permis à la Miller corporation de commercialiser Encéphalia. Comme je te l'ai dit, certains membres de leur famille ont été volontairement déconnectés. La fille aînée de Massimo Rizzo, le parrain de Rome, a été victime de deux accidents vasculaires cérébraux, et celle de Jonas Schwarz, le parrain de toute l'Allemagne, s'est suicidée, car elle devait constamment supporter de violentes migraines jour et nuit. Maintenant, tu comprends pourquoi le forum souhaite les réduire en miettes et non les corrompre.

– Et qu'attendent-ils de moi ?

– Exactement ce que le peuple désire.

– Mais qu'est-ce qu'ils ont tous à la fin ? Eux aussi, ils s'imaginent que je suis ce soi-disant leader ?

– Parfaitement ! Ils t'estiment, te respectent et t'admirent à un point que tu ne soupçonnes même pas.

– Et c'est pour ça que je dois me jeter dans la gueule du loup ! As-tu vu ce qui se passe dehors ? Le gouvernement veut me remettre en taule et les fanatiques restants de la Miller corporation rêvent de me faire la peau.

– C'est pour cette raison qu'ils t'apporteront leur protection. Tu disposeras de tout ce dont tu as besoin et leurs hommes veilleront à ce qui ne t'arrive rien. Dès que la Miller corporation tombera, ils ont promis de vous aider à vous exiler, toi et Tracy. Japon, Russie, Corée du Sud… Vous n'aurez qu'à choisir. Ils vous procureront une nouvelle identité ainsi qu'un compte bancaire bien garni, mais avant cela, tu dois accepter ce qu'il demande. Entre nous, Ethan, qu'as-tu tant à perdre ?

Ethan ferma les yeux et réfléchit à la proposition du forum. Il savait que ça se terminerait mal s'il restait dans son pays natal. En cet instant, il pensa surtout à Tracy, avec laquelle il envisageait de quitter les NSE avant de commencer une nouvelle vie.

— D'accord, ça marche, j'accepte. Si cette révolution doit continuer, j'en serai le porte-parole.

— Tu as fait le bon choix. J'informerai monsieur Moretti afin qu'il les avertisse de ta décision.

— Cependant, j'imposerai une condition.

— Je leur dirais, laquelle ?

— La population aura besoin d'armes pour se défendre et j'insiste pour qu'elles soient non létales. Demande-leur de nous en fournir un maximum.

— Des armes non létales ! Ai-je bien entendu ?

— Oui, Tony, parfaitement. Nous n'utiliserons aucune arme à feu. Seuls les lâches et les gouvernements les emploient à des fins atroces. Nous ne ferons pas la même chose, car nous valons mieux que ça. Que l'on aime les forces de l'ordre ou non, ils ne s'en servent que rarement, et c'est pour cette raison que nous ferons de même en les affrontant sur un pied d'égalité.

— Comme tu voudras. Ils seront surpris, mais ils accepteront.

— Le forum et la population comptent sur nous et je n'ai pas l'intention de les décevoir. Oliver, peux-tu envoyer un message à Aaron ? Nous aurons certainement besoin de lui.

— C'est comme si c'était fait.

— Tony, j'aimerais que tu parles à Salvatore. Aaron est quelqu'un de confiance et je voudrais qu'il ait l'autorisation d'emprunter le passage du hangar.

— Je m'en occupe.

— Une fois qu'Aaron arrivera chez Salvatore, je pense qu'ils devraient venir ici avec Tracy.

— C'est tout ce dont tu as besoin ?

— Oui, Tony. Merci.

Tony partit retrouver son patron. Trois heures s'écoulèrent. Salvatore, Tony, Tracy et Aaron rejoignirent Ethan, Oliver ainsi qu'Angelo.

– Tracy ! Comment vas-tu ?

– Je me sens beaucoup mieux. Salvatore nous a tout raconté sur les serveurs. Maintenant, je sais d'où viennent les problèmes de ma mère et compte sur moi pour y mettre un terme. Je les détruirai de mes propres mains si l'on m'en donne l'occasion.

– Je te reconnais bien là ! Et toi, Aaron, comment ça se passe au camp ?

– Les demandes d'exil ne cessent d'augmenter. Avec Steve Wood, nous faisons de notre mieux afin de satisfaire le plus de personnes. Je rentre de Swansea où j'ai rencontré de hauts fonctionnaires. J'ai promis de ne pas dévoiler leur identité, même s'ils se sentent trahis par la Miller ainsi que par le gouvernement. Ils vont se réunir pour accumuler des fonds et aider tous ceux qui désirent quitter le pays.

– Peu importe leurs noms, tu les remercieras de ma part. Chaque fois qu'un individu souhaite s'exiler et se débarrasser de ces puces de malheur, nous nous rapprochons de la victoire.

– Ça prendra le temps qu'il faudra, mais on y arrivera.

– Comme tu peux le voir, Salvatore est avec nous. Même si notre première rencontre fut assez mouvementée, j'ai une confiance aveugle en lui, et sans son soutien, nous n'en serions pas là aujourd'hui. Tous les sept, nous allons aider la population et anéantir la Miller corporation ainsi qu'Encéphalia. Je peux compter sur toi, Aaron ?

– Quelle question idiote ! Évidemment que tu le peux.

– Je savais que tu accepterais. Merci.

– Ne me remercie pas. Ça fait trop longtemps que j'attends ce moment avec impatience.

– Est-ce que les policiers surveillent toujours votre maison, Salvatore ?

– Ils ont mis les voiles, enfin. Il n'en reste plus que deux ou trois, mais pas la peine de s'inquiéter. Pour les armes, je n'en dispose que de quelques-unes, mais mes amis du forum m'en procureront dans les plus brefs délais.

– Elles sont non létales, comme je le souhaitais ?

– Oui, sans exception. Certaines sont dépassées, mais elles feront l'affaire.

– Ethan, tu comptes vraiment équiper toute la population ?

– Seulement ceux qui en ont envie. Chacun sera libre et je n'obligerai personne.

– Ça risque de finir en bain de sang.

– C'est pour cette raison que j'ai demandé aucune arme à feu. Il y aura des blessés et de la casse, mais pas de morts.

– Je pense que c'est une bonne idée. Après tout, la population veut la révolution et non la guerre.

– Et j'exige qu'ils se défendent sans devenir des assassins.

– Qu'attends-tu de moi ? Pourquoi suis-je ici ? questionna Aaron.

– Tu connais Londres mieux que quiconque. Va sur le terrain, analyse la situation, parle aux gens et rapporte-nous tout ce que tu vois et ce que tu entends.

– Tu veux que je joue le rôle de l'éclaireur, c'est bien ça ?

– Oui, en quelque sorte. Mis à part toi, Aaron, nous ne bougerons pas d'ici pendant deux jours. Ensuite, on s'occupera des serveurs.

– Et comment comptes-tu t'y prendre ?

– Il y en a trois ; nous formerons trois groupes. Parmi Soho, Chelsea et Shoreditch, quel coin connais-tu le mieux ?

– Shoreditch, sans hésiter.

– Parfait. Oliver se chargera de celui qui s'y trouve. Tu l'accompagneras et tu t'arrangeras pour qu'il y accède sans se faire remarquer.

– Ethan, es-tu conscient que je ne peux pas être partout à la fois ? Ce travail demande du temps et des compétences que peu de personnes ont.

– Je sais, Oliver, et je pense que ça intéressera l'une de tes anciennes connaissances.

– Tu fais allusion au scorpion ! Ça fait des années que je ne l'ai pas vu et je suis persuadé qu'il refusera de se joindre à nous.

– Il déteste la Miller corporation tout autant que toi. Il nous aidera, j'en suis sûr.

– Ce scorpion, qui est-ce ? questionna Salvatore.

– L'ancien associé d'Oliver. Ils formaient un binôme connu sous le nom d'arachnide.

– Maintenant que tu le dis… La Stackford avait mis Scotland Yard à leurs trousses.

– Oliver utilisera l'ancien réseau pour le contacter. Aaron, oublie ce que je viens de te dire et pars à Cuckfield pour lui expliquer tous les détails.

– Je m'en occupe. Prévenez-le et je m'y rendrai.

– Et pour le troisième serveur ?

– Le forum trouvera certainement un homme capable de s'en charger.

– Je leur en parlerai. Ils feront en sorte qu'un expert se joigne à nous dans les plus brefs délais.

– Merci Salvatore. À présent, je pense qu'il est temps pour nous d'agir.

Aaron et Salvatore quittèrent la Vita Azzura pendant qu'Oliver contacta Julian. Ethan prévoyait deux jours pour s'organiser. Passé ce délai, ils devaient être en mesure de s'occuper des trois serveurs et d'équiper tous les Londoniens qui le désirent. Malgré lui, Ethan devint le meneur des opérations. Salvatore lui-même semblait prêt à l'écouter, à partir du moment où ça lui permettait de venger la mort de son fils. Moins de quarante-huit heures plus tard, ils se réunirent au restaurant du parrain. Salvatore et Tony arrivèrent les premiers avant d'être rejoints par Aaron, Julian et David.

– Le scorpion ! Incroyable, tu n'as pas changé !

– Toi non plus ! À quand remonte notre dernière rencontre ? Dix ans ?

– Plus ou moins. Je suis vraiment content de te revoir, mon ami. Dommage que ce soit pour de telles raisons.

– Aaron m'a tout raconté. Walworth, l'intervention, le BNI… Je te félicite, mon vieux, même moi, je n'aurais pas fait mieux.

– Tu me complimenteras lorsque tout prendra fin. Au fait, je te présente Salvatore Moretti, son homme de main, Tony, et son cousin Angelo.

Ils se saluèrent…

– Aaron, ça s'est bien passé à Cuckfield ?

– Oui, mais ne compte plus sur moi pour y retourner. Mes poumons n'ont pas du tout apprécié.

– Je sais que tu n'es pas habitué à autant de pollution, mais l'aide de Julian nous sera indispensable.

– Ethan, qu'attends-tu de moi, précisément ?

– T'es-tu intéressé aux dossiers que nous avons volés à Walworth ?

– Oui, pas plus tard qu'hier. Aaron m'a procuré une copie. Encéphalia Supra, la réunion d'Abigail Miller, les puces de traçabilité… Il est temps d'en finir avec eux et leurs projets diaboliques. Je sais également que monsieur Moretti a contacté le forum afin d'informer les autres NSE.

— Et les serveurs ? Qu'en penses-tu ?

— Les pirater sera une tâche très difficile, mais c'est aussi un défi que je relèverai avec grand plaisir. Quel est ton plan, Ethan ? Que proposes-tu ?

— Comme vous le saviez déjà, ils se situent à Londres. Le premier se trouve à Chelsea, le second à Shoreditch et le dernier à Soho. Vu qu'Aaron connaît bien Shoreditch, il accompagnera Oliver. Julian s'occupera de celui de Soho avec Tracy.

— Et pour Chelsea ?

— Le forum m'a informé qu'un hacker russe se joindra à nous, annonça Salvatore. Son avion atterrit dans une heure. J'ai chargé Gaetano d'aller le chercher.

— Ce Russe, est-il fiable ?

— Si mes amis l'ont choisi, c'est qu'il l'est. Son nom est Yvan Smirnov. Un freelance, de nature taciturne, mais d'après ses pairs, aucun système ne lui résiste.

— Je le connais de réputation, annonça Julian. Ce type est une véritable légende dans son pays. Avec cet homme à nos côtés, nous réussirons.

— Parfait ! David et moi irons à Chelsea avec Yvan.

— Attends Ethan ! Tu parles comme si c'était déjà fait. Des agents doivent surveiller les datacenters où se trouvent les serveurs, et ils emploieront tous les moyens nécessaires pour que nous n'y parvenions pas.

— Et c'est à ce moment que les hommes de Salvatore interviendront. La Miller corporation et le gouvernement ignorent notre projet et c'est pour cette raison qu'y accéder ne posera aucun problème.

— De ce point de vue, ça devrait marcher. On a plus qu'à espérer que les forces de l'ordre ne nous tombent pas dessus.

— Elles sont trop occupées en ce moment. Avec un minimum de prudence, nous devrions pouvoir les éviter. Salvatore, aviez-vous reçu les armes que j'ai demandées ?

— Oui, mais en petite quantité.

— On se débrouillera. Vos hommes, connaissent-ils ces quartiers ?

— Certains y habitent. Pourquoi ?

— Ils devront informer les gens qu'ils côtoient. Nous équiperons les habitants qui n'auront plus rien à craindre des forces de l'ordre. Dès que les tensions atteindront leur paroxysme, vos hommes neutraliseront les agents qui surveillent les datacenters afin que l'on puisse intervenir sans se faire remarquer.

— Et comment comptes-tu livrer les armes sans attirer l'attention ? questionna Tracy.

— Je possède une blanchisserie à Shoreditch, répondit Salvatore. Matteo réside à Chelsea et la belle-sœur de Gaetano détient un salon de coiffure à Soho. Afin de ne pas éveiller les soupçons, nous les déposerons en faisant plusieurs allers-retours. Si les habitants désirent se défendre, ils sauront où les trouver.

— À l'intérieur des bâtiments, Oliver, Julian et Yvan s'occuperont des serveurs. J'ignore le temps que ça prendra, mais faites au plus vite. Tracy, David, Aaron et moi, nous servirons de guets et nous vous assisterons au besoin. Le travail accompli, on se retrouve au hangar. Quelqu'un a quelque chose d'autre à ajouter ?

Personne ne répondit.

— Je pense que nous sommes enfin prêts. Salvatore préviendra Angelo dès que l'avion d'Yvan atterrira et lorsque la population sera informée. Tony, Angelo et Matteo nous déposeront à nos datacenters respectifs et nous conduirons au hangar une fois l'opération terminée. Mes amis, c'est à nous de jouer, désormais.

La réunion prit fin. Gaetano retrouva Yvan Smirnov à l'aéroport pendant que les hommes de Salvatore conversaient avec les résidents de Soho, Chelsea et Shoreditch. Julian et Oliver étudiaient les schémas des serveurs afin d'optimiser leur intervention et d'éviter toutes négligences. Ethan et David, quant à eux, discutaient de tout ce qui s'était passé depuis leur dernière rencontre.

Vers 14 h, Salvatore contacta Angelo. Les membres de la famille Moretti déposèrent leurs acolytes aux secteurs qu'on leur avait assignés. Le plan se déroula comme prévu. Pendant que les Londoniens affrontaient les forces de l'ordre, les trois experts accompagnés de leur complice parvinrent à entrer dans les datacenters sans attirer l'attention. Ethan, David et Yvan arrivèrent dans la salle où se trouvait le serveur.

— Explique-moi comment ça fonctionne, Yvan.

— Que veux-tu savoir exactement ?

— La procédure, en général. Ces lignes qui s'affichent sur ton écran, par exemple, que signifient-elles ?

– Elles correspondent à l'algorithme de cryptage symétrique du serveur.

– Et que comptes-tu faire, plus précisément ?

– Yvan va utiliser ce que l'on appelle une attaque de force brute.

– Qu'est-ce que c'est ?

– Il va vérifier toutes les combinaisons possibles et casser tous les mots de passe qui permettent d'accéder aux dossiers des encéphalians.

– Comment va-t-il s'y prendre ? Il y en a des millions !

– Il va introduire un virus qui se propagera dans le serveur et qui s'attaquera au système. Dès que ce sera fait, le serveur ne sera plus sécurisé et Yvan accédera à toutes les données.

– Est-ce que David a raison, Yvan ? Peux-tu vraiment faire ça ?

– Oui, Ethan, je le peux. Il y a quelques années, des hackers chinois, japonais et russes ont formé une communauté nommée les Ultores, dans le but de concevoir un virus capable de détourner n'importe quel système. Je sais de quoi je parle, j'en faisais partie.

– Ce virus, que fait-il, plus précisément ?

– Il se propage dans chaque bloc avant de remplacer les anciens mots de passe par des nouveaux. Afin que personne ne puisse intervenir, il contient un algorithme qui détecte toutes les intrusions. Si un petit malin tente d'accéder aux données, un programme s'activera automatiquement et changera les mots de passe toutes les vingt secondes. Il n'aura même pas le temps d'en déchiffrer un qu'il sera immédiatement substitué par un autre. Fais-moi confiance, Ethan. Celui qui espère y parvenir n'est pas encore né.

– Comme prévu, tu ne vas pas les détruire, mais tu vas rendre leur accès impossible.

– Comme le feront Julian et Oliver. Ils ont une copie du programme et les compétences nécessaires pour introduire le virus dans les serveurs.

– Combien de temps ça va durer ?

– Entre trente et quarante minutes. Tout dépend du niveau de sécurité des données. David, utilise ton écran pour prévenir Julian et Oliver. Dis-leur que nous pouvons commencer. Quand ça sera fait, veillez à ce que personne ne vienne me déranger.

– La police et la population semblent bien trop occupées. Nous sommes tranquilles pour le moment, mais en cas de problème, nous t'avertirons.

– Merci. À présent, j'ai du travail.

Julian et Oliver informés, ils purent commencer. Yvan s'attela à la tâche pendant qu'Ethan et David endossèrent le rôle de guetteur. Le processus activé, le virus se propagea afin de décrypter toutes les données. Même si elles se chiffraient en millions, elles tombèrent les unes après les autres. Au bout d'une demi-heure, Yvan fit une dernière vérification avant de considérer l'opération comme terminée.

– Ethan, David, j'ai réussi. Tout est sous contrôle. Plus personne ne pourra y accéder, désormais.

– Parfait, Yvan. Comment ça s'est passé ?

– Relativement bien. Certaines données ont été difficiles à contourner, mais elles ont fini par céder. Tous les encéphalians dont les numéros de puces sont enregistrés dans ce serveur ne risquent plus rien. Ils resteront sous Encéphalia, mais on ne pourra plus les surveiller ou les déconnecter.

– Bien joué, Yvan ! Julian ne s'était pas trompé sur ton compte.

– Merci, Ethan. Et de ton côté, tu n'as rien remarqué de suspect ?

– Non, rien du tout, c'est calme. Les hommes de Salvatore se sont occupés des agents avant notre arrivée. À mon avis, ils ont tellement eu peur qu'ils n'oseront rien rapporter.

– Tant mieux. Le prochain type qui utilisera ce serveur va être surpris quand il s'apercevra que tous les mots de passe sont erronés.

– J'aimerais ne pas être à sa place.

– David, as-tu des nouvelles de Julian et d'Oliver ?

– Oui, à l'instant. Julian est sur le point de finir et Oliver vient de partir.

– Enfin ! Les encéphalians peuvent dormir tranquilles, désormais.

– Espérons-le. Pour le moment, n'attirons pas l'attention et retournons chez Angelo.

Ethan, David et Yvan quittèrent le datacenter de Chelsea. À l'extérieur du bâtiment, ils aperçurent les récalcitrants tombés sous les coups des forces de l'ordre. Bien qu'il soit déterminé à les aider, Ethan voulait d'abord s'assurer que les serveurs ne représentent plus aucun danger. Matteo s'apprêtait à les ramener au hangar, quand soudainement, un homme surgit de nulle part, dégaina son arme et tira. Le consigliere prit une balle dans la jambe. Quant à David, il en reçut cinq avant de s'écrouler, grièvement blessé. En cet instant, Ethan s'empara du revolver de Matteo et s'en servit. Par chance, il toucha l'assaillant à l'épaule. Ce dernier, le bras couvert de sang, réussit à s'enfuir. Ethan et Yvan s'empressèrent de secourir leurs acolytes.

– David ! C'est moi, Ethan. David !

– Ethan ! Où es-tu ? Je n'y vois plus rien.

– Juste là, devant toi. Reste avec moi, mon vieux. Ne parle pas et garde tes forces.

– Non, Ethan, c'est terminé. Je n'en ai plus pour longtemps. Le bras droit de Salvatore, Matteo, comment va-t-il ?

– Yvan s'occupe de lui, ne t'en fais pas.

– S'il te plaît, Ethan, dis à Julian que l'on a réussi… Que j'aurais aimé être avec lui… quand la Miller corporation sombrera.

– Non ! Toi, tu lui diras.

– Prenant conscience de l'état de David, Ethan demanda de l'aide à Yvan. À peine il retourna la tête, que le pauvre homme succomba dans ses bras.

– David ! David ! Bon sang, ce n'est pas vrai !

– Laisse tomber, Ethan. On ne peut plus rien y faire. Il est mort.

Dès cet instant, Ethan comprit qu'il était l'unique cible du tueur et que la chance fût de son côté ce jour-là. Était-ce un fanatique d'Encéphalia ? Un assassin à la solde d'Abigail Miller ? Un traître parmi ses proches ? Personne ne le savait. Ils allongèrent délicatement le corps de David sur la banquette arrière de la voiture avant d'aller secourir Matteo.

– Comment vous sentez-vous Matteo ?

– Je vais bien. La balle a traversé la jambe. Relevez-moi et dépêchons-nous de partir d'ici.

Pendant qu'ils tentaient de le tirer d'affaire, Ethan et Yvan aperçurent une deuxième balle logée au niveau de l'estomac de Matteo. Prudemment, ils l'aidèrent à s'asseoir sur le siège passager avant d'activer la conduite automatique du véhicule. Malgré tous leurs efforts, le conseiller de Salvatore mourut dix minutes plus tard. En peu de temps, Ethan perdit deux personnes de confiance.

« Comment vais-je annoncer ça à Julian et à Salvatore ? », pensa-t-il.

Alors qu'il cherchait une réponse à la question, la voiture s'arrêta devant le hangar. Gaetano les attendait.

– Qu'est-ce qui a foiré, Ethan ?

– On nous a tirés dessus. David et Matteo sont morts.

– Quoi ? Matteo est mort !

– Mettons leurs corps à l'intérieur avant que l'on nous remarque.

Les trois hommes, assistés d'un quatrième, déposèrent les deux corps dans l'arrière-salle du hangar. Salvatore, qui fut averti par Yvan dès leur départ de Chelsea, arriva au même moment.

– Dis-moi que j'ai mal compris ! Un tueur a assassiné Matteo et ton jeune ami !

– Ce n'est que la triste vérité, Salvatore.

Pendant que le parrain s'approchait du corps de son conseiller, les autres membres arrivèrent à leur tour.

– Que s'est-il passé, Ethan ? questionna Tracy.

– Nous quittions Chelsea lorsqu'un type a vidé son chargeur. Comme tu peux le voir, seuls Yvan et moi-même avons survécu.

– Ce tueur, c'était qui ?

– Je n'en ai pas la moindre idée, Julian, mais nous devons tout faire pour le retrouver. David souhaitait être avec toi quand la Miller corporation chutera. Ce sont les derniers mots qu'il a prononcés avant de mourir.

– David était comme mon frère et je jure de découvrir l'identité de l'ordure qui a fait ça.

– Ce type, ce tueur… Ce ne sont pas eux qu'il visait, c'était moi.

– C'est fort possible et je te garantis que nous le retrouverons. Matteo travaillait pour moi depuis plus de vingt ans. C'était un homme loyal, d'une intelligence rare. Maintenant que Luca est mort, je pensais le nommer comme successeur à la tête de la famille. Dès demain, je m'assurerai que ses proches ne manquent de rien.

– Cet homme paiera pour ses crimes, mais en attendant, terminons ce que l'on a commencé. Oliver, comment ça s'est passé à Shoreditch ?

– Parfaitement. J'ai eu quelques difficultés, mais ça a été. Avant d'entrer dans le datacenter, j'ai échangé quelques mots avec des militants.

– Qu'ont-ils dit ?

– Qu'ils se battront tant qu'ils le pourront, mais j'ai l'impression qu'ils ne tiendront plus très longtemps !

– À Soho, c'est ce que nous avions également ressenti. Tracy a aperçu des dizaines de personnes tombées même si elles se défendaient sans relâche. Tu dois les soutenir, et la seule solution, c'est de combattre à leurs côtés.

– Et je compte bien les aider. Mais pour l'instant, nous devons nous assurer que personne ne puisse accéder à leurs données.

– À l'instar d'Yvan et d'Oliver, j'ai réussi ma mission. Aucun expert, quel qu'il soit, ne pourra intervenir. À présent, nous devons connaître l'emplacement du quatrième serveur.

– L'avez-vous localisé ?

– Non, hélas.

– Ma communauté mène son enquête. Malgré leurs efforts, ils n'ont rien découvert. Mes amis japonais pensent même qu'il n'existe pas.

– Et c'est bien ce qui m'inquiète. Que cache-t-il de si important ?

– Je l'ignore, mais j'ai l'impression que tout ne sera pas terminé tant que nous ne l'aurons pas trouvé et mis hors état de nuire.

– Vous y parviendrez, j'en suis certaine. Cette mission vous paraissait difficile, mais vous avez relevé le défi avec succès. Vous semblez épuisé ; vous devriez vous reposer.

– Tracy a raison. Ménagez-vous pendant trois ou quatre jours. Julian et moi, nous enterrerons dignement Matteo et David. Je vais charger mes hommes de se renseigner sur ce tueur. Dès qu'ils l'auront repéré, je me ferai un plaisir de m'entretenir avec lui.

– Si cela ne vous dérange pas, je souhaiterais vous aider, Salvatore.

– Comme tu voudras, Aaron. Après tout, tu connais beaucoup de monde ; tu me seras très utile. Quant à toi, Ethan, tu viens d'échapper à la mort. Considère ceci comme une bénédiction, car la prochaine fois, il ne te manquera pas. Reste ici et ne prends aucun risque.

– Je dois me battre au côté du peuple. Si je ne le rejoins pas, il est probable qu'ils abandonnent le combat.

– Te battre à ses côtés ne changera rien. Même si les forces de l'ordre sont inférieures en nombre, elles sont entraînées et disposent de meilleurs équipements. Aller sur le terrain n'améliorera pas la situation. Les flics t'abattront en premier afin de calmer les autres. Nous devrions consacrer notre temps à chercher ce tueur. Ensuite, nous improviserons.

– Très bien, Salvatore. Je suppose que c'est la meilleure chose à faire pour le moment. Nous suivrons les événements en cours pendant que vous et Julian, vous vous occuperez de Matteo et de David. Patientons quelques jours avant de prendre de nouvelles décisions. Nous sommes en partie responsables de la situation, et c'est pour cette raison que nous devons trouver les meilleures solutions afin d'aider la population.

On l'a informée, on l'a armée, et nous ne la laisserons pas tomber. Si vous avez une meilleure idée, je vous écoute.

– Ethan, j'ai une annonce à te faire, mais en privé, seul à seul.

– Très bien, Oliver.

Personne n'ajouta le moindre mot. Cette réunion terminée, Salvatore chargea Angelo de prévenir ses hommes pour qu'ils enquêtent sur le mystérieux assassin. Ceci fait, le parrain et Julian s'occupèrent des corps Matteo et de David afin de les enterrer le plus dignement possible. Gaetano ramena Yvan à l'aéroport pendant qu'Ethan et Oliver discutaient de la suite des événements…

XVI

Libra

Durant les quatre jours qui suivirent, les tensions s'accentuèrent. Pendant que Julian et Salvatore s'occupaient des corps de David et de Matteo, Oliver et Tracy visionnaient les derniers bulletins d'informations du BNI. Malgré toutes les exagérations et les chiffres tronqués qu'il rapportait, il ne pouvait ni nier ni cacher les émeutes qui se déroulaient aux quatre coins des NSE. Toutefois, les récalcitrants paraissaient impuissants face aux forces de l'ordre, dont le nombre ne cessait d'accroître. Durant les vingt-quatre dernières heures, Ethan préféra rester seul, car il semblait dépité par la nouvelle que lui avait annoncée Oliver, quelques jours auparavant. Chagriné, il sortit de la pièce voisine, couvert d'un sweat à capuche et muni d'une bouteille d'alcool.

– Ethan, où vas-tu ?

Tout en ignorant la question, il quitta la Vita Azzura, l'air abattu, le regard fixé vers le sol.

– Bon sang, Ethan ! Réponds-moi !

– Laisse-le partir, Tracy. Tu sais bien qu'il n'a pas prononcé le moindre mot depuis que je lui ai annoncé la mort de Joanna, sa sœur. Sois indulgente et comprends qu'il a envie d'être seul. Il a simplement besoin de noyer sa tristesse dans quelques verres d'alcool, voilà tout.

– Et si Abigail Miller décide de s'en prendre à lui, que va-t-il faire ?

– Tracy, ne vois-tu pas ce qui se passe ? Elle n'a plus aucun soutien, les actionnaires de son entreprise vont sans doute l'évincer et des centaines de personnes souhaitent ouvertement sa mort. Je suis même prêt à parier qu'elle a déjà quitté le pays.

– Et ce tueur ? Pourquoi ne l'avons-nous pas encore repéré ?

– Salvatore a mis ses hommes sur le coup. Aaron qui connaît Londres mieux que n'importe qui a décidé de l'aider. Si cet assassin doit récidiver, il le fera à l'abri des regards, et non dans les rues les plus fréquentées.

– Tu as certainement raison même si je ne me sens pas rassurée.

Ethan sortit et marcha. Il semblait mal en point, épuisé, car la mort de sa sœur l'affectait. Malgré les affrontements en cours sur Queenways et Bayswater Road, il continua d'avancer avant de s'asseoir sur un banc public proche d'Orme Square. Sans que personne ne fasse attention à lui, il regardait les habitants du quartier qui tentaient désespérément de résister face aux forces armées. Quelques instants plus tard, Ethan mourut. Victime de deux balles dans la nuque, le pauvre homme succomba. Le tueur l'avait retrouvé, mais cette fois-ci, il honora son contrat. L'assassin cacha rapidement le corps d'Ethan et partit discrètement avant de s'enfoncer dans une impasse peu éclairée. Il rangea son pistolet silencieux et sortit un petit écran portable, qu'il activa. Le visage d'Abigail Miller apparut sur celui-ci.

– Bonjour, madame Miller. Comme vous le désirez, Ethan Moore est mort.

– Au moins, vous n'avez pas raté votre cible, contrairement à la dernière fois ! J'espère que personne ne vous a vu, que vous avez fait preuve de prudence.

– Tout s'est passé comme prévu, Abigail.

– Madame Miller !

– Non, madame Miller. La population et les forces de l'ordre semblaient trop occupées à s'entretuer. Personne n'a remarqué ma présence ou quoi que ce soit. La nuit tombée, je récupérerai son corps pour m'en débarrasser, définitivement.

– Excellent travail, Jenkins ! Votre mission est terminée. Venez chercher votre dû demain à 20 h, à l'hôtel Victoria, chambre 287. Un homme de confiance vous y attendra.

– J'y serai. Merci madame Miller. Bonne journée.

Jenkins rangea son écran, le sourire aux lèvres. Contre toute attente et à sa grande surprise, des manifestants en surnombre et armés, entendirent et enregistrèrent sa conversation. Démasqué, le meurtrier sortit son revolver et vida son chargeur sur le premier individu qui s'approcha. Miraculeusement, il réussit à échapper aux autres récalcitrants en prenant la fuite. Dix minutes plus tard, à bout de souffle, il se retrouva, seul, dans une ruelle isolée. Jenkins, persuadé d'avoir eu beaucoup de chance, se trompait.

– De la part de Matteo, pourriture.

– Non, attendez…

Après avoir découvert l'identité du tueur, Salvatore Moretti ordonna à Gaetano de s'en occuper. L'homme de main du parrain le localisa avant de l'abattre. Dans l'instant qui suivit, les récalcitrants aperçurent Jenkins allongé devant Gaetano.

– Enfoiré ! Tu as assassiné Ethan Moore !

– Que dis-tu ? Ethan est mort !

– En effet. Nous avons surpris ce type s'entretenir avec Abigail Miller. Il le lui a annoncé avant qu'elle propose de le payer. On a même enregistré leur conversation et je vais devoir informer la police. Il est temps que cette femme passe le reste de ses jours en prison.

– Inutile de te fatiguer pour rien, jeune homme. La police ne fera rien et brûlera toutes les preuves. Donne-moi ce que tu as si tu désires venger Ethan. En ma possession, je te garantis qu'elle paiera pour tout le mal qu'elle a fait.

– En fin de compte, vous avez certainement raison. Je hais les flics et je n'ai aucune confiance envers la justice. Je connaissais Ethan, et je veux qu'Abigail souffre pour avoir ordonné son assassinat.

– À t'entendre parler, j'ai l'impression que vous étiez proches !

– Plus ou moins. Je connais surtout son ami, l'araignée.

– Vraiment ! Comment t'appelles-tu ?

– Thomas Lam.

– Ethan m'a vaguement parlé de toi. Il m'a dit que tu travailles pour l'araignée… Et toi, sais-tu qui je suis ?

– Pas du tout. À voir votre façon de vous habiller, j'en déduis que vous faites partie d'une organisation dont il faut éviter de prononcer le nom.

– Oui, on peut dire ça. Thomas, tiens-tu sincèrement à venger Ethan ?

– Quelle question idiote ! Évidemment !

– Très bien. Prends toutes les preuves que tu as et viens avec moi.

– Attendez, je récupère l'écran du tueur.

– Un instant, gamin ! N'oublie pas où tu mets les pieds et à qui tu as affaire.

– Inutile d'être menaçant. Je connais les règles de votre milieu et je ne tiens pas à ce que l'on me retrouve au fond de la Manche avec un bloc de ciment attaché à la cheville. Je resterai muet comme une tombe, soyez-en sûr.

Gaetano et Thomas partirent en direction de la Vita Azzura. Même s'il pouvait être dénué de toute émotion, le mafieux ignorait comment annoncer la mort d'Ethan à Oliver, et surtout, à Tracy. En voyant Gaetano contrarié, Thomas décida de le faire lui-même. Peu de temps après, ils arrivèrent au restaurant d'Angelo.

– Salut, Oliver.

– Thomas ! Que fais-tu ici ?

– Oliver… les nouvelles sont mauvaises.

– Que se passe-t-il ? Parle ! Est-il arrivé quelque chose à ton frère ?

– Non, Oliver. C'est Ethan, il est mort.

– Mort ! Tu dois te tromper ! Ethan était avec nous, il n'y a même pas une heure !

– Pourtant, c'est bien lui. Un type l'a assassiné.

– Ce n'est pas possible ! Ethan est vraiment mort ! Oliver, dis-moi que j'ai mal entendu ! Dis-moi que Thomas ne parle pas de la même personne.

Tracy refusa d'y croire et se mit à pleurer. Toutefois, elle s'y était préparée.

– Si ça peut te rassurer, j'ai vengé Ethan en m'occupant du tueur.

Attristée, elle ne répondit pas à Gaetano. Thomas, assis à ses côtés, sortit l'enregistrement ainsi que l'écran de Jenkins.

– Pourquoi nous montres-tu cet écran, Thomas ?

– Il appartenait à l'assassin d'Ethan et c'est la preuve comme quoi Abigail Miller a commandité son meurtre.

– Décidément, cette femme est prête à tout pour avoir le dernier mot !

– C'est parfait ! Abigail Miller pense s'être définitivement débarrassée d'Ethan, alors qu'en réalité, il n'a jamais été aussi présent. Cette idiote vient de creuser sa propre tombe.

– Que veux-tu dire Gaetano ? Je ne suis pas sûr de comprendre.

– Réfléchies un instant, Tracy. Quand le BNI a dévoilé vos visages à la population, quelle personne a-t-elle aperçue en premier ?

– Ethan, évidemment.

– Quand les hommes d'Abigail Miller vous ont agressé, qui s'est rendu à Camberwell Church Street pour tenter de convaincre les personnes qui s'y trouvaient ?

– C'est Ethan.

– Et qui a mis ses convictions à toute épreuve sans jamais les renier ?
– Encore Ethan.
– En l'assassinant, Abigail Miller a fait de lui quelque chose de bien plus dangereux qu'un simple récalcitrant : elle en a fait un symbole.
– Qu'est-ce que tu racontes là ! Tu as trop d'imagination, Gaetano !
– L'annonce de la mort d'Ethan va provoquer une telle colère chez les gens, qu'ils n'oseront plus abandonner.
– Tu penses vraiment que sa disparition va motiver davantage ceux qui se battent ?
– J'en suis convaincu. Quand nous montrerons cette preuve au peuple, Abigail Miller perdra le peu de crédibilité qui lui reste. Il se peut même qu'un plus grand nombre d'encéphalians rejoignent le combat. Si cela se produit, les forces de l'ordre abdiqueront.
– Mais si nous ne bougeons pas le petit doigt, si nous ne tentons pas de les aider, Ethan sera mort pour rien. Elles finiront par l'emporter et tout redeviendra comme avant. Abigail Miller sera évincée et Encéphalia continuera d'exister.
– Les dirigeants de la Miller corporation mentiront, changeront le nom de leur produit, prononceront un nouveau discours… C'est leur métier, ne les sous-estimons pas.
– J'ai l'impression que vous souhaitez vous servir de sa mort pour mettre un terme à tout ça ! Franchement, je ne suis pas sûr qu'Ethan approuverait.
– Moi, j'en suis certain. Tracy, nous comprenons que ça t'attriste profondément, mais Gaetano a raison. Le peuple n'a plus Ethan, c'est vrai, mais il a encore toi et moi. Même si Ethan ne te l'a jamais avoué, il t'aimait et il souhaitait quitter le pays avec toi dès qu'Encéphalia cessera d'exister.
– J'ai toujours su qu'il avait des sentiments pour moi. Pourquoi ne me l'a-t-il jamais dit ? Je l'aimais tellement…
– Dans ce cas, arrête de t'attrister et bats-toi. Si tu ne le fais pas pour toi, fais-le pour lui.
– Oliver a raison. Quand une partie de la population te verra remise de tes blessures alors qu'elle te pensait morte, quelle sera sa réaction ?
– Je vois où tu veux en venir, Thomas. Je passerai pour une femme qui a failli y laisser la vie hier, mais qui semble prête à aller jusqu'au bout aujourd'hui.

— Tu feras une bonne impression, c'est certain. En attendant, nous devons apporter la preuve de l'implication d'Abigail Miller.

— En ce moment, les personnes qui étaient avec moi doivent en parler à leurs proches. Pour les autres, on devra trouver un moyen.

— Le programme 211 appartient à la Miller et Internet semble de plus en plus contrôlé. Si nous souhaitons diffuser cet enregistrement, nous devons passer par les programmes du BNI.

— Entrer au BNI ! Tu as perdu la tête !

— As-tu une meilleure idée, Gaetano ?

— Non, je n'en ai pas, mais réfléchi un instant. Des agents doivent surveiller le BNI toute la journée, sans parler de toutes les alarmes qui se déclencheront lorsqu'elles détecteront une intrusion.

Oliver posa le badge d'Ashton Dole sur la table.

— Ashton Dole ! Qui est-ce ?

— Notre laissez-passer. C'est en partie grâce à ce badge que j'ai pu y accéder. Je n'ai plus qu'à recommencer. Vu que je connais déjà les lieux, la tâche sera plus facile.

— Depuis ton intervention, ils ont certainement dû renforcer la sécurité.

— Et alors, où est le problème ? Des militants se joindront à nous comme ils l'ont fait pour les datacenters. Pendant qu'ils s'occuperont des agents, nous accéderons à la salle d'enregistrement. Quant aux alarmes et aux caméras, je n'aurais aucune difficulté à les désactiver. Dans quelques jours, je vous garantis que tout le pays saura qu'Abigail a commandité le meurtre d'Ethan. Si tout se passe comme prévu, la Miller corporation n'aura presque plus de clients avant la fin de l'année et sera dans l'obligation de se déclarer en faillite.

— Ça me semble peu probable, mais nous devons essayer.

— Moi, je préfère en parler aux personnes de mon entourage. Je tâcherai de les convaincre de se battre à nos côtés. Plus tôt, je les verrai, mieux ce sera.

— Tu as raison, Thomas. Le bouche-à-oreille est une excellente idée.

— Cependant, j'aimerais être à vos côtés lorsque vous irez sur le terrain. Quand cela arrivera, n'hésitez pas à me contacter.

— Aucun souci, c'est noté. Prends donc cette copie avec toi et montre-la aux personnes en qui tu as le plus confiance.

— Cette copie va faire le tour de la ville. J'ai hâte de voir la tête de mes amis quand ils écouteront cet enregistrement.

– Une petite minute !

– Quoi encore ?

– Tu n'as plus besoin de bosser pour moi, désormais. Dis à ton frère que je m'occuperai de sa puce quand tout sera terminé, voire avant, si je peux me libérer.

– Merci, Oliver. Même si nous sommes quittes, je tiens toujours à t'aider à l'avenir.

– Je savais que tu dirais ça. Merci Thomas.

– De rien. Je pars sur-le-champ pour lui annoncer la bonne nouvelle.

– Je vais te déposer chez toi, gamin.

– Comme vous voudrez, Gaetano.

– Et surtout, ne fonce pas tête baissée comme tu le fais d'habitude.

– Aucun risque. Je botterai le derrière des forces de l'ordre dès que vous agirez. Et n'oubliez pas ce que je vous ai demandé.

– On a compris, Thomas, pas la peine de le répéter.

Thomas partit avec Gaetano.

– Il joue les durs, mais Thomas est vraiment un garçon sympathique !

– Bien plus qu'il ne l'avouera jamais, Tracy.

– Et maintenant, que fait-on ?

– Je vais envoyer une copie à Salvatore pour qu'il la transmette au forum. Ensuite, j'avertirai Julian.

– Très bien, fais ce que tu dois faire. Je vais rester à tes côtés, si ça ne te dérange pas.

Oliver se mit à la tâche. Il contacta Salvatore ainsi que Julian, et chercha des informations sur le dernier serveur. Pendant que les hommes du parrain récupéraient le corps d'Ethan, Tracy ne cessa de penser à lui. Attristée et fatiguée, elle s'assoupit près d'Oliver avant que celui-ci ne la dépose dans la pièce voisine.

Durant les quarante-huit heures qui suivirent, Tracy s'y enferma. Son moral étant au plus bas, elle préféra rester seule, ses pensées tournées vers l'homme qu'elle aimait. Chagrinée, elle dormit et mangea que très peu. Au troisième jour, après avoir retrouvé le sommeil, elle décida de rejoindre Gaetano et Oliver qui discutaient.

– Salut Oliver, salut Gaetano.

– Salut Tracy. Nous t'avons réveillé ?

– Non, Oliver, je ne dormais qu'à moitié.

– Ça va aller ? Tu tiens le coup ?

– Ça va. Je fais en sorte de m'accrocher. De quoi parliez-vous ?

– De tout et de rien. Sinon, on vient d'apprendre une excellente nouvelle.

– Laquelle ?

– Nous connaissons l'emplacement du dernier serveur.

– Vraiment ! Comment l'as-tu trouvé ?

– Ce n'est pas moi, mais un certain Jin Zhao. Yvan Smirnov nous a mis en relation avec lui.

– Qui est-ce ? Un hacker ?

– L'un des meilleurs. Il a même appartenu aux Ultores.

– Comment a-t-il fait ?

– Abigail Miller l'a engagé il y a quelques années pour qu'il le conçoive.

– Et vous comptez lui faire confiance !

– Oui, Tracy. Jin a eu plusieurs altercations avec Abigail. Ayant perdu toute confiance en elle, il a volontairement délaissé son travail pour passer du temps avec son père qui venait d'emménager à York. Malheureusement, cette diablesse l'a su et n'a pas du tout apprécié. Le vieil homme est devenu aphasique, quinze jours plus tard.

– Je vois ! Il a de bonnes raisons de nous aider. Ce serveur, où est-il ?

– Au dernier étage de la Heaven Tower. Abigail l'a même surnommé Libra. Pourquoi ce nom ? Je n'en sais rien.

– Dans la Heaven Tower, la plus haute tour de Londres !

– Je sais, ça paraît invraisemblable. Nous pouvons l'apercevoir aux quatre coins de la ville, mais nous ignorons qu'il se trouvait là, devant nos yeux.

– Moi qui pensais qu'il était secrètement gardé dans un endroit très sécurisé, comme un bunker ou une base militaire…

– Que comptes-tu faire, Oliver ?

– Comme prévu, nous irons au BNI afin d'informer la population. Ensuite, on bénéficiera de son soutien pour entrer dans la Heaven Tower, pirater Libra et en finir avec Encéphalia.

– Si nous arrivons vivants jusque-là…

– Il y aura de la casse, c'est certain, mais nous n'avons pas le choix.

– Supposons que nous y parvenons, une fois à l'intérieur, que fait-on ? On éteint Libra et tout prend fin ?

– Non, surtout pas. Cela provoquerait certainement de graves répercussions chez les encéphalians. D'après Jin Zhao, nous devons nous assurer que les données enregistrées dans les trois autres serveurs n'aient plus rien à voir avec Libra.

– Et comment procède-t-on ?

– De la même manière qu'auparavant : on introduit le virus, on coupe leur lien avec Libra et l'on s'arrange pour que personne ne puisse l'utiliser. Dès que nous y serons parvenus, ils deviendront indépendants et les données seront sécurisées. C'est seulement après que nous envisagerons de le mettre hors tension.

– Et nous en aurons terminé avec Encéphalia une bonne fois pour toutes.

– Parfaitement, Gaetano. Ensuite, j'informerai les Ultores afin qu'ils puissent intervenir au cas où un petit génie comme moi tenterait de l'activer.

– Tu oublies que Libra est le serveur qui contrôle les trois autres. La tâche risque d'être plus longue et plus difficile.

– Détrompe-toi, Tracy. Contre toute attente, Libra semble plus facile à pirater.

– Comment ça se fait ?

– Jin a finalement démissionné avant d'accomplir sa mission. Son travail n'étant pas achevé, il n'a pas pris le temps de l'optimiser en matière de sécurité.

– Il a quitté son job avant d'atteindre son but ! Pourquoi ?

– Il ne nous en a pas dit davantage sur le sujet, car il paraissait assez gêné d'en parler.

– À mon avis, il a certainement pris conscience du mal qu'il pouvait faire.

– Peu importe ses raisons, nous n'avons rien à craindre de Libra. Si Julian accepte de m'aider, nous le piraterons sans aucune difficulté. Dès que nous quitterons la Heaven Tower, il en sera fini d'Encéphalia et des puces de traçabilités.

– Du moins, qu'en Angleterre.

– Non Tracy. Jin Zhao nous a confirmé que toutes les données sont enregistrées ici, à Londres. Il n'existe que quatre serveurs dédiés à Encéphalia et ils se trouvent dans cette ville. En cas de réussite, les encéphalians n'auront plus aucune crainte à avoir et plus personne ne pourra les surveiller.

– Enfin ! La Miller corporation et les gouvernements vont récolter ce qu'ils ont semé.

Gaetano aperçut un message sur l'écran d'Oliver.

– Oliver, tu viens de recevoir un message de Julian.

Oliver le lut.

– C'est parfait ! Julian accepte de m'aider. Cependant, il y a un léger problème.

– Que veux-tu dire ?

– Il a informé la population de Cuckfield de tout ce qui se passe à Londres.

– Et alors ! Je ne vois pas ce que ça change.

– Beaucoup de choses. Les habitants de Cuckfield ont décidé de se battre aux côtés des Londoniens.

– C'est une bonne nouvelle !

– Peut-être, mais j'ai bien peur qu'ils ne franchissent jamais l'entrée sud de la ville.

– Si, ils y parviendront !

 Ces mots furent ceux de Salvatore qui venait d'arriver en compagnie d'Aaron.

 – Bonjour, Salvatore, salut Aaron.

– Bonjour Tracy, bonjour les gars. D'après ce que j'entends, Julian souhaite nous rejoindre ?

– Lui, ainsi qu'une bonne partie de Cuckfield. Je pense qu'ils nous aideront quand nous envisagerons d'aller au BNI.

– Je ne vois pas ce qui te préoccupe, Oliver. Tu sais aussi bien que moi, que les free-brainers ont désormais le droit d'aller où ils veulent, et comme ça leur chante.

– J'en doute, Salvatore. Cette loi est à peine rentrée en vigueur qu'ils ont déjà décidé de la suspendre tant que les tensions ne s'atténueront pas.

– Les lois, ces stupides lois… Le gouvernement les fait respecter seulement quand ça l'arrange.

– Peut-être, mais pour l'instant, les policiers ont reçu l'ordre de ne laisser passer personne.

– Et toi, Aaron ? Pourrais-tu intervenir ? Tu es malin, connais du monde, et tu arrives toujours à tes fins.

– C'est inutile, Tracy.

– Pourtant, Julian a bien quitté Londres, il y a seulement deux jours !

– On peut sortir de Londres, mais on ne peut y entrer. Le gouvernement a mis en place un protocole de sécurité.

– Ils réussiront, je vous le garantis. Mes hommes s'en occuperont et je compte bien les accompagner.

– Salvatore, je ne pense pas que ce soit une bonne idée. Je ne tiens pas à vous manquer de respect, mais ce n'est pas le moment de jeter de l'huile sur le feu.

– Je n'en ai pas la moindre intention. Je veux seulement leur parler. Avec le salaire de misère qu'ils gagnent, ces flics ne pourront pas refuser l'offre que je leur proposerai.

– Vous n'allez quand même pas tenter de les acheter ?

– Et je ne vais certainement pas laisser Abigail Miller s'en tirer si facilement. C'est à cause d'elle que mon fils est mort, et vous croyez que moi, Salvatore Moretti, je vais laisser ce crime impuni ? Je veux que cette femme disparaisse et si je dois la tuer de mes propres mains, je le ferai avec plaisir.

– On a compris, Salvatore. Vous souhaitez leur proposer de l'argent, faites-le, mais évitez d'employer la violence.

– J'éviterai d'y avoir recours à condition que les gardiens ne me créent pas de problème. Quand Julian et les habitants de Cuckfield auront franchi le poste de garde, nous les diviserons en plusieurs groupes. Certains assisteront les gens qui se battent pendant que les autres se dirigeront vers le BNI. Selon les effectifs, on empruntera les rues peu fréquentées afin d'esquiver les forces de l'ordre et d'attirer de nouvelles personnes. Plus nombreux nous arriverons au BNI et plus nos chances de succès seront grandes. Ensuite, si elles le désirent, ces personnes nous accompagneront jusqu'aux portes de la Heaven Tower. Julian et Oliver n'auront plus qu'à pénétrer dans cette tour avant de se débarrasser d'Encéphalia une bonne fois pour toutes. Abigail Miller se retrouvera à terre et je lui consacrerai une attention si particulière qu'elle regrettera le jour où elle est née.

– Je pense que c'est une bonne stratégie. Je connais quelques policiers qui travaillent au poste de garde et qui détestent Abigail Miller autant que nous. Même si leurs ordres sont clairs, j'arriverai peut-être à les convaincre de nous aider.

– Mes hommes et moi t'accompagnerons, Aaron.

– Cependant, nous devrons agir le plus rapidement possible. Tant que nous ne contrôlerons pas le BNI, il diffusera des informations dans le seul but de nous salir. Sans vouloir vous offenser Salvatore, vous faites partie du milieu, et il en profitera pour vous calomnier.

– Et qu'il prenne plaisir à le faire. Honnêtement, je m'en contrefiche.

– Le BNI, la Heaven Tower, Encéphalia… Et après ?

– Et après quoi, Tracy ?

– En aurons-nous réellement terminé avec tout ça ?

– Bien entendu. Comme tu le sais déjà, Libra est la pièce maîtresse, l'unité centrale qui contrôle les autres serveurs. Quand il sera hors état de nuire, plus personne ne pourra s'en prendre aux Encéphalians.

– Peut-être, mais les brain-centers continueront d'exister, et rien ne prouve qu'une autre société ne désirera pas s'approprier le marché.

– Vois la réalité en face, Tracy. Vu la tournure des événements, aucune entreprise n'investira le moindre penny. D'ici quelques mois, ils mettront la clé sous la porte.

– Je l'espère ! Cependant, même si nous réunissons tous les hackers qui ont tes compétences, vous ne pourrez pas vous occuper des puces de tous les Encéphalians.

– J'ai l'impression d'entendre Ethan !

– Tu as raison, car il dirait exactement la même chose.

– Ils ont compris la leçon. Peu d'entre eux retourneront dans les brain-centers. On se charge de Libra, et après, nous patienterons.

– Peu ! Et ça correspond à combien ? Un dixième ou un vingtième des encéphalians ? Cent ou deux cents millions d'individus ? Comment allez-vous désactiver leur puce ? Même si l'on en fait une industrie, ça risque de prendre des dizaines d'années.

– S'il te plaît, calme-toi. Avec le temps, les encéphalians se lasseront des brain-centers. Même si nous ne pouvons pas nous occuper de chaque cas, les puces de données deviendront vides de contenus et finiront obsolètes. Elles ne représenteront qu'un simple grain de riz inoffensif implanté dans le cerveau. Suite à ton évasion, tu as dû affronter certaines difficultés, mais tu restes une exception, et si nous rencontrons d'autres personnes dans ta situation, on se chargera de les aider. Ce n'est plus qu'une question de temps, Tracy, alors cesse de cogiter et pense que la victoire est proche.

Pendant que Tracy prenait les paroles d'Oliver en considération, Salvatore posa des armes à feu sur la table.

– Des armes à feu !

– Oui, et vous en aurez certainement besoin. Je sais que vous les détestez, mais la situation l'exige. Utilisez-les qu'en cas de nécessité.

– Vous avez raison, Salvatore. Si vous le permettez, je choisis le fusil.

– Excellente décision. Malgré sa puissance, il est léger et se prend facilement en main.

Oliver ouvrit son sac pour y déposer l'arme. Le parrain aperçut la batte de baseball de son fils.

– Cette batte ! C'est celle de Luca ?

– Euh… oui. Je l'ai trouvée dans votre armurerie avant d'aller chez Angelo, mais je comptais vous la rendre une fois que tout sera terminé.

– Tu as bien fait, Oliver. Je te remercie.

– De quoi ?

– Chaque fois que tu l'utiliseras, c'est comme si une partie de Luca agissait. Même si mon fils était un encéphalian, il a vite compris son erreur. Il cherchait un homme comme toi, capable de le débarrasser de ces maudites puces. Hélas, la police est venue l'arrêter. Si seulement il t'avait rencontré avant…

– Je vous comprends, Salvatore. Nos actions ne le ramèneront pas, mais dites-vous que sans ces expériences, nous n'en serions pas là aujourd'hui. Bientôt, nous allons mettre un terme à tout ça et Luca sera alors vengé.

– Merci, Oliver. J'apprécie ta franchise. Cette batte, tu peux la garder. Luca n'en a plus besoin.

– Julian nous a envoyé un nouveau message, annonça Aaron. Lui et les habitants de Cuckfield viendront après-demain.

– Ce qui nous laisse que peu de temps pour s'organiser.

– Nous ferons comme prévu. Actuellement, Thomas se charge d'informer quelques Londoniens. Au poste de garde de l'entrée sud, Salvatore et Aaron tenteront de convaincre les policiers qui y travaillent. Ensuite, nous aiderons les manifestants en difficulté avant de nous rendre au BNI. Dès que je verrai Julian, on s'occupera de diffuser l'enregistrement.

– Le sang a assez coulé. Je pense que nous devrions privilégier le dialogue plutôt que la violence. Nous ignorons ce qui nous attend à la Heaven Tower et c'est pour cette raison que nous aurons besoin de soutien. Ces personnes ont gagné le droit d'assister à la fin d'Encéphalia, tout comme nous. Plus ils seront nombreux devant cette tour, plus nous aurons des chances de réussir.

– Tracy a raison ! Après tout, que nous réserve le monde post-Encéphalia ? Comment les anciens encéphalians vont-ils s'adapter à leur nouvelle vie ? Toutes les personnes qui luttent méritent de le découvrir. Désormais, si ce genre de révolte doit se reproduire, ils savent qu'ils peuvent compter les uns sur les autres. En s'unissant, en se battant, et même en boycottant, ils peuvent s'imposer afin que des horreurs comme Encéphalia Supra ne voient jamais le jour.

– C'est pour toutes ces raisons que nous devons passer à l'action. Si tout se déroule comme prévu, Encéphalia ne posera plus aucun problème dans soixante-douze heures. En attendant…

L'arrivée soudaine d'Angelo interrompit Salvatore.

– Qu'y a-t-il, Angelo ? Quelque chose ne va pas ?

– Si, bien au contraire. Vous n'avez pas entendu la nouvelle ?

– Quelle nouvelle ?

– C'est Abigail Miller… Elle est morte.

– Comment ça, morte ?

– L'information vient de tomber. On a retrouvé son corps dans une chambre d'hôtel à Yokohama, au Japon. Elle était allongée dans une baignoire, une lame de rasoir à la main.

– Même si je voulais la tuer moi-même, cette annonce est une excellente nouvelle ! Elle a récolté ce qu'elle a semé ; qu'elle brûle en enfer !

– Et Ethan ? Le BNI a-t-il diffusé la moindre information à propos de lui ?

– À ton avis ?

– Bien sûr que non. Le contraire m'aurait étonné. À quand remonte la mort d'Abigail ?

– Les experts l'estiment à soixante-douze heures.

– On va certainement nous tenir pour responsable.

– Peu importe. Oliver, contacte ton ami Julian et dis-lui de venir à l'entrée sud après-demain, à 7 h. Je l'attendrai avec Aaron. Toi et Tracy vous resterez ici avec Angelo. Dès qu'ils auront passé le poste de garde, nous vous tiendrons informés et nous improviserons selon la situation.

– Très bien, Salvatore.

Dès qu'il apprit le suicide d'Abigail Miller, Salvatore décida d'agir le plus rapidement possible. Déterminé à venger son fils, le parrain comptait sur les habitants de Londres et de Cuckfield pour mettre un terme aux activités de la Miller corporation. Oliver, Tracy et Aaron semblaient prêts à le suivre, même s'ils savaient qu'il ne remplacerait jamais Ethan…

XVII

En route pour le BNI

Deux jours passèrent. Comme prévu, Aaron, Salvatore, Gaetano ainsi que deux hommes de main arrivèrent devant le poste de garde de l'entrée sud de Londres. Aaron aperçut Bryan, accompagné d'autres policiers. En attendant la venue de Julian et des habitants de Cuckfield, il partit à sa rencontre.

– Salut, Aaron.

– Salut, Bryan. Comment vas-tu ?

– Ce n'est pas la grande forme, mais on tient le coup. Avec tous ces événements et toutes ces heures supplémentaires, j'ai du mal à trouver le sommeil.

– Ça ne durera plus longtemps, crois-moi.

– J'aimerais te poser une question.

– Je t'écoute.

– Ce type et cette fille qui, soi-disant, venaient de fêter leur premier jour, il s'agissait bien d'Ethan Moore et de Tracy Thompson, je ne me trompe pas ?

 Aaron hésita avant de répondre.

– Oui, Bryan, c'étaient eux.

– Quand je pense que je leur ai donné l'autorisation d'entrer…

– Tracy devait impérativement voir un expert, et il n'y a que dans cette ville que je pouvais en trouver un.

– Sans doute, mais tu m'as quand même baratiné pour que je te laisse passer.

– Si je t'avais dit la vérité, qu'aurais-tu fait ?

– Mon travail, tout simplement. J'ai fait une erreur professionnelle, mais vu les événements qu'elle a engendrés, je ne regrette rien. Tu ne t'es jamais demandé où nous en serions si je ne t'avais pas autorisé à entrer ce jour-là ?

– J'y ai déjà pensé, c'est vrai.

– Même si je ne suis pas un free-brainer, je réalise à quel point Encéphalia est néfaste pour les humains. Auparavant, je courrais dans les brain-centers, mais aujourd'hui, je ne veux plus en entendre parler.

– C'est la meilleure chose à faire. Si tu y tiens vraiment, je te mettrai en contact avec un expert qui pourra t'en débarrasser, définitivement.

– Tu fais allusion à l'araignée ?

– En effet.

– J'y réfléchirai. En attendant, tu comprendras que je ne peux plus me permettre de te laisser passer aussi facilement.

Pendant qu'ils discutaient, Julian, accompagné de huit cents individus, s'approcha au poste de l'entrée sud. À ce moment précis, Salvatore et Gaetano les rejoignirent. Bryan se sentit mal à l'aise.

– Bonjour, sergent.

– Euh… bonjour.

– Que t'arrive-t-il ? Tu sembles mal à l'aise !

– Qui, moi ? Je vais bien… monsieur Moretti.

– Visiblement, tu me connais ! J'aurais besoin que tu me rendes un petit service.

– Moi ! Lequel ?

– Tu vois toutes ces personnes qui se trouvent derrière toi, il faudrait que tu les laisses passer, sans te poser de questions.

– Vu ma position, vous comprendrez que je ne peux pas me le permettre.

– Vu le nombre de policiers que vous êtes, tu comprendras que tu ne pourras pas les empêcher.

– Si jamais j'accepte votre demande, je risque de perdre mon boulot.

– Je sais, sergent. Cependant, si tu me rends ce petit service, je te donne ma parole que tu n'auras plus de problèmes financiers jusqu'à la fin de ta vie !

– C'est que…

– Et il hésite ! Je lui propose de quitter cet emploi misérable en lui offrant la liberté, mais il n'est pas convaincu ! Bien entendu, c'est valable pour tous tes collègues ici présents.

– Ce n'est pas si simple, monsieur Moretti.

– Ces personnes sont à fleur de peau et semblent prêtes à s'enflammer à la moindre étincelle. Sais-tu d'où elles viennent ?

– Oui, des villes au sud.

– De Cuckfield, plus précisément. Et penses-tu que c'est facile pour elles ?

– Certainement pas.

– Elles ont choisi d'y rester pour ne pas devenir des encéphalians. Ces braves gens ont maintenu leur colère durant des années, mais aujourd'hui, c'est terminé. Ouvre les yeux, petit : soit, tu les laisses passer et je te récompense, soit ils entrent par la force et je ne donne pas cher de ta peau. La balle est dans ton camp, que décides-tu ?

Pendant que Bryan cherchait une solution face à ce dilemme, un camion des forces de l'ordre contenant une quarantaine de policiers s'arrêta devant eux. L'officier le plus gradé interpella le sergent.

– Bonjour, Morton.

– Bonjour capitaine Wilson. Je ne m'attendais pas à vous voir ! Que faites-vous ici ?

– Nous avons été prévenus par un habitant de l'immeuble d'en face. D'après lui, la situation risque de dégénérer.

– Pourtant, il n'y a aucune raison à cela. Justement, monsieur Moretti allait partir.

– Tiens donc ! Alors c'est vous, l'homme qui se prend pour le patron de la ville !

– Parfaitement ! Et je vous conseille de me parler sur un autre ton !

En entendant ces paroles, Aaron décida d'intervenir.

– Écoutez, capitaine. On ne se connaît pas, nous n'avons rien contre vous et je pense que vous avez deviné la raison de la présence de ces personnes. On peut mettre un terme à tout ça. Que ce soient eux, vous, ou moi, nous en avons plus qu'assez que la Miller corporation nous prenne pour des imbéciles et des consommateurs crédules. Comme vous le savez certainement, ils veulent nous faire vivre dans des corps d'humanoïdes, après notre décès. Entre nous, vous tolérez cela ?

– Je me fiche de vos belles paroles ! La loi, c'est la loi ! J'ai pour ordre de vous arrêter.

– Un instant, s'il vous plaît. Je ne m'adresse pas à l'officier, mais à vous, Peter Wilson. Une fois votre uniforme enlevé, qui êtes-vous ?

Vous redevenez un simple citoyen qui passe du temps en famille, qui se divertit en allant au pub avec ses amis… Cependant, que vous le vouliez ou non, les lois et les puces de traçabilité vous concernent également. La Miller ainsi que le gouvernement se fichent de vous. Ils vous prennent pour un intermédiaire, un bouclier entre notre épée et leur armure, et ils savent très bien que si vous nous aidez, ils ne pourront ne plus rien y faire. Vous et vos hommes, rejoignez-nous. Ensemble, nous pouvons faire évoluer beaucoup de choses, alors cessons de nous battre, de nous diviser et unissons nos forces.

– Cet homme a raison. Même si je suis un encéphalian depuis la première version, je hais Encéphalia depuis que j'ai réalisé l'erreur que j'ai commise. Quand j'ai débuté il y a de cela trente ans, mon travail était de maintenir l'ordre, d'arrêter des assassins ou d'aider des personnes en difficulté. Aujourd'hui, je ne sais plus où se trouve ma place dans ce métier qui n'est plus que l'ombre de lui-même. On nous paie pour surveiller des free-brainers qui ne commettent aucun crime et pour informer nos supérieurs de leurs moindres faits et gestes. Au début, je l'acceptai, sans rechigner, mais depuis quelque temps, j'ai envie de vomir rien qu'à y penser. J'ai choisi cette voie par respect de la loi et non pour dénoncer des personnes qui vivent un quotidien aussi difficile que le mien. Par déontologie, je restais professionnel, car j'aimais mon métier, mais maintenant, je préfère laisser tomber et m'allier à ces personnes. Si mes amis de la police veulent me suivre, qu'ils viennent, quant aux autres, personne ne vous en tiendra rigueur.

Pendant qu'Aaron tentait désespérément de convaincre le capitaine, l'agent et six de ses confrères rejoignirent les rangs de Julian. Toutefois, Aaron fit l'erreur de poser sa main sur l'épaule de Peter Wilson.

– Vous voyez, capitaine, vous devriez faire de même. Vos hommes vous écouteront, votre aide nous sera précieuse et Salvatore Moretti vous récompensera. Venez avec nous, c'est le moment ou jamais.

L'officier, énervé, poussa Aaron.

– Non ! Hors de question ! Je n'ai que faire de vos belles paroles, alors cessez de m'amadouer ! Je n'ai aucun conseil à recevoir de vous et je ne serai jamais à la solde de ce sale caïd de la mafia !

En entendant ces paroles, Salvatore, emporté par la colère, bouscula le capitaine Wilson à son tour.

– Sacco di merda ! Laisse mon jeune ami tranquille et je t'ai déjà dit de me parler sur un autre ton !

Poussé à terre et se sentant humilié, l'officier sortit son revolver et tira sur Salvatore. Le parrain, touché à trois reprises, s'écroula. Gaetano répliqua en vidant son chargeur. Sa cible mourut instantanément. L'événement suffit pour déclencher un affrontement entre les hommes de Julian et les forces de l'ordre. Même si elles semblaient mieux armées que les habitants de Cuckfield, elles se retrouvèrent rapidement affaiblies et durent abandonner en blessant quelques personnes, dont Bryan. Les policiers étant tous partis, il se leva, contacta les secours, et se dirigea vers Salvatore et Aaron.

– Pourquoi doit-on toujours avoir recours à la violence ?

– Bryan, cesse de poser des questions et appelle une ambulance !

– C'est fait, Aaron. Les secours arriveront dans quelques instants. Ce capitaine, quel idiot ! Il n'aurait jamais dû parler de cette façon à un parrain de la mafia. Il n'a jamais eu la langue dans sa poche, tant pis pour lui.

– Et toi, ça va ?

– Plus de peur que de mal. La balle a effleuré mon bras gauche. Monsieur Moretti s'en sortira, j'en suis persuadé.

Les secours arrivèrent, se chargèrent des cas les plus graves avant de soigner les blessés légers.

– Où l'emmènent-ils ?

– À l'hôpital de Redbridge. Ton nouvel ami est entre de bonnes mains. En parlant d'amis, tu ne m'as jamais considéré comme tel, n'est-ce pas ?

– Non, tu te trompes, Bryan.

– Je n'en suis pas si sûr. Tu t'es servi de moi pour faire tes petites magouilles sans que j'éveille le moindre soupçon.

Aaron ne répondit pas.

– Tant pis ! Je me suis fait avoir comme un débutant.

– J'ai peut-être profité de ta naïveté, mais je t'ai toujours respecté. Toutes ces soirées, à boire des bières dans les pubs, à rigoler, à se confier… On s'est tellement amusé. Et c'est seulement avec de bons amis que l'on partage des moments comme ceci.

– Probablement. Mais à présent, j'en doute.

– Ne dis pas ça, Bryan. Je te parle en toute sincérité.

– Ce n'est pas grave, Aaron, ça me servira de leçon et je ne suis pas rancunier. Avec ce qui vient de se passer, je vais certainement me faire virer.

– Et j'en suis désolé. J'ai essayé de convaincre ton supérieur, mais il ne m'a pas écouté.

– Peu importe, on ne peut plus rien y faire de toute façon. Si tu souhaites sincèrement m'aider, obtiens-moi un rendez-vous avec l'araignée.

– Je le ferai, c'est promis. Je peux te demander un dernier service ?

– Quoi encore ?

– Il faut que je lui envoie un message, pour l'avertir de la situation.

– D'accord, très bien. Va dans mon bureau et utilise mon écran. Ensuite, quitte les lieux avant que les journalistes du BNI et d'autres renforts se pointent.

– Je n'en ai pas pour longtemps. Merci, Bryan.

Aaron informa brièvement Oliver et Tracy. Ceci fait, il partit accompagné de Gaetano, pour la Vita Azzura. Quant à Julian et aux habitants de Cuckfield, ils entrèrent dans la capitale et aidèrent les opposants tout en continuant leur route en direction du BNI, à Shoreditch.

– Gaetano, Aaron ! Racontez-nous tout dans les moindres détails. Que s'est-il réellement passé ?

– Il y a eu une violente altercation entre Salvatore et Peter Wilson, un officier de police. Ce dernier lui a tiré dessus ; Gaetano a riposté. La suite, vous la connaissez.

– Et Julian ?

– Lui et ses hommes ont réussi à repousser les forces de l'ordre. Une dizaine d'habitants de Cuckfield ont été blessés, mais ils s'en sortiront. Julian a pris la direction du BNI et attend nos instructions.

– Le plus dur est fait. C'est regrettable pour Salvatore, mais nous devrons faire sans lui.

– Que fait-on, à présent ? On patiente jusqu'à l'abandon des forces de l'ordre ou nous partons rejoindre Julian ?

– Partons le retrouver. Toutefois, sachez que plus aucun dialogue n'est envisageable et que le gouvernement va donner l'ordre à ses unités d'employer tous les moyens nécessaires pour mettre un terme aux révoltes.

– Ça fait bien longtemps que nous y sommes préparés. Peu importe le nombre d'hommes qu'ils déploieront, nous les combattrons jusqu'au dernier s'il le faut.

– Elsa 17 vient d'annoncer l'état de santé de Salvatore ainsi que son implication avec le forum. Cependant, elle reste encore muette en ce qui concerne la mort d'Ethan.

– Ça n'a aucune importance. Plus personne ne l'écoute de toute façon.

– J'ai également aperçu les rues de Londres. Elle affirme que les révoltes s'atténuent même si les images prouvent le contraire.

– Avec toutes les personnes qui rejoignent le combat, elle ne pourra bientôt plus nier les faits et mentir à qui que ce soit.

– Cette Elsa 17… À temps perdu, je m'occuperai de son cas.

– Crois-tu vraiment que tout va se terminer aujourd'hui ?

– Si l'on se charge du BNI et de Libra, je pense que la Miller corporation aura un pied dans la tombe d'ici la fin de la semaine.

– Nous approchons de notre but, enfin.

– Thomas tenait à nous aider. Je vais lui demander qu'il propose à ses amis de nous attendre à la Heaven Tower.

– En espérant qu'il en ait !

– Ne le sous-estime pas, Angelo. Ce gamin est plus malin qu'il en a l'air.

– Tu te doutes bien que tu n'accéderas pas au dernier étage du BNI aussi facilement. Dois-je te rappeler qu'ils ont dû renforcer la sécurité ?

– Je sais et je vais contacter Stanley. Lors de notre précédente rencontre, son aide m'a été très précieuse. Grâce à lui, j'atteindrai la salle d'enregistrement sans aucun problème.

– Prions pour que les forces de l'ordre ne soient pas si nombreuses.

– Ça, nous ne pouvons pas le prévoir. Une fois à l'intérieur, nous diffuserons l'enregistrement et nous quitterons les lieux le plus rapidement possible. Ensuite, on s'occupe de Libra. Quand il sera hors état de nuire, les encéphalians n'auront plus rien à craindre. La Miller Corporation plongera, son cours boursier continuera de chuter et plus aucun investisseur n'aura confiance en cette société. Elle fera faillite, les brain-centers fermeront successivement et les derniers fanatiques d'Encéphalia n'auront plus d'autre choix que celui d'abandonner.

– En supposant qu'une bonne partie de Cuckfield, assistée d'une centaine de Londoniens, nous accompagne jusqu'à la Heaven Tower, tout devrait se dérouler dans les meilleures conditions possibles. Au besoin, nous emprunterons plusieurs trajets différents afin de diviser le peu de forces de l'ordre qui restera.

– Nous n'avons pas failli jusqu'à présent. Nous réussirons, c'est certain.

– Allons-y et finissons-en. Menons notre combat jusqu'au bout, pour nos libertés, pour Ethan, et pour Salvatore.

Ils quittèrent la Vita Azzura en décidant de marcher jusqu'à Shoreditch. Ils empruntèrent Carnaby Street et Brick Lane afin de soutenir certains manifestants, tout en recrutant d'autres, qui les guideraient jusqu'au siège du BNI. Comme ce fut le cas au poste de garde de l'entrée sud de la ville, les forces de l'ordre, débordées, désorganisées et impuissantes, furent contraintes d'abdiquer. Plus elles se rapprochaient, plus les troupes récalcitrantes se mobilisaient. Sur leur trajet, elles remarquèrent des bâtiments ainsi que des moyens de transport brûlés, saccagés, abandonnés… En moins de deux heures, elles réussirent à atteindre leur objectif, devant lequel se trouvaient quelques Londoniens, dont trois qui regardaient Oliver avec une attention particulière. L'araignée s'interrogea brièvement sur leur comportement avant d'apercevoir Julian et les habitants de Cuckfield qui les attendaient. À la grande surprise d'Oliver, Thomas demeurait présent.

– Thomas ! Que fais-tu ici ? Je t'avais pourtant demandé d'aller à la Heaven Tower !

– Tu m'excuseras, Oliver, mais je ne suis pas du genre à tenir en place. Arrête de faire cette tête ! J'ai quelques amis qui patientent près de l'entrée.

– Combien sont-ils ?

– Environ trois cents.

– Trois cents ! Comment as-tu fait pour réunir tant de personnes en si peu de temps ?

– Je n'en ai contacté que très peu. J'ai juste demandé à quelques connaissances de joindre leurs proches.

– Tu as bien fait, mais tu aurais dû rester avec eux.

– Non, Oliver, je préfère lutter à vos côtés. Je suis comme ça, c'est dans ma nature, même si j'ai l'impression que je vais être déçu. Où sont les forces de l'ordre ?

– En train de se battre dans les rues les plus fréquentées de Londres. Elles sont en sous-effectif et désorganisées. La plupart des troupes sont obligées d'abandonner. J'ai même vu des flics rejoindre les manifestants.

– Tant mieux. Dans quelques heures, tout prendra fin, et tu pourras enfin t'occuper de mon frère.

– Je le ferais comme promis. Pourquoi n'as-tu pas demandé à quelques-uns de tes amis de t'accompagner ? C'est imprudent de ta part d'être venu seul.

– Mon oncle Terence est sur place. S'il y a du mouvement, il nous préviendra, et si la situation dégénère, ils nous rejoindront.

– Ce n'est pas plus mal, finalement. Je te demanderai de bien vouloir rester ici avec Aaron, Tracy et Gaetano, pendant que Julian et moi-même accéderons à la salle d'enregistrement.

– Tu peux compter sur moi.

– Oliver, je préférerais venir avec vous.

– Fais comme tu le sens, Tracy.

Tracy, Julian et Oliver entrèrent. Ils se rendirent au premier étage. À la demande d'Oliver, Stanley les attendait.

– Salut, Stanley.

– Salut Oliver, bonjour Tracy. Lui, c'est qui ?

– Julian, mon associé. Les forces de l'ordre ? Où sont-elles ?

– Elles ont été appelées en urgence.

– Tant mieux ! Nous disposons de tout le temps que nous souhaitons.

– Ne te réjouis pas trop vite. Des employés du BNI ont reçu l'ordre de quitter les lieux afin d'enquêter. Il se peut même que tu en aies aperçu certains. Si c'est le cas, ils informeront les autorités.

– Personne ne me connaît, ça n'a aucune importance.

– Justement, tu te trompes. Je te rappelle que tu es déjà venu.

– C'est vrai, et alors ? Je me suis fait passer pour un technicien parmi tant d'autres et personne ne m'a soupçonné de quoi que ce soit.

– Ça, c'est ce que tu crois. Trois piétons t'ont aperçu quand tu as enfilé la tenue d'Ashton Dole.

– Tu te moques de moi, j'espère ! J'ai pourtant fait très attention !

– Pas assez, visiblement. Quand le BNI a annoncé qu'un inconnu, en combinaison de travail, était probablement entré illégalement dans la salle d'enregistrement, ils ont directement fait le lien.

– Et je parie qu'ils ont averti les autorités !

– C'est certain ! Elles ont ensuite prévenu le BNI qui a questionné les trois témoins à son tour. Tous les employés ont vu ton portrait-robot, et je peux te garantir qu'il n'était pas approximatif. Bien entendu, je n'ai rien dit, mais si les autres te reconnaissent, je doute qu'ils fassent la même chose.

– Voilà pourquoi j'ai aperçu des gens qui me jetaient un regard méprisant il y a quelques minutes ! Dépêchons-nous ! Nous n'avons plus de temps à perdre.

– J'ai pris l'initiative de couper toutes les caméras de surveillance. Quant à ton badge, il n'est plus valide. Ils ont tous été modifiés suite à ton intervention.

– Peu importe. Je trouverai bien un moyen.

– Sers-toi du mien.

– S'ils apprennent que tu me l'as passé, tu risques d'être inculpé pour complicité.

– Ils n'en sauront rien. Le bâtiment est désert, et comme je viens de te l'annoncer, toutes les caméras sont coupées. Assommez-moi et prenez mon badge. Si jamais la police t'arrête, dis que c'est toi qui as déconnecté le système de surveillance. Quoi que tu racontes, ils te jetteront en taule jusqu'à la fin de tes jours, alors évite de me mouiller là-dedans.

– Je vois que tu as pensé à tout !

– J'ai seulement envie de quitter le pays, la conscience tranquille.

– Vous envisagez l'exil ?

– En effet, Tracy. Je ne supporte plus Encéphalia et la Miller corporation. J'ai le pressentiment que la situation va empirer. Je pars rejoindre mes parents au Japon dans trois jours.

– Je croyais que tu n'y prêtais aucune attention particulière !

– Tant qu'Encéphalia ne concernait que le divertissement, je m'en fichais complètement, mais là, ils vont trop loin.

– Plus pour longtemps, et je pense que tu devrais y réfléchir à deux fois. Au cas où tu ne l'aurais pas compris, nous sommes sur le point d'y mettre un terme.

– Ça, c'est ton opinion. Moi, je suis persuadé qu'ils n'abandonneront pas aussi facilement, et je préfère ne plus être en Angleterre quand je réaliserai que j'avais raison.

– C'est ton choix, je le respecte. Si tu pars dans trois jours, passe me voir après-demain afin que je m'occupe de ta puce.

– Non, merci, Oliver. Je m'en débarrasserai une fois que je vivrai à Kyoto. Avec tout l'argent que tu m'as transféré, je trouverai sûrement quelqu'un qui acceptera de s'en charger. Merci encore à toi, mon ami. Tu devrais te dépêcher et éviter de perdre du temps inutilement. Les personnes qui t'ont reconnu ont certainement contacté les autorités. À présent, fais ce que je t'ai dit et finis-en une bonne fois pour toutes. Bonne chance.

Oliver assomma Stanley avant de prendre son badge.

— Mettons Stanley sur une chaise, Julian.

— Je vais jeter un coup d'œil aux écrans de surveillance, au cas où ton ami aurait décidé de nous piéger.

— Laisse tomber, ce n'est pas son genre. Dépêchons-nous d'aller à la salle d'enregistrement avant que les renforts arrivent.

Ils prirent l'ascenseur et se rendirent à l'avant-dernier étage.

— Qu'est-ce qui te fait sourire, Oliver ?

— C'est dans cet ascenseur que j'ai vu Abigail Miller en chair et en os pour la première fois de ma vie. Elle se tenait là, à ta place, en train de rabaisser deux de ses employés.

— Et quelques heures plus tard, la population a entendu ton discours, que tu as enregistré ici même.

— C'est exactement ça.

— À part ça, penses-tu en avoir pour longtemps ?

— Dix minutes devraient suffire.

Après avoir quitté l'ascenseur, ils arrivèrent à destination.

— Fais attention, Oliver, il y a un humanoïde !

— C'est le même modèle que j'ai rencontré la dernière fois. Son rôle est de déclencher l'alarme, au cas où il détecterait une intrusion. Je vais m'en charger.

Comme précédemment, Oliver le désactiva en lui arrachant les câbles derrière son cou.

— Je me demande pourquoi tu as fait ça, personne ne serait venu de toute façon.

— Je préfère ne prendre aucun risque.

— Les gars, regardez derrière le miroir !

— Quoi donc ?

— Il y a Elsa 17 ainsi que deux personnes qui la connectent à un écran !

— Elles lui introduisent le baratin qu'elle doit sortir à la population. Stanley m'a pourtant assuré que le bâtiment était vide !

— Ne t'inquiète pas, je vais m'en charger. En attendant, occupez-vous de l'enregistrement.

Tracy fouilla dans le sac d'Oliver et récupéra la batte de baseball avant d'entrer silencieusement dans la salle voisine. Elle l'empoigna fortement et l'utilisa sur le miroir sans tain.

– Vous deux ! Je vous conseille de vous tirer immédiatement avant que je me serve de vos têtes pour briser définitivement ce miroir !

– Euh… Tu la connais ?

– Plus ou moins. Cette fille, c'est Tracy Thompson !

– C'est bien ! Tu n'es pas aussi crétin que je l'imaginais ! Barrez-vous d'ici avant que je vous refasse le portrait, et surtout, vous n'avez rien vu, c'est clair ?

Les deux hommes répondirent par l'affirmative avant de partir en courant.

– Ça y est, Oliver ! L'immeuble est vide maintenant.

– Tu as bien changé depuis notre première rencontre à Cuckfield, Tracy !

– Inutile d'en rajouter, Julian, je pense que nous avons plus important à faire. Où en êtes-vous ?

– Nous avons bientôt terminé. Dans quelques minutes, toute l'Angleterre apprendra la mort d'Ethan ainsi que l'implication d'Abigail Miller.

– Que fais-tu, exactement ?

– Je paramètre le réseau pour qu'il diffuse l'enregistrement sans aucune interruption. Je vais ensuite le crypter afin que personne ne puisse intervenir.

– C'est parfait, mais dépêche-toi.

– C'est bon, nous pouvons partir. Dans quelques minutes, il se déclenchera automatiquement.

Ils quittèrent la salle d'enregistrement. Avant de reprendre l'ascenseur, Oliver se dirigea vers la pièce dans laquelle se trouvait Elsa 17.

– Où vas-tu, Oliver ? Nous n'avons plus de temps à perdre.

– Ça ne prendra qu'un instant.

Oliver s'empara de la batte de baseball avant de l'utiliser sur l'humanoïde.

– Pourquoi fais-tu ça ?

– Elle ne racontera plus de bobards à la population. Depuis le temps que je rêve de la réduire en miettes…

– Ce n'était pas nécessaire. De toute façon, ils la remplaceront.

– Certainement, mais je ne la supportais plus. Nous n'avons plus rien à faire ici, partons.

Ils quittèrent l'avant-dernier étage et reprirent l'ascenseur pour se rendre au rez-de-chaussée. En arrivant, ils réalisèrent que la situation venait de changer. Comme le pensait Oliver, les forces de l'ordre furent informées. Les militants les affrontaient sans relâche. Une masse d'individus, enragée et pressée d'en finir avec Encéphalia, s'acharnait sur tous ceux qui portaient un uniforme. Julian, Oliver et Tracy n'eurent pas d'autres choix que de les rejoindre. Durant l'affrontement, ils aperçurent Aaron et Gaetano. Thomas s'en donnait à cœur joie comme s'il avait attendu ce jour toute sa vie. Dans ce désordre, il reconnut les gardes qui s'en étaient pris à lui à Walworth. Épris de colère et de vengeance, il se dirigea vers eux avant de les frapper. L'un des deux, qui n'apprécia pas cette attitude, dégaina son arme avant de tirer sur son assaillant. Le pauvre Thomas Lam s'écroula face à terre pendant qu'un groupe de manifestants punissait le meurtrier. Un individu, la tête couverte d'une capuche, s'approcha et retourna la victime avant de la prendre dans ses bras.

– Tu avais raison quand tu disais que je n'étais qu'une tête brûlée et que j'ignorais la signification du mot rebelle. Aujourd'hui, je comprends : être rebelle, c'est vivre avec des convictions qui vont à l'encontre du sens commun, se battre pour elles, et être prêt à mourir afin que les autres les comprennent et changent leur point de vue.

Thomas rendit son dernier souffle dans les bras de celui qu'il considérait comme son ami, et qui n'était autre… qu'Ethan Moore.

XVIII

L'humanoïde

Pendant que les Londoniens se heurtaient au peu de forces de l'ordre qui restait, Tracy, choquée, s'avança à petits pas vers Ethan.

– Ethan… c'est bien toi ! Comment est-ce possible ? Tu es mort !

– Salut, Tracy. Si tu savais à quel point je suis content de te revoir…

– Non, ne t'approche pas ! Tu n'es pas Ethan. Tu lui ressembles comme deux gouttes d'eau, mais tu es quelqu'un d'autre. N'avance pas et n'essaie même pas de me toucher !

– C'est bien lui, Tracy, tu ne rêves pas.

– Qu'est-ce que tu racontes, Oliver ? Comment peux-tu en être sûr ?

– Dès que tu seras calmée, nous t'expliquerons.

– Tu savais qu'il était vivant, mais tu ne m'as rien dit !

– Il n'avait pas le choix, Tracy.

Tracy, éplorée et dans une colère noire, infligea un violent coup de poing au visage de son ami. Ethan, surpris, recula d'un mètre avant de tomber à terre.

– Espèce d'enfoiré ! À quoi tu joues ? Je n'y pige plus rien ! C'est vraiment dégueulasse de me faire un coup pareil !

– Oliver, s'il te plaît, emmène Tracy à l'intérieur du bâtiment. Quand elle retrouvera son calme, nous parlerons. Fais-moi signe lorsque je pourrai vous rejoindre.

– Viens avec moi, on va tout te raconter.

– D'accord, je te suis. Vous avez intérêt à avoir une raison valable, sinon je crois que je serai capable de vous tuer moi-même !

Oliver et Tracy retournèrent à l'intérieur du BNI. Pendant qu'elle reprenait le contrôle de ses émotions, Ethan s'approcha du corps de Thomas, le porta et le posa dans un coin à l'écart des dernières personnes qui luttaient. Quelques instants plus tard, Oliver lui fit signe de le rejoindre. Au lieu d'aider ses amis qui mettaient fin à la révolte, Ethan entra dans le bâtiment afin de donner des explications à Tracy.

– Très bien, Ethan, je suis prête à t'écouter, mais je te préviens : si jamais j'ai l'impression que tu te moques de moi, je te garantis que la prochaine fois, je te frapperai si fort que tu ne t'en relèveras pas.

– Je te comprends, Tracy. Ma soi-disant mort t'a fait beaucoup de peine, et je te prie d'accepter mes excuses. Tout ce que je vais te raconter n'est que la vérité, aussi invraisemblable qu'elle puisse paraître.

– Arrête de tourner autour du pot et parle !

– Ce n'est pas moi que l'on a assassiné, mais un humanoïde.

– Un humanoïde ! Tu n'as pas compris ce que je viens de te dire, on dirait ! Tu continues à me prendre pour une idiote !

– Tracy, s'il te plaît, laisse le finir.

– Et tu crois sincèrement que je vais avaler ça !

– La première fois que nous sommes allés chez Oliver, à Camberwell, tu t'en souviens ?

– Comme si c'était hier.

– Tu as aperçu un humanoïde, dans la pièce à côté de son salon.

– Tu parles de ce vieux tas de ferraille sur lequel Oliver disait aiguiser ses talents ?

– En effet. C'est cet humanoïde que ce type nommé Jenkins a descendu, pas moi.

– Comment ça ? J'ai du mal à te suivre.

– Le jour où les hommes d'Abigail Miller nous ont coincés, nous nous étions disputés peu de temps auparavant.

– Une journée que je n'oublierai pas de sitôt. Et alors ?

– Pendant que tu restais seule, Oliver m'a fait part de certaines de ses recherches. Il travaillait sur une peau synthétique, faite de silicone, qu'un ancien employé de la Stackford lui avait donnée. Grâce à ses compétences, il a conçu de fausses mains ainsi qu'un visage artificiel, identique au mien.

– Et tu vas me dire qu'il les a utilisés pour recouvrir le corps métallique de l'humanoïde ! C'est complètement absurde !

– Peut-être, mais c'est la vérité. Même toi, tu y as cru.

– C'est vrai, je te l'accorde. Cependant, je ne suis pas la seule personne stupide dans l'histoire, Jenkins l'est également.

– Avide semble le mot le plus approprié. Quand Jenkins a tenté de m'assassiner à Chelsea, j'ai vite compris qu'il récidiverait. Salvatore voulait venger Matteo, et moi, je souhaitais prouver l'implication d'Abigail Miller. Comme elle était introuvable, on devait la prendre la main dans le sac. Une fois que c'était fait, nous n'avions plus qu'à prévenir la population afin qu'Abigail perde toute sa crédibilité. Elle et sa maudite société ne pourront plus convaincre qui que ce soit désormais.

– Et c'était ça votre plan : utiliser un vieil humanoïde pour faire sortir un tueur de son trou afin de prouver l'implication d'Abigail Miller ! Avez-vous au moins conscience de ce que vous venez de me dire ? Comment un professionnel a-t-il pu tomber dans ce piège aussi bêtement ? Ce tas de ferraille ne faisait pas dix pas sans en faire un de travers.

– C'est là qu'Ethan eut l'idée de la bouteille de whisky. En prenant avec lui une bouteille à moitié vide et en ayant une démarche peu naturelle, Jenkins penserait certainement qu'il était en état d'ivresse. J'ai trouvé cette théorie aussi stupide que risquée, mais il a insisté.

– C'est d'une absurdité…

– Peut-être, mais ça a fonctionné. Jenkins, tellement pressé d'encaisser son dû, a négligé son travail. Il a caché le corps de l'humanoïde en se persuadant que c'était celui d'Ethan. Ensuite, j'ai contacté les hommes de Salvatore afin qu'ils s'en débarrassent.

– Je commence à comprendre. Par contre, faire croire que ta sœur était morte, c'était quand même malsain, Ethan.

– Je ne t'ai pas menti sur sa mort, seulement sur la date. Joanna est bien décédée, mais en 2043, emportée par la grande pollution.

– Plus j'en apprends, et plus je trouve votre plan stupide. Même dans les pires films que j'ai regardés, je n'ai jamais vu de scénarios aussi mauvais.

– Ce n'est pas à nous qu'il faut le dire, mais aux membres du forum. Nous aussi, nous avons été étonnés par cette proposition, même si elle s'est avérée payante.

– Es-tu en train de me dire que c'était leur idée ?

– Plus ou moins ! Quand ils ont compris que les manifestants perdraient espoir, ils ont dû trouver un stratagème pour que la population reprenne confiance en elle et retrouve l'envie de se battre.

– Et ils savaient que le peuple deviendrait incontrôlable s'il apprenait l'assassinat d'Ethan, c'est bien ça ?

– Parfaitement ! Ils avaient un plan et moi la solution. C'est à ce moment que j'ai pensé à mon humanoïde. J'ai suggéré l'idée, et ils ont accepté. Avec Ethan, nous avons dû élaborer une stratégie pour piéger Jenkins et Abigail Miller.

– Et ils ont récolté ce qu'ils ont semé. Gaetano avait raison à ton sujet, Ethan, quand il disait que tu deviendrais un symbole pour des milliers de personnes.

– En toute sincérité, je n'ai jamais compris pourquoi tout le monde me considérait comme une sorte de sauveur. J'ai tenté de les persuader qu'il ne devait pas me traiter comme tel, mais personne ne m'a écouté. Tout ça à cause d'une caméra cachée dans un tableau…

– J'ai entendu les dernières paroles de Thomas avant qu'il meure, et je pense qu'il avait la réponse : tu es un homme de conviction, intègre et loyal, prêt à se battre et qui n'abandonne jamais ses amis. Ce sont des qualités rares de nos jours, et toi, tu es tout ça à la fois. La population l'a ressenti. Après le vol des documents à Walworth, tu as su remotiver toutes ces personnes à Camberwell. Elles avaient besoin de quelqu'un qui leur botte le derrière, et le seul à l'avoir fait, c'était toi.

– Abigail Miller t'a passé à tabac et tu as même risqué ta vie en t'alliant avec un puissant parrain de la mafia.

– Sachez que si c'était à refaire, je recommencerais, sans hésiter.

– Je te reconnais bien là ! Il t'arrive d'être déçu, mais tu ne regrettes jamais rien, et c'est la qualité que je préfère chez toi.

– Merci, Tracy.

– En tout cas, tout le monde y trouve son compte. On a démasqué le tueur, Abigail Miller est morte et Encéphalia va devenir qu'un mauvais souvenir.

– Dans quelques instants, l'enregistrement s'activera automatiquement. Toute l'Angleterre va être informée et le forum va faire tout ce qui est en son pouvoir pour prévenir les populations dans la plupart des NSE. Dans moins de deux heures, des centaines de milliers de personnes exigeront la fin d'Encéphalia et les gouvernements n'auront pas d'autres choix que celui d'abdiquer.

– Vous oubliez un détail.

– Lequel, Tracy ?

– Comment réagiront-elles le jour où elles apprendront qu'Ethan est toujours en vie ? Quels arguments comptez-vous leur apporter ?

– On fera ce qu'Abigail et le gouvernement n'ont jamais fait : on leur dira la vérité. Sur l'instant, elles se sentiront dupées, mais avec le temps, elles finiront par comprendre que c'était un mal pour un bien.

– J'en suis sûr ! Mis à part toi et le forum, qui était au courant de votre plan ?

– Seulement la famille Moretti. Gaetano, Angelo… Ce qui est logique vu qu'Ethan vivait chez Salvatore pendant tout ce temps. Julian et Aaron sont prévenus depuis hier.

– Et moi ? Je ne comprends pas ! Pourquoi m'avoir mis dans l'ignorance ?

– Parce qu'Ethan voulait à tout prix te protéger, tout simplement.

– Me protéger ! Mais de quoi ?

– D'Abigail Miller, évidemment.

– D'Abigail Miller !

– Je ne te l'ai jamais dit, mais quand je me suis retrouvé face à elle, elle a tout de suite compris que tu étais mon point faible. Elle semblait prête à tout pour me voir souffrir. Abigail aurait bien pu te torturer pour me faire chanter, abandonner, afin que je me rende aux autorités, et je suis persuadé qu'elle aurait pris un vicieux plaisir à le faire. J'ai eu affaire à cette femme et croyez-moi quand je vous dis qu'elle est le diable réincarné. Tu as trop de valeurs à mes yeux, Tracy, et je souhaitais qu'il ne t'arrive rien.

En entendant les mots d'Ethan, Tracy se leva, s'approcha d'Ethan et saisit ses mains.

– Est-ce vrai, Ethan ? Suis-je si importante pour toi ?

– À un point que tu ne soupçonnes même pas !

– Ethan… Pourquoi ne me l'as-tu jamais dit ?

– Par peur ou timidité… Je n'en sais rien.

– Pour moi aussi, tu comptes beaucoup. Je t'ai…

Au moment où Tracy allait dévoiler ses sentiments à Ethan, il posa son index devant sa bouche.

– Chut ! Ne dis pas ce mot ! Je l'ai moi-même prononcé, durant ma jeunesse. Ça s'est mal terminé et j'ai mis des mois à m'en remettre. Je tiens trop à toi et je ne veux pas te perdre, Tracy.

Ethan embrassa Tracy en témoignage de ses sentiments.

– Dès demain, Aaron organisera notre exil et nous quitterons l'Angleterre une bonne fois pour toutes. Japon, Russie, Australie… Nous n'avons que l'embarras du choix.

– Je partirai jusqu'au bout du monde du moment que je suis avec toi.

– Je savais que tu dirais ça. En attendant, allons à la Heaven Tower et finissons-en définitivement.

Ils sortirent du BNI et retrouvèrent Julian et Aaron ainsi que quelques manifestants qui venaient de chasser le peu des forces de l'ordre qui restaient.

– Julian, Aaron, vous allez bien ?

– Salut Ethan. J'ai pris quelques coups, mais rien de grave. Content de te revoir parmi nous.

– Et toi, Julian, tu n'es pas blessé ?

– Non, ça va. Toi, par contre, tu sembles en pleine forme !

– Oui, je le suis. Je n'ai plus qu'à survivre au terrible coup de poing que Tracy vient de me mettre.

– Ça risque d'être l'épreuve la plus difficile de ta vie ! dit Julian en plaisantant.

– Bien plus difficile que tes interrogatoires, répondit Ethan d'un ton amical.

– En tout cas, même si l'idée de l'humanoïde paraissait stupide, elle était audacieuse, et ça a marché. Bien joué Ethan, vraiment bien joué !

– Merci, Julian, mais on se félicitera quand nous en aurons terminé avec Encéphalia.

– Tu as raison. Allons à la Heaven Tower et mettons Libra hors état de nuire.

– Je ne pourrais pas vous accompagner, mes amis.

– Que se passe-t-il, Gaetano ?

– L'hôpital de Redbridge vient de me contacter. Monsieur Moretti n'en a plus pour longtemps et il réclame ma présence.

– Ce n'est pas vrai ! Les médecins sont-ils formels ?

– J'ai bien peur que oui ! D'après eux, il ne survivra pas jusqu'à demain. Une balle a perforé son poumon. Il a perdu beaucoup de sang et son pronostic vital semble définitivement engagé. Quand je pense qu'il a fait tout ça pour Luca et qu'il n'aura même pas l'occasion de savourer la victoire…

– Je sais, Gaetano, c'est injuste. Rejoins-le et dis-lui que nous touchons au but. Sans lui et sans votre famille, nous étions voués à l'échec.

– Remercie-le du fond du cœur et annonce-lui que nous avons réussi à venger son fils unique, Luca.

– Je le ferai. Tu sais, Ethan, il t'estimait beaucoup.

– Et je l'estimais également. Dans le fond, Salvatore n'était pas ce monstre que tout le monde prétend.

– Je travaillais pour lui depuis plus de quinze ans. Même si monsieur Moretti pouvait se montrer extrêmement cruel envers ses ennemis…

– … il était extraordinairement généreux envers ses amis ! Un homme de parole et serviable, malgré tout le mal que les gens pensent de lui. Il me manquera.

– Il me manquera également, Ethan. Je dois y aller à présent. Même si vous envisagez de vous exiler, sachez que vous serez toujours les bienvenus à la Vita Azzura. Je vais faire en sorte que mes hommes s'occupent de Thomas. Bonne chance et que Dieu vous garde.

Accompagnés des habitants de Cuckfield et de quelques résistants, ils se dirigèrent vers la Heaven Tower. Ils semblaient plus confiants que jamais, débordants d'espoir et de détermination. Tracy profita de l'instant présent avec Ethan pendant que Julian et Oliver reformaient l'arachnide. À moins d'un demi-mile de la tour, un individu s'approcha d'eux.

– Ethan Moore et Tracy Thompson !

– Êtes-vous Terence Lam ?

– En effet ! Tu es vivant ! Thomas m'a dit qu'un tueur t'avait assassiné !

– C'est une longue histoire, et je n'ai pas le temps de vous l'expliquer.

– D'ailleurs, où est-il ?

– Votre neveu… ça a mal tourné.

– Es-tu en train de me dire qu'il est mort ?

– Hélas ! Un policier l'a abattu.

– Ce n'est pas vrai ! Comment vais-je annoncer ça à Ralph, son frère ?

– Dites-lui qu'il s'est battu jusqu'à la fin et qu'il n'a rien lâché. Je ne l'ai connu que très peu, mais il semblait prêt à tout pour l'aider.

– Ralph et Thomas étaient très proches. Quand il va apprendre l'assassinat de son frère, Ralph ne pensera qu'à le venger.

– Il n'aura pas à s'en donner la peine. Certaines des personnes ici présentes se sont déjà occupées de son agresseur.

– Tant mieux ! J'espère qu'il a souffert. Son corps, où est-il ?

– Près de l'entrée du BNI. Des hommes de confiance vont le récupérer. Présentez-vous et dites-leur que vous veniez de nous rencontrer. Ils vous aideront, soyez-en sûr.

– Merci, Ethan. Thomas me parlait souvent de toi, et je ne cessais de lui dire d'arrêter de te surestimer. Aujourd'hui, je réalise que j'avais tort. Toutes ces personnes qui sont venues de Cuckfield comptent sur toi. Je ne sais pas ce qui se trouve dans la Heaven Tower, mais finis-en une bonne fois pour toutes.

– Nous n'échouerons pas. Thomas ne sera pas mort pour rien.

– Cependant, prenez garde. Des véhicules de l'armée sont positionnés devant la tour, et au moindre faux pas, ils vous tueront.

– Et nous tomberons s'il le faut, mais nous ferons en sorte que ça n'arrive pas.

– Les Londoniens ne te remercieront jamais assez, Ethan, et j'espère que tu réussiras. Ces personnes qui sont avec moi vous aideront. Ne lâchez rien, je compte sur vous.

L'oncle s'empressa de rejoindre la dépouille de son neveu pendant qu'Ethan, suivit d'un millier de personnes, se rendit à la Heaven Tower. Comme venait de l'annoncer Terence Lam, des véhicules lourdement armés, conçus pour l'usage militaire, sécurisaient l'entrée de la tour la plus haute du pays. Ethan écarta ses bras en signe d'arrêt. Il avança, seul, dans l'espoir de communiquer.

– Que fais-tu ? Tu vas te faire descendre !

– Ne t'inquiète pas, Tracy. Si jamais ils me tuent, ils devront s'en prendre à un millier d'individus déchaînés. Je ne pense pas que les hommes qui se trouvent à l'intérieur désirent vivre avec autant de morts sur la conscience.

– Sois tout de même prudent !

Ethan continua, haussa le ton, et dit :

« Et vous ! Ne croyez-vous pas que le sang a assez coulé ? Ne pensez-vous pas que vos employeurs vous ont assez manipulé ? Quels ordres vous ont-ils donnés ? De nous tirer dessus et de ne laisser aucun survivant ? Seriez-vous aussi lâches ? Si l'un de vous exécute l'un de mes compagnons, mille autres renverseront vos engins avant de vous neutraliser, et ça, même moi, je ne pourrai l'empêcher. Réfléchissez un instant, et faites preuve de bon sens : soit vous réussissez à nous abattre et vous quittez les lieux comme des meurtriers, soit vous renoncez et vous rentrez chez vous en tant qu'hommes. À moins que vous préfériez que l'on s'entretue jusqu'au dernier ? Dans ce cas, il n'y aura ni vainqueurs ni vaincus. En ce qui nous concerne, nous choisissons la paix. Et vous, quelle est votre décision ? »

Quelques secondes passèrent. Un militaire sortit de l'écoutille de son véhicule avant d'utiliser son talkie-walkie.

– Alpha, ici bravo, vous me recevez ?

Le soldat écouta attentivement son interlocuteur.

– Très bien ! À vos ordres ! Nous quittons les lieux !

– Vous partez ?

– Oui, Moore, et je suis bien content de ne pas devoir me battre contre vous.

– Et moi, je suis satisfait de l'entendre ! Je suppose que c'était votre supérieur ! Que vous a-t-il dit ?

– Il m'a ordonné de vous laisser passer, et j'avoue que ça me rassure ! Toi et tes amis semblez déterminés à aller jusqu'au bout, et je respecte cela.

– S'ils apprenaient ce que vous venez de dire, vous risqueriez de vous faire virer.

– Peu importe ! Qu'ils m'entendent, qu'ils me jugent, qu'ils me blâment… J'assumerai mes propos et je ne me défilerai pas. Regarde autour de toi, Moore. La plupart des personnes qui t'accompagnent sont à peine plus âgées que mes propres enfants. Si j'avais dû faire feu, que leur aurais-je dit pour justifier mon crime ? Que j'ai reçu des ordres ? Que je n'avais pas le choix ?

– Arrêtez de vous poser ce genre de questions ! Après tout, vous n'avez pas commis un tel acte.

– Oui, tu as raison, et j'en suis soulagé.

– Pourquoi vous ont-ils demandé de partir ?

– On ne m'a donné aucune explication, mais ça ne me dit rien qui vaille. Avant de vous laisser, sachez que beaucoup d'entre nous apprécient ce que vous faites, et que si nous ne faisions pas ce métier, nous serions certainement à vos côtés.

– Je n'en doute pas un instant.

– À présent, faites ce que vous avez à faire. Bonne chance à tous.

Sans qu'une goutte de sang soit versée, Ethan et ses hommes se rapprochèrent progressivement de la Heaven Tower. Tracy prit quelques mètres d'avance jusqu'au moment où un événement attira son attention.

– Ethan, attends ! Arrête !

– Que se passe-t-il, Tracy ?

– J'aperçois des types qui se dirigent vers nous ! À vue d'œil, je dirai qu'ils sont quatre-vingts, voire quatre-vingt-dix.

Ethan se hâta de la rejoindre.

– Je ne sais pas qui ils sont, mais ils semblent déterminés ! Cette fois-ci, nous devrons certainement nous battre.

– Tracy, Ethan, pas la peine de s'en faire. Nous sommes dix fois plus nombreux qu'eux.

– Et ils ont l'air cent fois plus dangereux. Mais, bon sang ! Qui sont-ils ?

Prenant les paroles d'Ethan au sérieux, Oliver sortit une arme à feu.

– Que fais-tu avec ça, Oliver ?

– C'est le fusil à pompe que m'a donné Salvatore. Si l'un de ces gars essaie de nous tuer, je ne ferai preuve d'aucune pitié.

– Comme tu voudras, mais utilise-le qu'en cas de force majeure.

– Prends ce shocker, Tracy. Quant à toi, utilise la batte de Luca.

– Merci, Oliver. Il y a un de ces types qui s'approche. Je vais tenter de le questionner.

– D'accord, mais reste extrêmement prudent ! Au moindre faux pas de sa part, je le descends.

Ethan, trop confiant, s'avança et parla à l'homme qui se trouvait face à lui. À peine il ouvrit la bouche, qu'il reçut un violent coup de poing au ventre.

– Ethan ! Ça va ?

– Surtout, ne faites rien ! Je vais me relever.

L'agresseur se positionna face à Tracy avant de la gifler. La jeune femme recula de trois pas.

– Il est complètement malade cet abruti ! J'ai cru qu'il allait m'arracher la mâchoire !

– La pourriture ! Il va le payer.

– Non, Oliver ! Attends !

À son tour, Oliver frappa l'assaillant avec la crosse de son fusil. Sa cible fléchit un genou, mais se releva comme si de rien n'était.

– Non mais je rêve ! J'ai l'impression qu'il est insensible à la douleur !

– Je crois que je viens de comprendre, Oliver ! Ce n'est pas un homme, mais un humanoïde.

– Tu plaisantes, j'espère ?

– Je crains que non. Il n'a même pas cligné des yeux et a à peine réagi lorsque tu l'as frappé. Connais-tu quelqu'un capable d'encaisser un coup aussi violent ? Moi, pas.

– J'ai bien peur que tu aies raison. Son arcade sourcilière gauche est ouverte, et pourtant, on n'y aperçoit ni sang ni hématome.

– Comment est-ce possible ? Ils nous ressemblent comme deux gouttes d'eau !

– Ce n'est qu'un avis, mais je pense que tu as devant toi les futurs modèles dans lesquels la Miller corporation comptait introduire Encéphalia Supra, Tracy.

Trois autres humanoïdes se rapprochèrent avant de frapper les premiers militants qu'ils aperçurent. Ces violences inutiles déclenchèrent les hostilités. En moins de temps qu'il ne faut pour le dire, l'affrontement éclata entre manifestants et humanoïdes. Ces derniers, dépourvus de pitié et d'émotions, semblaient programmés pour se débarrasser de toute forme de résistance. Bien qu'ils soient moins nombreux, ils prirent le contrôle de la situation. Chaque fois qu'un exemplaire tombait, on comptait trois opposants qui se retrouvaient dans l'incapacité de continuer. Oliver comprit que l'union ne faisait plus la force. Sans hésiter, il arma son fusil avant de tirer sur le moindre modèle qui se présenta devant lui. Tracy et Aaron assistèrent leurs alliés du mieux qu'ils le pouvaient pendant qu'Ethan, équipé de la batte de Luca, réussit à en neutraliser quelques-uns. Au moment où il s'avança vers l'un d'entre eux dans le but de l'achever définitivement, Ethan observa une trappe au niveau de la hanche de celui-ci. Sans aucune difficulté, il ouvrit et arracha les quelques câbles qu'il apercevait. Dès qu'il découvrit leur talon d'Achille, Ethan s'empressa de l'annoncer à haute voix, afin de redonner du courage à ses amis. La confiance et le moral retrouvés, les humanoïdes tombèrent les uns après les autres jusqu'au moment de la victoire…

– Oliver, tu es blessé ?

– J'ai dû me fracturer l'auriculaire en frappant l'une de ces boîtes de conserve, mais ça ira.

– Et toi, Tracy ?

– Ça va. Heureusement que tu as découvert leur point faible. Sans ça, je ne vois pas comment on aurait réussi à en venir à bout.

– C'est terminé, à présent ! Julian et Aaron se chargent des blessés. Nous devrions aller leur donner un coup de main.

Ils aidèrent Aaron et Julian à s'occuper des Londoniens et des habitants de Cuckfield. Pendant que les personnes indemnes portaient secours à leurs proches, un humanoïde attira l'attention d'Aaron.

– Hé ! Venez voir !

– Que se passe-t-il ?

– Cet humanoïde ! Il bouge encore !

– Et plus pour longtemps. Je vais nous en débarrasser.

– Non, Julian ! Arrête !

Ethan s'avança.

– J'ai l'impression que ce modèle est plus réel que les autres, comme s'il était… plus humain.

L'humanoïde réagit aux paroles d'Ethan.

– Ne vous approchez pas de moi ou je vous tue !

– Il a parlé ! Ce tas de ferraille nous a même menacés ! Cette fois-ci, je m'en charge.

– Non, Julian ! Laisse-le continuer ! Si jamais il tente quoi que ce soit, là, tu pourras l'achever.

– Pourquoi fais-tu preuve de pitié ? Lui, il n'aurait pas hésité à te tuer.

– Certainement, mais il a quelque chose qui attire ma curiosité.

– Il est capable de s'exprimer, et après ?

– Sa voix ! Elle n'est pas commune aux autres modèles que nous avions connus.

– Alors là ! Je ne te suis plus, Ethan ! Laissons-le et partons d'ici.

Ethan fléchit les genoux afin de se retrouver à la hauteur de l'humanoïde et l'écouta parler avec la plus grande attention tout en le regardant droit dans les yeux.

– Je vous ai déjà dit de ne pas vous approcher. Contrairement à mes jambes, mes bras fonctionnent encore. Avancez d'un pas et je les utiliserais pour vous briser le cou.

– Bon sang ! C'est bien ce que j'imaginais ! Non seulement sa voix lui est propre, mais en plus, elle m'est familière.

– Tu veux dire que tu le connais !

– Oui, en effet. Cet humanoïde n'est autre que Luca Moretti !

– Luca Moretti ! Qu'est-ce que tu racontes ? Il est mort il y a plusieurs jours !

– Ça, c'est ce que l'on nous a annoncé, mais l'est-il vraiment ?

– Votre ami, à raison ! Même si je n'ai que peu de souvenirs, je suis bel et bien celui que vous appelez Luca Moretti.

– C'est bien lui ! Mais comment est-ce possible ?

– Abigail Miller a finalement réussi à mettre son plan à exécution ! Comme je le disais, nous avons devant nous le résultat de ce qu'allait devenir Encéphalia Supra.

– Vous, Ethan ! Est-ce bien votre nom ?

– Oui, en effet.

– D'où me connaissez-vous ? Je crois avoir déjà vu votre visage, mais ma mémoire semble atteindre ses limites.

– Nous nous sommes rencontrés à Saint John's. Mon numéro de matricule est 6179.

– Je me rappelle que peu de vous !

– Nous étions des milliers, c'est normal. Luca, quels souvenirs te restent-ils ?

– Il ne m'en reste que très peu. Je sais que des gardiens m'ont emmené dans une pièce qu'ils nommaient le bloc 67 ou 77. Ils m'ont frappé, et des hommes en blouse blanche ont tenté une expérience qui paraissait vouée à l'échec.

– C'était le soir de l'évasion. Dès que tu es sorti, nous t'avons aperçu, avec cinq de tes amis. À ce moment précis, les détenus ont compris que quelque chose d'anormal se tramait.

– Vous m'aviez vu sortir, vous dites ! Comment est-ce possible ? Je me suis réveillé dans ce corps de métal dans un endroit que je ne connaissais pas.

– Luca, tu es l'un des premiers cobayes d'une expérience qui a mal tourné. Ils ont transféré ta conscience et une partie de ta mémoire dans la tête de cet humanoïde, et c'est pour cette raison que tu n'as que peu de souvenirs.

– Donc, ils ont pris une part de moi-même pour la mettre dans ce stupide robot ! Comment les humains peuvent-ils avoir ce genre d'idées ? Je trouve cela répugnant.

– Luca, sais-tu pourquoi ils t'ont choisi ?

– Le jour où je me suis retrouvé dans ce corps de métal, il y avait une femme qui semblait superviser les opérations.

– Était-ce Abigail Miller ?

– Oui, c'est bien ça. Et je me souviens qu'elle a dit que si elle s'en prenait au fils d'un parrain de la mafia, tout le monde la craindrait et l'écouterait.

– Le genre de paroles que Salvatore n'aurait certainement pas appréciées.

– Vous connaissez mon père ?

– Nous sommes même devenus de bons amis. Ce serait un peu long à t'expliquer, mais sache qu'on ne te parlerait pas en ce moment si nous ne l'avions pas rencontré, lui, ainsi qu'Angelo, Gaetano ou encore Tony.

– Donc, vous avez fait connaissance avec toute la famille !

– Seulement avec quelques membres.

– Ah…, mon père ! Nous étions comme chien et chat lui et moi. Il était toujours en train de me dire ce que je devais ou ne pas faire, que ce soit dans les affaires ou dans notre relation père-fils. Au fil du temps, nos rapports semblaient s'améliorer, et j'ai commencé à comprendre le poids qu'il devait porter sur ses épaules en tant que parrain et père. Hélas, je n'ai jamais pris la peine de le remercier. Quel idiot j'ai été !

– Et qu'attends-tu pour le faire ?

– Je ne suis plus qu'un corps métallique dans lequel on a mis la mémoire et la conscience de Luca Moretti. J'ignore ce qu'est la joie, le plaisir ou la colère. Je ne ressens plus rien, je n'ai plus d'âme et je suis incapable de rire ou de verser la moindre larme. Que va-t-il penser quand il me verra dans cet état ?

– Luca, ton père était prêt à tout pour te venger. Hélas, un policier lui a tiré dessus, ce matin même.

– Insinuez-vous qu'il est mort ?

– Non, mais d'après Gaetano, il ne lui reste que peu de temps. Ne te pose pas de questions et pars le rejoindre.

– Ethan, à raison. Ton père est à l'hôpital de Redbridge. Oliver va contacter Angelo, pour qu'il vienne te chercher.

– Jamais personne ne m'autorisera à y entrer.

– Mon amie Tess y travaille. Je vais la prévenir. Elle t'aidera, sois-en certain.

– Dans ce cas, plus rien ne me retient. Je ne suis qu'un humanoïde, mais je vous remercie.

Aaron et Julian relevèrent Luca.

– Ne nous remercie pas et va attendre Angelo. Il sera là dans quelques minutes.

– Un instant, Luca !

– Quoi donc ?

– Tu oublies ça !

– Ma batte de baseball ! Mon ami Steven me l'a donnée en cadeau. Comment l'avez-vous eue ?

– C'est une longue histoire. Oliver et moi-même avons dû emprunter le passage caché sous le bureau de ton père. Nous l'avons trouvé dans l'armurerie. Prends-la, elle t'appartient.

– Non, je n'en ai plus besoin. Vous pouvez la garder. Je ne sais pas ce que vous comptez faire, mais je vous souhaite bonne chance.

– Merci, Luca. Prends soin de toi et pars le retrouver.

Luca laissa Ethan et ses amis et patienta jusqu'à l'arrivée d'Angelo.

– Luca Moretti… Qui aurait pu imaginer ça ? Quand je pense que c'est Abigail qui l'a elle-même choisi comme sujet d'expérience…

– N'en parlons plus, Tracy, et partons nous occuper de Libra.

– En tout cas, j'ai trouvé qu'il faisait preuve d'une certaine sensibilité, pour un humanoïde.

– Et moi, je l'ai trouvé plus sensible que la plupart des humains que j'ai connus. Nous ne devrions pas nous éterniser. Aidons les dernières personnes blessées et entrons dans la Heaven Tower.

– Laissez tomber, je m'en charge.

– Tu es sûr, Aaron ?

– Oui, ne t'en fais pas.

– Très bien ! Si tu y tiens.

– Nous y sommes ! Le moment tant attendu est enfin arrivé !

– Si un jour, on m'avait dit que ça finirait comme ça…

– Tu ne l'aurais jamais cru et moi non plus. Tout dépend des talents d'Oliver et de Julian, désormais.

– Ils parviendront à mettre Libra hors état de nuire, c'est certain.

– Dès demain, rejoignez-moi au camp. Vous n'aurez plus qu'à vous exiler pour commencer une nouvelle vie.

– Nous n'avions pas eu le temps de nous éterniser sur le sujet, mais je pense que notre destination sera le Japon.

– Je m'organiserai en fonction de votre choix. En attendant, finissez-en avec Libra.

– Tracy et moi, nous ne te remercierons jamais assez, Aaron.

– C'est mon boulot, ne me remercie pas.

Ethan, Tracy, Julian et Oliver se dirigèrent vers la Heaven Tower. Avant d'y entrer, ils se retournèrent et firent un signe de la main pour saluer Aaron et les militants une dernière fois. À présent, ils n'avaient plus qu'un objectif en tête : se débarrasser de Libra et d'Encéphalia.

XIX

Heaven Tower

Au pied de la tour, Ethan fut impressionné par l'architecture de celle-ci. En levant les yeux, une lumière attira son attention.

– Oliver, l'as-tu remarqué ?

– Que t'arrive-t-il, Ethan ?

– Attends ! Juste un instant… Tiens là, regarde !

– Tu parles de la lumière bleue ?

– Tu sais ce que c'est ?

– Sans doute un drone de surveillance ! Depuis sa hauteur, il peut analyser tout ce qui se passe. Tu en apercevras aux alentours des édifices de ce genre. Ils tournent en rond toute la journée en modifiant leur périmètre.

– Dans ce cas, dépêchons-nous d'entrer avant de se faire repérer.

Ils se rendirent au rez-de-chaussée de la Heaven Tower. Ils découvrirent différents brain-centers ainsi que de nombreuses boutiques dans lesquelles on commercialisait divers objets à l'effigie d'Abigail Miller ou de son entreprise. Au centre de l'étage, un écran, aux dimensions démesurées, attira l'attention d'Oliver.

– Un écran ! À quoi peut-il bien servir ?

– On en voit souvent dans les brain-centers. Il permet d'obtenir toutes sortes d'informations : les futurs modules qui vont sortir, les produits les plus vendus, les promotions… Il mentionne même des classements.

– Quels classements ?

– Des points sont attribués aux encéphalians en fonction du nombre de modules qu'ils possèdent et des montants qu'ils ont investis.

– Et les meilleurs ont droit à un cadeau offert, un bon d'achat ou une autre idiotie du genre. Décidément, dans quel monde vit-on ? « Et le titre du consommateur le plus crétin est décerné à… ».

– On a compris, Ethan. N'en rajoute pas.

– À quel étage se trouve Libra ?

– Au dernier.

– Jetons un coup d'œil au plan, afin de ne rien négliger.

– Des magasins, des pubs, des brain-centers, des bureaux…

– Ainsi que des restaurants, un musée, et une salle de stockage et d'archives. Aucune information sur les étages 114 et 115 ! C'est certainement là où se trouve Libra ! Allons-y.

Les quatre amis empruntèrent l'ascenseur jusqu'à l'avant-dernier étage de la tour.

– C'est le moment de vérité ! Vous savez ce qu'ils vous restent à faire ?

– On introduit le virus et nous isolons les données des encéphalians de Libra. Dans moins d'une heure, le projet d'Abigail Miller ne sera qu'un lointain souvenir. Encéphalia Supra, les puces de traçabilité, les brain-centers… C'est terminé. Il est temps que les humains passent à autre chose.

– J'espère qu'ils retiendront les leçons du passé.

– Ne t'inquiète pas, Ethan. Ils y réfléchiront à deux fois avant de prendre n'importe quelle décision pour argent comptant.

– Seul l'avenir nous le dira. Plus qu'une vingtaine d'étages. Tenez-vous prêt !

Durant les quelques secondes qui suivirent, tout le monde garda le silence. Comprenant l'importance de la tâche qui leur était attribuée, Oliver et Julian prirent une profonde respiration afin de travailler sans pression ni tension. Tracy, méfiante, attrapa la main d'Ethan avant de se coller à lui.

Étage 111… 112… 113… 114. Ils arrivèrent enfin. En sortant de la cage d'ascenseur, ils furent stupéfaits par ce qu'ils apercevaient.

– Tu as vu ça, Julian ?

– C'est Libra ! Une œuvre d'art à la pointe du progrès et de la technologie !

– Personnellement, je le trouve terrifiant.

– Il ne le sera plus, une fois que nous aurons terminé.

– Assez perdu de temps. Mettons-nous au travail ! Où se situe le panneau de commande ?

– Sur votre gauche, messieurs.

– L'as-tu trouvé, Tracy ?

– Euh… non ! Je n'ai même pas parlé.

À cet instant, ils comprirent qu'ils n'étaient pas seuls. À peine ils se retournèrent, que trois coups de feu retentirent. Une balle effleura le bras de Tracy, alors que les deux autres se logèrent dans la tête d'Oliver et de Julian. L'arachnide, tout juste reformé, prit fin. Les deux anciens associés succombèrent sur le coup.

– Oliver ! Julian ! hurla Tracy.

– Tracy !

– Quelle horreur ! Ils sont morts !

– Tracy, tu es touchée ?

– Non, mais ce n'est pas passé loin.

– Qui a fait ça ? demanda Ethan en criant.

Il distingua une silhouette dissimulée dans un coin sombre de la pièce.

– Alors c'est toi qui viens d'abattre mes amis ? Qui es-tu ? Montre-toi !

Elle s'avança avant de sortir de l'obscurité. Contre toute attente et à la grande surprise d'Ethan et de Tracy, la mystérieuse silhouette n'était autre qu'Abigail Miller.

– A… Abigail !

– En personne, Moore !

– Mais tu… tu es morte !

– Tu crois encore tout ce que l'on te raconte ! Je suis déçu, Moore, je t'imaginais plus malin que ça. D'ailleurs, toi aussi, tu étais censé mourir ! Jenkins a pourtant honoré son contrat.

– Ce n'était pas moi qu'il a assassiné, mais un humanoïde couvert d'une peau synthétique bon marché. Cette idée venait de mon ami Oliver, qui se trouve à mes pieds. Ton tueur était si impatient de toucher sa récompense, qu'il n'a pas pris la peine de vérifier.

– Ce Jenkins… Quel minable ! J'ai toujours su que cet homme n'était qu'un abruti obsédé par l'argent.

– Ce qui vous fait deux points communs !

– Tu as gardé ton sens de la repartie, à ce que je vois !

– Et toi ? Comment est-ce possible ? Que fais-tu ici ?

– La Heaven Tower m'appartient.

– J'avoue ne plus rien y comprendre ! Abigail Miller est bel et bien en vie ! Fais attention, Ethan. Cette femme est cinglée.

– Doucement, Moore. J'ai peut-être manqué ta copine, mais toi, je ne te raterai pas. Au moindre geste déplacé, je te descends.

– Laisse tomber, Abigail. Encéphalia Supra, les puces de traçabilité… Tout ça, c'est terminé. Baisse cette arme, et je promets que je ne te ferai aucun mal.

– Tu n'es pas en position de m'imposer quoi que ce soit ! Cependant, j'aimerais te poser une question, Moore.

– Laquelle ?

– Le cadavre à tes pieds : est-ce bien cet Oliver, dont la population surnommait l'intervenant ?

– Oui, en effet.

– Parfait ! Maintenant qu'il est mort, lui et moi sommes quittes.

– Pourriture ! Tu es vraiment le diable en personne !

– Je sais, on me le dit souvent. Si ça continue, je vais prendre cela pour un compliment.

– Quant à Tracy, laisse-la tranquille. Elle a assez souffert comme ça.

– Peut-être, mais personne ne l'a obligé à venir. Je vais d'abord m'occuper de toi, ensuite, je déciderai de son sort.

Ethan aperçut la batte de Luca qui dépassait du sac Oliver. Il fit un signe de la main à Tracy qui comprit le message. Elle se décala brusquement sur la gauche afin d'attirer l'attention d'Abigail. Ethan profita de ce bref instant pour tenter de s'approprier l'arme, en vain. Abigail tira à nouveau deux balles qui stoppèrent leurs actions.

– Plus un geste ! Rejoue au héros et je te garantis que je viserai ses poumons et son foie avant de t'obliger à la voir mourir.

– D'accord Abigail, tu as gagné. Qu'attends-tu de moi ?

– Je veux te voir souffrir, t'humilier.

– Tu souhaites te venger ! Ça ne changera rien.

– Sale petit ingrat ! J'ai conçu Encéphalia et les gens m'admiraient pour ça, mais toi et tes amis, vous m'aviez tous pris.

– Tu les as privés de leur liberté en les traçant sans leur consentement, et tu oses dire que l'on t'a tout pris ! Abigail, tout ça est allé beaucoup trop loin. Tu devrais oublier Encéphalia. Quitte le pays et recommence une nouvelle vie.

– Ethan a raison ! Vous êtes infiniment riche et il vous reste de longues années devant vous. Utilisez-les à bon escient et aidez les personnes dans le besoin au lieu de chercher à les contrôler. Repartez à zéro, tournez la page, et prenez ça pour votre rédemption.

– Et je devrais m'en aller, tête baissée, oublier tout ce que j'ai construit… Tout ça pour faire plaisir à Ethan Moore et à Tracy Thompson ! Vous êtes d'une naïveté !

– Cette femme n'a vraiment aucun état d'âme !

– Décidément, elle ne changera donc jamais.

– Je crois que même si elle le souhaitait de tout son cœur, Abigail en serait incapable. Tracy, déplace-toi sur la gauche.

– Pourquoi tu me demandes ça ? Elle risque de nous descendre !

– S'il te plaît, fais ce que je te dis !

Tracy l'écouta. Afin d'attirer l'attention d'Abigail, Ethan continua à la questionner. Afin de gagner du temps, il lui posa des questions, même s'il connaissait certaines réponses.

– J'aimerais que tu m'apportes certaines précisions, Abigail.

– Nous avons tout notre temps, après tout. Que veux-tu savoir ?

– Pourquoi la Miller corporation a-t-elle attendu la chute des humanoïdes pour lancer la commercialisation d'Encéphalia ?

– Car c'était le moment idéal, tout simplement. Les hommes les ont exterminés afin de reprendre leur place dans la société. Dès lors, les gouvernements ont compris qu'ils avaient une carte à jouer.

– Laisse-moi deviner : pour instaurer la paix sociale, ils ont proposé aux peuples de retrouver leur ancienne vie à condition qu'ils acceptent de travailler plus, beaucoup plus.

– C'est exact ! Ils n'allaient plus se plaindre, vu qu'ils se sont mis eux-mêmes dans cette situation.

– À partir du moment où ils se sentent satisfaits, ils ne pensent pas à se rebeller.

– Mais cela n'a duré que quelques mois. Les humains se retrouvèrent vite épuisés et ne consacraient que peu de temps à leur famille ou à leurs passions. Les gouvernements, craignant de nouvelles révoltes, durent trouver des solutions.

– Et c'est là que nous sommes intervenus, Tracy. Nous les avons convaincus d'adopter le projet Encéphalia. Les dirigeants étaient si enthousiastes, qu'ils ont organisé une réunion, à New York, que j'ai moi-même présidée.

— Et vous avez conclu un accord. Des états ont accepté de faire partie des NSE pendant que d'autres continuaient l'exploitation des humanoïdes, mais sous certaines conditions.

— Je leur ai proposé de baisser légèrement le temps de travail afin que les populations adoptent Encéphalia le plus rapidement possible. Les humains se distrayaient et ne se posaient plus de questions. Chaque gouvernement gardait leur nation sous contrôle tout en maintenant la paix sociale. Ce fut une aubaine pour les dirigeants, mais il a fallu que toi et d'autres free-brainers, vous vous en mêliez.

— Tu devrais t'entendre parler. À cause de vos projets, des scissions se sont formées et une certaine haine s'est propagée. Cela vous importe peu du moment que les encéphalians vous enrichissaient ! Vous avez pris ces gens pour des imbéciles, et aujourd'hui, vous récoltez ce que vous avez semé. Mes amis et moi avons réussi à les rallier. Vous ne pourrez plus rien y faire, désormais.

— La partie n'est pas terminée, Moore.

— Si, elle est. D'ailleurs, pourquoi ne pas l'avoir dit plus tôt ?

— Dit quoi ?

— Que tu étais un humanoïde !

Abigail ne répondit pas.

— Qu'est-ce que tu racontes, Ethan ? Abigail Miller, un humanoïde !

— Oui, parfaitement ! Je sais qu'ils clignent rarement des yeux et ont un champ de vision très peu développé. C'est pour cette raison que je t'ai demandé de faire quelques pas sur le côté. Elle tournait sa tête, de droite à gauche, mais son regard restait immobile et ses yeux n'ont pas bougé d'un cil.

— Bien joué, Moore ! Tu fais preuve d'une grande perspicacité !

— J'ai bien peur que ce soit la vérité, Ethan.

— Et ses mains ? Les as-tu remarquées ? Trouves-tu qu'elles ressemblent à celles d'une quinquagénaire ?

— Maintenant que tu le dis… En l'observant de plus près, on peut déceler pas mal de différences : ses lèvres sont sèches, ses cheveux sont synthétiques, ses ongles font la même longueur, et son visage semble parfaitement symétrique.

— Et elle n'a pas de rides ou le moindre défaut.

— Mes félicitations. Vous m'avez démasqué !

— Comment as-tu fait pour te retrouver dans ce corps métallique ?

– À cause de vous, mon entreprise a fortement chuté en bourse et elle est certainement vouée à faire faillite. Afin de limiter les dégâts, j'ai fait une proposition à la Stackford.

– La Stackford !

– Vu que la Miller corporation sombrait, j'ai demandé à la Stackford de la racheter.

– Et elle a accepté ! J'ai du mal à le croire !

– Jusqu'à présent, elle ne prêtait guère attention à Encéphalia et encore moins à la version Supra. La seule entente que nous avions, c'était cette commande de plusieurs milliers d'exemplaires.

– Comment les as-tu convaincus ?

– En devenant moi-même un humanoïde. Les dirigeants japonais ont pris cet engagement pour un acte de loyauté. Le résultat est si bluffant qu'ils l'ont immédiatement approuvé, et mets-toi bien dans la tête que moi et les modèles que vous venez d'affronter sommes des prototypes désuets.

– En parlant d'eux, qui sont-ils exactement ?

– Ce sont des évadés de la prison de Berwick. Vu qu'il les considère comme très dangereux, le gouvernement à donner l'ordre de les exécuter discrètement. Bien entendu, personne n'a divulgué cette information. Avec l'accord des dirigeants, nos experts ont récupéré leur DCM afin de les transférer dans ces humanoïdes.

– La Stackford, vous, les politiciens… Il n'y en a pas un pour rattraper l'autre.

– Donc la Stackford va prendre le contrôle de votre entreprise !

– Ce sera le cas, dans quelques semaines.

– Comment ont-ils pu te faire confiance ? Les dirigeants de la Stackford ne sont-ils pas informés de ce qui se passe dans les NSE ?

– Je leur ai expliqué, en toute honnêteté. Vu que les habitants des NSE ne veulent plus d'Encéphalia, nous le proposerons au reste de la planète, et je peux te garantir qu'ils en redemanderont.

– Quand les populations découvriront les événements de ces dernières semaines, ils déclineront vos projets sans se poser de questions.

– Peu de gens seront informés, car leur seul moyen est d'utiliser Internet. Dois-je te rappeler que des humanoïdes de l'OSR filtrent l'ancien réseau ? Oublie ça, Moore, ils ne savent rien de ce qui se passe dans les NSE. Même moi, ils ignorent qui je suis.

– Peu importe ! Jamais ils n'accepteront Encéphalia et les puces de traçabilités.

– Les puces de traçabilité ! Ce n'est pas dans les intentions de la Stackford, car elles ne seront d'aucune utilité. Vois-tu, Moore, tous les hommes ne sont pas enclins aux lois et aux règles qu'on leur impose. Il y a de cela onze ans, les gouvernements et le peuple ont trouvé un terrain d'entente en ce qui concerne les humanoïdes. Depuis, tout se passe pour le mieux et ce sera la même chose avec Encéphalia Supra.

– Jusqu'au jour où ils réaliseront leur erreur et commenceront à se poser des questions. Et quand ça arrivera, que fera la Stackford ? Elle les déconnectera un par un ?

– Non, Moore ! Encore une fois, tu te trompes. Encéphalia, comme tu l'as toujours connue, n'existera plus. Les anciennes puces deviendront obsolètes, la version Supra va changer, et si ça peut te rassurer, il n'y aura plus de brain-centers.

– Plus de brain-centers ! Et comment comptez-vous les divertir ?

– Ils trouveront de nouvelles distractions. Sur ce point, je ne doute pas de leurs capacités.

– Qu'est-ce que tu me chantes là ? Si ce que tu dis est vrai, comment procéderez-vous pour récupérer leur DCM ?

– Le processus sera complètement différent de ce que nous avions prévu. Nos clients se rendront dans des centres spécialisés dans lesquels des chercheurs et des psychologues leur feront passer plusieurs tests. Nous dupliquerons numériquement leurs données, leur conscience, leurs connaissances ainsi que leurs qualités, avant de les stocker dans Libra. Après leur décès, et avec leur consentement, nous transférerons toutes ces informations créées artificiellement dans une nouvelle puce qui finira dans la boîte crânienne d'un humanoïde.

– Essaies-tu de me dire que la future version d'Encéphalia qui n'est pas encore sortie est déjà remplacée par une nouvelle ?

– Parfaitement. C'est plus long, plus fastidieux que la méthode habituelle, mais ça évite toutes injections dans le cerveau des gens. En procédant ainsi, la Stackford espère également récupérer leurs émotions.

– Ils veulent transférer les émotions dans des humanoïdes !

– Les humanoïdes n'ont jamais été aussi populaires hors des NSE. Japon, Australie, le continent africain… La Stackford produit des modèles dont tu ne soupçonnes même pas l'existence et qui dépassent l'imagination.

– Et c'est pour cette raison que nous avions eu du mal à deviner que tu en étais un.

– Parce que tu penses que je suis un modèle avancé ! Tu rêves, Moore ! J'ai vu des prototypes qui paraissent plus humains que tu en as l'air. Leur peau, leurs yeux, leurs cheveux ainsi que leur allure… C'est fascinant ce que l'on peut faire de nos jours ! Quand la Stackford a présenté les dernières versions aux Japonais et aux Australiens, ils se sont empressés de réserver leur exemplaire.

– Sans doute. Mais entre avoir un humanoïde de compagnie et en devenir un, il y a une grande différence que ces personnes refuseront.

– Tu crois ça ?

– Bien entendu !

– J'aimerais te poser une question et que tu m'y répondes franchement.

– Je t'écoute.

– Si demain, pour une raison diverse, Tracy venait à mourir, et qu'après ça, nous réussissions à la faire revivre sous la forme d'un humanoïde qui lui ressemble comme de goutte d'eau, que ferais-tu ?

– Je la pulvériserai sans hésitation.

– Et s'il avait sa voix, ses qualités, aucun de ses défauts, ses émotions et son caractère, comment réagirais-tu ?

– De la même manière !

– Tu ferais vraiment ça, Ethan ? Te débarrasserais-tu de moi ?

– Tracy… tu ne serais pas réelle.

– Voilà ce que je voulais entendre ! Avec cette simple question, Tracy semblait presque convaincue de devenir un humanoïde pour vivre avec toi jusqu'à la fin de ses jours, et ce sera le cas pour des millions de personnes. Dès cet instant, notre devoir sera de concrétiser leur souhait.

– Pourquoi faites-vous cela ? Tout le monde savait que vous étiez une femme d'une intelligence rare. Pourquoi ne pas la mettre au service de l'humanité ?

– Au service des hommes ! À quoi bon ? Depuis des centaines d'années, nos idées mènent à la création, et la création mène à la destruction. Les guerres, la pollution et les famines en sont les parfaits exemples.

– Et vous pensez qu'une abondance d'humanoïdes résoudra le problème ! Nous avions déjà connu cette époque, il y a une dizaine d'années. Cela ne vous a-t-il pas servi de leçon ?

– Bien sûr que si, mais cette fois, c'est différent.

– Non, Abigail. Si les humanoïdes deviennent trop nombreux, les hommes les extermineront.

– C'est pour cela que nous limiterons les productions ainsi que leur durée de vie. Comme tu dois le savoir, le projet de la Miller corporation était de donner accès à la version Supra qu'à un unique membre par famille, et à condition qu'il le mérite.

– C'est ce que j'ai cru comprendre.

– Avec la Stackford, nous avions décidé de garder cette idée.

– Et elle est stupide…

– Non, Moore ! Arrête d'avoir des œillères et réfléchis un instant. Seules les personnes exemplaires y auront droit et nous avons le pouvoir d'offrir aux humains la possibilité de développer un monde meilleur.

– En étant prisonnier d'un corps de métal, ça m'étonnerait !

– Ils ne connaîtront plus la souffrance, pollueront de moins en moins cette planète et ne provoqueront plus de guerres, vu qu'ils ne percevront plus d'émotions négatives.

– À vous entendre, j'ai le sentiment que vous désirez créer des êtres parfaits.

– C'est ce que nous envisageons. Nos experts concevront des émotions artificielles semblables à celles de nos clients. Bien entendu, seules les émotions positives seront stockées ici même, dans Libra.

– Alors c'est donc ça votre objectif ! Vous et la Stackford souhaitez fabriquer des humanoïdes à la pointe du progrès, pourvus des qualités d'individus les plus exemplaires !

– C'est plus ou moins ça, Tracy, et tout le monde sera gagnant : nous contrôlerons les peuples, les humanoïdes vivront dans la joie aux côtés de leurs proches, et la misère, la faim et les maladies disparaîtront au fil du temps.

– Vous êtes bien plus cinglée que je l'imaginais ! J'ai l'impression qu'elles désirent faire de nous de vulgaires produits. Ethan, nous devons empêcher que cette folie voie le jour.

– Tu as raison ! Je me charge de Libra.

– Ne bouge pas, Moore ! Refais un seul pas et je te promets que la dernière chose que tu verras avant de mourir, sera son sang jaillir sur ton visage.

Ethan et Tracy se retrouvèrent à court d'idées. S'ils tentaient le moindre geste, Abigail Miller les tuerait tous les deux. Fort heureusement, à ce moment précis, le drone qui continuait de contrôler son périmètre s'approcha de la tour. Ethan comprit que c'était le moment ou jamais. Après quelques secondes interminables, la lumière bleue, émise par l'objet volant, éblouit les yeux de l'humanoïde. Abigail Miller, temporairement aveuglée, n'aperçut plus sa cible. Ethan s'empressa de récupérer le fusil d'Oliver et tira. L'ancienne dirigeante de la Miller corporation reçut deux balles au niveau du ventre avant de tomber à terre.

– Bien joué, Ethan ! Tu l'as eue !

– De la part des free-brainers et des encéphalians. Elle n'a eu que ce qu'elle méritait. Occupons-nous de Libra et finissons-en.

– Attends un instant ! Oliver m'a dit que si nous mettons Libra hors tension, cela engendrerait de graves répercussions. Si lui et Julian étaient toujours en vie, ils introduiraient le virus et feraient en sorte que les DCM et les puces ne soient plus reliées à Libra. Tant que cette étape n'est pas franchie, on ne peut pas l'éteindre.

– T'ont-ils parlé d'une autre solution, Tracy ?

– Non, pas du tout.

– Réfléchis bien à la décision que tu vas prendre, Moore.

– Ferme-la, l'humanoïde !

– Vas-y ! Qu'attends-tu ? Tu verras ce qui adviendra des encéphalians si jamais tu mets Libra hors tension.

– Ne prends pas un tel risque, Ethan.

– Pour créer Libra, j'ai engagé un expert chinois, un certain Jin Zhao. Un jour, alors que ses travaux arrivés presque à terme, il s'est aperçu que si Libra était victime d'un grave problème technique, il y aurait une forte probabilité que les puces subissent de sérieuses défaillances, ce qui engendrerait de nombreuses séquelles chez les patients, comme des aphasies ou des AVC, par exemple. Il savait que si un tel malheur devait se produire, il ne le supporterait pas. Par prise de conscience, il a préféré démissionner, malgré l'offre généreuse que je lui ai proposée.

– Et c'est pour ça que vous avez décidé de vous en prendre à son père ?

– Tu parais bien informée, Tracy !

– En effet ! C'est lui qui nous a signalé l'emplacement de Libra. Il savait que vous étiez derrière les problèmes de son père et il espérait mettre fin à vos projets. C'est pour ça que nous sommes ici.

– Vraiment ! Jin Zhao risque d'être très déçu !

– Libra est le serveur qui contrôle ceux de Shoreditch, de Soho et de Chelsea. Au cas où tu l'ignorerais, mes amis s'y sont rendus pour y introduire un virus. Grâce à eux, plus personne ne pourra accéder aux données des encéphalians. Même si nous n'intervenons pas, la Stackford ne pourra ni les menacer ni les obliger à accepter la version Supra. En fin de compte, que l'on envisage ou que l'on refuse de désactiver Libra ne changera rien. Oliver et Julian le savaient certainement, mais ils voulaient mettre fin à tout ce qui a rapport avec Encéphalia.

– Décidément, tu es bien plus naïf que je l'imaginais. Aurais-tu oublié que je suis la quintuple championne du monde d'échecs ?

– Et alors, qu'est-ce que ça change ? En ce moment même, je vois une femme dans le corps d'un humanoïde qui ne peut plus mettre un pied devant l'autre. Accepte ta défaite, Abigail, c'est la fin.

– Non, Ethan, ce n'est que le début, car comme toutes bonnes joueuses d'échecs, j'ai toujours plusieurs coups d'avance.

– Que veux-tu dire ?

– Toi, Tracy et tes deux imbéciles d'amis étendus au sol n'êtes que des ignorants, de stupides ignorants.

– Qu'est-ce que tu essaies de nous faire comprendre ?

– Contrairement à ce que vous pensez, Libra n'a pas été conçu dans le seul but de contrôler les autres serveurs.

– Comment ça ?

– Il permet également de dupliquer et de stocker les copies des données des encéphalians. On utilisait les serveurs de Soho, Shoreditch et Chelsea pour des raisons pratiques, mais rien ne nous empêche de recourir à Libra pour désactiver les puces de chaque encéphalian.

– Tu es en train de me dire que nous avons pris tous ces risques pour rien !

– Pas du tout, Moore. Je pense même que je devrais te remercier. Grâce à toi, à tes amis et aux peuples qui se sont soulevés, le marché d'Encéphalia va se développer bien au-delà de toutes mes espérances.

Le Japon, l'Afrique, l'Océanie ainsi qu'une bonne partie de l'Asie vont nous amener bien plus de clients que je ne pouvais l'imaginer.

– Ça n'arrivera pas.

– Et je ne parle même pas des habitants NSE qui changeront finalement d'avis. Dès qu'ils verront les modèles d'humanoïdes qui sortiront dans quelques années, ils oublieront le passé et accepteront la nouvelle version Supra.

– Tu as trop d'imagination, Abigail ! Plus jamais ils ne t'écouteront.

– Ils ne le pourront pas, vu qu'ils pensent que je suis morte. Quant à la Stackford, ils n'auront qu'à trouver les bons mots pour tenter de les convaincre. Avec le temps, tu peux être sûr qu'ils y parviendront. Tu vois, Moore, un cycle prend fin, mais un autre commence. On change l'emballage, la communication, la façon de faire, et c'est reparti comme si de rien n'était. La forme sera différente, mais le fond restera le même.

– Jamais ils ne l'accepteront. Quand nous leur annoncerons que tu es vivante, que tu as fait croire à ta propre mort afin de devenir un pitoyable humanoïde, tu n'auras plus aucune crédibilité.

– Et après ? Est-ce que ça changera quelque chose ? Penses-tu sincèrement que cela impactera les plans de la Stackford ? Grâce à toi, je viens d'avoir une idée, une excellente idée !

– Elle ne te sera d'aucune utilité, vu que tu ne sortiras jamais d'ici. Regarde-toi, Abigail ! Tu n'es qu'un tas de ferraille pulvérisé par un simple fusil.

– C'est vrai, mais tôt ou tard, la Stackford viendra me récupérer. Ensuite, je demanderai qu'elle implante ma puce dans un modèle d'humanoïde plus récent. Dès que les tensions cesseront, elle me présentera aux populations tout en leur expliquant ce qu'est la nouvelle version d'Encéphalia.

– Arrête d'avoir de l'imagination ! Ne comprends-tu pas que c'est impossible ? Plus jamais elles ne t'écouteront ! Elles ont découvert ta véritable nature et personne ne pourra y remédier.

– Ma véritable nature ! Mais qu'est-elle plus précisément ? Un ensemble de défauts, de mépris, et de mauvais sentiments. Dois-je te rappeler que seules les qualités et les émotions positives seront créées artificiellement avant d'être introduites dans une puce ?

– Parce que tu crois que si le peuple t'aperçoit dans un humanoïde démuni des mauvaises intentions qui ont causé ta perte, il oubliera le passé et te pardonnera ? Tu rêves, Abigail !

– Et tu as parfaitement raison, Ethan ! Cependant, ce n'est pas aux personnes d'aujourd'hui que je fais allusion, mais aux futures générations. Contrairement à moi, les encéphalians et les free-brainers décéderont et laisseront place à leurs descendances qui deviendront de nouveaux clients potentiels.

– Parce que tu penses qu'elles ne leur parleront pas de ce qui s'est passé ! Il faudra des années, voire des décennies, pour oublier qui tu étais.

– Sans doute ! Mais cela concerne l'Abigail Miller faite de chair et de sang. Maintenant que je revis sous la forme d'un humanoïde, j'ai atteint comme une sorte d'immortalité, et je bénéficie de tout le temps que je désire. La Stackford s'occupera du reste du monde avant de conquérir celles que nous appellerons les anciennes NSE. Dans ces pays, quelques personnes s'intéressent encore à Internet. Je m'arrangerai pour que l'OSR laisse passer certaines informations qui encensent la nouvelle version d'Encéphalia. Petit à petit, nous arriverons à convaincre les futures générations. Cela va prendre des années, mais on y parviendra. Avec le temps, les gens m'oublieront et c'est à ce moment que je reviendrai sur le devant de la scène.

– Dans cet humanoïde ! Tu ne convaincras personne.

– C'est exact ! Mais après tout, qui est Abigail Miller ? Aujourd'hui, ce qui reste de moi, ou devrais-je dire d'elle, est dans une puce introduite dans un robot. Je n'ai qu'à changer de corps et de nom pour tout recommencer. Quelle idée géniale ! Quand j'en parlerai à mes associés, ils l'approuveront.

– Ils n'accepteront jamais.

– Et pourquoi donc ? Après tout, ils ont tout à y gagner et rien à perdre. Je pourrais même devenir la porte-parole de la nouvelle version d'Encéphalia. Quelle ironie du sort, tu ne trouves pas ? Les personnes qui me haïssent aujourd'hui verront leur progéniture m'aduler sans qu'elles ne s'aperçoivent de rien.

– Espèce de sale humanoïde de malheur ! Je vais te briser en miettes !

– Non, Ethan ! S'il te plaît, ressaisis-toi ! Abigail te provoque et tente de te manipuler. Surtout, ne tombe pas dans son piège ; elle n'attend que ça. Elle ment afin de jouer avec tes nerfs et tes émotions.

– C'est vrai, j'ai toujours éprouvé un certain plaisir à m'amuser avec le comportement des gens. Cependant, si tu penses que je mens à propos de Libra, tu risques d'être déçue, Tracy.

– Vous bluffez ! Je suis persuadée que vous en rajoutez dans le seul but de nous faire perdre nos moyens. Comme vous l'aviez précédemment dit, vous êtes une joueuse d'échecs, et les joueurs d'échecs utilisent diverses stratégies afin de déstabiliser leur adversaire. Exactement, ce que vous êtes en train de faire, Abigail, mais ça ne marchera pas.

– Libra, la Stackford, les puces de traçabilité… Et pourquoi n'allez-vous pas vérifier par vous-même ?

– Quoi donc ?

– Les données et les numéros de puces des Encéphalians sont stockés dans Libra. Si je suis une menteuse comme tu le mentionnes, aucune information ne devrait apparaître.

Tracy et Oliver se précipitèrent vers Libra.

– Ethan, tape Aaron Cleese, pour voir.

« Aaron Cleese. Encéphalian numéro 78052348. Actuellement proche de la Heaven Tower, » annonça la voix intégrée à Libra.

– Bon sang ! Ce n'est pas vrai ! Ce type, qui travaille au BNI, dont Oliver a le badge, comment s'appelle-t-il déjà ?

– Ashton Dole, je crois. Vas-y, essaie !

« Ashton Dole. Encéphalian numéro 49481229. Sujet décédé. Cause du décès : crise cardiaque. »

– Rentre le mien, pour voir.

« Tracy Thompson. Encéphaliane. Numéro et position inconnus. »

Abigail avait raison ! Elle nous a eues sur toute la ligne !

– Mais que t'imaginais-tu ? Vous n'êtes que des agneaux qui tentent d'être plus fort que le loup ! Malgré tous vos efforts, vous ne pourrez rien changer. Rends-toi à l'évidence, Moore, tu es en train de perdre la partie !

– Qu'est-ce que l'on peut faire, Ethan ?

– Gardons notre sang-froid. Chaque problème a sa solution. Une fois que je la trouverai, je me débarrasserai d'Abigail, une bonne fois pour toutes.

– Il y en a une, en effet, mais es-tu prêt à prendre le risque ?

– Je prendrai tous les risques si je dois mettre fin à cette folie.

– Vraiment ! Comme je l'ai dit tout à l'heure, et comme me l'a confié Jin Zhao, il y a 80 % de probabilité que les encéphalians en subissent les conséquences.

– Tu mens ! Je suis sûr que tu inventes ce nombre pour me dissuader de le faire !

– Il y a un document qui le mentionne. Vérifie, si tu en doutes.

Ethan écouta Abigail et lut le fichier avec la plus grande attention.

– Encore une fois, elle a raison ! Ce qui me laisse quatre chances sur cinq d'échouer.

– Cependant, vois le bon côté des choses, Moore : si tu réussis, plus personne n'accédera aux données et les encéphalians retrouveront leur vie d'autrefois. La Stackford, quant à elle, abandonnera le projet, car il sera très difficile et extrêmement coûteux de réactiver un serveur comme celui-ci.

– Mais si j'échoue, ils subiront de graves séquelles et j'aurai à porter ce fardeau jusqu'à la fin de mes jours !

– Sinon, il nous reste une troisième solution, mais qui ne me plaît guère : on se débarrasse d'Abigail, on laisse tomber, et nous quittons le pays comme prévu.

– Dans ce cas, la Stackford reprendra le flambeau avant de commercialiser la nouvelle version d'Encéphalia à l'échelle internationale.

– Ce qui veut dire que notre combat n'aura servi à rien.

– Julian, Oliver, Salvatore et tous nos autres amis qui ont cru en moi et qui m'ont fait confiance… En abandonnant si proche du but, c'est comme si je les trahissais. Je n'y arriverai pas Tracy, je regrette.

– Je te comprends, Ethan. Moi non plus, je ne pourrais pas le faire.

– Que dois-je faire, Tracy ? Abigail a raison quand elle dit que j'ai perdu.

– Le choix est difficile ! N'est-ce pas Moore ?

– Espèces de crevure ! Tu ne me demandes pas de choisir, tu m'imposes un dilemme ! Je ne vais pas prendre le risque de sacrifier autant de personnes pour mettre fin à vos projets. Tu le sais et tu t'en amuses.

– Si tu actives l'arrêt d'urgence, tu condamneras certainement des millions de terriens, mais tu empêcheras la future version d'Encéphalia de voir le jour. Un monde sans encéphalians ! N'était-ce pas ton plus grand souhait, Moore ?

– Tais-toi, Abigail ! Tais-toi ! Je ne deviendrai pas le responsable d'une telle tragédie.

– Quelle tragédie ? Sacrifier autant d'individus en quelques instants est un acte qui relève plus de la statistique que de la tragédie !

– Ferme-la, sale monstre ! On parle de vies humaines, pas de vulgaires objets que nous utilisons et jetons comme bon nous semble.

– Tu méprises les encéphalians, Moore, et je sais que tu les as toujours considérés comme des personnes condamnées. Pourquoi ne pas tenter ta chance ? À moins que tu préfères partir avec la mort de tes amis sur la conscience.

Coincé, pris au piège et abattu psychologiquement, Ethan s'approcha de Libra.

– Une chance sur cinq de réussir, mais quatre chances sur cinq d'échouer. Que dois-je faire ?

– Vas-y, Moore ! Si tu désires mettre une fin définitive à tout ce que tu détestes, tu n'as qu'à éteindre Libra en activant l'arrêt d'urgence.

– Non, Ethan ! Je t'en prie, ne fais pas ça ! Le risque est trop grand. Si jamais tu échoues, tu ne t'en remettras pas.

– Et si nous ne faisons rien et que nous partons, Abigail et la Stackford l'emporteront. Quelle décision dois-je prendre, Tracy ? Je n'en peux plus, c'est trop dur !

Tracy ne sut comment réagir et comprit qu'il n'y avait plus aucun espoir. Avec beaucoup d'hésitation, Ethan, accablé et épuisé, approcha sa main du bouton d'arrêt d'urgence en espérant que la chance soit en sa faveur. Avant qu'il se décide, Abigail intervint.

– Un instant, Moore ! J'ai oublié de te mentionner un détail important.

Tracy et Ethan se regardèrent et comprirent que les paroles d'Abigail ne présageaient rien qui vaille.

– Quoi encore ? Je vais certainement éteindre Libra. 20 % de chance de réussite… Ce n'est pas si mal, après tout.

– Si les encéphalians subissent des séquelles, tu les subiras également.

– Comment ça ? Je suis et je resterai un free-brainer jusqu'à la fin de mes jours.

– En es-tu sûr ? Tu as la mémoire courte, on dirait !

– Pourquoi dites-vous ça ? Que lui avez-vous fait ?

– Notre précédente rencontre, tu t'en souviens ?

– Évidemment !

– Quels furent mes derniers mots avant que je parte prendre mon avion pour New York ?

– Je ne sais plus. Ça remonte à plusieurs semaines.

– Je t'ai dit que si je te recroisais, tu le regretterais amèrement.

– Maintenant que tu le dis… il y avait ce type, un certain Shaw.

– L'un de nos chercheurs. Je lui ai demandé de s'occuper de toi avec la plus grande attention.

– Que voulez-vous dire, Abigail ? Qu'avez-vous fait endurer à Ethan ?

– Le professeur Shaw a soigneusement injecté Encéphalia à Ethan. D'ailleurs, n'as-tu pas ressenti de violentes migraines durant la journée qui suivit ?

– Dis-moi que ce n'est pas vrai, Ethan !

– Hélas ! J'ai bien peur qu'elle ait raison.

– Non, pas toi, Ethan !

– Et pourtant, c'est bel et bien la vérité. Allez donc vérifier dans la base de données de Libra.

Ils se précipitèrent vers Libra avant d'entrer le nom d'Ethan avec la plus grande appréhension.

« Ethan Moore. Encéphalia numéro 34150301. Actuellement dans la Heaven Tower, étage 114. »

En entendant la voix de Libra, Ethan et Tracy furent pétrifiés, démoralisés, anéantis…

– Voilà ce qui arrive quand on ose s'en prendre à Abigail Miller.

– Il doit certainement y avoir une solution ! D'après l'enregistrement, un client qui regrette son choix peut revenir sur sa décision.

– C'est exact ! Pour cela, il suffit d'entrer un simple mot de passe. Si vous y parvenez, la mémoire et la conscience d'Ethan ne seront plus transférées dans le corps d'un humanoïde le jour où il mourra.

– Où se trouve-t-il ? Comment peut-on le récupérer ?

– Je suis la seule personne à le connaître, Ethan.

– Très bien ! On a compris la leçon, Abigail ! Vous êtes plus intelligente que nous et vous avez gagné ! Mais s'il vous plaît, faites preuve d'humanité et donnez-lui une chance de s'en sortir.

– L'humanité ! Vu comme c'est parti, j'ai le sentiment que dans trois ou quatre siècles, ce mot deviendra complètement obsolète.

Ethan, fou de rage et ayant perdu tous ses moyens, saisit la batte de Luca avant de se déchaîner sur la carcasse d'Abigail.

– Enfoiré d'humanoïde ! Donne-moi ce fichu code !

– Tu peux me frapper aussi fort que tu le peux, je ne sens rien. À ta place, je garderais mon énergie afin de prendre une décision. Rends-toi à l'évidence, Moore. Tu as perdu ! Échec et mat !

Tracy, en larme, implora Ethan de se calmer.

– Je t'en prie, Ethan ! Calme-toi ! Si tu n'arrives pas à faire ton choix, je le ferai.

– Non, Tracy, tu as assez souffert comme ça. Je suis en partie responsable de ce qui se passe en ce moment, et c'est à moi seul de décider. Quant à toi, tu n'as fait que me suivre. Pardonne-moi, Tracy. Je n'aurais jamais dû t'entraîner dans cette galère.

– Je ne t'en veux pas, Ethan. Ces dernières semaines furent les plus belles de toute ma vie. Grâce à toi, j'ai ouvert les yeux, j'ai appris à faire confiance aux autres, et j'ai connu ce grand amour que je n'espérais plus. Merci pour tout Ethan.

Tracy, éplorée, saisit le visage d'Ethan entre ses mains et l'embrassa.

– J'ignore encore ce que je vais faire, mais si je décide d'éteindre Libra et que par malheur, tu t'aperçois que j'en subis les conséquences, prend le fusil et tue-moi.

– Ethan, je t'en prie ! Ne dis pas de telles choses. Jamais je n'y arriverai.

– Je sais Tracy, mais il le faudra. Ensuite, tue Abigail et rejoins Aaron pour qu'il t'aide à quitter le pays. Commence une nouvelle vie et raconte ce qui s'est passé ce jour de 2069. Nous n'avons plus qu'à espérer que la chance soit de notre côté. Je t'aime…

Quel choix devait faire Ethan ? Prendre le risque de désactiver Libra ? Laisser la situation telle qu'elle est et s'exiler au Japon ?

Ethan souhaitait en finir avec Encéphalia. Cependant, mettre Libra hors tension provoquerait certainement de graves séquelles chez des millions d'êtres humains. Cela ferait-il de lui un criminel ?

Laissez Libra activé, abandonner, permettrait à la Stackford de développer la nouvelle version à l'échelle internationale. Ce qui signifierait que tous les efforts d'Ethan seraient vains et que ses amis seraient morts inutilement. Cela ferait-il de lui un lâche ?

Comment peut-on juger les actions d'Ethan ? Selon ses choix, deviendrait-il un sauveur, un criminel ou un héros ?

Il est toujours facile de juger une personne tant que nous n'avons pas connu ce qu'elle a vécu. Mais qui sommes-nous pour le faire ? Un homme qui consacre une partie de sa vie à faire le bien doit-il être condamné pour une mauvaise action ? Et vous ? Dans quel état seriezvous à la place d'Ethan ? Quelle décision auriez-vous prise ? Que feriez-vous si vous viviez dans un monde sous…

Encéphalia

FIN

www.ingramcontent.com/pod-product-compliance
Lightning Source LLC
LaVergne TN
LVHW050854200726
843508LV00011B/2016